소설 손자병법 4

孫子兵法

정비석 장편소설

소설
손자병법
④

은행나무

● 작가의 말 ●

『손자병법(孫子兵法)』은 지금부터 2천4백여 년 전인 중국 춘추전국시대에 손무(孫武)와 손빈(孫臏)이라는 두 명장이 저술한 만고불멸의 병서이다.

그 당시 중국에는 크고 작은 나라가 70여 국이나 있어서 전쟁이 장장 4백여 년이나 계속됨에 따라 『육도삼략(六韜三略)』과 『오자병법(吳子兵法)』같은 병학서(兵學書)가 우후죽순처럼 쏟아져 나왔지만 모두가 『손자병법』과는 비교가 안 된다. 전문가들의 말에 의하면, 비단 중국의 경우뿐만 아니라 서양에서도 병법 연구서가 수없이 나왔지만 『손자병법』을 당해낼 병서는 한 권도 없다는 것이 대체적인 의견이다. 근세의 영웅 나폴레옹이나 2차대전의 영웅 맥아더 같은 명장들도 『손자병법』을 진중에서 항상 애독했다고 하니, 그 한 가지 사실만 보아도 『손자병법』이 영원불멸의 명저임은 의심할 여지가 없다.

매우 부끄러운 얘기지만 나는 『손자병법』이 단순한 병서인 줄만 알고 50세가 넘어서야 처음으로 그것을 읽어보았다. 원전이 한문이기도 하거니와 문장이 매우 난삽하여 한 번 읽어보아서는 뭐가 뭔지도무지 알 길이 없었다. 그리하여 『손자병법』에 관한 해설서를 무려 20여 권이나 사들여 닥치는 대로 읽어보았더니 그제야 내용을 제대로 알 수 있었다.

알고 보니 『손자병법』은 단순한 병서라기보다도 정치학(政治學)의 보감이요, 기업경영(企業經營)의 지침서요, 처세학(處世學)의 교과서였다.

나는 그 점에 착안하자 중국 춘추전국시대의 역사적 사실을 중심으로 하고 손무와 손빈을 주인공으로 삼아 한 편의 소설을 써냈는데, 그것이 바로 『소설 손자병법』인 것이다.

『손자병법』은 '싸워서 이기는 방법'을 가르쳐 주는 병서가 아니라, '싸우지 아니하고도 이길 수 있는 방법'을 가르쳐 주는 고차원의 철학서이기도 하다.

무릇 사람이 살아간다는 것은 일종의 전쟁이다. 그러므로 생존 경쟁이 치열한 현대 사회에서 낙오자가 되지 않으려거든 『소설 손자병법』과 아울러 『손자병법』의 해설서인 이 책도 많이 읽어주기를 바란다.

독자들의 편의를 위하여 『손자병법』 원문과 번역 뒤에 병법(兵法)을 현대에 응용할 수 있도록 해설을 첨부했으며, 각 해설의 요점을 기억하기 쉽도록 간략하게 밝혀 놓았다. 그리고 요점과 『소설 손자병법』과의 연계성 및 색인을 정리하였으니 참고하여, 나날의 생활에 많은 도움이 되었으면 하는 바람이다.

끝으로, 이 책을 함께 엮는 데 힘을 아끼지 않은 한무희(韓武熙) 선생의 노고에 깊은 감사를 드린다.

정비석(鄭飛石)

● 『손자병법』해설 ●

한무희(단국대 교수)

Ⅰ. 고대 중국의 병서(兵書)와 손자병법

고대 중국의 병법(兵法)에 관계된 저서는 대단히 풍부한 편인데, 이는 바로 많은 병법가(兵法家)들이 춘추전국시대 혼란기의 서로 다른 상황 아래 전쟁의 성질·작용·준비 과정과 전략·전술·무기 운용 등 여러 방면에 걸쳐 나름대로 자기의 생각을 설명하였기 때문인 것으로 해석할 수 있다. 특히 이들 저서는 지금까지 전해 오는 것도 있지만 그렇지 못한 것은 『한서 예문지(漢書 藝文志 : 당시의 도서목록)』에 그 서명과 저자명이 기재되어 있어 그 대략을 알 수 있다.

『한서 예문지』에서는 병가(兵家)를 크게 넷으로 구분하고 있다.

① 병권모가(兵權謀家)는 전쟁의 전반적인 고려·규획(規劃)·부서(部署)를 설명한 것으로, 「오손자병법(吳孫子兵法)」 손무(孫武)·「제손자(齊孫子)」 손빈(孫臏)·「공손앙(公孫鞅)」·「오기(吳起)」·「범려(範蠡)」·「대부종(大夫種)」·「이자(李子)」·「수(婕)」·「병춘추(兵春秋)」·「방훤(龐煖)」·「예량(兒良)」·「광무군(廣武君)」·「한신(韓信)」

등 모두 13가(家)가 있다.

② 병형세가(兵形勢家)는 행군의 법칙을 주로 설명한 것으로 「초병법(楚兵法)」·「치우(蚩尤)」·「손진(孫軫)」·「요서(繇叙)」·「왕손(王孫)」·「위료(尉繚)」·「위공자(魏公子)」·「경자(景子)」·「이량(李良)」·「정자(丁子)」·「항왕(項王)」등 11가가 있다.

③ 병음양가(兵陰陽家)는 오행(五行) 참위(讖緯)의 미신에 관한 설명으로 「태일병법(太壹兵法)」·「천일병법(天一兵法)」·「신농병법(神農兵法)」·「황제(黃帝)」·「봉호(封胡)」·「풍후(風后)」·「역목(力牧)」·「협치자(鵊治子)」·「귀용구(鬼容區)」·「지전(地典)」·「맹자(孟子)」·「동보(東父)」·「사광(師曠)」·「장홍(萇弘)」·「별성자망군기(別成子望軍氣)」·「벽병위승방(辟兵威勝方)」등 16가가 있다.

④ 병기교가(兵技巧家)는 군인의 체력과 무기의 운용에 관한 것으로 「포자병법(鮑子兵法)」·「오자서(伍子胥)」·「공승자(公勝子)」·「묘자(苗子)」·「봉문사법(逢門射法)」·「음통성사법(陰通成射法)」·「이장군사법(李將軍射法)」·「위씨사법(魏氏射法)」·「강노장군왕위사법(彊弩將軍王圍射法)」·「망원연노사법구(望遠連弩射法具)」·「호군사사왕하사서(護軍射師王賀射書)」·「포저자익법(蒲苴子弋法)」·「검도(劍道)」·「수박(手搏)」·「잡가병법(雜家兵法)」·「축국(蹴鞠)」등 13가가 있다.

『손자병법』의 판본은 대략 80여 종에 달한다고 하지만 대부분이 소실되고 오늘날 확실하게 알 수 있는 것은 대략 10여 종에 달하고 있다. 그러나 그 내용은 대체로 같아서 단지 몇몇 글자만 틀릴 뿐이다. 대체로 여러 종류의 판본은 송(宋)·명(明)대 10가(家)가 주(註)한 계통과 무경(武經) 계통으로 구별하고 있다. 10가주(十家註) 계통이란, 즉 송대에 길천보(吉天保)가 모두 열 사람의 주를 모았는데, 그가 모은 10가는 삼국시대(三國時代)의 조조(曹操), 양대(梁代)의 맹씨(孟氏), 당대(唐代)의 이전(李筌)·두목(杜牧)·진호(陳皞)·가림(賈林), 송대의 매성유(梅聖兪)·왕석(王晳)·하연석(河延錫)·장예(張預)의 것을 가리키며, 이것은 명대의 담개(談愷)에 의해『손자십가주(孫子十家註)』로 다시 출간되고, 청대(淸代)의 손성연(孫星衍)이 다시 교정(校訂)하였으나 여전히 소홀히 된 것이 많다.

무경 계통의 것이란 바로 조조가 주했다고 전해 오는 것을 '무경칠서(武經七書)'의 하나에 넣고 있다. 참고로, 나머지 '무경육서(武經六書)'는 「오자(吳子)」·「육도(六韜)」·「사마법(司馬法)」·「황석공삼략(黃石公三略)」·「위료자(尉繚子)」·「이위공문대(李衛公問對)」를 가리키며, 무경칠서(武經七書)란 바로 송 신종(神宗) 원풍년간(元豊年間, 1078~1085)에 정부에서 반포한 것으로 무학(武學)의 경전이다.

이와 같은 사정은 바로『손자병법』이 가장 중요한 고대의 군사 관계 저서라는 것을 설명하여 주고 있으며, 때문에 널리 읽히고 또한 내용도 비교적 온전하게 보존되었을 것으로 보인다.

따라서 1972년 산동(山東) 임기(臨沂) 은작산(銀雀山) 전한(前漢)의 묘에서 발견된『손자병법』의 잔간(殘簡) 228간 가운데 약 70여 간은 오늘날 읽히고 있는『손자병법』에는 없는 것이어서 이를 원작에서 없어진 것이라 보는 견해도 있지만 아마도 이것은 손무의 또 다른 저서가 아닌가 추측하고 있다.

Ⅱ. 두 사람의 손자(孫子)

『손자병법』 13편은 중국의 천하가 통일되기 이전, 즉 진(秦) 이전에 이루어진 고서로서, 후한말(後漢末)에 조조가 주(註)를 한 이후 현재에 이르기까지 광범위하게 읽히고 또한 크게 영향을 미치고 있으며, 동·서양을 막론하고 병법의 교과서로 지목되어 왔다. 일찍이 나폴레옹이 『손자병법』을 항상 옆에 놓고 읽었다는 유명한 이야기가 있을 뿐만 아니라 제1차 세계대전에서 패한 독일황제 빌헬름 2세도 훗날 『손자병법』을 읽고 난 다음에 '20년 전에만 이 책을 읽었더라면' 하고 안타까워하였다고 한다.

이 책은 이처럼 광범위하게 읽히고 있으면서도 손자가 어느 나라에서 태어났으며, 그 저작 연대와 사상의 내용에 관한 학자들의 견해가 일치되지 못하고 있다. 그리고 일반적으로 『손자병법』이라 불리게 된 것도 후대의 일로, 처음에는 '손자'라고만 불리다가 뒷날 '병법'이란 말을 추가하여 불렀다.

사마천(司馬遷)이 쓴 중국의 가장 오래 된 정사(正史)인 『사기(史記)』의 기록에는 진(秦) 이전의 병법가로 널리 알려진 손자가 두 사람 있다. 한 사람은 춘추시대에 병법을 갖고 오왕(吳王)을 만났던 손무(孫武)이고, 또 한사람은 전국시대에 제(齊)나라를 위하여 위(魏)나라를 포위하고 조(趙)나라를 구한 손빈(孫臏)이다. 손무가 서쪽으로 초(楚)를 물리치고, 초의 서울인 영(郢)을 점령한 것이 기원전 506년의 일로(『소설 손자병법』 오초대회전, 승자와 패자) 전국시대보다 103년 전의 일이다. 그리고 손빈이 위를 포위하여 조를 구원한 것이 기원전 353년으로(『소설 손자병법』 손빈과 방연), 이때는 이미 전국시대로 들어선 지 50년이나 되었다. 그러므로 두 사람 모두가 병법에 통달한 사람들이라 하더라도 각기 생존 시대의 시대적 배경에 차이가 있기 때문에 다른 점이 있다.

그런데 『사기』에서는 이들을 구별하지 않고 한데 묶어 '열전(列傳)'을 만들고, '손무가 죽고 난 다음 100여 년 후에 손빈이 있다. 빈 또한 손무의 후예이다'라고 기술하고 있다. 그리고 손무는 제나라 사람이며, 빈은 아(阿)·영(鄄) 사이에서 태어났다고 하였는데, '아'란 오늘날 산동성(山東省) 양곡현(陽穀縣)의 동북쪽에 있고, '영'은 산동성 복동현(濮東縣) 동쪽에 있으니 모두 제나라의 땅이었다.

그러면 두 사람의 관계는 어떠한가? 『오월춘추(吳越春秋)』라는 사서(史書)에 비교적 잘 설명되고 있는데, 여기에서는 손무를 가리켜, 오나라 사람이며 깊은 곳에 은둔하고 있어 그 능력을 알지 못하고 있었는데 오자서(伍子胥)가 이를 알고 마침내 그의 '칠편손자(七篇孫子)'를 오왕에게 바쳤다고 하면서, 그와 전국시대의 손빈과는 전연 관계가 없는 것으로 되어 있다. 또한 『한서 예문지』에서는 오(吳) 손자(孫子)라 하여 전국시대의 제(齊) 손자(孫子)와 구별하였다.

따라서 두 사람의 관계는 어느 나라 출신이건 간에 확실히 다르다는 것을 알 수 있고, 또한 시대적으로도 다르지만 같은 병법으로서 공을 세웠던 인물임에는 틀림이 없다. 그리고 혈통상으로 어떠한 관계인가에 대해서도 여러 가지 논쟁이 있을 수 있으나 사상적으로는 동일하였음을 알 수 있다.

Ⅲ. 손무의 생애

손무는 대체로 공자(孔子)와 거의 같은 시대에 생존하였던 것으로 보여지며 지금까지의 연구에 따르면 제나라의 낙안〔(樂安 : 산동성 혜민현(惠民縣)〕에서 태어나 난을 피하여 오나라로 갔던 것은 틀림이 없는 것 같다. 기원전 522년에 초의 오자서가 오나라로 도망가 오나라의 군대를 빌려 초를 정벌하고, 그의 부(父)와 형(兄)을 죽인 초나라 평왕(平王)에게 복수를 하려고 하였으나 당시 오나라 요왕(僚王)의 신임을 받지 못하던 중 오나라 공자(公子)인 광(光)이 찬탈의 뜻을 품고 있다는 사실을 알고(『소설 손자병법』에서는 희광공자(姬光公子)로 표기), 그를 도와 요왕을 죽이고 기원전 514년에 광이 즉위하도록 하니, 그가 바로 오왕 합려(闔閭)이다(『소설 손자병법』 오 왕가의 내홍).

오왕 합려는 국력을 신장시키면서 초나라와 쟁패를 다투게 되었는데 이를 위하여 각국에서 인재를 모았으며, 오자서도 초나라에 대한 복수를 위하여 그의 모주(謀主)가 되었다. 바로 이때 손무도 오나라에 와 있었으며, 일찍이 손무의 재능을 알고 있었던 오자서는 오왕에게 손무를 강력하게 추천하였다(『소설 손자병법』 지기상합).

그리하여 손무는 그가 지은 '병법 13편'을 오왕에게 바쳤고, 오왕은 이를 읽고 기재(奇才)라 여겼다. 오왕은 즉시 궁녀 300명을 동원하여 손무가 제시한 방법에 따라 손무에게 훈련을 시켜 보도록 지시하였는데(『소설 손자병법』 지기상합) 그 결과 손무는 상장군이 되어 초나라를 공격하는 일을 맡게 되었다.

기원전 512년에 오왕 합려는 초나라를 치려고 하였다. 이에 손무는 '전쟁이 오래 계속되어 백성들이 피폐해 있습니다. 천시(天時)가 아직 이르지 않았으니 잠시 기다려야 합니다' 라고 답하여 오왕의 공격을 중단시켰다. 4년이 지난 후에 오왕은 다시 손무에게 '지금은 어떠하냐?' 고 물었다. 이때 손무는 '초나라의 속국인 당(唐)과 채(蔡)나라가 초나라에 반대하는 기운이 더욱 커지고 있으니 이 두 나라와 동맹을 맺고 초나라를 치면 반드시 성공할 것입니다' 라고 답하였다 (『소설 손자병법』 벌모적 계략).

　이에 오왕은 손무의 계책에 따랐고, 그 결과 오자서도 부형의 원수를 갚게 되었다. 그러나 이후의 손무에 관하여는 사료(史料)에 나타나 있지 않아 그의 행적이 어떠한지는 분명하지가 않다.

Ⅳ. 『손자병법』의 성격

　『손자병법』은 지도자의 경영학으로서 그 내용이 풍부할 뿐만 아니라 처음부터 끝까지 한 자 한 자 분석하고 연구하여 보면 오늘날의 영도론(領導論), 혹은 조직론(組織論)에 해당한다고 볼 수 있다. 손자는 계편(計篇)의 서두에 조직의 기본 구조를 분명히 밝히고 있는데 '一曰道, 二曰天, 三曰地, 四曰將, 五曰法' 이라 하고, '道者, 令民與上同意' 라 하여 '道' 를 오늘날 조직론의 기초와 같은 것으로 해석하고 있다.

　노벨 경제학상을 수상한 사이몬 교수는 '조직의 최고 이상은 모든 구성원의 뜻이 하나로 통일되는 것' 이라고 지적한 바 있는데, 손자가 말한 '민(民)' 은 바로 조직의 구성원이고, '상(上 : 君主)' 은 바로 조직의 수뇌 인물로서, 수뇌 인물과 구성원이 공통으로 조직된, 즉 근대적 조직론의 근본을 구성하고 있다. 그리고 손자는 조직 목표를 통일시키고자 '도'로써 표시하여 '도'를 실현할 때 공존(共存)·공망(共亡)·공투(共鬪)가 생길 수 있고, 생사를 무서워하지 않게 된다고 하였던 것이다.

손자가 제기한 '군(君)과 장(將)'의 관계는 군대 조직 원칙의 요점이라고 할 수 있으며, 마치 '구단(球團)의 책임자와 코치', '기업의 회장과 사장'의 관계와 같다고 비유하고 있다. 때문에 손자는 장수가 군주의 간섭을 받지 않고 지휘할 때에만 승리할 수 있다고 지적하고 있다.

그리고 또한 지도자가 되기 위하여 갖추어야 할 조건이 있다고 지적하고 있다. 바로 이것은 군사들이 따를 수 있는, 즉 절대 복종할 수 있는 자질과 마음으로부터 이해할 수 있는 것이어야 한다고 하였다. 그러기 위하여 지도자는 반드시 '지(智)·인(仁)·용(勇)·신(信)·엄(嚴)'의 다섯 가지 요건을 갖추어야 하고 또한 지도자와 부하들 사이에 마음으로 친근하여야 한다고 하였다.

따라서 『손자병법』은 병법의 근본이라고 할 수 있을 뿐만 아니라 자연원리, 과학과도 부합된 것이다. 왜냐하면 병법은 하나의 심리과학(心理科學)으로서 또한 심리전이라고 할 수 있는데, 상공업(商工業)이 발달된 사회에서 만일 심리 작전에 소홀히 한다면 기업으로서도 소기의 목적을 이룰 수가 없을 뿐만 아니라 사회의 본질적인 문제를 근본적으로 이해할 수 없다.

바꾸어 말하면 전쟁뿐만 아니라 작게는 개인적으로 어려운 일을 당하거나 혹은 군중을 이끌어 나가는 지도력이나 책략에 있어서 만일 나름대로의 효과적인 관리 방법이 없다면 모든 일은 필연적으로 성과를 거두기가 어려울 것이다. 특히 오늘날과 같은 정보시대에는 앞으로 닥쳐올 일을 미리 예측하고 있어야만 정확하게 미래를 지배할 수 있는 것이다.

손자는 앞으로 닥칠 징후를 파악하기 위하여 우선 사람의 심리를 이해하여야 하며 ①상장군의 심리, ②적장병의 집단, 즉 군중 심리, ③아군측의 통수권자와 장군 심리, ④아군측의 집단 심리로 귀납하고 있다. 물론 앞의 두 항목은 손자가 말하는 '지피(知彼)'이고, 뒤의 두 항목은 '지기(知己)'를 말하는 것으로, 싸움에 이기는 일종의 심리학을 제시하고 있다.

전쟁은 최소의 힘을 소비하여 최대의 성과를 얻는 데 목적을 두고 있다. 그러므로 손자는 '싸우지 않고 적을 이기는 것이 가장 잘한 싸움'이라고 하였던 것이다. 그리고 싸워서 이길 수 있도록 투지를 촉발시키고 또한 사람을 조종하는 방법을 제시하였기 때문에 『손자병법』은 바로 하나의 심리과학이라고도 할 수 있다.

『손자병법』은 비록 통수권자·장군·군인을 위하여 쓰여진 전략·전술 서적이라고 할 수 있으나, 어떻게 하여야 이길 수 있는가를 말하고 있으며 오늘날의 기업에서도 응용되어질 수 있는 내용을 담고 있다. 물론 기업 경영이란 전쟁이 아니며, 기업가는 군인이 아니기 때문에 『손자병법』은 직접 기업에 응용되어질 수 없다고 볼 수도 있다. 그러나 기업이 목적하는 바를 이루어 나가는 것이 경영이며, 경영에는 반드시 경영 전략과 전술이 있게 마련이다. 바로 이 경영은 군대에 있어서 전략·전술과 별 차이가 없는 것이다. 그리고 군대란 한 나라의 뜻을 이룩하기 위하여 명령에 따라 조직이 움직이는 단체이며, 기업이란 자유 의사를 갖고 있는 구성원과 경영자 사이의 조화에 의하여 움직이는 조직이다. 이 둘은 서로 다르다고 할 수 있으나 군대가 명령에 의하여 무조건 행동하여야 하는 것과, 기업에서 상사가 심사숙고하여 결정한 것을 아래에서 책임 있게 실천에 옮겨야 하는 점에서는 같다고 할 수 있다. 따라서『손자병법』은 사업의 전기를 가져오도록 하기 위하여 활용할 만한 가치가 충분하다. 이 책을『손자병법』이라고만 부를 것이 아니라 '손자기업(孫子企業)'이라고 부를 수도 있는 것이다.

V. '한묘죽간(漢墓竹簡)'과『손빈병법(孫臏兵法)』

1972년 4월에 산동부 임기 은작산 1호 한묘(漢墓)에서 전한시대(前漢時代)의 죽간이 약 4천9백여 개 발견되었다. 그 가운데에는 진·한(秦漢) 이전의 고적(古籍)들을 포함한『손자병법』·『손빈병법』·『위료자(慰繚子)』·『육도(六韜)』·『묵자(墨子)』·『관자(管子)』등이 있어 관심을 불러 일으켰고, 그동안 미해결되었던 것들이 모두 해결되게 되었다. 즉, 그동안 전해 오지 않던『위료자』가 나타나 그 개략을 알 수 있게 되었고,『한서 예문지』에 없었던『육도』를 가리켜 후세인들이 엉터리로 만들어 놓은 것이 아닌가 의심하였는데, 이것도 위작(僞作)이 아니라는 것이 증명되었다.

『손자병법』도 그 내용 가운데 상장군(上將軍)·알자(謁者)·대갑(帶甲)이니 하는 전국시대의 벼슬 이름과 용어가 나와 춘추시대의 손무가 쓴 것이 아니라 전국시대의 손빈이 쓴 것이라는 설도 등장하게 되었으나, 1호 한묘의 발굴 결과로 손무의 저작이 분명해졌으며 또한 별도로 그동안 전해 오지 않고 있던『손빈병법』이 나타나 학계의 관심을 불러 일으켰으며, 『손빈병법』의 실존 여부에 대한 논쟁을 종결시켰다.

『손빈병법』은 4942매의 죽간 가운데 440매를 차지하며, 약 11,000자에 달하는데, 비록 원서의 전모를 완벽하게 파악할 수는 없지만 비교적 글자 수가 많이 남아 있어 전체의 윤곽과 기본적인 관점을 이해할 수 있다. 그리하여 은작산 한간정리소조(漢簡整理小組)에서 이를 정리하여 『손빈병법』의 한간(漢簡) 원형을 석문(釋文)과 주석(註釋)과 함께 문물출판사(文物出版社)에서 펴냈다.

손빈은 제나라 사람으로, 제 손자(齊 孫子)라 불러 춘추시대의 오손자(吳 孫子)와 구별하고 있다. 손빈이 정확하게 언제 태어났는지는 알 길이 없으나 대략 제나라의 위왕(威王)·선왕(宣王) 때 사람으로 맹자(孟子)·상앙(商鞅)·소진(蘇秦)과 같은 시기로 보고 있다. 일설에는 손무의 후손으로 손무에게는 치(馳)·명(明)·적(敵) 3형제가 있었는데, 빈은 바로 명의 아들이라고 하며, 또 일설에는 초인(楚人)이었는데 뒷날 제나라로 왔다고 하였다.

손빈의 본래 이름은 빈(臏)이 아니었다고 한다. 그는 일찍이 친구인 방연(龐涓)과 함께 당시 귀곡자(鬼谷子)라고 일컫는 왕허(王詡)에게서 병법을 배웠는데, 방연이 위나라 혜왕(惠王)의 장군이 된 다음 빈의 재능이 자기보다 낫다고 생각한 방연은 빈을 위나라로 불러들여 모함하여 무릎뼈를 도려내는 빈형(臏刑)에 처하도록 하였기 때문에 세상에서는 손빈(孫臏)이라 불렀다고 한다. 또 일설에는 원래 이름이 빈(賓)이었는데 빈형을 받은 후에 빈(臏)을 썼다는 말도 있으나 확실치가 않다.

손빈은 형을 받고 위나라에 감금되었다가 제나라의 사자인 순우곤(淳于髡)에게 재능이 알려져 비밀히 제나라로 왔다. 뒷날 위나라의 공격을 받은 조나라가 제나라에 구원을 요청하자 위위구조(圍魏救趙)하여 이름을 떨치고 마침내는 마릉전(馬陵戰)에서 방연을 자살케 하였다(『소설 손자병법』 손빈과 방연).

　대체로 『손자병법』과 『손빈병법』의 차이는 전자가 전쟁의 기본적인 것을 살핀 것이라면, 후자는 전쟁 형태의 발달을 반영하여 구체적이고 실제적인 면이 많다. 그리고 『손빈병법』에서는 공격을 중시하고 이를 위하여 변화를 중히 여기고 있으며, 이밖에도 도시공격(都市攻擊)과 진지전(陣地戰)을 중요시 여기고 있다.

4권 차례

작가의 말 4

『손자병법』 해설 6

1. 계편(計篇) 21
2. 작전편(作戰篇) 71
3. 모공편(謀攻篇) 93
4. 군형편(軍形篇) 117
5. 병세편(兵勢篇) 139
6. 허실편(虛實篇) 163

7. 군쟁편(軍爭篇) 193

8. 구변편(九變篇) 221

9. 행군편(行軍篇) 237

10. 지형편(地形篇) 267

11. 구지편(九地篇) 293

12. 화공편(火攻篇) 335

13. 용간편(用間篇) 349

찾아보기 370

1
계편(計篇)

『손자병법(孫子兵法)』 13편의 총론(總論)이며, 또한 기본 정신을 제시한 부분이다. 본편의 명칭은 시계편(始計篇)으로도 널리 불리고 있다. 이는 전쟁이 시작되기 이전에 먼저 갖추어야 할 기본 대책이다. 전쟁은 마치 권투에 있어서의 KO승이나 패와 같다. 그 승패가 한순간에 판가름되기 때문이다.

1. 전쟁은 국가의 중대한 일이다

손자(孫子)는 말하였다. 전쟁은 나라의 중대한 일이며, 국민의 생사가 달려 있고, 나라가 존속하느냐 망하느냐 하는 길이므로 잘 살펴보지 않을 수 없다.

孫子曰, 兵者, 國之大事, 死生之地, 存亡之道, 不可不察也.
손자왈 병자는 국지대사요 사생지지요 존망지도니 불가불찰야니라.

[해 설]
병(兵)이란 싸우는 군사의 뜻으로 쓰이는 이외에도 무기라든가 전비(戰備), 전력(戰力)이라는 뜻도 있으며, 때로는 크게 전쟁이라는 뜻으로도 쓰인다. 여기에서는 전쟁이란 뜻이다.

전쟁이라는 것은 그 나라의 운명을 좌우하는 중대한 일일 뿐만 아니라 많은 사람들이 죽고 사는 문제가 걸려 있고, 나라가 그대로 남아 있게 되느냐 또는 망해 없어지느냐 하는 절박한 사태마저 빚게 되는 것이므로, 신중에 신중을 기하지 않으면 안 되는 것이다.

그렇지만 병(兵)을 전쟁으로만 볼 수도 없다. 오늘날과 같은 경쟁의 시대에 살면서, 경쟁이란 것을 굳이 전쟁에 비유하여 얘기하고 싶지는 않지만, 이 사회는 남과의 경쟁에서 이겨야만 되도록 되어 있다. 그렇게 볼 때 손자의 병(兵)은, 싸워서 이기기 전에 먼저 깊이 생각하여 보지 않으면 안 될 문제들을 처음에 제시하고 있는 것이다.

손자가 말한 전쟁을 오늘날의 개념으로 파악하면, 기업에 있어서는 새로운 상품과 같다. 새로운 상품의 개발은 바로 그 기업의 운명을 좌우하는 중대한 일이며, 거기에 생사와 존망이 달려 있다고도 할 수 있다. 그러므로 새로운 상품의 개발은 신중에 신중을 기하여야 할 것이다.

• 전쟁은 수단일 뿐 목적이 아니다.
• 『소설 손자병법』 2 병법담의 p80, 전쟁무상 p253, 성자의 길 p279, 3 오월동주 p67

2. 전쟁의 다섯 가지 기본 원칙

그러므로 다섯 가지 일[五事]로써 헤아려 보고 비교하여 그 상황정세를 탐구하여야 한다. 다섯 가지의 일이란, 첫째 정치[道]요, 둘째 천시[天]요, 셋째 지리[地]요, 넷째 장수[將帥]요, 다섯째 법제[法]이다.

故經之以五校之計, 而索其情. 一曰道, 二曰天, 三曰地, 四曰將, 五曰法.
고로 경지이오교지계하여 이색기정이니라. 일왈 도요 이왈 천이요 삼왈 지요 사왈 장이요 오왈 법이니라.

[해 설]
경(經)은 경영이니 경륜이니 경제니 하는 뜻으로 본다. 이것은 근본적이고도 기초적인 계획을 세우는 것이다. 즉, 마스터플랜을 뜻한다. 공장을 지을 때 아무리 넓은 땅에 짓는다고 해도 무계획적으로

지으면 규모에 비해 쓸모 없이 되기 쉽지만, 좁은 땅일망정 계획적으로 건물을 배치하면 충분히 공간 활용을 할 수 있다.

경이 마스터플랜이라면, 다음에 나오는 교(校)는 계교(計校), 교정(校正), 교열(校閱)이라는 뜻으로, 어떤 재료를 가지고 어떤 식으로 건물을 짓는가를 뜻하고 있다. 따라서 무엇보다도 중요한 것은 기본 조사라고 강조하여 말하고 싶다.

기본적인 조사에는 다섯 가지 중요한 일과 일곱 가지 필요한 계산이 있다. 이 다섯 가지의 중요한 일과 일곱 가지 필요한 계산을 해보지 않으면 그 정확한 실정을 파악할 수 없다.

그 첫째가 도(道)이다. 도란 정치적·외교적 도의와 도덕이다. 둘째는 하늘[天]의 기후·기상과 같은 자연의 혜택이고, 셋째는 땅[地]이 가져다 주는 지리적 조건이다. 그리고 넷째가 군(軍)을 지휘할 총지휘자[將帥]와 그를 보좌하여 줄 장수의 선정이고, 다섯째가 법제[法]이다.

싸움을 시작하려면 먼저 그 싸움의 도(道), 즉 대의명분을 깊이 생각하여야 하는 것이다. 국내외적으로 대의명분이 서지 않는 전쟁은 그만큼 내부의 단결력을 약화시키고, 외부의 성원과 협조를 얻을 수 없게 된다. 어느 한 개인이나 집단도 마찬가지이다. 대의명분이 없이 사리사욕(私利私慾)이 앞서 있고, 억지로 대의명분을 붙인다면 설사 성공하였다 하더라도 오래 가지 못한다.

오늘날의 기업에 비유하자면 그것이 상업 윤리에 어긋나는 것인지 아닌지, 대중의 공동 이익에 도움이 되는지 안 되는지를 먼저 고려해 보지 않으면 안 된다는 뜻이다. 아울러 사회 복지에 이바지할 수 있는지 없는지도 생각해 보아야 한다.

우리 속담에 '모로 가도 서울만 가면 된다'라는 말이나, '핑계 없는 무덤이 없다'라는 말이 있다. 수단과 방법을 가리지 않고 목적만 이루면 된다든지, 도둑질도 이유가 있고 처녀가 아이를 가져도 할 말이 있다고도 한다. 어떤 침략자도 자신을 침략자라고 말하지는 않는다. 이기면 임금이고, 지면 역적이라는 말도 그렇다. 대의명분 없이 일을 도모하다 보면 자기 합리화에 빠져 버리고 만다. 모두 억지춘향이라 할 수 있다.

오늘이 있으므로 내일이 있고 내일이 있으므로 모레가 있다. 그렇게 해서 날은 계속 이어져 나간다. 대의명분이 분명하게 있는 일은 오래도록 이어져 기억되지만 억지 춘향 격이면 오늘 하루 있는 것도 위태롭고 불안하기만 하다.

중국 사람들은 하늘(天)이 우주의 만상을 지배한다고 믿었다. 하늘만 쳐다본다는 말도 있듯이, 농업 국가에서는 하늘이 중요하다. 때문에 중국의 황제를 천자라고 하지 않았던가. 대의명분을 잃고 사욕에 놀아나면 하늘이 노(怒)한다고 하였다. 그만큼 하늘이 중요한데, 여기에서는 바로 기상과 기후 같은 것에 지배를 받는다는 뜻이다.

사람도 생물인 이상 기상과 기후 같은 것에 지배를 받아야 하는 것은 불가피한 일이다. 여름에 필요한 상품을 여름에 만들어서는 정작 여름에는 그 상품을 공급할 수가 없다. 손자가 이야기하는 하늘은 바로 이 천시(天時)를 가리키는 것이다. 전쟁도 때를 잘 택해야 하며 기업의 상품도 때를 잘 맞추어야 한다.

우리는 흔히 운수대통(運數大通)이란 말을 쓴다. 이것은 크게 노력하지 않고도 성공한다는 뜻이 담겨 있는데, 바로 여기에는 하늘이 도와 주었다는 뜻이 포함되어 있다. 따라서 하늘이란 단순한 기상·기후와 같은 차원을 넘어 높은 의미의 하늘을 뜻하는 것인지도 모른다. 신(神)의 은총 같은 것 말이다.

1. 계편(計篇) 25

땅[地]이란 간단히 말하면 땅의 이(利)를 안다는 것이다. 앞에서 말한 도(道)와 천(天)이 근본적인 것인 동시에 약간 형이상학적이고 추상적인 것이라 한다면, 지금부터 나오는 땅·장수·법은 형이하학적이며 보다 구체적인 것이라고 할 수 있다.

지리(地利)를 얻기 위해서는 산악과 구릉의 분포, 평지의 넓고 좁음, 하천과 바다와의 관계, 동서남북의 방위 등 자연지리학(自然地理學)적인 조건을 살펴야 하고, 이들 자연지리학적인 조건에 맞추어 만들어진 시설물, 즉 주택을 비롯한 건축물, 상주하고 있는 인구의 밀도, 집산되는 물자와 교통, 이것들의 상호 관계 등 인문지리학(人文地理學)적인 여건을 살펴야 한다. 이밖에도 지반(地盤)의 강약, 지질과 토질 등 지질학(地質學)적인 것에 대해서도 충분한 조사 연구가 있어야 한다.

군(軍)의 작전을 지휘하면서 소총 소대장은 사병들에게 입에 침이 마르도록 지형·지물을 이용하라는 말을 한다. 이것은 사병 개개인이 명심해야 할 일로서, 지반이 약한 곳에 탱크와 같은 중장비를 운용할 수 없고, 높은 산으로 가려진 곳에 직사포를 쏠 수 없는 것이다.

오늘날의 기업은 공장을 비롯하여 본사, 지사, 출장소, 대리점 등등이 있는데 공장의 설치는 자연지리학적인 조건과 지질학적인 조건이 가미된 사정을 고려하고, 그런 후에 제품의 운반과 수송을 위한 교통·운수 면을 고려하여야 하는데, 본사나 지사 등은 인문지리학적인 여건이 먼저 살펴져야 할 것이다.

우리 속담에 '서울로 가야 출세한다' 라든지 '큰물에서 놀아야 한다' 라는 말이 있다. 서울이나 큰물이란 활동할 수 있는 땅도 넓고 기회도 많은 곳을 뜻한다. 그러나 오늘날의 서울은 인구 과밀로 도시가 터질 것 같은 상태에 놓여 있다. 그렇지만 컴퓨터나 유·무선 통신이 보급되어 이제는 회사에 출근하지 않고도 가정에서 사무를 볼 수 있는 시대가 되었다. 아울러 지방자치시대가 열리고 있으니, 비싼 대도시의 땅 10평보다 지방의 땅 1백 평, 아니면 1천 평이 더 값지게 될 때가 왔다.

땅은 거짓이 없다. 언제나 진실하다. 콩 심은 데 콩 나고 팥 심은 곳에 팥 나며, 정성 들여 가꾸면 많은 수확을 얻을 수 있으나 버려지면 쓸모 없게 되어 버린다.

장(將)이란 곧 장수로서, 전쟁의 총지휘자이지만 반드시 총대장만을 가리키는 것은 아니다. 기업의 장에는 회장, 사장, 전무, 상무, 부장, 과장, 계장 등이 있는데 반드시 이들만을 가리키는 것이 아니라 그들 밑에 있는 많은 부하와 협력자를 갖고 있는 모든 조직의 장(長)도 의미한다. 즉, 장(將)이 전쟁을 수행하는 데 필요한 사람이라면, 기업의 장(長)은 기업을 이끌어 나가는 데 필요한 사람인 것이다.

모름지기 전장에 나아가는 장군이 지략과 신망과 인격과 용기와 위엄이 없다면 그 싸움은 해보나마나일 것이다. 적을 상대로 싸우는 사람은 한 사람 한 사람의 사병이지만 싸움을 지휘하는 사람은 바로 장군이다. 그리고 사병들은 장군을 믿고 존경할 수 있어야만 비로소 자신의 목숨을 내걸면서 싸움을 승리로 이끌려 할 것이다.

기업의 경우에도 마찬가지이다. 회장입네 사장입네 하면서 사무실이나 번듯하게 치장해 놓고 하늘 아래에 자기만 존재한다고 착각하는 조직의 장(長)이 있다면, 그는 장으로서 자격이 없다. 아랫사람으로부터 존경은커녕 비웃음만 사게 될 것이다. 아랫사람을 아끼고 위로하여줄 때 상하가 한마음이 되어 어려운 일도 척척 해나갈 수가 있다. '뭉치면 산다'라는 말은 같은 직급은 물론, 상·하 전체가 한마음으로 뭉쳐야 함을 강조하는 말이다.

그리고 장(將, 長)은 반드시 능력을 갖추어야 한다. 속담에 '자리가 사람을 만든다'는 말이 있기는 하지만, 현대는 사람이 자리를 만들어 나가야 하는 시대이다.

법(法)이란 질서이며 지켜야 할 규정이다. 국가의 법질서, 군대 내부의 법질서, 일반 사회인들의 법질서가 궤도에 올라 있지 않으면 생사와 존망이 달려 있는 전쟁은 고사하고 작은 규모의 사업계획도 생각대로 원활하게 추진할 수가 없다. 단 한번의 명령에 따라 모든 군대가 총력을 집중하여 전쟁을 일사불란(一絲不亂)하게 수행하려면 먼저 법질서가 서 있어야만 한다.

전국시대 말기의 조(趙)나라 장수 조괄(趙括)이 진(秦)나라 장수 백기(白起)에게 패하여 40만 대군이 몰살당하게 되었는데, 그 원인 중의 하나는 조괄이 대장이 된 그 날부터 모든 조직 체계를 뜯어고치고 군법·군령들을 나름대로 새로이 정함으로써 이미 정립되어 있던 법질서를 스스로 어지럽혔기 때문이다.

속담에 '구관이 명관이다'라는 말이 있는데, 이 말은 이미 이루어진 법질서를 함부로 뜯어고치면 오히려 어지러움만 불러일으킬 때를 가리키는 말이다. 한 기업의 지도자가 바뀌었을 때, 그가 기업의 실정을 완전히 파악하지 못한 채 성급하게 전략을 바꾼다거나 개혁을 하게 되면 오히려 뜻하지 않은 혼란을 초래할 수도 있다. 그리고 어쩌다 무사히 넘어간다 하여도 시행착오 등을 시행 도중에 반드시 겪게 된다.

이상이 자기 쪽에서 반드시 먼저 살펴야 할 조건이다. 즉 도, 하늘, 땅, 장수, 법 등의 이 다섯 가지 조건은 바로 『손자병법』의 머리말이기도 하며 또한 범론(汎論)이기도 하다. 다음에 이 다섯 가지에 대한 자세한 설명이 나온다.

• 승리를 결정하는 다섯 가지의 요건이 있다.

3. 죽느냐 사느냐

정치란 백성으로 하여금 통치자와 함께 뜻을 같이하여[令民與上同意] 통치자와 함께 죽을 수도 있고, 살 수도 있어 위태로움에 처해서도 두려워하지 않는 것이다.

道者, 令民與上同意也, 故可與之死, 可與之生, 而不畏危也.
도자는 영민여상동의야니, 고가여지사하고 가여지생하여 이불외위야니라.

[해 설]
　도(道), 즉 도의라는 것은 국가적인 측면에서 말하면 국민, 사업상으로 보자면 조직에 참여하는 모든 사람들이 지위의 높고 낮음을 떠나서 뜻을 같이할 수 있도록 하며, 올바른 판단과 생각으로 생사와 고락과 성패를 같이하는 공동 운명체에 예속되어 있다고 자각하면서 공동 목적을 향하여 나아갈 수 있게 하는 것이다. 그러나 여기에는 명령이 내려졌으니 마지못하여 움직인다든지 자기의 뜻도 아닌데 그저 따라 움직이는 일은 있을 수 없으며, 일의 성패나 자신의 거취 문제에 불안을 품는 일은 있을 수가 없는 것이다.
　한 나라가 어려움에 처하게 되었을 때 예나 지금이나 지도층들은 갑자기 거국일치(擧國一致)니 상하일심(上下一心)이니 하면서 마치 나라를 구하는 일이 자신에게만 달려 있는 것처럼 생색을 내기도 한다. 그러나 이것은 일찍부터 일관되어 온 도의가 없기 때문이며, 모든 국민이 납득할 수 있는 바른 도의가 없기 때문이다.

- 전쟁을 이기려면 위아래가 뜻을 같이하여야 한다.
- 『소설 손자병법』 ① 천하의 표랑객 p49

      *   *   *

천시란 것은 음양(陰陽 : 밤과 낮), 한서(寒暑 : 춥고 더움)와 시기에 맞추는 것이다.

天者, 陰陽, 寒暑, 時制也.
천자는 음양과 한서와 시제야니라.

[해 설]
 음양(陰陽)이라고 하는 것은, 밤이 지나면 밝은 아침이 오고 날이 저물면 어두운 밤이 온다는 것이다. 비바람이 칠 때면 어둡고, 맑게 갠 날은 한없이 밝다. 그러한 맑고 어두운 것이 많은 사람의 심리, 더 나아가서는 일의 성패를 얼마나 많이 좌우하는가를 가볍게 보아서는 안 된다는 뜻으로 보아야 할 것이다.
 다음, 한서(寒暑)라는 것은 글자 그대로 기후·날씨에 의한 춥고 더움을 말하는 것으로, 보다 크게는 그것을 포함한 춘하추동(春夏秋冬)에 따른 기후의 변천과 그 시기나 정도 등을 말하는 것이다.

시제(時制)라는 것은 위의 음과 양, 추위와 더위를 때로 보고, 그때에 적응시켜 이를 이용하는 것을 제(制)라고 풀이할 수 있다. 그리고 시(때)란 아무 때를 의미하는 것이 아니라, 지구가 태양을 한 바퀴 도는 공전 시간 365.24219일을 1년으로 하고, 하루를 24시간, 한 시간을 60분, 1분을 60초로 하는 것과 같은 제약을 받는 시간을 뜻한다. 다시 말하면, 시기나 시간 같은 때의 변화에 대한 법칙이라고 말할 수 있다.

음양에 관한 것은 추상적이기 때문에 이를 구체적으로 설명할 수는 없지만 한서(寒暑)에 대한 문제는 사람은 물론 모든 생물들에게도 가장 직접적인 영향을 주는 적이 아닐 수 없다. 우리는 역사적인 전쟁을 통하여 추위가 얼마나 무서운 것인가를 알 수 있다. 나폴레옹이 러시아로 쳐들어갔으나 끝내는 동장군(冬將軍) 때문에 어처구니없는 참패를 당했고, 히틀러의 독일군도 추위 때문에 러시아를 정복하는 데 실패했다. 한편 더위 때문에 고생한 경우도 많으며, 아프리카의 뜨거운 사막에서 고전을 겪었던 경우도 마찬가지이다.

사람과의 싸움에서는 이길 수 있어도 자연 때문에 패한 예는 얼마든지 있으며, 또는 추위를 이용하여 얼어붙은 강을 쉽게 건넜던 것이라든지, 추운 날 흙과 물을 이용하여 보루를 쌓은 조조의 이야기도 날씨와 관련된 자연을 이용한 예들이다.

오늘날과 같은 산업사회에서는, 예전에는 통제하지 못했던 추위와 더위도 난방 장치나 냉방 장치를 가동하여 통제가 가능해지면서 작업의 능률을 높이고 있다.

시제의 문제는, 시간적인 제약과 시기적인 변화를 고려해야 한다. 봄에 끝내야만 할 전쟁이 여름 장마철을 만나 고전하는 경우도 있으며, 가을에 끝내야 할 전쟁이 시기를 맞추지 못하여 추운 겨울까지

가게 되어 결국 참패를 당하는 경우도 있다. 따라서 절호의 시기를 얻기 위하여 속전(速戰)과 지구전(持久戰)이 그때그때 필요한 것이다.

　기업에 있어서도, 여름철에 쓰일 물건을 제때에 맞추어 생산해내지 못했을 때에는 다음 해까지 재고로 쌓이게 되며, 그렇게 되면 생산자는 물론 소비자도 손해를 보게 된다. 그만큼 원가 부담이 늘어나 판매가가 비싸지기 때문이다. 그리하여 상품은 또 팔리지 않고 쌓이게 되어 기업은 도산하고, 국가적으로도 손해가 커진다. 따라서 시기를 맞춘다는 것은 대단히 중요하다.

- 하늘은 스스로 노력하는 사람을 돕는다.
- 『소설 손자병법』 ① 흥망의 기본 p26

　　　　　　　＊　　＊　　＊

　지리란 먼 지역과 가까운 지역[遠近], 즉 거리와 간격, 험한 장소와 평탄한 장소[險易], 넓은 땅과 좁은 땅[廣狹], 죽는 곳이냐 사는 곳이냐[死生]를 말하는 것이다.

地者, 遠近, 險易, 廣狹, 死生也.
지자는 원근과 험이와 광협과 사생야니라.

[해 설]

　전쟁을 하는 데 있어서 제일 먼저 염두에 두어야 할 것은 거리에 관한 것이다. 먼 거리에 있는 땅을 기습 작전에 의하여 탈취한다는 것은 불가능하다. 설사 성공한다 하더라도 그것은 요행을 바라는 모험이 아닐 수 없다.

　춘추시대 진(秦)나라 목공(穆公)이 진(晉)나라 국경 지역을 몰래 넘어가 정(鄭)나라를 기습 작전으로 탈취하려는 계획을 세웠을 때, 재상인 건숙(蹇叔)과 백리해(百里奚)는 이를 극구 반대하였다. 그러나 목공이 끝내 자신의 생각대로 기습을 단행하자 두 재상은 장군이 되어 싸움터에 나가는 아들들을 통곡하면서 전송하였다.

　결국 진(秦)나라 군사는 기습 작전에 실패를 하게 되고, 고국으로 돌아오는 길에 이를 탐지하고 매복하여 있던 진(晉)나라 군사들에게 전군이 포로가 된 일이 있다. 이것은 공격 지점이 먼 거리라는 것을 염두에 두지 않고 단순히 기습 작전의 이점만을 생각하였기 때문에 실패한 경우이다.

　험이(險易)란, 지형의 험준함이나 평탄함을 말하며 거리 다음으로 중요한 지리적 조건이다. 몽골이 고려로 쳐들어왔을 때 강화도를 점령하지 못한 것은 지형이 험하였기 때문이다. 만일 평탄한 곳이었다면 몽골 기병들에 의해 쉽게 점령당했을 것이다.

　광협(廣狹)이란, 지형이 넓고 좁은 것을 말한다. 전국시대 진(秦)나라가 조(趙)나라 성을 포위하였을 때, 조나라에서는 성을 구할 것인가 버릴 것인가의 문제를 놓고 중신회의를 열었다. 이때 염파(廉頗)와 같은 장군은, 성을 구하러 가는 길목이 좁고 험하니 만일의 경우 후퇴하기가 어려우므로 포기할 수밖에 없다는 뜻을 피력하였다. 그러나 조사(趙奢)는 지형이 좁은 곳에서 싸운다는 것은 두 쥐가 같은 구멍 속에서 싸울 때 힘센 놈이 이기는 것처럼 어느 쪽이 잘 싸우는가에 승패가 달려 있지 지형에 있는 것이 아니라고 하여, 결국 이 싸움에서 이겼다. 이것은 강자는 좁은 지형에 유리하고, 약자는 좁은 지형을 조심하여야 된다는 말이 될 수도 있다. 그러나 때에 따라서는 그 반대가 될 수도 있다.

사생(死生)이란, 지형의 조건이 공격과 수비에 있어서 죽을 곳이냐 또는 살 곳이냐 하는 문제로, 이를 막다른 곳이냐 또는 막히지 않은 곳이냐로 설명하고 있는 이도 있다. 다시 말하면, 쫓기는 몸이 절벽을 뒤로 하고 있을 때는 분명히 사지임에 틀림없다. 그러나 이왕 죽을 바엔 힘껏 싸워나 보자 하고 백배의 용기를 내어 적과 싸워 이기면 그곳은 생지가 된다.

한신(韓信)이 유명한 배수진(背水陣)으로 조(趙)나라를 이기게 된 이유를 '사지에 빠진 뒤에 산다'라고 말한 것은 이 사생의 이치를 잘 말해 주고 있는 것이다.

- 주어진 상황(조건)에서 생각하고 판단하여야 한다.
- 『소설 손자병법』 [1] 고전장에 배우다 p120

* * *

장수[將]란 지혜(智慧), 신의(信義)와 인(仁), 용(勇), 엄(嚴)이다.

將者, 智信仁勇嚴也.
장자는 지신인용엄야니라.

[해 설]

장수, 즉 아랫사람을 통솔하는 사람은 먼저 그 일에 대한 지식과 그것을 운용할 줄 아는 지혜가 있어야 하며, 약속을 정확하게 지키는 신의가 없으면 아랫사람에 대한 권위는 물론 대외적으로도 신임을 받을 수 없다. 또한 인정 있고 이해심이 많아 아랫사람을 사랑할 줄 알고 아낄 줄 알아야 한다. 그리고 난관을 뚫고 나갈 수 있는 투지와 과감한 결단력이 없으면 앞에 말한 것을 모두 갖추었다 하여도 소용이 없다. 그 다음으로 남에게 가볍게 보여서는 안 된다. 아랫사람이 우러러볼 수 있는 위엄을 갖지 않으면 안 되는 것이다.

오기(吳起)는 전쟁에 나갈 때면 병졸들과 똑같이 생활하였다. 장군이 타는 수레가 있었지만, 이를 병든 환자가 타도록 하였다. 말이 있었지만 타지 않고 병졸들과 함께 걸으면서 말 잔등에는 병졸들이 무거워하는 짐을 실었다. 똑같은 밥을 먹고 똑같은 침상에서 잤다. 이 밖에도 환자가 있으면 약을 손수 발라 주고 붕대를 감아 주었다. 종기를 앓고 있는 어느 병사의 곪은 자리에 직접 입을 대고 고름을 빨아내기도 하였다.

그때까지 걸핏하면 매를 맞고 천대를 받아 오던 병졸들, 직접 당하는 사람은 물론이요, 그것을 보는 모든 사병들이 감격하여 장군의 사랑을 죽음으로 보답하려고 하였다. 때문에 오기의 군사는 어느 싸움에서나 적은 수로도 큰 적을 대파하여 항상 이길 수가 있었다. 오기의 사랑은 눈에 띄는 것이었지만, 조그마한 관심이 아랫사람들에게 믿음과 존경을 불러일으키는 경우는 허다하다. 기업의 회장이나 사장이 말단 사원, 또는 공장의 한 구석에서 일하는 생산공에 이르기까지 이름 석 자만 친절히 불러 주어도 윗사람이 자기를 알아준다고 생각하여 더욱 열심히 일에 충실할 것이다.

항우(項羽)가 8천 명의 군사로 20만의 진(秦)나라 관군과 싸워 이를 쳐부순 것은 순전히 용기 때문이었다. 강을 건너오자마자 돌아갈 배를 불살라 버리고, 밥을 지어먹던 솥과 가마마저 깨뜨려 버림으로써 자기 군대에게 결사의 용기를 불러일으켰기 때문에 승리할 수 있었던 것이다.

윗사람이 보여 주는 용기는 아랫사람들의 용기를 불러일으키고, 과감한 결단력은 부하들에게 자신을 불어넣어 주는 것이다. 만일 그렇지 못하면 아랫사람은 윗사람의 눈치나 보고 우물쭈물 하면서 불안한 가운데 시간만 보내게 될 것이다.

엄(嚴)이란 언제나 위엄만 갖추라는 것은 아니다. 때와 장소를 구별할 줄 아는 사람이라야 아랫사람에게 존경을 받을 수가 있다. 사원들을 위로하는 회식 자리에서 여전히 위엄만 부리고 있는 상사는 아랫사람으로부터 존경은커녕, 그리고 그들에게 위로는커녕 오히려 돈을 들여 위로하려 든다는 공론만 듣게 될 것이다.

가정에서도 마찬가지이다. 가장은 당연히 자녀들에게 엄하여야 하지만 그만큼 자녀에게 자애로움을 베풀어 줄 때 올바른 가르침을 줄 수 있다. 자식이 부모로부터 사랑을 느끼지 못하고 무서움만 느낀다면 누가 집에 들어가는 것을 좋아하겠는가?

- 지휘관은 아무나 하는 것이 아니다.
- 『소설 손자병법』 2 병법담의 p91

* * *

법제란 질서·규정인데 군대의 편성[曲制], 명령 계통[官道], 무기와 식량의 군용품[主用]이다.

法者, 曲制, 官道, 主用也.
법자는 곡제와 관도와 주용야니라.

[해 설]

곡(曲)이란 자제한다는 뜻으로 제(制), 즉 군대의 편제인 분대·소대·중대·대대·연대·사단같이 편성되어 있는 것이며, 관도(官道)란 군대의 명령 계통과 복무 규율을 가리키며, 주용(主用)이란 군대에서 주로 사용하는 것으로 무기(武器)·식량(食糧) 같은 것을 가리킨다.

'곡제'를 기업에 비유하여 설명하면, 기구 조직표에 의하여 만들어진 본사와 지사, 본사 안의 총무부·영업부, 그 밑으로 과·계 등으로 나뉘어 각기 업무를 분담하여 처리하고 있는 것과 같다. 이것은 한 사람의 능력에는 한계가 있기 때문에 여러 사람이 나누어 효과적으로 능률을 올리기 위함이다. 그런데 우리는 때때로 자기 부서에서 하지 않아야 할 일도 어떠한 이익이 있으면 무조건 해야 하거나, 귀찮은 일이면 맡아야 할 부서에서도 오리발을 내미는 경우가 허다하다. 이는 바로 '곡제'의 비철저에서 오는 폐단이다.

때로는 꼭 설치하여야 할 부서를 두지 않았기 때문에 실질적인 효과를 보지 못하고 시간만 낭비하는 경우도 있다. 이와 반대로 사람을 위하여 부서를 만드는 경우, 즉 위인설관(爲人設官)하여 헛되이 재정을 낭비하고 일만 복잡하게 하여 서류에 쓸데없이 도장만 새빨갛게 찍는 경우도 있다.

'관도'란 명령 계통이다. 군대이거나 기업이거나 간에 조직체에서 제일 중요한 것은 명령 계통이다. 거쳐야 할 경로를 제대로 거치지 않고 건너뛰는 일이 잦으면 어떤 일이 터졌을 때 책임이 어디에 있는지 분명히 알지 못하지만, 반대로 그 경로가 너무 번잡하면 상부의 의사가 도중에서 흐려져 버리거나 달라지기도 하고 때로는 전혀 전달되지 않기도 한다. 따라서 곡제가 잘 되었다 하여도 '관도'가 제대로 이루어지지 않으면 별 수 없다.

　우리는 흔히 심복이란 말을 사용한다. '누구는 누구의 심복이다라고…….' 그리하여 윗사람으로서 가장 조심하여야 할 일은, 관도를 통하지 않고 심복을 통할 때 개인에게는 편리함이 따를 수 있을지 모르나 군이나 기업으로 보면 마치 혈관 속에 더러운 피를 넣는 것과 같은 것으로, 결국은 병들어 쓰러지고 만다.

　'주용'이란, 일을 하는 데 필요한 물체이다. 곡제나 관도를 무형적이라 한다면 주용은 유형적이다. 즉, 이것은 일을 하는 데 필요한 설비·장비를 말한다. 아무리 조직이 잘 되고 명령 계통이 잘 짜여져 있다 하여도, 먹지 않고 무기 없이 싸울 수는 없는 일이다.

　군 사회에서는 '무(無)에서 유(有)를 창조한다'라는 말을 자주 사용한다. 무에서 유를 창조하는 정신은 찬양할 만하나 실제는 옳지 못하다. 철조망을 주지도 않고 철책을 치라고 한다면 남의 것을 훔쳐서라도 해야만 하기 때문이다.

　또한 알맞고, 품질 좋은 재료가 필요하다. 좋지 않은 기계를 설치하여 주고 좋은 물건을 만들라면 요술쟁이가 아닌 다음에야 그렇게 할 수가 없는 것이다. 돌이 섞인 식량을 주었기 때문에 일어난 임오군란도 법대로 하지 않은 것에서 비롯되었다.

- 체제를 갖추어야 제 힘을 쓸 수 있다.
- 『소설 손자병법』 ② 지기상합 pp69~70

*　　*　　*

　이 다섯 가지는 장수로서 알지 않으면 안 된다[莫不聞]. 이것을 아는 사람은 이기고 알지 못하는 사람은 이길 수가 없다.

凡此五者, 將莫不聞, 知之者勝, 不知者不勝.
범차오자는 장막불문하니 지지자는 승하고 부지자는 불승이니라.

[해 설]
　이 다섯 가지, 즉 도·천·지·장·법을 항상 들어 왔기 때문에 장수로서는 알지 못하는 사람이 없을 것이다. 그러나 이것을 지극히 당연한 상식이라고 모두가 '그까짓 것' 하며 대수롭지 않게 여기고 있지만 제대로 알고 있느냐, 또한 제대로 실천하고 있느냐에 따라서 싸움의 승패가 판가름나는 것이다.
　전쟁에는 연습이 없다. 중용도 있을 수가 없다. 지거나 아니면 이긴다. 위에 든 다섯 가지를 머리 속으로는 다 알고 있다 하여도 실천에 옮기지 않는다면 쓸모 없는 것이 되고 만다.
　조(趙)나라의 장수 조괄(趙括)은 명장인 조사(趙奢)의 아들로서, 재주가 비상하여 아버지인 조사보다 지식이 훨씬 풍부했다. 그리하여 부자 간에 토론이 벌어지면 아버지가 궁지에 몰리는 일이 비일비재하였다.
　이것을 바라보는 조괄의 어머니는 아비보다 똑똑한 아들이 대견스럽기만 하였다.
　그래서 하루는 남편에게,
　"장군의 집에 장군이 난다고 하더니 우리 괄이가 장차 크면 당신 못지않게 훌륭한 장수가 될 거예요."
　라고 칭찬했다. 이 말을 들은 조사는 못마땅한 표정으로,
　"장차 조나라를 망치게 될 사람이 바로 저놈이오. 괄을 나라에서

장수로 쓰지 않는다면 퍽 다행이겠는데, 만일 저놈을 총대장으로 쓰게 되거든 당신이 있는 힘을 다해 말리시오."

라고 간곡하게 당부하였다.

그래서 부인이 그 까닭을 묻자 조사는,

"전쟁이란 국민의 생사와 나라의 흥망이 달려 있는 중대사요. 괄이 철없이 귀로 듣고 책으로 본 것만 가지고 다 아는 것처럼 생각하고 있으니 일을 그르치기에 꼭 알맞기 때문이오."

라고 그 이유를 말하였다.

그 후 장군이 된 조괄은 과연 40만 대군을 하루아침에 적의 손에 넘겨 주었다.

진정한 지식인은 늘 자신의 부족함을 느낀다. 그리고 겸손하다. 바둑을 잘 두는 사람에게 대국을 하자고 제의하면 처음에는 못 둔다고 사양을 한다. 노래를 시키면 할 줄 모른다고 몸을 빼는 사람이 가수를 뺨칠 경우가 있다. 이삭은 익으면 익을수록 고개를 숙이는 것이 자연의 이치다. 다 알았다고 생각하는 것은 아는 것이 어떤 것이지도 모르고 있다는 증거이기도 하다.

- 알면 이기고 모르면 패한다.
- 『소설 손자병법』 2 병법담의 pp93~94

4. 기본 원칙의 비교

그러므로 이 다섯 가지 요건을 가지고[以計] 치밀하게 비교하여[校之] 그 실정[其情]을 탐색하여[索] 본다.

故校之以計, 而索其情.
고로 교지이계하여 이색기정이니라.

[해 설]

위에서, 다섯 가지의 기본 요건을 잘 아는 자는 이기고 알지 못하는 자는 패한다고 하였다. 즉, 이 다섯 가지가 적과 비교하여 우세하면 이기는 것이고 열세하면 진다는 것이다. 그러나 그것을 제 나름대로 혼자 잘되었다고 생각하여서는 안 된다. 아무리 스스로는 잘되었다고 생각하여도 저편이 더 잘되었다면 나의 우세는 우세가 아닌 것이다.

적과 비교하여 더 잘되어 있어야 비로소 우세한 것이며, 적을 이길 수가 있는 것이다. 그리고 그 우열의 비교도 일정한 기준에 의하여 평가하여야 할 것이다. 그렇게 하면 실제 싸움에서도 싸움을 시작하기 전에 벌써 승패의 윤곽을 알 수 있다.

비교하여 그 실태를 파악한다는 것은 객관성을 가질 수가 없다. 팔은 항상 안으로 굽게 마련이라 제 자식이 못나도 남의 자식보다 나아 보이는 것이 보통 사람들이다. 때문에 비교를 할 때에는 어떤 공정한 기준을 두고 계산을 하여야 한다.

• 충분한 자료 수집으로 우열을 판단한다. 생각도 과학적이어야 한다.

• 『소설 손자병법』 ② 병법담의 p80

* * *

(그 기준을) 말하면 군주의 정치는 어느 쪽이 현명한가? 장수는 어느 쪽이 더 유능한가? 천시와 지리는 어느 쪽이 더 유리한가? 법령은 어느 쪽이 잘 시행되고 있는가? 군대는 어느 쪽이 더 강한가? 병사는 어느 쪽이 더 잘 훈련되었는가? 상과 벌은 어느 쪽이 분명한가? 나는 이상의 것으로써[五以此] 승부를 안다.

日, 主孰有道, 將孰有能, 天地孰得, 法令孰行, 兵衆孰强, 士卒孰練, 賞罰孰明, 吾以此知勝負矣.
왈 주숙유도하고 장숙유능하고 천지숙득하고 법령숙행하고 병중숙강하고 사졸숙련하고 상벌숙명한가. 오이차로 지승부이니라.

[해 설]
앞에서 우리는 가장 근본이 되는 다섯 가지를 이미 살펴보았다. 바로 이 다섯 가지 근본을 위에 든 일곱 가지 항목에 적용시켜 비교하고 계산하여 보면 이길 것인지 질 것인지를 알 수 있다는 것이다. 그러면 그 일곱 가지란 무엇인가?
첫째, 주(主)는 어느 쪽이 더 도의적인가를 비교하여 보는 것이다. 여기에서 주(主)란, 나라로 보면 임금이란 뜻이고, 기업으로 보면 기업주, 가정으로 보면 가장으로 주체(主體)·주인을 뜻한다. 이것은 실천력이 없는 명목상의 군주나 기업에 있어서의 고용된 사장이 아니라, 실권을 장악하고 있는 사람이 사실상 주(主)의 대상이 된다.

둘째, 장(將), 즉 장수는 어느 쪽의 누가 더 유능한가? 물론 장수란 전쟁을 지휘하는 통솔자를 의미하며 실제로 자기 나름대로 일을 구상하며 경영해 나가는 사람이다. 비록 고용된 사장이라 하더라도 유능하지 못하면 그 기업의 장래는 생각하여 볼 것도 없다. 유능하지 못한 자식에게 기업을 물려주었다가 망치는 경우는 많으며, 망해 가는 기업을 살려낸 전문 경영인들도 많다. 그것은 조직을 이끌어 가는 지도자들의 능력이 각기 다르기 때문이다. 그러면 장수의 능력은 무엇으로 기준할까? 바로 지(智)·인(仁)·용(勇)·신(信)·엄(嚴)의 다섯 가지 덕목으로 기준한다.

셋째, 천지(天地), 즉 기후나 때와 같은 자연 조건과 지형 조건이 어느 쪽에 더 유리한가를 검토하여야 한다. 다시 말하면 천시(天時)와 지리(地利)가 어느 편에 더 유리한지, 어느 편이 더 잘 이용하고 있는지를 비교하여야 한다.

넷째, 법령(法令), 즉 제도와 법령은 적의 것보다 더 훌륭하고 완벽하게 정비되어 있어야 한다. 그러나 제도와 법령이 잘 정비되어 있다고 해도 완전한 효과를 기대해서는 안 된다. 잘 정비되어 있고 실천하지 못하는 법령보다는 미비한 법령이라도 잘 실행하여야 차라리 효과가 있는 것이다. 또한 아무리 훌륭한 제도나 법령이라 하더라도 원만하게 운용되지 않고, 요즘 말로 융통성이 없으면 죽은 법령이나 마찬가지이다. 그러나 '이현령비현령(耳懸鈴鼻懸鈴)'이란 말이 있듯이, '귀에 걸면 귀걸이, 코에 걸면 코걸이'가 되어서도 안 되겠지만 모든 것을 법대로만 한다면 그러한 폐단도 없지 않음을 유의하여야 할 것이다.

다섯째, 일선에서 싸우는 병사들〔兵衆〕, 즉 기업으로 말하면 현장 실무자들의 소질이 문제이다. 어느 쪽이 더 강하냐 하는 것은 어느 쪽이 우수하고 수가 많고 장비가 정예(精銳)인가를 따져보면 알 수 있다. 병사나 현장 실무자는 일을 성사시키는 장본인이다. 전장에서 최후의 승리자는 보병(步兵)이다. 이 말은 마지막 목표에 첫 발을 디디는 군인은 대포를 끌고 다니는 포병도, 탱크를 끌고 다니는 기갑대도, 또한 공군도 아니다. 이들은 보병이 잘 싸우게 하기 위해서 그 뒤를 잘 받쳐 주어야 하기 때문에 필요한 것이다.

여섯째, 병사들이 얼마나 잘 훈련되어 있는가이다. 적과 비교하여 잘 훈련되었다면 그 싸움은 이길 수가 있다. 아무리 강한 체질을 갖고 있어도 훈련되어 있지 않으면 단합된 힘을 발휘할 수가 없고, 일사불란하게 움직일 수 없는 한낱 오합지졸에 불과할 따름이다. 일당백(一當百)이란 말이 있다. 이것은 잘 훈련된 사병 한 사람이 훈련되지 않은 백 명의 적을 당해낼 수 있다는 말이다. 기업의 경우에도 사원의 수가 적을지언정 각자가 일당백의 정신과 실력을 갖추고 있다면 많은 사람이 할 수 있는 만큼의 일을 처리할 수가 있다. 따라서 자연적으로 인건비와 제반 경비가 절감되니 그 만큼 기업을 경영하는 데에 큰 도움을 주게 된다.

결국 훈련이나 재교육은 중요한 것이다. 요즈음처럼 새로운 지식이 많이 필요한 때에 그것을 사원들에게 교육시키지 않으면 급변하는 상황에 적응할 수가 없다. 사원들에게 연수 비용을 쓰지 않고 우수하다고만 하면 그들은 결코 우수해질 수가 없다. 훈련은 비용을 투자하는 정도에 따라 성과도 달라진다.

다른 기업에서 훈련시킨 사람을 스카우트한다는 것은 훌륭한 인재, 재주 있는 사람을 끌어들이려고 하는 것이지만, 이것은 첫 번째에서 설명했던 주인의 도(道)가 이미 경쟁 기업의 주인보다 못하다는 뜻이며, 스카우트되어 온 사람도 언젠가는 다른 곳으로 스카우트되어 갈

소지를 갖고 있는 사람이다. 자기 기업의 사람은 자기 기업 스스로 훈련시켰을 때에 비로소 그 기업을 위하여 헌신할 수 있는 것이다.

일곱째, 신상필벌(信賞必罰)이 분명하여야 한다. 아무리 군사가 강하고 훈련이 잘 되었다 하여도 엄한 신상필벌, 즉 공이 있는 사람에게는 반드시 상을 내리고 죄가 있는 사람에게는 반드시 벌을 주어야 한다. 왜냐하면 아무리 강하고 훈련이 잘 되었다 하여도 신상필벌이 분명치 않으면 단합된 힘을 제대로 발휘할 수 없고 단체 행동에 있어서 기강을 바로잡을 수가 없기 때문에 마지막 가장 중요한 순간에 뜻하지 않은 차질을 가져오게 된다.

기업에 있어서도 공이 있는 사원에게는 그 공적을 높이 사주고, 잘못한 사람에게는 벌을 주어 자기가 한 일에 대해 책임을 지도록 하여야 한다. 기업에서 일하는 사람은 살기 위하여 일하는 것이다. 생물이 살아야 한다는 욕구를 갖는 것은 더 이상 설명할 필요가 없다. 그 욕구는 누구에게나 다 있는 것이기 때문이다. 그런데 기업에 해를 끼친 사람이나 이익을 가져온 사람이나 똑같이 대우를 한다면 누가 기업에 이익을 가져오도록 열심히 일을 하겠는가?

『삼국지』에 '읍참마속(泣斬馬謖)'이라는 말이 나온다. 마속(馬謖)은 제갈량이 가장 아끼는 장수의 한 사람이었다. 제갈량은 기산(祁山)으로 출병하였을 때에 마속을 선봉장으로 삼았다. 그런데 마속은 제갈량의 지시를 어기고 위나라 장수 장합(張)과 싸워 크게 패하고 만다. 이에 제갈량은 그 즉시 마속을 참하여 부하들에게 보였다.

바로 이상의 일곱 가지를 적이나 자기의 경쟁자와 비교하면 승패를 점칠 수 있고, 자신의 부족한 점을 보충할 수도 있다. 우리 속담에 '설마가 사람 잡는다'는 말이 있다. 정확하게 판단하거나 실제로 검토·분석하여 보지 않고 막연하게 설마 하는 생각으로 무슨 일을 시작하거나, 이에 대처하는 것처럼 어리석은 일은 없다.

그러므로 무슨 일을 하든 먼저 이 오사칠계(五事七計)의 사고방식을 중요시해야 한다. 이름이 널리 알려진 대기업도 실상은 건실하지 못한 경우가 얼마든지 있다. 우리 주변에는 겉만 보고 모든 것을 판단하려는 경우가 허다하다. 겉이 화려할수록 속은 비어 있는 외화내빈(外華內貧)이 많다. 신문에 보도 한번 된 적 없지만 속이 탄탄한 기업, 겉으로는 별 볼 일 없지만 속은 알찬 기업도 많이 있다. 그러나 어떻게 이것을 구별할 것인가? 이 오사칠계가 바로 그것을 구별하는 선결 조건이다.

- 비교 없는 판단은 독선이요, 실패를 자초한다.
- 『소설 손자병법』 [2] 병법담의 p80

5. 판단과 임기응변

장수가 나의 계책을 듣고[聽吾計], 그 계책을 쓰면 반드시 승리할 터인즉 나는 머물 것이고[留之], 나의 계책을 듣고도 쓰지 않으면 반드시 패할 것이니 나는 떠날 것이다.

將聽吾計, 用之必勝, 留之, 將不聽吾計, 用之必敗, 去之.
장청오계하여 용지면 필승이니 유지하고 장불청오계하여 용지면 필패니 거지니라.

[해 설]

여기에서 말하는 장(將)은 일반적으로는 장수를 의미하지만, 역사적으로는 오(吳)나라의 임금을 가리킨다. 즉, 오나라 임금이 자기의 계책을 받아들여 싸워서 이기면 그대로 머물러 있을 것이지만, 만일 받아들이지 않고 싸우면 반드시 패하게 될 것이니, 그렇게 되면 자기는 떠날 것이라는 뜻이다.

『손자병법』은 중국 춘추시대에 손무가 오나라의 왕인 합려(闔閭)에게 올린 책이다. 그때 주(周)나라의 천자(天子)는 이미 세력이 약해져 제후들이 패권을 다투고 있을 때였다. 그리하여 제후들은 서로 패권을 잡으려고 숨은 인재들을 다투어 구하게 되었다. 스스로 유능하다고 믿는 인재들이 자기의 포부와 능력을 설명하여 제후가 받아들이면 그 나라에 머물고, 그렇지 않으면 그 나라를 떠나 다른 나라의 제후를 찾아가곤 했다. 따라서 자신의 계책이 채용되면 오나라에 머무를 것이고 그렇지 않으면 떠나겠다는 말이다.

어떻게 보면 자기 피알(PR)이다. 자신이 있다는 뜻으로도 볼 수 있고, 위협적으로도 들린다. 오나라의 임금이 받아 주지 않으면 다른 나라로 가겠다니 겁부터 나지 않을 수 없다. 결국 오나라의 합려는 손무를 받아들여 장군으로 크게 등용하였고, 마침내 제후들 가운데에서 패자(覇者)가 될 수 있었다.

그러나 한편 이것은 손무 자신만을 말하는 것이 아니라 일반적으로 지휘권과 통솔권을 가진 사람이 지혜로운 참모의 말을 잘 들으면 반드시 일을 성공시킬 수 있을 것이라는 뜻이다. 또, 그러한 사람을 받아들여 줄 수 있는 지휘자 밑에 머무르면서 소신껏 일을 할 수 있다는 것이며, 그 반대의 경우 일찌감치 떠나 버리는 것이 옳다는 뜻으로도 볼 수 있다.

• 세계는 급변한다. 어제의 것만 고집할 수는 없다.
• 『소설 손자병법』 ① 흥망의 기본 pp27~28

* * *

이(利)를 헤아려 받아들여지면 곧 유리한 형세를 조성하여 외부적인 보조 조건을 삼을 것이다.

計利以聽, 乃爲之勢, 以佐其外.
계리이청이면 내위지세하여 이좌기외니라.

[해 설]

이익이 될 것이라는 막연한 기대를 가지고 한번 써보는 것이 아니라 반드시 이익이 된다는 것을 확신하고 행하면 그것이 목적과 원칙이 되어 모든 면에서 박차를 가하게 되고, 임기응변(臨機應變)하는 묘미까지 발휘하게 된다는 것이다. 즉, 앞에서 손자는 자신의 계책을 채용한다면 반드시 승리할 것이고, 그렇지 않으면 패할 것이라고 한 것처럼 어떤 계책이 유리하다고 생각되어 채택하면 자신의 마음속에 있는 움직이지 않는〔靜的〕계책을 세(勢), 즉 움직이는 힘으로 전환시켜 밖으로 나타나게 하여 전력을 보강하게 된다.

아무리 훌륭한, 하늘을 흔들고 땅을 진동시킬 만한 계책을 마음속에 품고 있어도 그 자체만으로는 아무런 효과도 얻을 수가 없는 것이다. 그것은 그저 가슴속의 것으로 끝나 버리므로 정적인 존재로 그쳐 버린다. 이 계책이 실제로 응용되어 실행되어야만 움직이는 세력으로 될 수 있는 것이다. 그러므로 계책의 가치는 그것을 가지고 있는 데에 있는 것이 아니고 실천에 있는 것이다.

그리고 용병술이니 전략이니 하는 것에는 고정된 방법이 있을 수 없다. 원칙이 있다고 공식대로만 움직일 수는 없는 것이다. 때로는 정면 공격을 하고, 또 때로는 측면 기습 공격도 하여야 한다. 따라서 이익이 될 것이라고 해서 계책을 받아들였다고 다 되는 것이 아니라 이를 잘 운용하여야 한다.

- 전화위복(轉禍爲福)의 지혜를 써야 한다.
- 『소설 손자병법』 1 안평중의 호기 p158

*　　*　　*

세(勢)라고 하는 것은 이(利)로 인하여 권을 제하는 것[因利而制權], 즉 임기응변을 말하는 것이다.

勢者, 因利而制權也.
세자는 인리이제권야니라.

[해　설]
세(勢)란 형세·기세로 풀이될 수 있으며, 한 걸음 더 나아가 판단하는 능력과 실행하는 박력 같은 것으로도 풀이될 수 있다. 즉, 이익이란 목표를 전제로 하여 그것을 달성하기 위한 모든 원칙을 적시적소에 응용하는 것이 세이다.

권(權)이란 권변(權變), 즉 임기응변을 말한다. 무슨 일을 하려면 원칙대로 하여야 하는 정도(正道)가 있고, 일시적인 방편으로 정도에서 벗어난 응용적인 권도(權道)가 있다.

권(權)은 저울이란 뜻이다. 저울의 바늘은 놓인 물건에 따라 움직여서 그 무게를 정확하게 알려 준다.

어떤 사람이 맹자(孟子)에게 물었다.

"남녀가 직접 손을 맞잡고 있는 것이 옳지 않습니까?"

"예(禮)는 남녀가 직접 손을 맞잡고 있는 것이 아니다."

"그럼 형수가 물에 빠졌을 때에도 건져서는 안 됩니까?"

"형수가 물에 빠진 것을 보고 건져 주지 않는다면 그 사람은 짐승과 다를 바가 없다. 남녀가 손을 맞잡지 않은 것은 예(禮)이고, 형수가 물에 빠졌을 때 건져내는 것은 권(權)이다."

다시 말하여, 원칙에는 벗어나지만 그것이 정당한 처사가 될 때에는 권이 되는 것이다. 즉, 융통성을 가지라는 말이다.

- 원칙은 응용하여야 빛을 볼 수 있다.
- 『소설 손자병법』 [1] 안평중의 호기 p158

6. 전쟁은 속임수이다

병법이란 궤도(詭道 : 기만술)이다.

兵者, 詭道也.
병자는 궤도야니라.

[해 설]

궤(詭)에는 거짓[詭]이란 뜻과 속인다[欺]는 뜻이 있다. 그러므로 궤도란 바른 이치에 어긋나는, 원칙을 벗어나는 속임수란 말이다. 앞에서 세(勢)는 임기응변하여 자기편에 유리하도록 한다는 것이다. 바로 이것이 전략이요, 전술이다.

전략이니 전술이니 하는 것은 자기편에 유리한 어떤 것을 추구한다. 적도 마찬가지이다. 따라서 자기편이 적보다 유리하려면 적이 미처 생각하지 못한, 적보다 앞선 전략이 필요하다. 따라서 적으로 하여금 자기편의 마음을 알지 못하도록 하여야 하기 때문에 군사는 기밀을 중요시한다. 따라서 자기편의 속셈을 알리지 않기 위하여 속여야 하는 것이다.

손자의 이 말을 가리켜 인의(仁義)를 무시하였다거나 지나치게 기(奇)를 중요시하였다고 비난하는 이도 있으나 이미 다섯 가지의 기본 정책을 강조하며 정도(正道)를 밝혔다. 궤도란 전쟁이 진행 중일 때의 책략을 운용하는 방법을 말하는 것이며, 속인다는 말은 적으로 하여금 이쪽의 작전 계획을 알지 못하게 하는 일이며 착각하게 만드는 일이다.

그리하여 궤를 속이는 것으로 풀이하지 않고 변칙적(變則的)이라는 뜻으로 해석하기도 한다. 즉, 전쟁이란 것은 어떤 정해진 원리원칙에 따라 행하여지는 것이 아니라 무수하게 바뀔 수 있는 사태에 따라 그때그때 임기응변하는 것이라고 보고 있다. 당면 과제는 승리에 있다. 승리를 위하여서는 수단과 방법을 가리지 않는다. 때문에 전쟁은 정도(正道)가 아닌 궤도(詭道)인 것이다.

노자(老子)도 정도(正道)로써 나라를 다스리고 기계(奇計)로써 전쟁을 운용한다고 하였다[以正治國, 以奇用兵]. 순자(荀子)도 전쟁에 있어 가장 중요한 것은 세(勢)와 이(利)이며 사용하여야 할 책략은 임기응변과 속이는 것이라 하였다[兵之所貴者, 勢利也. 所行者變詐也].
　그러면 어떠한 것이 궤도, 즉 속이는 것인가?

- 두 개의 정보를 주어 상대를 혼란시켜라.
- 『소설 손자병법』 ① 간신의 농간 p198

＊　＊　＊

　그러므로 능력이 있으면서도 무능한 것처럼 보이게 한다.

故能而示之不能.
고로 능이시지불능이니라.

[해 설]
　궤(詭)하기 위하여 자기의 모든 능력을 과시하여서는 안 된다. 즉, 자기자신의 능력을 과시하는 것처럼 어리석은 일은 없다. '대현(大賢)은 여우(如愚)'란 말이 있다. 가장 현명한 사람이 어리석은 척한다는 뜻이 아니라, 태연자약한 태도가 마치 어리석은 사람과 같다는 뜻이다. 이것은 적을 속이기 위하여 일부러 무능한 척하라는 뜻이 아니다. 그렇게 하면 오히려 적으로부터 선제 공격을 당할 수도 있다. 다만 능한 척하지 말라는 뜻이다.
　우리 속담에 '소문난 잔치에 먹을 것 없다'는 말이 있다. 말부터 요란스럽게 하는 사람 치고 잘난 사람은 없다. 폭탄도 터지기 전까지가 공포의 대상이지 터지고 나면 쓸모 없는 쇳조각일 뿐이다. 따라서 숨어 있는 능력이 무서운 것이지, 알려져 있는 것은 그 이상의 가치를 지니고 있지 못하다.

이편이 넉넉히 해낼 만한 능력이 있으면서 적에게는 능력이 없는 것처럼 보이고, 거짓 패주하는 체하며 적을 유인하다가 이편이 유리한 곳으로 몰아넣고 적을 쳐부수는 일은 전쟁에서 흔히 있는 일이다.

- 알면서도 모르는 척하여야 한다.
- 『소설 손자병법』 ① 간신의 농간 p199

* * *

필요가 있으면서도 필요성이 없는 것처럼 보인다.

用而示之不用.
용이시지불용이니라.

[해 설]
어떤 방법을 채용할 계획을 세워 놓고도 전혀 그런 기색을 적에게 드러내지 않는다. 즉, 앞의 내용이 능력을 내보이지 않는 것이라면 여기에서는 전술의 내용을 뜻하는 것이다. 무기도 마찬가지이다. 제2차 세계대전의 종반기에 미국이 처음으로 원자폭탄을 일본의 히로시마(廣島)에 투하하였지만, 그 순간까지도 그러한 무기가 있다는 것을 아무도 모르고 있었다.

전술상 목표는 서쪽에 두고 동쪽에 있는 것처럼 소문을 퍼뜨려 적이 동쪽 수비를 튼튼히 하도록 만들고 본래 목적하였던 서쪽을 치는,

이른바 성동격서(聲東擊西)도 바로 이를 가리키는 말이다.

『삼국지』에 이런 대목이 있다. 조조가 적벽전(赤壁戰)에서 패하여 쫓기어 달아날 때 두 개의 갈림길에 이르렀다. 조조가 어디로 갈 것인지 망설이고 있을 때 멀리서 연기가 솟아오르는 게 보였다. 그것은 바로 사람이 있다는 증거이다. 즉, 적병이 있다는 뜻이나 다름없었다. 그런데도 조조는 그 길을 택하였다. 왜냐하면 조조의 생각으로는 제갈량이 자기를 속이려고 사람을 시켜 불을 피웠다고 보고 오히려 그쪽에 적군이 없다는 판단을 내렸기 때문이다. 그러나 조조의 예측은 빗나가 그 길에서 복병을 만나게 되었다. 이것은 조조가 어떻게 판단할 것인지를 미리 예측한 제갈량의 전략에 간단히 넘어간 예이다.

기업에 있어서도 마찬가지이다. 새로운 제품을 만들었을 때 출시하기 직전까지는 그 정보를 노출시켜서 안 된다. 왜냐하면 새 상품이란 기업의 운명을 좌우하는 기밀 가운데 기밀이다. 특히 요즈음처럼 첨단 기술 산업을 지향하는 때에는 더더욱 이와 같은 방법을 통해 경쟁사의 관심을 다른 데로 돌려놓고 그들보다 앞서 나가야 하는 것이다. 결코 경쟁사의 설계 기술을 빼내어 먼저 만들라는 뜻은 아니다. 이러한 방법은 앞서 말한 다섯 가지 근본원칙의 하나인 도의에 벗어난 것이기 때문이다.

- 쓰면서도 쓰지 않는 척하여야 한다.
- 『소설 손자병법』 [1] 간신의 농간 p199

*　　*　　*

가까운 것을 목표하면서도 먼 것을 목표하는 것처럼 보이게 한다.

近而示之遠, 遠而示之近.
근이시지원하고, 원이시지근하니라.

[해 설]

가깝고 멀다(近遠)고 하는 것은 거리를 두고 하는 말이다. 사실은 가까운 곳에 위치하여 있으면서도 아주 먼 곳에 있는 것처럼 꾸미고, 실제는 먼 곳에 있으면서 가까운 곳에 있는 것처럼 보이게 한다. 이것은 자기의 소재를 적군이 알지 못하도록 하는 방법이다.

요즈음은 교통이 발달하여 거리에 대한 감각이 무디어졌지만, 교통이 발달되지 않았던 옛날에는 거리가 그대로 거리였다. 먼 곳은 멀고 가까운 곳은 가까운 곳임에 틀림이 없었던 것이다. 거리의 원근은 시간과 정비례할 뿐만 아니라 수송의 능력과도 관계가 있다.

요즈음처럼 교통·통신 수단이 발달한 시대에도 이 말이 쓸모 없게 된 것은 아니다. 가까운 곳을 목표로 설정하여 노리면서 먼 곳을 지향하는 체하거나, 반대로 먼 곳을 노리면서 가까운 곳을 공격하는 체하여 적의 관심을 돌리는 방법이다. 바둑을 둘 때에도 어느 한 곳으로 도전하여 상대편의 관심을 그곳으로 집중시키고 실질적인 포석은 다른 곳에 튼튼히 해놓는 작전을 많이 쓰고 있다.

• 거리를 속이면서 시간을 적절하게 이용하여야 한다.
• 『소설 손자병법』 **1** 간신의 농간 p199

* * *

이익을 미끼삼아 적을 유인[誘]한다.

利而誘之.
이이유지니라.

[해 설]

적에게 작은 이익을 주어 유인한다. 즉, 큰 이익을 손에 넣기 위하여 적에게 어느 정도의 이익을 미끼로 주고 유인한다. 적이 굳게 지키고 싸움에 응하지 않아서 이편에 불리하거나 또는 이편에서 유리한 위치를 차지하기 위하여 적을 유인하는 것으로, 적으로 하여금 유인당하고 있다는 사실을 눈치채게 해서는 안 된다. 마치 큰 고기를 낚기 위하여 미끼를 주는 것과 같은 이치로, 반드시 적의 마음을 움직일 수 있는 미끼여야 한다.

기업에 있어서도 마찬가지이다. 정책 결정자에게 정치 자금을 대어 주고 보다 더 큰 이익을 보려고 하는 것도 그 하나의 예라 하겠다. 그런데 이것을 악용하면 뇌물 공여가 돼 불명예스러운 범법을 저지른 것이 된다. 이른바 커미션이란 것은 이와 같은 방법을 잘못 사용한 데서 기인된 것이다.

이익이란 혼자 먹을 수 없다는, 이불가독식(利不可獨食)이라는 말이 있다. 이익은 관계자끼리 적당하게 분배하여 가지는 데에 참뜻이 있다. '대욕(大慾)은 무욕(無慾)과 같다'는 말이 암시하고 있듯이, 커다란 이익을 얻으려면 욕심 사납게 독점할 생각을 말고 이(利)를 가급적 분산시키는 것이 사업의 중대한 책략이라고 해석할 수도 있다. 이익을 독점하는 데에서 항상 사회 문제가 생기게 된다.

- 한 발자국 물러서서 두 발자국 전진하여야 한다.
- 『소설 손자병법』 **1** 간신의 농간 p199, **3** 회계산의 굴욕 p80

* * *

적을 혼란시켜 공취(攻取)한다.

亂而取之.
난이취지니라.

[해 설]
　적의 정치 혹은 군대 내부를 혼란시키거나 이미 혼란에 빠져 있는 틈을 타서 적을 물리치는 것이다. 즉, 교란 작전이다. 이렇게 하려면 상대방의 약점을 찾아 배후에서 혼란을 일으켜 놓고 그 틈을 타서 공격하거나 차지하여야 한다. 따라서 우선 적의 약점이 무엇인지를 파악해야 한다.
　중국의 은(殷)나라가 하(夏)나라를 차지하게 된 것은 하나라의 폭군 걸(桀)이 정치를 어지럽혔기 때문이며, 또한 주(周)나라 무왕(武王)이 은나라를 멸망시킨 것도 은나라의 임금 주(紂)가 폭정을 하여 나라가 어지러웠기 때문이다.
　상대방을 어지럽게 만드는 데에는 적의 약한 부분을 집중적으로 공격하거나, 특수부대를 후방 깊숙이 들여보내 혼란을 일으키거나, 어느 한 곳을 목표로 설정해 집중적으로 준비를 한 다음 적의 관심을 다른 곳으로 돌려놓고 공격하는 등의 방법이 있다.
　이러한 공격법은 모두 그 부분 부분에 대한 돌파 작전이 아니고,

적이 미처 응전할 준비를 하도록 시간을 주지 않음으로써 적을 혼란에 빠뜨려야 한다. 그러므로 될 수 있는 한 적이 예상치 못한 곳을 공격하여야 정신을 못 차리고 혼란이 일어난다.

　기업에 있어서는 물론 자금의 통제이다. 기업은 무엇보다 자금이 중요하기 때문에, 자금을 통제하여 경쟁사를 곤경에 처하도록 하면 경쟁사는 혼란이 일어나 새로운 상품의 개발은커녕 있는 상품조차 판매량이 떨어질 것이다.

- 적을 바쁘게 만들고, 느긋하게 취(取)하여야 한다.
- 『소설 손자병법』 1 간신의 농간 p199

* * *

적의 역량이 충실하면 그에 대비[備]한다.

實而備之.
실이비지니라.

[해　설]
　적이 실(實)하면 이에 대비를 하라는 뜻과, 실한 것으로 적에게 대비하라는 두 가지의 뜻이 있다. 여기에서 실(實)이란 내용적으로 충실한 것을 말하며, 대비 즉 갖춘다는 것은 대항할 만한 실력을 갖추는 것을 뜻한다.
　적의 군세(軍勢)가 견실하고 알찬 실력을 가졌거든 함부로 건드리지 말고 이편에서도 힘을 기르고 군세를 정비해 대비 태세를 취할 것이며, 적의 군대가 강성하면 그들과 충돌을 피하라는 뜻도 된다.

따라서 어느 쪽의 해석이라 하더라도 궤도(詭道)라고는 볼 수 없다. 그러므로 손자가 말하고자 하는 것은 상대가 긴장된 상태에 있을 때는 이를 적으로 상대하는 것을 일단 중지하고 오히려 한 걸음 물러나 서서히 형세를 관망하면서 이쪽 태세를 정비하라는 뜻으로 보인다.

또, 어떤 의미에서는, 이쪽이 호경기(好景氣)를 만나 상승 일로에 있을 때 지나치게 단기 실적에 편승하여 계속 사업을 확장하지 말고 만일의 경우에 대비하여 안정 기반을 구축하라는 뜻도 될 것이다. 우리가 흔히 쓰는 말에 막차를 탔다는 표현이 있다. 부동산 투기의 복부인이 막차를 타서 가산마저 탕진하여 사회적 문제가 되었다든지 문어발식 기업 확장에 편승하였다가 도산한 기업도 이 '실(實)하면 갖춘다, 대비한다'라는 것을 명심하였다면 도산의 지경까지는 이르지 않았을 것이다.

현명한 기업인은 오히려 불경기에 투자를 한다는 말이 있다. 이는 앞으로 있을 호경기에 미리 대비하는 것이다.

- 바위에 유리컵을 던지면 깨질 수밖에 없다.
- 『소설 손자병법』 [1] 간신의 농간 p199

* * *

강한 적은 피[避]한다.

强而避之.
강이피지니라.

[해 설]

전쟁은 힘의 대결이다. 알찬, 즉 실(實)하고 강한 편이 허(虛)하고 약한 편을 압도하는 것이 전쟁의 역학이다. 허한 것이 실한 것과, 약한 것이 강한 것과 대결한다면 패망을 자초하는 어리석음을 범하게 될 뿐이다. 그렇다고 약자만 골라서 치라는 것은 아니다. 이것은 정면 충돌을 피하는 작전상의 문제이다. 즉, 수가 적고 약한 군사로 적과 싸울 때에는 정면 충돌을 피하라는 것이다.

'궁한 도적을 쫓지 말라〔窮寇勿追〕'는 말이 있다. 막다른 골목에 다다라 꼼짝없이 죽게 되거나 잡히게 되었을 때에는 있는 힘을 다하여 반격하여 올 염려가 있기 때문이다.

- 피하는 것도 이기는 수단이 된다.
- 『소설 손자병법』 3 오월동주 p69

* * *

적이 쉽게 격분하면 집요하게 도발한다.

怒而撓之.
노이요지니라.

[해 설]

짐짓 성난 모습을 보여 상대의 기운을 꺾어 당황하게 만든다는 의미로 '성내어 꺾는다' 라는 해석과 상대방을 자극시켜 화나게 만들어 판단과 행동을 제대로 하지 못하게 동요시킨다는 의미로 '성내게 하여 동요시킨다'라고 해석하는 경우도 있다.

사람의 심리 가운데 가장 분별력을 잃게 만드는 감정은 노여움이다. 그러므로 두 사람이 서로 싸울 때에 화를 내는 쪽이 곧 지는 쪽이기도 하다. 이렇게 화를 내게 하는 데에는 상대방을 모욕하는 것이 가장 빠른 방법이다.

촉한(蜀漢)의 제갈량과 위(魏)나라의 사마중달(司馬仲達)이 서로 대치하고 있을 때이다. 사마중달이 싸우려 하지 않고 진세(陣勢)만 튼튼히 하고 있는 것을 본 제갈량은 그를 화나게 하여 싸움에 나서게 하고자 여자의 옷을 보냈다. 장수답지 못한 사마중달에게, 갑옷을 벗어 버리고 여자 옷이나 걸치라는 의미가 담겨 있었다.

장군에게 갑옷을 벗으라는 것은 장수를 그만두라는 뜻이며, 여자의 옷을 입으라는 것은 이만저만한 모욕이 아닐 수 없었다. 이를 본 사마중달의 부하들은 앞다투어 나가 싸우자고 간했다. 그러나 사마중달은 일체 동요하지 않았다. 왜냐하면 그는 이미 제갈량의 뜻을 읽었기 때문이다.

특히 윗자리에 앉은 사람이라면 침착해야 한다. 시시때때로 화가 나서 분별력을 잃게 되는 경우 일을 그르칠 우려가 많다. 아무리 화가 나는 일이 있어도 화난 모습을 보이지 않고 웃는 얼굴로 아랫사람을 다스릴 때 여유가 생기고 판단에도 그릇됨이 없게 된다. 아랫사람도 마찬가지이다. 침착함을 잃지 않는 모습을 보일 때 윗사람으로부터 신임을 얻을 수 있다.

• 화가 나도록 부채질하면 경솔해진다.

* * *

비굴한 언동으로 적의 교만심을 부채질한다.

卑而驕之.
비이교지니라.

[해 설]
자신의 몸을 낮추어 상대방으로 하여금 자신을 업신여기도록 하게 하라는 뜻이다. 자신을 낮추고 상대방을 추켜올려 우쭐하게 만들라는 것이다.

사람이란 우쭐대기 시작하면 상대방을 얕잡아보게 되어 경계심도 적대의식도 소홀해지게 마련이다. 적을 가볍게 보게 되면 방심하기 쉽고 스스로를 터무니없이 과대평가하게 된다. 적을 경계할 줄 모르고 스스로 긴장할 줄 모르는 군대는 패할 수밖에 없다. 즉, 병교즉패(兵驕則敗)이다.

와신상담(臥薪嘗膽)의 주인공인 월왕(越王) 구천(句踐)이 오왕(吳王) 부차(夫差)에게 뼈에 사무친 원한을 갚을 때까지 취한 태도가 바로 비이교지(卑而驕之)였다. 구천은 부차에게 크게 패하였을 때 미녀와 보물을 오나라 대신들에게 주고 겨우 굴욕적인 강화를 성립시켰다. 그리하여 가까스로 멸망을 면하게 되었다. 구천은 노예와 다름없는 천대를 감수하면서도 더욱더 저자세를 보여 오나라로 하여금 방심하게 한 다음에, 비밀리에 국력을 기른 지 20년 만에 결국 오나라를 쳐서 멸망시켰다. 그러니까 20년 동안 비이교지의 전략을 쓴 것이다.

윗사람은 아부하기 좋아하는 부하를 마땅히 경계하여야 하지만 또한 지나치게 겸손하게 나오는 상대를 항상 주의하지 않으면 안된다. 필요 이상의 겸손 안에는 다른 의도가 숨겨져 있을지도 모르는 일이기 때문이다.

- 우쭐대도록 만들면 방심한다.
- 『소설 손자병법』 ③ 회계산의 굴욕 p104

* * *

적방이 안정되어 있으면 피로하게 만든다.

佚而勞之.
일이로지니라.

[해 설]

상대가 평온무사하게 지내고 있을 때에 이편은 정돈되고 전력이 축적되어 사기가 드높아진다. 그러므로 적이 어떤 일을 꾸며 그 대책을 세우도록 분투하게 만들어야 하며 적을 피로하게 만들어 지쳐 버렸을 때에 공격하여야 한다.

춘추시대에 진(晋)나라와 초(楚)나라가 서로 패자가 되려고 다툴 때의 일이다. 진나라는 초나라를 괴롭힐 생각으로 군대를 셋으로 나눠 번갈아 가며 남쪽을 침범하였다. 초나라는 그때마다 총병력을 동원했다. 진나라는 이렇게 하여 적이 세 번 움직일 때 자신의 군대는 한 번만 움직이게 하였다. 한편 적은 규모의 병력을 양쪽에 배치하여, 번갈아 가면서 적의 허(虛)를 찔러 적군으로 하여금 이쪽저쪽으로 응전케 하여 적을 피로하게 만들었던 것이다. 또한 스스로 나서지 않고 다른 세력을 부추겨 적의 주위를 여기저기 집적거리게 하는 것도 같은 방법이라고 할 수 있다.

  기업 간에 경쟁이 심할 때에는, 다른 경쟁 기업과 또 다른 경쟁 기업 사이를 어지럽게 만들어 그 사이에서 자기 기업의 경쟁력을 높일 수 있다.

- 정신 없게 바쁘도록 만든 다음 허를 살핀다.
- 『소설 손자병법』 ② 벌모적 계략 pp133~134

* * *

적방이 화목하면 이간시킨다.

親而離之.
친이리지니라.

[해 설]

  서로 화친하거든 먼저 그 사이를 이간시켜 관계를 깨뜨리라는 것이다. 여기에서 친하다는 것은 나라와 나라 사이의 화친만이 아니다. 임금과 신하 사이, 그 나라의 임금과 적장 사이, 적장과 적장 사이, 또한 적장과 병졸 사이, 혹은 병졸과 병졸 사이를 이간시켜 먼저 그들 내부의 붕괴를 꾀하고 나면 적을 쉽게 무찌를 수가 있다.

  구천(句踐)이 아름다운 여자와 보물들을 오나라 대신에게 뇌물로 주고 겨우 강화조약을 성립시켜 나라의 명맥을 유지하고자 할 때 오나라의 충신 오자서는 강화 맺는 것을 반대하였다. 그러면서 월나라를 아주 멸망시켜 후환을 없애야 한다고 주장하였다. 그러나 오왕 부차는 오자서의 말을 듣지 않았다. 그후에도 오자서는 항상 월나라를 경계할 것을 역설하였다. 이에 구천은 오자서와 오나라 왕인 부차와의 관계를 이간시켰다. 그리하여 마침내 오자서가 부차에게 참소 당하여 죽게 되었다.

오자서는 죽을 때,

"나의 눈알을 빼내 오나라의 동문에 걸어 두라. 월나라가 들어와 오나라를 멸망시키는 것을 내 눈으로 보리라."

고 하였다.

결국 구천은 비이교지(卑而驕之)한 지 20년 만에 오나라를 멸망시켰다.

이때 오나라의 부차는,

"내 저승에 가서 오자서를 볼 낯이 없다."

하고 말하고 스스로 얼굴을 가리고 자살하고 말았다.

초한전(楚漢戰) 때에 유방(劉邦)이 승리할 수 있었던 이유 중의 하나가 항우(項羽)와 그가 존경하는 뛰어난 전략가 범증(范增)과의 사이를 이간시켰기 때문이었다. 즉, 항우의 사자가 왔을 때 성대한 잔칫상을 올렸다가 치워 버리면서, 범증의 사자인 줄 알았더니 항우의 사자라면서 초라한 음식상을 내놓았다. 그 사자가 돌아가 항우에게 이 사실을 이야기하여 항우로 하여금 범증을 의심하게 하고 마침내는 직권을 박탈하게 만들었다.

상대방을 고립시키고 분열을 일으키게 하는 묘략으로 쉽게 걸려들 수 있는 작전이다. 왜냐하면 남을 모략하기는 쉽지만 그 모략에 걸려들지 않는 것은 어렵다. 따라서 자기도 쉽게 걸려들 수 있는 일이기 때문에 내가 남의 모략에 걸려들지 않도록 항상 경계할 필요가 있다

- 친하면 의심하게 만들어 이간시켜야 한다.
- 『소설 손자병법』 ③ 오자서의 최후 p174, 국파산하재 pp268~269

*　*　*

대비가 없는 곳을 공격하고 뜻하지 않았던 곳[不意]을 공격한다.

攻其無備, 出其不意.
공기무비하고 출기불의하니라.

[해 설]

　상대방이 방심을 하거나 또는 설마 하고 준비를 소홀히 하고 있을 때를 놓치지 말고 즉시 공격한다. 그리고 공격할 때에는 전혀 예상하지도 못한 시기와 장소를 택하여야 한다. 즉, 적의 허(虛)를 찌르는 것이다.

　제(齊)나라가 노(魯)나라를 쳐왔을 때 약한 노나라의 대장이 된 오기(吳起)는 찾아온 제나라 사절에게 싸울 의사가 전혀 없음을 표하고 후한 뇌물을 주는가 하면 항복할 날짜와 장소까지 약속하여 보냈다. 당연히 제나라 진영에서는 사절의 보고를 듣고 승전의 기분에 도취해 군대의 긴장이 풀려 보초마저도 세우지 않은 채 항복해 올 날짜만 기다리고 있었다. 그러나 오기는 제나라 사절을 돌려보내면서 즉시 총병력을 동원하여 그들의 뒤를 따랐다. 그리고 제나라의 진영에 아무런 준비가 없는 틈을 타서 재빠르게 공격을 감행하였다. 승전 기분에 들떠 있던 제나라 군사는 무기와 식량마저 버리고 도망가기에 바빴다.

송(宋)나라 양공(襄公)이 초(楚)나라와 전쟁할 때의 일이다. 초 나라 병사가 강을 건너오고 있을 때를 기회로 삼아 이때 그 군대를 치자고 하니 양공은,

"적이 건너와 포진도 하지 않았는데 군자가 어찌 어려운 적을 공격하겠는가?"

하면서 공격을 하지 않았다.

결국은 적이 포진을 하고 난 다음, 즉 적이 싸울 준비를 갖추고 난 다음에 공격을 하다가 대패하고 말았다. 이처럼 착한 마음을 쓰다가 남에게 해를 당하는 것을 가리켜 송양지인(宋襄之仁)이라고 한다. 적이 대비해 놓은 싸움은 이기기가 힘들다.

- 기상천외(奇想天外)의 계책이 히트를 친다.
- 『소설 손자병법』 [1] 고전장에 배우다 p138, 안평중의 호기 p146

* * *

이것이 승리의 요결이나, 미리 알려져서는 안 된다.

此兵家之勝, 不可先傳也.
차는 병가지승이니 불가선전야니라.

[해 설]

앞에서 설명한 열두 가지 조항은 모두 궤도(詭道)의 전법으로, 적을 이길 수 있는 방법이기는 하나 상대가 어떻게 나올지 예측할 수가 없기 때문에 적에게 먼저 누설되어서는 절대 안 된다. 적이 이편의 궤도

(詭道) 작전을 예측한다면 그것은 궤도라고도 할 수 없다. 따라서 처음에 말한 오사칠계(五事七計)에 투철하는 것이 가장 중요하다. 즉, 오사칠계를 철저하게 터득하는 것 이외에 달리 좋은 방법은 없다.

- 적의 예측대로 움직이면 싸워 봐야 패한다.
- 『소설 손자병법』 ① 간신의 농간 p199

7.승자와 패자가 되는 확률

전쟁이란 싸움을 시작하기 전에, 정부의 최고 결정권자가 이편의 전력과 저편의 전력을 비교 계산하여 조건이 우세한[廟算勝] 쪽이 이길 확률이 많다. 아직 싸우지 아니하고 비교하여 보아 승산을 잡지 못하는 자는 이길 확률이 적다. 승산이 많은 자는 이기고 승산이 적은 자는 이길 수 없는데, 하물며 승산이 없다면 어떻겠는가? 나는 이러한 점으로 미루어 승부를 예측한다.

夫未戰而廟算勝者, 得算多也, 未戰而廟算不勝者, 得算少也. 多算勝, 少算不勝, 而況於無算乎! 吾以此觀之, 勝負見矣.

부미전이묘산승자는 득산다야하고 미전이묘산불승자는 득산소야니라. 다산승하고 소산불승하나니 이황어무산호아. 오이차관지하면 승부견의니라.

[해 설]

　원문에 묘산(廟算)이란 말이 있는데, 묘는 묘당(廟堂), 즉 조정(朝廷)을 뜻한다. 이것은 정부의 고위층, 즉 정부의 최고 결정권자로 현지에 파견되어 있는 군의 장수가 아니고 최고 수뇌들이 중앙의 작전회의에서 조사 연구·논의 검토하는 것이다. 그리고 산(算)이란 공산(公算)으로서, 모두가 객관적으로 생각될 수 있는 확률을 가리킨다. 즉, 싸움에 임하기 전에 작전회의에서 그릇된 판단이나 실수가 없나를 비교·검토하여 보면 이길 확률이 큰 쪽에서 승리할 가능성이 많다는 것이다. 만일 싸우기 이전에 비교·검토하여 상대편보다 뒤떨어져 있다면 확실한 승리를 얻기가 힘들다. 반대로, 확률이 낮은 쪽에서는 이길 가능성이 적게 된다.

　더욱이 아무런 공산, 즉 이길 확률도 없고 확실한 계산도 없이 막연히 어떻게 되겠지 하는 주관적인 판단이나, 행운·요행을 바라는 애매한 계획으로는 참패당할 것이 뻔하다. 그러므로 실전의 경과 같은 것을 전혀 보지 않고라도 그 승패가 어떻게 되리라는 것은 처음의 검토만으로도 분명하게 내다볼 수 있다는 것이다.

　손자는 앞에서 말한 궤도를 강조하는 것이 아니라 오사칠계(五事七計)를 강조하고 있는 것이다. 즉, 다섯 가지의 기본 요건과 전력을 비교, 분석, 검토하여 보면 적보다 승산이 많은가 적은가를 알 수 있으며, 많다면 이길 것이고 적다면 질 것이며, 전혀 없다면 해보나마나 참패한다는 것이다.

　손자는 사전에 모든 준비가 되어 있지 않거나 확실한 승산이 없는 전쟁은 절대로 해서는 안 된다고 하였다. 이길 수 있는 전쟁만을 하여야 한다는 것이다. 우리의 일상생활도 마찬가지이다. 새로운 사업을 시작하려면 우선 자신 있게 성공할 수 있는 확률을 얻을 수 있는

지 조사, 비교, 검토하고 난 다음에 판단하는 신중한 전략이 필요하다.

- 통찰력(洞察力)의 깊고 얕음이 승패를 가린다.
- 『소설 손자병법』 ② 시세의 영웅들 p39

2
작전편(作戰篇)

작전이란 전쟁의 발동이다. 전쟁에는 거액의 돈이 소요된다. 경제적인 능력 없이는 전쟁을 할 수가 없다. 오래 끌면 끌수록 경제적 손실이 커진다. 그러므로 속전속결(速戰速決)로 끝내야 한다.

1. 하루에 쓰는 전쟁 비용은 막대하다

손자는 말하였다. 대체로 국가에서 군사를 동원하여 전쟁을 하려면 치거(馳車 : 전차)가 1천 대, 혁거(革車 : 보급 차량)가 1천 량, 무장병 10만에, 양식은 1천 리를 보내야 하며, 전쟁에 관련된 국내의 비용과 전지의 비용, 접대비, 병기 수리용 자재, 군수품 조달 등 날마다 1천 금의 거액을 소비하여야 한다. 그런 다음에라야 10만의 군사를 출동시킬 수가 있다.

孫子曰, 凡用兵之法, 馳車千駟, 革車千乘, 帶甲十萬, 千里饋糧, 則內外之費, 賓客之用, 膠漆之材, 車甲之奉, 日費千金, 然後, 十萬之師擧矣.

손자왈 범용병지법은 치거천사와 혁거천승과 대갑십만과 천리궤량이며 즉내외지비와 빈객지용과 교칠지재와 거갑지봉에 일비천금이니 연후에야 십만지사거의니라.

[해 설]

치거(馳車)는 달리는 수레로, 속력이 빠른 전차라는 뜻이다. 사(駟)는, 네 마리의 말이 치거를 끌기 때문에 수레 하나에 필요한 말은 네 마리가 되며, 1천 사는 곧 4천 마리의 말이 있어야 함을 뜻한다.

혁거(革車)는 가죽을 덮어씌운 수레라는 뜻으로, 병기·탄약·식량을 운반하는 일종의 보급 차량을 말한다.

대갑(帶甲)은 갑옷을 입는다는 뜻으로, 완전 무장한 병사를 말한다.

1천 리에 양식을 보낸다는 것은, 그만큼 충분한 보급 지원 능력이 있는 것인가를 의미하며, 국내의 물자 보급도 계산하여야 하고, 이웃

나라로부터 오는 사절단에 대한 접대비인 빈객지용(賓客之用)도 막대하다는 것을 계산하여야 한다.

그밖에 교칠(膠漆)이란 무기나 무장 보수용(補修用)으로 쓰는 아교와 옻[漆] 등을 가리킨다. 즉, 부품이 충분하여야 한다는 말이다.

거갑(車甲)이란, 차량과 군 장비를 가리킨다. 이들을 감당할 비용[費]을 하루에 1천 금씩 써야 하는데, 이렇게 한 다음에라야 10만의 군사를 동원, 출동[擧]할 수가 있다는 것이다.

춘추전국시대에 다른 나라와 전쟁을 시작하여 승리를 기대하려면, 대체로 공격용의 전차가 1천 대는 필요하고 치중, 즉 보급품을 적재할 수 있는 차량이 1천 대는 동원되어야 하며 여기에 완전 무장한 군사가 10만 명은 있어야 한다는 것이다. 전쟁이란 항상 공격적인 것이기 때문에 반드시 남의 땅에 침입하기 마련이다.

그리고 다소 과장이기는 하나 1천 리 정도는 충분히 보급을 할 수 있는 국력이 있어야 하며 접대비, 기계 병기 수리용의 부품 조달 능력 등 모든 것을 다 충족시키려면 하루에 1천 금의 거액을 소모하여야 한다는 것이다. 그래야만 비로소 10만의 군사를 동원할 수가 있다는 것이다.

이상의 이야기는 손자가 전쟁의 소비성을 실감나게 구체적으로 설명하여 전쟁과 경제력의 관계를 더할 수 없이 잘 묘사한 대목이다.

- 전쟁은 정신만으로 되지 않는다. 계획하고 계산한 후에 시작하여야 한다.
- 『소설 손자병법』 3 오월동주 p65

2. 전쟁은 속전즉결(速戰卽決)하라

이런 규모의 군대로 싸워 이기더라도 오랜 시간이 소요되면 군사력이 피폐해지고 예기가 꺾인다.

其用戰也勝, 久則鈍兵挫銳
기용전야승에 구면 즉둔병좌예한다.

[해 설]
승구(勝久)란 '승리를 얻더라도 오래 걸리면'이라고 해석하는 경우와, '지구전(持久戰)'이라고 해석하는 경우가 있다. 둘 다 전쟁의 기간이 길다(오래 간다)는 공통점을 갖고 있다. 둔병(鈍兵)이란 군병이 지쳐 둔해지고 병비도 소모된다는 뜻이다. 그리고 좌예(挫銳)란 정예의 기(氣), 즉 힘찬 공격력이 둔해진다는 뜻이다.

전쟁을 하는 데 있어서 지구전을 벌인다면 병기는 무디어지고 군대는 예기를 꺾이게 될 것이다. 다시 말하면 전쟁을 장기간 계속한 끝에 겨우 승리를 얻게 된다면 벌써 그때는 군사들이 지쳐 있고, 군장비도 낡아 처음과 같은 날카로운 공격력을 잃게 된다는 것이다.

즉, 앞에서 설명한 바와 같이 10만의 군대를 동원하여 전쟁할 때에 지구전을 해서는 안 된다는 것이다. 왜냐하면 지구전이 가져오는 폐해는, 첫째 무기가 둔화될 것이며, 둘째 군사의 예기가 꺾인다는 것이다. 마치 사람의 용기와 분노가 시일이 지나면 식는 것과 같다. 사기가 저하된 군대가 전쟁을 한다는 것은 얼마나 위험한 일인가.

능률이 높은 기계 설비, 새로운 생산 방식, 새 기술, 언제나 새로운 활동력을 갖고 있는 사람들로 구성된 기업체와, 반대로 낡은 설비,

구태의연한 생산 방식과 새롭지 못한 기술, 그리고 활동이 침체된 사람들로 구성된 기업체를 비교하여 보자.

활동은 신선한 것일수록 강하다. 오랜 사업 활동이 계속되어 일정 기간 안정을 얻을 경우 거기에는 이미 하나의 위기가 준비되어 가고 있다는 생각을 하여도 좋다. 항상 신선하기 위해서는 끊임없는 연구와 스스로의 노력이 필요하다.

- 결단을 내리면 즉시 실천하라. 김〔丞氣〕은 새어 나가기 마련이다.

* * *

(장기간에 걸쳐) 성을 공격하면 힘은 약화되고, 군대를 오래 야전에서 고생시키면 나라의 재정이 어렵게 된다.

攻城則力屈, 久暴師則國用不足.
공성이면 즉력굴하고 구폭사면 즉국용부족이니라.

[해 설]

공성(攻城)은, 성을 공격하는 것이다. 성이란 비교적 튼튼한 성벽으로 둘러싸여 있어 방어 시설이 잘 되어 있다. 그렇기 때문에 공격하는 쪽의 소모가 크다는 것을 생각하여야 한다. 먼저 공격을 한다는 것은 마치 철갑을 입은 사람과 맨주먹으로 싸우는 격이다.

구폭(久暴)이란 '군대를 야전생활로 오랫동안 고생시킨다'는 뜻으로, 즉 해외 원정을 뜻한다. 이때에는 본국의 경제력까지도 흔들리게 된다.

다시 말해, 성 안을 굳게 지키고 있는 적을 공격하게 되었을 때 양쪽의 힘이 같은 경우에는 공격하는 쪽이 당할 수밖에 없다. 왜냐하면 힘이 같은 경우에는 수비하는 쪽이 항상 유리하기 때문이다. 적어도 힘이 세 배 이상은 강해야 공격이 가능한 것이다. 그리고 군대를 오랫동안 해외에 두면 그 군대의 보급으로 인하여 나라의 재정이 달리게 된다. 나라의 재정이란 곳간에 비축해 놓은 것만을 말하는 것은 아니다. 농업을 위주로 하는 사회에서의 군대는 생업에 종사하는 장정들로 구성되어 있다. 그 장정들이 전장에 나갈 경우 그 나라의 생산성은 그만큼 떨어질 수밖에 없다.

기업에 있어서도 마찬가지이다. 어떤 특정 상품을 독점하고 있는 기업을 공략할 때 만약 지구전이 전개된다면 공략하는 쪽이 당하게 되어 있다. 설사 마침내는 공략하였다고 하더라도 그때는 이미 자신의 본업마저 허술해지기 쉬우므로 뜻밖의 사고를 조심하지 않으면 안 된다.

- 누구에게도 자금(資金)은 무한한 것이 아니다.
- 『소설 손자병법』 ③ 회계산의 굴욕 p76

* * *

무릇 병기가 무뎌지고 예기가 꺾이며 전투력이 약화되고, 재정이 고갈되면 제후들이 그 피폐한 틈을 타 일어날 것이다. 그러면 비록 지모(智謀)가 있는 자라도 그 배후의 위기를 수습할 방도가 없을 것이다.

夫鈍兵挫銳, 屈力殫貨, 則諸侯乘其弊而起, 雖有智者, 不能善其後矣.

부둔병좌예하고 굴력탄화면 즉제후가 승기폐이기하리니 수유지자라도 불능선기후의니라.

[해 설]

성(城)을 공격하는 기간이 길어지면 군사가 지치게 되고 그 정예의 기마저 잃게 되어 전투력이 약화된다. 또한 과다한 전쟁 비용의 소모로 국가의 경제력마저 이미 피폐할 대로 피폐해지게 되는 것이다. 그러면 그 틈을 타 다른 제후, 즉 제3의 세력이 등장할 것이다. 그럴 경우 이미 약해진 힘으로는 새로이 일어나는 제3의 세력을 당해내기가 힘들게 된다. 그러므로 훌륭한 지혜와 지도력을 가진 사람이라도 이 위험한 사태를 수습하기는 어렵다.

경쟁 상대는 언제나 하나만 있는 것이 아니다. 언제 어디에서 더 무서운 적들이 나타날는지 알 수 없다. 더욱이 이쪽이 몹시 지쳐 있는 것처럼 보일 때에는 지금까지 온순하고 착한 양 같았던 사람도 갑자기 맹수로 돌변하여 이쪽을 넘보게 되고, 결국 쓰러질 위기에 직면하게 된다.

따라서 힘이 닿는 한 끝까지 싸운다는 것은, 감정적으로는 비장하며 통쾌감이 있을지 모르겠으나 그것만이 옳다고는 할 수 없다. 앞으로 진격하여 가는 것만이 용기는 아니다. 두 발자국을 전진하기 위하여 한 발자국 물러날 수 있는 지혜가 필요하다. 그리고 아주 불리할 때에는 머리를 숙이고 물러나는 것도 참다운 용기이다.

거의 망쳐 놓은 뒤에는 어느 누가 와서 도와 주어도 처음처럼 수습해 놓을 수가 없다. 그러다 보면 세력이 완전히 소멸돼 버릴 수도 있는 것이다.

- 명예로운 철군도 있다.
- 『소설 손자병법』 ② 흥망의 철리 p228

　　　　　　　＊　＊　＊

그러므로 전쟁할 때에는 부족한 대로 빨리 결말을 지어야 한다는 말은 들었으나[聞拙速] 교묘한 술책으로 오래 끌어 이겼다는 말은 들어 보지 못하였다[未睹巧之久].

故兵聞拙速, 未睹巧之久也.
고로 병은 문졸속하고 미도교지구야니라.

[해 설]

졸속(拙速)이란, 불비한 점이 있으나 속히 결말을 짓는 것으로, 병문졸속(兵聞拙速)은 병귀신속(兵貴神速)과는 조금 다르다. 신속이란 사람이 생각할 수 없을 정도로 빠르다는 이야기이지만, 졸속의 졸은 서투르다는 뜻으로 신속의 신보다 더 깊은 뜻이 있다. 즉, 완전하지 못하고 불완전한 대로 빠른 것이 좋다는 뜻이다.

그렇다고 덮어놓고 졸속하라는 말은 아니다. 즉, 어떤 원칙이 먼저 서 있고 그런 다음에 그 바탕 위에서 졸속주의가 가미되어야 하는 것이다. 물론 여기에서 말하는 원칙이란, 신중한 검토를 거쳐 승산이 있다고 판단한 다음에 시작한 싸움은 초지일관(初志一貫), 될 수 있는 한 약간의 희생을 각오하고 빨리 끝을 내야 한다는 것이다.

도(睹)는 '보다', '목도하다'의 뜻이며, 교(巧)는 교묘한 술책을 뜻하는 것이다. 하나의 공격 방법으로 효과가 없다고 하여 또 다른 방법을 구사하고, 그것도 효과가 없다고 새로운 공격 방법을 펴면 결국 시간만 낭비하게 된다. 교묘한 전술을 쓰는 경우일수록 단기전으로 끝내야 한다.

- 화근(禍根)은 뿌리째 뽑아내는 것이 빠르면 빠를수록 좋다.
- 『소설 손자병법』 ③ 회계산의 굴욕 p86

* * *

무릇 전쟁을 오래 하여서[兵久] 나라에 이로운 적은 아직 없었다[未有之]. 그러므로 용병(전쟁)의 해로움을 완전히 이해하지 못하는 자는 용병의 이로움도 완전히 이해하지 못한다.

夫兵久而國利者, 未之有也. 故不盡知用兵之害者, 則不能盡知用兵之利也.
부병에 구이국리자는 미지유야니라. 고로 부진지용병지해자는 즉 불능진지용병지리야니라.

[해 설]
무리한 장기전을 계속하여 국가적으로 이익을 얻은 사례는 일찍이 없었다. 그러므로 전쟁을 하게 되면 나라에 얼마나 큰 피해가 오는지를 잘 알고 있지 못한 사람은 또한 전쟁을 해서 얻게 되는 참다운 이익이 어떠한 것인지도 모른다는 뜻이다. 다시 말하여, 전쟁을 하여 이쪽이 입을 피해가 어느 정도인지 계산할 수 없는 사람은 전쟁의 결과로서 얻게 될 이익마저 계산할 수가 없는 것이다.

전쟁만이 아니고 일을 하는 데 있어서도 마찬가지이다. 흔히 하는 말로, 형편이 마지못하여, 또는 어쩔 수가 없어서 한다고 하는데 이는 한낱 구실에 불과하다. 어떤 사업을 하든지 간에 반드시 계산을 해보고 이익이 얼마나 될 것인지 치밀하게 따져 보고 난 다음에 시작하여야 한다. 중간에서 이러지도 저러지도 못하게 되는 경우, 그 결과는 뻔한 것이다.

남을 쫓아내면 자신에게 이득이 온다고 생각하는 사람처럼 어리석은 사람은 없다. 왜냐하면 자신도 모르는 사이에 자기에게 그만큼 해가 돌아오기 때문이다. 무릇 남에게 해를 끼치고자 할 때는 자기도 얼마간의 해를 당할 각오가 되어 있어야 한다. 그 해를 알지 못하면 돌아올 이익도 제대로 알지 못한다.

• 해로움을 아는 자가 이로움도 안다.

3. 용병을 잘하는 장수란?

군사를 잘 부리는 사람은 병역(兵役 : 징병)을 두 번 다시 동원에 올리지 않고[不再籍], 양식(糧食)도 여러 차례 실어 보내지 않는다. 병기 장비는 자국의 것을 쓰되, 양식은 적의 것에 의지한다. 그러므로 병사의 식량은 넉넉할 수 있다.

善用兵者, 役不再籍, 糧不三載, 取用於國, 因糧於敵, 故軍食可足也.

선용병자는 역부재적하고 양불삼재하니 취용어국하고 인량어적이니 고로 군식가족야라.

[해 설]

병역을 두 번씩이나 장부에 올리지 않는다는 말은, 징집 장부에 한 번 징집하였던 사람은 다시 올리지 않는다는 뜻으로, 한 번 징집하였던 사람은 다시 징집하지 않는다는 말이다. 또한 양불삼재(糧不三載)는 다른 나라에 원정하였을 때 식량을 세 번씩이나 실어 나르지 않는다는 뜻으로, 계속 식량을 실어 보내는 일이 있어서는 안 된다는 말이다. 전자의 경우는 최초의 계획이 서툴렀던 것을 의미하고, 후자의 경우는 내 나라에서 필요한 식량을 줄이는 결과밖에 안 되므로 식량은 적지에서 해결할 수 있어야 한다는 것이다.

같은 사람을 두 번씩이나 징집한다는 것, 즉 전쟁에서 돌아온 사람을 또다시 징집해 간다는 것은 전쟁이 그만큼 장기화되었다는 것을 의미하고, 그만큼 인력 자원이 모자란다는 뜻으로, 지친 군대에게 다시 일을 시키는 것이 된다. 그러나 군사는 이미 무디어져 있고 예기(銳氣)는 꺾여 있다.

식량을 세 번씩이나 일선으로 실어 보낸다는 것은 그만큼 전세가 유리하지 못하다는 뜻이다. 성을 점령하거나 또는 점령 지역이 넓으면 그 지역에서 식량을 공급받을 수가 있다. 그런데 그렇지 못하기 때문에 국내에서 세 번씩이나 식량을 실어 나르는 것이다.

두 번 정도 실어 나르는 식량으로 전쟁을 끝내지 못하면 벌써 그 계획이 처음부터 잘못되었다는 뜻이다. 전략적인 측면에서 초토작전(焦土作戰)이란 것이 있다. 즉, 적이 들어오기 직전에 자기 편에서 갖고 있는 식량을 전부 불태워 버리면 적이 들어와 먹을 것이 없게 된다. 적은 부득불 본국에서 식량을 실어 와야 한다. 나폴레옹이 러시아 원정에 실패한 원인은 극심한 추위 때문이었지만 러시아가 취한 초토작전 때문이기도 했다는 것은 널리 알려진 사실이다.

군대가 필요로 하는 무기나 장비는 적의 것과 다르기 때문에 자기 나라의 것을 사용하여야 하지만, 식량만큼은 적의 것으로 해결할 수 있어야 한다. 마치 공장에 필요한 기계 시설은 자본금으로 하여도 좋으나 경비는 새로운 사업에서 나온 수입으로 해결해야 하는 것과 같다. 처음의 지출(즉, 식량을 한두 번 실어 나르는 일)은 자본금에서 나가도 좋으나 그런 일이 계속되어서는 안 된다.

• 적지에서는 현지 조달로 나라의 비용을 줄여야 한다.

* * *

나라가 군사(전쟁)로 가난한 것[國之貧於師]은 멀리 수송하기 때문이며 [遠輸], 멀리 수송하면 백성도 가난해진다.

國之貧於師者遠輸, 遠輸則百姓貧.
국지빈어사자는 원수니 원수면 즉백성빈이니라.

[해 설]

나라가 전쟁 때문에 가난하여지는 것은 원정지가 너무 멀어 수송하기가 어렵기 때문이고, 너무 먼 거리에 있는 군사들에게 병기와 식량을 수송하게 되면 본국의 국민 모두가 이로 인하여 곤궁에 빠지게 된다. 즉, 나라가 전쟁 때문에 가난해지는 것은 먼 거리에까지 군량을 수송·보급하여야 하기 때문이다. 장거리를 수송하려면 백성을 동원하고 또한 농사에 없어서는 안 될 가축도 동원하여야 한다. 따라서 일을 하여야 할 때 일할 사람과 가축이 동원되므로 농사를 소홀히 하게 되고, 따라서 국가의 수입도 적어진다. 또한 백성들도 생업에 종사할 시간을 빼앗기게 되므로 자연히 가난해질 수밖에 없다.

경영주들은, 이번 일만 성공하면 모든 일이 다 순조롭게 될 터이니 고통스럽더라도 그때까지만 서로 참고 견디자고 말하기를 좋아한다. 그러나 이와 같은 말은 그 근본부터 잘못되어 있는 것이다. 왜냐하면 일을 시작할 때부터 그 사업에 무리한 일은 지금까지 해온 일 모두를 곤란하게 만들 뿐이다. 그리고 그때까지의 본업이 흔들리게 된다.

대기업들이 문어발 식으로 기업을 확장하여 무슨 그룹 무슨 그룹 하고 명명하고 있다가 새로이 흡수 병합한 기업 때문에 그룹 자체가 해체되는 예를 많이 보아 왔다. 멧돼지를 잡으려다 집돼지마저 잃어 버리는 꼴이거나, 두 마리의 토끼를 잡으려다 두 마리다 놓쳐 버리는 경우와도 같다.

• 수송 거리를 단축시켜도 원가 절감이 된다.
• 『소설 손자병법』 ③ 오월동주 p72

* * *

군대가 머물고 있는 데서 가까운 곳[近於師]은 물가가 오르고, 물가가 오르면 백성의 재력은 고갈된다[財竭], 재력이 고갈되면 구역(丘役 : 부역)이 급격하게 늘어난다.

近於師者貴賣, 貴賣則百姓財竭, 財竭則急於丘役.
근어사자는 귀매하니 귀매면 즉백성재갈하고 재갈이면 즉급어구역이니라.

[해 설]

귀매(貴賣)란 물건이 비싸게 팔리는 것으로 물가의 등귀(騰貴)를 말하며, 재갈(財竭)은 재산이 고갈되었으므로 돈이 없어졌다는 뜻이다. 구역(丘役)이란 정전법(井田法)에 의하여 세금으로 노동력을 바쳤던 당시의 조세 부과 제도를 말한다. 즉, 9백 묘의 땅을 정(井) 자처럼 나누어, 가운데 1백 묘의 땅을 공전(公田), 나머지는 여덟 집에서 각각 나누어 사전(私田)으로 하고, 공전은 여덟 집에서 공동으로 경작하여 그곳에서 나오는 것을 세금으로 바치는 것이다. 공전에 대한 공동 경작이 곧 구역이다.

전쟁터에서 가까운 곳은 물가가 올라가게 마련이다. 물가가 올라 비싸지면 백성들의 재물이 고갈되고, 백성들의 재물이 다 탕진되면 국가의 재원(財源)도 고갈된다. 따라서 국가 자체의 재정이 궁핍하여지면, 부득불 백성에게 세금을 많이 거두고 부역도 더욱 많이 시킬 수밖에 없어진다.

전쟁과 경제는 항상 관련이 있다. 사업도 마찬가지이다. 그 사업에 관계된 경제적인 여건을 사전에 치밀하게 조사하여 계획을 세우고, 충분히 준비하여 만일의 경우에 대비하지 않고서는 섣불리 사업에 착수해서는 안 된다.

• 전쟁은 생필품의 매점을 불러일으킨다.

* * *

군사력이 소모되고 국고가 고갈되면 나라 안은 집집마다 궁핍해진다. (전쟁 비용으로)백성의 재산은 10분의 7이 소모되며, 국가 재정도 수레가 파괴되고 말이 피로하고 갑주시노(甲胄矢弩), 극순폐로(戟楯蔽櫓), 구우대거(丘牛大車)의 손실로 10분의 6이 소모된다.

力屈財殫, 中原內虛於家, 百姓之費, 十去其七. 公家之費, 破車罷馬, 甲胄矢弩, 戟楯蔽櫓, 丘牛大車, 十去其六.
역굴재탄이면 중원내허어가하여 백성지비는 십거기칠하고 공가지비도 피거파마하고 갑주시노와 극순폐로와 구우대거는 십거기륙이니라.

[해 설]
중원(中原)을, 군대가 자웅을 다투는 전장으로 보고 있으나 여기에서는 평원의 가운데, 즉 물산이 풍부한 곳, 또는 그러한 나라의 뜻으로 보아야 한다. 장기전으로 인하여, 그것도 먼 거리에서 전쟁을 할 때에 소모되는 국력과 그에 따라 백성들이 곤궁에 처하게 됨을 설명하고 있다. 따라서 나라는 전쟁 비용을 만드느라고 바쁘므로 집집마다 곤궁해질 수밖에 없게 된다.

그리하여 일반 백성은 전쟁으로 인하여 재산을 무려 70퍼센트나 잃게 된다. 그리고 공가(公家 : 국가)는 수레[戰車]가 마구 부서지고 말들은 지쳐 병들고, 갑옷(甲)과 투구[胄], 활과 화살[弓矢], 큰 창과 방패[戟楯], 창과 큰 방패[矛櫓] 및 보급 수송을 위한 큰 수레와 이를 끄는 소 등을 약 60퍼센트나 써버리게 된다.

여기에서 특히 주의해야 할 점은, 전쟁으로 인한 국가의 공적인 손실보다 후방 국민들의 피해 상황을 보다 더 중요하게 보고 있는 점이다. 손자는 국가보다 백성, 즉 민중을 더 소중하게 생각하고 있음을 알 수 있다.

• 부모 없는 자식 없고, 백성 없는 나라 없다.

4. 지장(智將)은 적의 것을 먹는다

지혜로운 장군은 적지에서 식량을 얻으려고 힘쓴다[務食於敵]. 적의 식량 한 종(鍾)을 먹는 것은 본국으로부터 20종을 보급 받는 것과 같으며, 적의 말먹이 한 섬[石]은 본국에서 20섬을 보급 받는 것과 맞먹는다.

故知將務食於敵. 食敵一鍾, 當吾二十鍾 萁稈一石, 當吾二十石.
고로 지장은 무식어적이니 식적일종은 당오이십종이요 기간일석은 당오이십석이니라.

[해 설]
종(鍾)이란 양(量)의 단위로, 한 종은 6석(石) 4두(斗)이며, 기간(萁稈)은 콩깍지와 벼나 보리 짚을 뜻하는 것으로, 말이나 소가 먹는 먹이를 말한다.
지혜로운 장군은 적의 식량을 탈취하여 병사들에게 먹이려고 애쓴다. 왜냐하면 적의 쌀 한 가마는 본국에서 실어 오는 스무 가마의 쌀과 맞먹기 때문이다. 본국에서 한 가마를 실어 온다 하여도 스무 가마를 실어 오는 만큼 어려움이 따르기 때문에 현지에서 한 가마를 먹는 것이 그만큼 중요하다. 말먹이나 소먹이도 마찬가지이다. 본국에서 실어 오는 어려움을 그만큼 덜어 주기 때문에 나라의 비용도 줄일 뿐만 아니라 백성의 어려움도 그만큼 줄어들어 자기의 생업에 충실할 수가 있다.

따라서 가능한 한 적의 것을 취하여 해결하려는 것이 지장(智將)다운 처사이다. 사병을 배불리 먹이는 것은 바로 사기와 깊은 관련이 있다. 본국에서 수송되어 오기만 기다리다 보면 때에 따라서는 예기치 못한 일로 배를 곯을 수도 있다.

• 현지 조달의 가능 여부가 전쟁의 승패를 좌우한다.

5. 싸우는 것은 병사들이다. 잘 대우하라

적군을 죽이려는 사람은 부하들에게 분노를 일으키게 하고, 적의 이익을 취하려 하는 사람[取敵之利]은 재물로 상을 주어야 한다.

故殺敵者, 怒也. 取敵之利者, 貨也.
고로 살적자는 노야하고 취적지리자는 화야니라.

[해 설]

　적을 살상하는 것과 같은 전투 행위에서는 아군을 격분하게 하는 것만으로도 상당한 성과를 올릴 수 있다. 그리고 적의 이(利)를 취하려면 탈취한 재물을 병사들에게 상으로 나눠 주어야 한다.

　앞에서, 용품 등은 적으로부터 빼앗아 쓰는 것이 유리하다는 것을 언급했다. 그것을 빼앗으려면 적을 죽여야 한다. 그러나 사람이 사람을 죽이는 일은 평온하고 온순한 마음으로는 할 수가 없다. 따라서 적군을 많이 죽이게 만들려면 군사들에게 적에 대한 분노, 즉 적개심을 불어넣어야 한다. 적개심이 바로 사기인 것이다.

　사기를 앙양시키는 데에는 전공에 대한 포상이 아울러 필요하다. 수많은 병사 한 사람 한 사람에게 애국심이나 대의명분에 철저해 주기를 기대하기는 어렵다. 그러므로 재화를 상으로 주어 그들의 영웅심리를 자극하여야 한다. 재화는 사람이면 누구나 다 욕심을 내는 것이다. 그러므로 재화를 상으로 준다면 매우 효과가 있다.

　그런데 '취적지리자(取敵之利者) 화야(貨也)' 라는 것은 적의 이로움(이익)을 이쪽에서 역이용한다는 뜻이다. 즉, 분노나 적개심을 일으키게 하면 국지적인 전투에서는 승리를 거둘 수 있으나, 그보다 더욱 중요한 것은 적지의 자재와 시설물 등 이쪽에 필요한 물건을 손에 넣어 역이용하는 일이다.

　'적을 죽이는 길은 적개심을 불러일으키는 것이다' 라고 한 진리를 가장 잘 활용한 예는 제(齊)나라 전단(田單)의 경우를 들 수 있다. 전단은, 함락당하기 직전에 있는 즉묵성(卽墨城)을 지키면서 성을 포위하고 있는 적군에 대항하여 최후까지 싸울 수 있게 하기 위하여 간첩의 공작으로 성 안 사람들의 분노를 일으키게 하였다. 즉, 간첩을 파견하여 적장으로 하여금 즉묵성 사람들이 보는 앞에서 행복한 제나라 사람들의 코를 베는가 하면 성 밖에 있는 공동 묘지를 파헤쳐 해골까지 끄집어내게 하였다.

적장이 간첩들의 이야기를 믿었던 것은, 성 안 사람들이 사기가 꺾이고 절망에 빠질 것이라고 믿었기 때문이었는데, 그와 반대로 즉묵성 사람들은 끝까지 원수에 대항하여야 되겠다는 결심을 하게 되었다. 그리하여 즉묵성 사람들은 전단이 예상했던 대로 끝까지 그들의 성을 잘 지킬 수가 있었다.

• 논공행상(論功行賞)은 빨라야 효과를 거둘 수 있다.
• 『소설 손자병법』 ② 전쟁무상 p275, ③ 국파산하재 p248

* * *

전차(戰車)의 싸움에서 적의 전차 열 대[十乘] 이상을 노획한 경우에는 선두에서 가장 먼저 노획한 사람에게 상을 준다. 그리고 적의 전차에서 기[旌旗]를 내리고 아군의 기로 바꾸어 달아, 아군의 전차 대열에 편입시켜 같이 사용하며, 생포한 포로병은 잘 우대하여 아군으로 양성하여야 한다. 이른바 싸워 이길수록 더욱 강성해진다는 것은 이런 경우를 두고 하는 말이다.

故車戰, 得車十乘以上, 賞其先得者, 而更其旌旗, 車雜而乘之, 卒善而養之, 是謂勝敵而益强.
고로 거전에 득거십승이상이면 상기선득자하고 이경기정기하고 거잡이승지하며 졸선이양지니 시위승적이익강이니라.

[해 설]

　적개심을 불러일으키고 성내게 하여 적을 물리치거나, 적의 물자를 탈취하여 상으로 줄 때의 방법을 제시한 것이다. 즉, 전차와 전차와의 전투에서 용감히 싸워 적의 전차 열 대 이상을 노획하게 되면, 전차를 가장 먼저 노획한 사람에게 상을 주어야 한다. 그리고 노획한 전차에는 아군의 깃발을 꽂아 아군의 전차 대열에 편입시켜야 하며, 적의 전차에 타고 있던 병사들을 잘 대우하여 우리 편 군사로 기른다. 이렇게 하면 승전하여 이쪽이 더욱 강성해진다. 이것이야말로 적과 싸워 이기는 것만이 아니라, 그 이긴 것을 이용하여 이쪽 병력을 더욱 증강시킬 수 있다.

　위의 것은, 적의 이익을 내 것으로 만드는 구체적인 예를 설명한 것이다. 여기에서는 물자의 역이용만이 아니고 사람의 역이용까지 말하고 있다. 그리고 여기에서 말하는 졸(卒)은 보통 사병을 말하고 있지만 때로는 무기를 갖고 싸우지 않는 노무자를 가리킬 수도 있다. 계급이 낮은 사병이나 노무자들은 우대하여 주면 절대로 배반하는 일이 없다. 그들을 우리편으로 이용하면 적이 손실을 보는 만큼 이쪽의 힘은 보강이 되는 것이다.

　기업을 경영하는 사람도 마찬가지이다. 모든 사원들에게 의욕을 북돋워 주어야 한다. 그렇게 하기 위해서는 그들이 거둔 업적과 공로를 정당하게 평가하여 특별 상여금을 지급하는 것도 좋다. 그러면 사원은 개인을 위해서는 물론 회사를 위하여 더욱더 열심히 일할 것이다.

　나폴레옹은,

　"친애하는 병사 여러분! 제군은 먹을래야 먹을 빵이 없고, 입을래야 입을 옷이 없다. 그러면서도 암굴 속에서 무기를 베개삼아 조국을 위해 싸우고 있다. 이제 나는 가장 부유한 롬바르디아로 쳐들어가려

한다. 천만의 금은재화는 모두 귀관들이 빼앗아, 갖고 싶은 대로 갖
도록 맡길 것이다. 산을 넘어 그곳에 도착하면 아리따운 아가씨들이
용감한 그대들을 위하여 맛있는 음식과 포근한 자리를 준비하고 있
을 것이다."
라고 하여 병사들의 심리를 크게 자극하였다.

• 승리(勝利)는 병사들의 희생으로 거두어진다.
• 『소설 손자병법』 ③ 향수와 고뇌 p31

* * *

그러므로 전쟁은 승리가 귀중한 것이지 지구전(오래 버티는 것)이 귀중
한 것은 아니다. 용병술을 아는 장군은 백성의 운명을 장악하고[民之司
命] 국가의 안위를 맡는 주체가 되는 것이다.

故兵貴勝, 不貴久. 故知兵將, 民之司命, 國家安危之主也.
고로 병귀승이요 불귀구니라. 고로 지병장은 민지사명이요 국가
안위지주야니라.

[해 설]
전쟁의 목적은 승리를 거두는 데 있는 것이지 오랫동안 버티면서
싸우는 지구전에 있는 것이 아니다. 도리어 전쟁이란 속전속결(速戰
速決)로 끝내야 한다.
그러므로 전쟁을 아는 장군은 백성의 사명(司命 : 별의 이름으로,
사람의 수명을 맡고 있다고 함)이므로 백성의 생과 사를 맡아 다스리

며, 국가의 안전과 위험을 맡아보는 책임자인 것이다. 즉, 장군의 책임이 그만큼 중요하다는 것을 강조하고 있다.

기업의 경우에도 경영자의 책임은 그만큼 중요하다. 사업의 목적은 영리를 추구하는 데 있으므로 경영자는 이익금을 많이 올릴 수 있도록 지혜를 짜내는 것이 중요하다. 경영자는 기업뿐만 아니라 전 사원들의 생계를 맡고 있기 때문이다.

• 오래 버틴다고 잘 싸우는 것이 아니라 이겨야 잘 싸운 것이다.

3
모공편(謀攻篇)

모공(謀攻)이란, 싸우지 않고 계략으로 적을 굴복시키는 것이다. 전투라는 수단에 의하여 적을 굴복시키는 것이 최상의 방법이 아니라 싸우지 않고 이기는 방법이 최상의 전략이다.

1. 백전백승(百戰百勝)이 최선은 아니다

손자는 말하였다. 무릇 군사를 쓰는 법[用兵之法]은 적국을 온전히 두고 굴복시키는 것을 제일로 하고[全國爲上], 적국을 공파(攻破)하는 것을 그 다음으로 한다[破國次之]. 적군을 온전히 두고 항복시키는 것을 제일로 하고 적군을 격파하는 것을 그 다음으로 한다. 적의 여(旅)를 온전히 투항시키는 것을 제일로 하고 적의 여를 깨뜨리는 것을 그 다음으로 한다. 적의 졸(卒)을 온전히 굴복시키는 것을 제일로 하고, 졸을 섬멸하는 것을 그 다음으로 한다. 적의 오(伍)를 온전히 생포하는 것을 제일로 하고 오를 살육하는 것을 그 다음으로 한다.

孫子曰, 凡用兵之法, 全國爲上, 破國次之. 全軍爲上, 破軍次之. 全旅爲上, 破旅次之, 全卒爲上, 破卒次之, 全伍爲上, 破伍次之.

손자왈 범용병지법은 전국위상하고 파국차지하며, 전군위상하고 파군차지하며, 전려위상하고 파려차지하며, 전졸위상하고 파졸차지하며, 전오위상하고 파오차지니라.

[해 설]

여기에서 나라[國]·군(軍)·여(旅)·졸(卒)·오(伍)는 모두 적을 말한다. 전쟁이란 수단에 호소하는 이상, 최선의 방책은 상대국을 멸망시키는 것이 아니라 그대로 존속시켜서 이쪽의 지배 아래 두는 것이고, 적국을 쳐부수어 완전히 재기불능케 하는 것은 불가피할 경우에 쓰는 차선의 것이다.

마찬가지로 실전에 들어갔을 때에도 군이 상대라면 그 집단 병력을 그대로 두어 고스란히 아군으로 돌아서게 하는 것이 최선의 방책이고, 그렇지 못할 때 격멸시키는 것이 차선의 방책이다.

여·졸도 바로 적군을 의미하며, 손자시대의 병제(兵制)에서는 1만2천5백 명을 군, 군을 다섯 등분한 2천5백 명을 여, 1백 명을 졸, 5명을 오라 하였다.

다시 말하면, 적군을 완전히 격멸시키려면 그 과정에 이르기까지 이쪽의 손실도 그만큼 있어야 하기 때문에, 이쪽이 손해를 보지 않고 적군을 아군으로 만드는 것은 일거양득인 격이라고 할 수 있다.

- 싸우지 않고 이기는 것이 최상의 병법이다.
- 『소설 손자병법』 **1** 고전장에 배우다 p137

* * *

그러므로 백 번 싸워 백 번 다 이기는 것만이 최선의 방법이 아니다. 싸우지 않고 적을 온전히 굴복시키는 것이 최선의 방법이다.

是故, 百戰百勝, 非善之善者也. 不戰而屈人之兵, 善之善者也.

시고로 백전백승은 비선지선자야요. 부전이굴인지병이 선지선자야니라.

[해 설]

백전백승(百戰百勝)의 백전(百戰)이란 춘추전국시대의 제자백가(諸子百家)와 마찬가지로 백 번만을 말하는 것이 아니라 수없이 많다는 뜻으로, 백사여의(百事如意 : 모든 일이 뜻대로 된다)와 같이 모든 싸움을 가리키고 있다.

전쟁을 벌여 승리하는 것은 누구나 바라는 일이다. 그러나 실상은 그것이 최고의 것은 되지 못한다. 가장 잘 싸우는 방법은 싸우지 않고 상대방을 굴복시키는 것이다. 즉, 백 번 싸워 백 번 승리하는 것이 최선은 아니다. 전쟁을 하지 않고 적을 굴복시키는 것이 최선이라는 말이다. 전쟁이란 상대편을 어떻게 굴복시키느냐에 있는 것이지 적을 완전히 쳐부숴 버리는 데 있는 것이 아니다. 전쟁에 있어 전투는 최후의 수단에 불과하며, 참혹한 전투를 하지 않고 적을 굴복시키는 것이 최선의 전쟁이다.

전쟁에 나가는 장수들은 기회만 있으면, 그리고 힘만 있으면, 먼저 적을 공격해 항복을 받아내고 싶어하는 심리가 있는데, 가장 잘하는 싸움이란 싸우지 않고 적을 항복시키는 것이다. 전쟁은 이 방법 저 방법으로 적을 항복시키려다 되지 않을 경우 마지막으로 쓰는 수단이다.

사업도 마찬가지이다. 경쟁 업체를 평화적인 방법으로 지배 세력 아래 두고 공존공영(共存共榮)의 발전을 목표로 할 때 비로소 그 사업의 분야에서 성공자가 될 수 있다.

인기 상품이 시대의 기호에 맞지 않아 잘 팔리지 않을 때에는 철저한 조사를 통하여 그 원인을 분석하고 개선하는 것이 최선의 방법이다. 조사 결과 별다른 방법이 없을 때에는 그 상품을 완전히 파기시켜 버려야 한다. 손자는 '싸움마다 이긴다고 해서 잘하는 것이 아니다'라고 갈파하고 있다.

한(漢)을 건국하기 직전에 한 패공(漢 沛公) 유방(劉邦)이 한신(韓信)을 보내 조(趙)나라를 치고 그 여세를 몰아 제(齊)나라를 치게 하였다. 이때 역이기(酈食其)라는 변사가 패공에게 싸우지 않고 제나라를 항복시킬 수 있다고 제의하였다. 이에 유방은 그의 제의를 받아들여 그를 제나라로 보내 제나라가 귀순해 오도록 하였다. 따라서 유방의 군사도 다치지 않고 제나라도 다치지 않은 채 이편으로 만들어 세력이 더욱 커질 수 있었다. 그런데 한신이 이를 시기하여 이미 항복한 제나라를 치는 바람에 역이기는 결국 오해를 받고 비참한 죽음을 당하고 말았다.

한신이 제나라를 물리쳤다고 해서 전쟁을 잘한 장수라고는 볼 수 없다. 이때 부상당하거나 큰 손해를 본 제나라 사람은 두고두고 이 일을 기억할 것이기 때문이다.

- 전투는 마지막 수단에 불과하다.
- 『소설 손자병법』 1 고전장에 배우다 p137

2. 적의 계략을 쳐부숴라

최상의 전쟁 방법[上兵]은 적의 계략을 꿰뚫어 이를 깨뜨리는 것[伐謀]이다. 그 다음이 상대를 외교적으로 고립시키는 것[伐交]이고, 그 다음이 무력을 동원한 전쟁으로 적을 치는 것[伐兵]이다.

故上兵, 伐謀, 其次, 伐交, 其次, 伐兵.
고로 상병은 벌모하고 기차로 벌교하며 기차로 벌병이니라.

[해 설]

　즉, 상병(上兵)이란 최선의 전쟁 방법이고, 벌모(伐謀)란 적의 계획을 미리 분쇄하는 것이며, 벌교(伐交)란 적의 외교 관계를 방해하여 적을 고립시키는 것이며, 벌병(伐兵)이란 군대를 동원하여 무력으로 적을 격파하는 것으로, 전투는 최후의 수단임을 말한다.

　피를 묻히지 않고 적의 속사정을 꿰뚫어본다는 것은 어떻게 보면 소극적인 전법 같으나 실은 이것이야말로 가장 적극적인 방법이다. 즉, 상대방의 계획을 미리 알아 그들이 노리는 것을 먼저 점해 버리는 것이기 때문에 아랫사람은 전쟁이 있었는지조차도 모르게 된다. 바로 이러한 전쟁이 최상의 전쟁이며, 이렇게 되면 백성도 자기의 생업에 열중할 수 있게 된다.

　그 다음이 적의 배후에서 적을 도와 줄 수 있는 힘을 끊어 버려 적을 고립시키는 것이다. 고립된 적은 전력을 상실하게 될 뿐만 아니라 심리적인 타격을 받게 되므로, 이쪽에서는 실제 싸우는 것 이상의 효과를 얻을 수 있다.

　전국시대에 진(秦)나라가 조(趙)나라를 칠 때 조나라를 도와 줄 수 있는 이웃 나라들에게, '조나라의 서울이 함락되는 것은 시간 문제이다. 만일 조나라를 돕는 나라가 있으면 조나라의 성이 함락되는 즉시 군사를 옮겨 그 까닭을 물을 것이다'라고 엄포를 놓아 외교적으로 고립시켰다. 결국 조나라는 멸망 직전에 놓이게 되었다.

　그런데 조나라의 평원 공(平原 公)의 식객이었던 모수(毛遂)가 스스로 나서서 초(楚)나라에 가 외교를 벌려 조나라의 위급을 구할 수 있게 되었다. 여기서 모수자천(毛遂自薦)이란 고사가 생기게 되었다. 그만큼 외교는 전쟁에 있어서 중요한 몫을 차지하고 있다.

　벌교의 또 다른 예를 들자면, 전국시대의 칠웅 가운데 진(秦)나라가 가장 강하여 나머지 6국이 위협을 느꼈다. 이에 소진(蘇秦)이란 사람이 합종책(合縱策)을 내세워 6국이 힘을 합하여 진나라에 대항하자고 하였다. 이에 진에서는 장의(張儀)가 나타나 6국의 동맹 관계를 깨뜨리는 연횡책(連橫策)을 내세워 6국은 제각기 고립되었고, 결국 진나라가 전국을 통일하게 되었던 것이다.

벌교 다음 단계에 가서야 비로소 군사를 쓰게 되는 것이다. 다시 말하면 앞의 두 단계를 해보고 안 되면 마지막 단계에서 군사를 동원하여야 한다. 처음부터 군사를 동원하여 전쟁하는 것은 결코 좋지 않다는 것이다.

국가의 외교 전쟁과 기업의 판매 전선에 상이한 점이 있다면, 국가 간의 외교전에서는 때때로 권모술수(權謀術數)가 있고, 궤계(詭計)와 회유 그리고 고자세도 펼 수 있다. 그러나 판매의 외교 전술에서는 시종일관 신용 있고 친절하고, 한 점의 권모술수도 있어서는 안 되는 것이다.

그러나 국가의 외교는 그 나라의 국력이 뒷받침해 주어야 하는 것과 마찬가지로, 판매의 외교에도 우수한 경영, 좋은 상품, 자본과 기술이 뒷받침해 주어야 좋은 성과를 올릴 수 있는 점은 유사하다고 할 수 있다.

• 적을 계획 단계에서부터 부수어야 한다.
• 『소설 손자병법』 ② 지기상합 p61

* * *

제일 못한 것[其下]이 성을 치는 것으로[攻城], 성을 치는 방법은 마지못해[不得已] 하는 것이기 때문이다. 망루[櫓]와 분온(轒轀)을 제작하고, 기기(器機)를 갖추려면 세 달 이후에나 이루어지고 거인(距闉)을 쌓는 데도 세 달 이후에나 끝이 난다. 장수가 그 분함을 이기지 못하면 군사를 개미처럼 올려붙여 사졸 3분의 1을 죽이고도 성을 빼앗지 못하니, 이것은 공격자의 재앙[攻之災]이다.

其下攻城. 攻城之法, 爲不得已. 修櫓轒轀, 具器械, 三月而後成, 距闉又三月而後已. 將不勝其忿而蟻附之. 殺士卒三分之一. 而城不拔者此攻之災也.

기하는 공성이니 공성지법은 위부득이니라. 수로분온하고 구기계에 삼월이후에 성이니 거인이면 우삼월이후에 이니라. 장불승기분이의부지하면 살사졸삼분지일이오 이성불발자니 차는 공지재야니라.

[해 설]

전쟁에 있어 제일 못한 방법은 성을 공격하는 것이다. 이것은 직접 전투를 하지 않는 길을 모색하다가 어쩔 수 없는 경우에 쓰는 마지막 방법이다.

성을 공격하는 데 쓰이는 망루(望樓), 즉 성을 공격하기 위하여 성안을 살펴볼 수 있는 망루와 성벽을 오르기 위한 사닥다리차, 기중기와 같은 특장차[轒轀]의 정비와 수리, 그밖에 필요한 기계와 도구를 준비하고 갖추는 데만도 석 달 이상의 시일을 필요로 하게 된다.

거인(距闉)은 거인(距堙)이라고도 쓰는데, 흙을 높이 쌓아 올려 성벽으로 쉽게 오를 수 있도록 만든 도로로, 적 앞에서 적이 지켜 보는 가운데 하는 공사이므로 그것을 완성하는 데에는 다시 석 달 이상이 걸리게 된다. 상대에게 공격할 장소를 미리 알리고 하는 일이므로 그만큼 저항도 강할 것이 틀림없다. 그리고 공격이 뜻대로 되지 않고 시일만 오래 끌게 되면 장수는 그만큼 초조하여지고, 초조하게 되면 그 분함을 참지 못하여 사병들로 하여금 개미떼처럼 성벽을 타고 기어오르도록〔蟻附〕하면, 최소한 3분의 1은 희생당할 각오를 하지 않으면 안 된다. 이만한 희생을 치르고도 성을 함락시키지 못한다면 다시 공격할 힘을 잃게 되고 역습을 당해 참패할 수도 있다. 즉, 큰 재앙을 맞게 되는 것이다.

성(城)이란 수비 태세가 가장 완벽한 요새 중의 요새이다. 따라서 성을 공격한다는 것은 성공의 확률이 가장 적은 공격법이다. 그러므로 모든 수단 방법을 다 써본 끝에 마지막으로 써야 할 것이다.

성을 공격하려면 특수한 장비와 도구들을 준비하여야 하며 이를 위해서는 많은 비용과 시일이 소요된다. 그리고 이것은 바로 군사를 오랫동안 전지에 머무르게 해서는 안 된다는 원칙에도 위배된다. 더구나 참다 못하여 육탄의 투입 작전이라도 쓰게 된다면 어마어마한 희생이 강요되므로 그 어느 쪽으로 보아도 불리한 전법이다.

다시 말하면, 견고한 방비 태세가 갖추어진 상대를 공격한다는 것은 손해가 그만큼 크다는 것을 의미한다. 이것은 우책(愚策) 가운데 우책이다.

• 성을 공격한다는 것은 어마어마한 희생이 따를 뿐이다.
• 『소설 손자병법』 2 오초대회전 p146

3. 싸우지 않고 승리한다

용병에 능통한 사람은 적군을 굴복시키되 싸워서가 아니고, 성을 빼앗되 공격하여 치는 것이 아니고, 남의 나라를 훼손시키되 오래 끌지 않으며 [非久], 반드시 적의 모든 것을 온전히 둔 채 쟁취한다. 그러므로 군사가 손해를 보지 않고[兵不頓(鈍)] 완전한 승리를 거둘 수 있는 것이다. 이것이 책략으로 적을 공격·굴복시키는 방법이다.

故善用兵者, 屈人之兵而非戰也, 拔人之城而非攻也, 毀人之國而非久也. 必以全爭於天下. 故兵不頓而利可全, 此謀攻之法也.

고로 선용병자는 굴인지병하되 이비전야하며 발인지성하되 이비공야하며 훼인지국하되 이비구야니라. 필이전쟁어천하하니 고로 병불둔하고 이리가전이나 차는 모공지법야니라.

[해 설]

전쟁을 잘하는 사람은 상대방의 전력을 무너지게 만들어도 전투를 통해 굴복시키는 것이 아니며, 적의 성을 빼앗아도 전면 공격을 통하여 성을 함락시키는 것이 아니다. 그리고 남의 나라를 훼손시키는 것도 오랜 지구전을 써서 하는 것이 아니다.

반드시 희생을 내지 않는 원칙 아래 온전한 방법으로 천하를 놓고 다투는 것이다.

이런 방법을 쓰면 자기편의 군사와 전력이 무뎌지지 않고, 손해와 손상을 입지 않고 전쟁하여, 얻으려는 이익을 완전히 자기 손에 넣을 수 있다. 이것이야말로 참다운 꾀(책략)로 싸우는 전쟁 방법이다.

싸움이란 요컨대 지능전(知能戰)이 최상이다. 서로 만나 싸우는 조우전(遭遇戰)이나 요새전(要塞戰)은 가장 좋지 못한 전쟁의 수단이다. 싸우는 것 같으면서도 싸우지 않고, 치는 것 같으면서도 실제로는 공격하지 않는 것이야말로 최고의 고등 전술이다.

한 고조(漢 高祖) 유방은 초한전(楚漢戰)에서 항우를 물리치고 천하를 통일하게 된 까닭을 이렇게 말하였다.

"천리 밖의 장막 속에 들어앉아 꾀로써 승리하는 데 있어서는 내가 장량(張良)을 따르지 못하고, 후방에서 치안을 확보하고 일선 장병들에게 보급을 원활히 하는 점에서는 내가 소하(蕭何)만 못하고, 싸우면 반드시 이기고 공격하면 반드시 성을 빼앗는 전술에 있어서는 내가 한신(韓信)을 당하지 못한다. 나는 이 세 인재들을 제대로 썼기 때문에 승리한 것이다."

여기에서 중요한 것은 장량을 먼저 들고, 실제 전투에서 공을 세운 한신을 나중에 들고 있다는 점이다.

기업을 경영하는 사람이나 또는 위대한 정치가에게도 바로 이와 같은 인재가 필요함은 당연하다. 그리고 일하지 않는 것 같으면서 실제로는 잘해내는 사람과, 일을 잘하는 척하면서도 실상은 제대로 못하는 사람을 가려내는 현명한 지혜가 필요함은 두말할 나위 없다.

• 최고 경영자의 결단이 기업의 백년대계를 좌우한다.
• 『소설 손자병법』 2 병법담의 p82

* * *

그러므로 전쟁하는 방법[用兵之法]은, 병력이 적보다 열 배가 되면 포위하고[十則圍之], 다섯 배가 되면 공격하고[五則攻之], 배가 되면 적을 분산시키고, 대등하면 전력을 다해 싸우고, 적보다 약소하면 곧 대적하지 않으며, 만일 그렇지 못하면 피한다. 그러므로 약한 적이 고집스럽게 버티면 강한 적의 포로가 된다.

故用兵之法, 十則圍之, 五則攻之, 倍則分之, 敵則能戰之, 少則能逃之, 不若則能避之, 故小敵之堅, 大敵之擒也.
고로 용병지법은 십즉위지하고 오즉공지하고 배즉분지하고 적즉능전지하고 소즉능도지하고 불약즉능피지니라. 고로 소적지견은 대적지수야니라.

[해 설]
실전에 들어갔을 때, 군사를 쓰는 방법은 우리 쪽의 병력이 적의 열 배가 되면 적을 포위하는 전술을 쓰며, 우리편이 적보다 다섯 배가 많으면 정면공격을 펴도 된다.

다음, 우리편의 수가 적보다 배 정도가 되면 기계(奇計)를 써서 적군을 분열시켜야 한다. 그렇게 하여 적의 군세를 약화시켜 각개 격파를 해야 한다. 그런데 배즉분지(倍則分之)는 아군이 적군보다 두 배 정도 많을 때 아군을 둘로 나누어 정공법과 기습전을 병행한다고 해석하는 경우도 있다.

해석의 차이는 있지만 적을 둘로 나누려 해도 아군의 일부를 떼어 유인하여야 하므로 반드시 똑같이 둘로 나눈다는 뜻으로 보지 않는 한 비슷한 의미라고 볼 수 있다.

아군의 병력과 적의 병력이 서로 비슷하여 적이 아군을 당해낼 수 있으면, 즉 필적할 만하면 반드시 필승의 신념을 갖고 힘을 합하여 일전을 결행할 줄 알아야 할 것이다. 여기에서 주의하여야 할 것은, 병력의 우세라는 것은 숫자에 있는 것이 아니라 전략·전술이 우수하고 서로 단결하여 용감하며 장수와 사병이 한 마음으로 함께 죽기를 맹세하고 싸우는 데 있다.

아군이 적보다 적으면 맞서 싸우지 말아야 한다. 여기에서 도(逃)는 지킨다는 수(守)의 뜻으로, 도발을 하지 말아야 한다는 것이다. 고대 전쟁에서는 화력이 뛰어나지 못했으므로 전쟁의 승패는 군사의 숫자와 밀접한 관계가 있었다. 따라서 적군보다 아군이 적다면 그 승부는 싸워보나마나 뻔한 것이다.

만일 적이 정도보다 못한 상태라면 두말할 필요도 없이 적과 맞서지 말고 피하여야 한다.

워낙 병력의 차이가 있으면 맞서 싸워 보아야 뻔한 일이기 때문이다. 즉, 패배할 줄 뻔히 알면서 싸울 필요는 없다는 것이다. 도망쳐야 할 마당에 우물쭈물하고 있어서는 안 되므로, 삼십육계(三十六計)에서 말하는 '도망가는 것이 상책〔走爲上策〕이다' 란 바로 적의 수가 월등하게 많을 때 생기는 어쩔 수 없는 일이며, 오히려 견고·견강한 척하다가는 도망칠 기회도 잃어버리게 되어 결국 강한 적의 포로가 되기에 알맞다.

- 도망가는 것도 상책 중의 상책이다.
- 『소설 손자병법』 ② 병법담의 p91

4. 장군은 나라를 보좌한다

무릇 장수는 나라의 덧방(輔, 수레의 양쪽 바퀴가 빠지지 않도록 버티게 하는 나무)과 같다. 덧방이 허술한 구석이 없이 주밀(周密)하게 보좌하면 나라는 반드시 강성해지고, 덧방에 빈틈[隙]이 있듯 보필에 결함이 생기면 나라는 반드시 쇠약해진다.

夫將者, 國之輔也. 輔周則國必強, 輔隙則國必弱.
부장자는 국지보야니 보주즉국필강하고 보극즉국필약이니라.

[해 설]
여기서는 나라를 수레로, 임금을 수레의 축으로, 장수를 덧방으로 비유하고 있다. 장수와 나라의 관계는 마치 수레바퀴의 덧방과 같다. 수레가 튼튼하고 안전하려면 바퀴가 빠져나가지 못하게 버티어 주는 덧방이 튼튼하고 빈틈이 없어야 한다. 그렇게만 하면 나라는 반드시 강하다.

또한 덧방과 수레 축과의 사이에 틈이 벌어져 삐걱거리거나 심하게 들어갔다 나왔다 하면 수레가 마구 흔들리고 바퀴가 제대로 구실을 하지 못하는 것과 같이, 장수가 제구실을 하지 못하면 나라도 반드시 약해질 수밖에 없다.

계편(計篇)에서 장수는 지(知)·신(信)·인(仁)·용(勇)·엄(嚴)의 다섯 가지 덕을 구비한 자라야 한다고 설명하였다. 그러나 더욱 중요한 것은 장수가 장수로서의 능력을 충분히 발휘할 수 있도록 하여야 한다는 것이다.

장수가 능력이 있고 정책 입안자들이 제대로 구실을 하면 장수도 제 능력을 발휘할 수 있어 나라가 튼튼해지지만, 그렇지 못하면 나라는 약해질 수밖에 없다. 송(宋)이 금(金)의 침략으로 인하여 남쪽으로 옮겨 겨우 명맥을 유지하고 있던 남송(南宋) 때 유명한 악비(岳飛) 장군이 북벌(北伐)을 주장하며 반격해 들어가다가 문신인 진회(秦檜)의 시기로 결국 도중에서 좌절되고 말았던 일이 있다.

사업주와 경영 당사자와의 관계에서도 똑같은 논리가 적용될 수 있다. 경영주와 사업주, 그리고 간부와 사원들이 톱니바퀴가 맞물리듯이 호흡이 제대로 맞는다면 사업은 원활하게 진척되어 크게 번영할 것이고, 톱니가 하나라도 빠진다면 비록 그것이 돌아간다 하여도 곧 고장이 나고 말 것이다.

- 무모한 월권 행위는 혼란을 일으킨다.
- 『소설 손자병법』 ② 병법담의 p92

*　　*　　*

군(軍)이 임금[君]으로 인하여 어려움을 당하는 일[患於君]이 세 가지가 있다. 군대가 전진하여서는 안 되는 줄 모르고 진격을 명령하는 것과, 군이 물러가서는 안 되는 것을 모르고 후퇴 명령을 하는 것이다. 이러한 군대를 속박당한 군대[縻軍]라고 한다.

故軍之所以患於君者三, 不知軍不可以進, 而謂之進, 不知軍之不可以退, 而謂之退, 是謂縻軍.
고로 군지소이환어군자삼이니 부지군불가이진하여 이위지진 하고 부지군지불가이퇴하여 이위지퇴하나니 시위미군이니라.

[해 설]

군과 임금과의 관계를 설명한 것으로, 임금이 잘못하여 군에게 화를 자초하는 일이 세 가지가 있다고 지적하고 있다. 하늘을 흔들고 땅을 움직일 수 있는 힘은 장수에게 있지만 그 장수를 움직이는 것은 바로 군주의 현명함에 달려 있다. 즉, 장수의 능력도 위대하지만 장수를 어떻게 잘 쓰는가 하는 것은 군주에게 달려 있다.

그런데 임금은 때때로 잘 알지도 못하면서 자기의 의견을 내세워 공연한 권위만 부리려고 한다. 때문에 군에 해를 끼치는 일이 세 가지가 있다고 하였다. 즉, 군대가 전진하여서는 안 될 경우에 임금이 전략과 전술을 알지도 못하면서 무조건 전진하라고 명령을 내리는 것, 또는 후퇴하여서는 안 될 경우에 후퇴하라고 지시하는 것 등은 바로 군에게 해를 끼치는 일이다. 그리하여 군을 속박시켜 군의 행동을 얽어매어 놓으면 결국 힘없는 군대가 되어 버린다.

옷을 만들 때는 재단사에게 모든 것을 맡겨야 한다. 알지도 못하면서 주인이랍시고 이렇게 잘라라 저렇게 잘라라 하면서 참견한다면 재단사는 쓸모 없는 존재가 될 뿐만 아니라 옷감마저 버리게 된다. 일단 일을 맡겼으면 모든 것을 일임하여야 한다.

기업의 경영도 마찬가지이다. 부하에게 일을 맡겼으면 믿음을 주어 일을 잘할 수 있도록 해주어야 한다.

- 맡겼으면 믿어야 한다.
- 『소설 손자병법』 ② 병법담의 p92

* * *

삼군(三軍)의 일을 알지 못하면서 삼군의 정사(政事, 즉 군사 행정)를 간섭[同]하면 곧 군사는 행동에 갈피를 잡지[惑] 못한다. 삼군의 권변(權變), 즉 임기응변)을 모르면서 삼군의 임무를 간섭하면 군사는 명령에 의심을 품는다.

不知三軍之事, 而同三軍之政者, 則軍士惑矣, 不知三軍之權, 而同三軍之任, 則軍士疑矣.
부지삼군지사하고 이동삼군지정자는 즉군사혹의하고 부지삼군지권하고 이동삼군지임하면 즉군사의의니라.

[해 설]
당시 중국의 편제에 천자는 6군을, 제후는 삼군을 두었다. 삼군은 제후가 갖고 있는 전체를 뜻하므로 오늘날의 육해공(陸海空) 삼군 전체를 가리킨다.

이 대목은 세 가지의 어려움 가운데 두 번째의 어려움에 대하여 말하고 있다. 즉, 군의 행정계통을 알지 못하면서 제멋대로 명령을 내린다면 군사들은 어느 명령에 따라야 할지 몰라 갈팡질팡하여 혼란이 일어나게 된다. 또한 전투라는 것은 때와 장소에 따라 임기응변으로 움직여야 하는데, 그러한 일에 어두운 임금이 맞지도 않는 지시나 명령을 마음대로 내린다면 전장에 나가 있는 군사는 어떻게 하여야 좋을지 몰라 어리둥절하게 된다. 심지어는 불평마저 하게 될 것이다. 따라서 위아래가 한마음이 될 수 없으므로 이 군대는 근심만 늘게 된다.

사업에 있어서도 마찬가지이다. 일선 현장과 경영진 사이에서 곧잘 이런 일이 발생하는 경우가 있다. 경영진은 현장의 사정을 잘 알지도 못하면서 잘못된 명령을 내리고, 현장에서는 이것을 간섭으로

만 여긴다면 불평밖에 나올 게 없다. 이와 같은 현상은 일선 현장의 뜻이 경영진에게 정확하게 전달되지 못하였기 때문이며, 또한 앞을 멀리 내다보는 경영진의 참된 뜻이 일선 현장에 제대로 전달되지 못하였기 때문에 발생된 것이다. 즉, 명령 계통 및 행정 계통이 혼란이 초래되었기 때문에 생기는 문제이다.

- 상황 판단 없는 명령은 실패를 자초(自招)하는 것이다.
- 『소설 손자병법』 ② 병법담의 p92

* * *

삼군(三軍)이 이처럼 당황하고 또 의심하게 되면 곧 적 침공의 어려움이 닥치게 된다. 이를 일컬어 자군을 혼란시켜 적이 승리하도록 이끌어들인다[引勝]고 하는 것이다.

三軍旣惑且疑, 則諸侯之難至矣, 是謂亂軍引勝.
삼군이 기혹차의하면 즉제후지난지의니 시위난군인승이니라.

[해 설]

이 대목은 세 가지의 어려움 가운데 마지막 세 번째로, 임금이 군사의 행정에 밝지도 않으면서 실정에 맞지 않는 명령을 내리게 되면 일단 군대 내부에서는 혼란과 의혹이 생기게 된다. 그러면 이 틈을 이용하여 제후들의 난에 이르게 되어 군사를 혼란에 빠뜨리고 적으로 하여금 이기게 한다.

여기에서 말하는 '적으로 하여금 이기게 한다는 인승(引勝)'은, 즉 적이 승리하게끔 한다는 뜻과 이쪽의 승리로 잡아당기는 것을 오래 걸리게 만든다는 뜻으로도 해석하는데, 결국 이 두 가지 뜻은 승패에 깊은 영향을 주는 것으로 볼 수 있다.

사업에 있어서도, 사장이나 중역진은 각 부서마다 유능한 부장을 두어 그들로 하여금 실정에 맞는 경영 방식을 취하도록 하는 한편, 자신들도 자주 회의를 열어 부장들의 의견을 수렴하여 실정을 파악하도록 노력하여야 한다. 그래야만 사업이 혼란에 빠지지 않는다.

우리는 회사에서 매일같이 부장 회의니 간부 회의니 하는 것을 여는 것을 본다. 그런데 잘못 알고 있는 사람은 무슨 놈의 회의를 매일 하는지 모르겠다고 짜증을 내거나 회의에 대하여 회의(懷疑)하는 일을 많이 본다. 그러나 회의다운 회의를 많이 하면 할수록 실정을 서로 알리고 정세를 올바로 판단하여 혼란에 빠지지 않고 모든 일을 원만하게 수행할 수 있게 된다.

- 명령은 산이나 쏟아진 물과 같아 번복하는 것이 아니다.
- 『소설 손자병법』 **2** 병법담의 p93, 흥망의 철리 p229

5. 지피지기(知彼知己)면 싸워도 위태하지 않다

전쟁의 승리를 알 수 있는 다섯 가지가 있다. 즉, 더불어 같이 싸워야 할 때와 싸워서는 안 될 때를 아는 사람은 이기고, 군사가 많거나 적거나 간에 능숙하게 쓸 줄 아는 사람은 이기고, 윗사람과 아랫사람의 싸우고자 하는 마음이 한결같으면 이기며, 항상 만일에 대비해놓고 적의 대비가 소홀해질 때까지 기다리는 자는 승리하며, 장수가 유능하고 임금이 견제하지 않으면[不御] 승리한다. 이 다섯 가지가 바로 승리하는 길[勝之道]을 아는 것이다.

故知勝有五, 知可以與戰不可以戰者勝, 識衆寡之用者勝, 上下同欲者勝, 以虞待不虞者勝, 將能而君不御者勝. 此五者知勝之道也.

고로 지승유오니 지가이여전과 불가이전자는 승하고, 식중과지용자는 승하고, 상하동욕자는 승하고 이우대불우자는 승하고 장능이군불어자는 승이니라. 차오자는 지승지도야니라.

[해 설]

전쟁을 하기 전에 전쟁에서 이길 수 있는지를 미리 아는 길이 다섯 가지가 있다.

첫째, 전쟁을 하여야 할 경우와 전쟁을 하여서는 안 될 경우를 아는 것이다. 사전에 적과 아군의 모든 정세와 실정을 조사 파악하여 비교 검토하면 전쟁을 했을 때 승패의 여부를 알 수 있다. 즉, 승산이 있다고 생각되면 싸울 것이요, 승산이 없다고 생각되면 싸워서는 안 되는 것이다. 결정적인 순간에 잘못 판단하고 지체하는 사이에 기회를 잃어버리는 경우가 많다. 그러므로 싸울 때는 과감하게 싸워야 한다.

둘째, 적보다 많은 군대를 가졌을 경우에는 어떠한 전략·전술을 써야 하며, 적보다 적은 군대를 가졌을 때에는 어떠한 전략·전술을 써야 하는지를 아는 자는 승리한다. 작전과 전략은 병력의 많고 적음에 따라 항상 달라져야 한다. 즉, 적절하게 군사를 운용[用]할 줄 아는 자만이 승리할 수 있다. 고대의 전쟁에서는 승패의 절대적 요인이 병력의 많고 적음과 적절한 운용에 달려 있었다.

셋째, 임금과 신하, 곧 윗사람과 아랫사람이 하고자 하는 마음이 같으면 승리한다. 즉, 일치단결하면 승리하는 것이다. '선비는 자기를 진정 알아 주는 사람을 위하여 죽는다[士爲知己者死]'는 말이 있다. 임금은 모름지기 신하들이 목숨까지 바칠 수 있도록 임금의 행세를 바로 하여 임금다워야 하며[君君], 신하는 신하다워야[臣臣] 백성도 비로소 백성다울 수 있어 위아래가 하나로 단결된다. 그리고 목적이 일치되면 쉽게 일치단결하여 승리할 수 있다.

넷째, 사전에 항상 경계하고 조심하여 방어 태세에 빈틈을 보이지 않고 차근차근 준비를 하고 실력을 다져 나가면서 적이 경계를 소홀히 하고 그 태세가 해이하게 됨을 기다려 적의 허(虛)를 찔러 싸움을 벌이게 되면 승리할 수 있다. 그리고 전쟁은 명분이 선 다음에 해야 한다. 유비무환(有備無患), 즉 준비가 있으면 근심이 없다. 준비 있는 자가 준비 없는 자에게 이기는 것은 전쟁에만 국한되는 것은 아니다.

다섯째, 장수가 유능하여야 한다. 장수가 유능하다고 생각되면 전쟁의 모든 작전과 지휘는 그에게 맡겨야 한다. 임금이 간섭하면 승리할 수 없다. 한(漢)의 주아부(周亞夫)는 진중에서는 장군의 말을 듣고 천자의 조서는 듣지 않는다고 하였다. 군중에서의 장군은 곧 전문가이므로 믿고 맡기라는 뜻이다.

이를 사업에 비유하여 그 사업이 성공할 것인지 아닌지를 미리 알 수 있는 방법이 있다.

첫째, 그 사업을 해야 할 것인지 하지 말아야 할 것인지를 아는 사람은 성공한다.

둘째, 자금과 능력의 많고 적음에 따라 어떤 일을 해야 할 것인지를 미리 아는 사람은 성공한다.

셋째, 사장 이하 전 사원이 일치단결하여 있는 사업은 성공한다.

넷째, 모든 준비를 갖추고 사업을 운영하여 가는 사람은 성공한다.

다섯째, 각 부서의 책임자들이 유능하고 사장이 그들을 마구 간섭하지만 않으면 성공한다.

- 싸우는 방법과 적을 알면 승리를 알 수 있다.
- 『소설 손자병법』 ② 병법담의 pp93~94

　　　　　　　＊　＊　＊

그러므로 상대방[彼]을 알고 나를 알면 백 번 싸워도 위태롭지 않으며 [不殆], 상대방을 알지 못하고 나를 알면 승패의 가능성은 절반이며[一勝一負], 상대방을 알지 못하고 나도 알지 못하면 싸울 때마다 반드시 위험에 빠지게 된다[每戰必殆]는 것이다.

故曰, 知彼知己, 百戰不殆, 不知彼而知己, 一勝一負, 不知彼不知己, 每戰必殆.

고로 왈 지피지기면 백전불태하고 부지피이지기면 일승일부하며 부지피부지기면 매전필태니라.

[해 설]

상대방[彼], 즉 적이 갖추고 있는 조건과 그 조건이 강한 것인가 약한 것인가를 잘 알고 있고, 또한 자기 쪽의 실력을 충분히 살피고 난 다음에 하는 싸움이라면, 백 번 싸워[百戰] 백승(百勝) 할 수 있다. 즉, 싸우면 싸우는 만큼 이골이 나서 이길 수 있게 되어 위태로움은 있을 수 없다.

   그러나 자기 쪽의 실력만 알 뿐 적의 실력을 잘 파악하지 못하고 판단이 불충분하다면, 경우에 따라 한 번 이길 수도 있고 한 번 질 수도 있다.

   만일 적에 대한 사전 지식과 조사 판단이 부정확할 뿐만 아니라 자기 쪽의 실력마저도 제대로 알지 못한다면 백 번 싸워 보아야 백 번 지고 마는 것이다.

   여기에서 말하는 백전불태라는 말은 바로 '지피지기(知彼知己)면 백전백승(百戰百勝) 한다'는 말로 널리 알려져 있다. 결국 싸움이란 상대방이 있는 것이며, 승산이 없는 전쟁은 하지 않는 것이 현명하다는 뜻도 된다. 상대방을 알고 나를 아는 데에는 한계가 없다.

   지피지기의 문제는 전쟁에서만 중요한 것이 아니다. 인간이 하고자 하는 모든 일에 있어서 가장 기본이 되고 출발이 되는 일은 바로 지피지기이다.

   경쟁이 되는 일이거나 또는 독점 사업을 한다 하더라도 경쟁 상대나 자기 상품의 시장 등을 면밀히 조사하여 충분히 파악하고, 또한 자신의 능력을 잘 알고 있으면 어떠한 일을 함에 있어서도 성공이 가능하다.

   그러나 남을 이길 자신이 있어서 시작한 것이 실패로 돌아가는 것은 자기 쪽만 알고 상대방을 정확하게 알지 못한 데서 온 결과이다. 어쩌다 성공하였다 하더라도 그것은 실패할 소지를 갖고 있는 것이며, 이 실패를 재수니 운수니 하는 말로 합리화하는 경우가 흔하다. 제 힘도 모르고 아무에게나 덤벼드는 것은 마치 '하룻강아지 범[虎] 무서운 줄 모르는' 것처럼 어리석기 짝이 없다.

- 적을 알고 스스로를 모르면 이길 수 있는 확률은 반이며, 일승일패(一勝一敗)는 병가상사(兵家常事)이다.
- 『소설 손자병법』 1 고전장에 배우다 p140, 2 흥망의 철리 p241

4
군형편(軍形篇)

군형(軍形)이란 군의 배치 형태를 의미한다. 즉, 군의 행동을 어떠한 형태에 담는가에 따라 군대는 힘을 쓰게 된다. 아군은 우선 싸우기 전에 싸움에 패하지 않을 태세를 갖추어 놓고 적군의 약점을 공격하여야 한다.

1. 적의 허점을 기다린다

손자(孫子)는 말하였다. 옛날 전쟁을 잘하는 사람[善戰者]은, 먼저 적이 아군을 이길 수 없도록 만들고, 아군이 적을 이길 수 있는 여건이 적방에 조성되기를 기다렸다.

孫子曰, 昔之善戰者, 先爲不可勝, 以待敵之可勝.
손자왈, 석지선전자는 선위불가승하고 이대적지가승이니라.

[해 설]
옛날 전쟁을 잘하던 사람의 전법을 보면, 우선 적이 이길 수 없도록 자기편의 태세를 완벽하게 갖추어 놓은 다음 적군의 형태에서 허점이 일어나기를 기다렸다.

다시 말하면, 적보다 전쟁터에 한 걸음 먼저 나아가 진지를 구축하고 서서히 상대가 나타나는 것을 기다려야 자기편 군사들에게 무리를 끼치지 않게 된다. 싸움이란 창과 칼을 맞부딪치며 싸우는 것으로만 알고 있는데, 그것은 전쟁에 있어서 마지막 순간의 방도이며 가장 중요한 것은 태세이다. 상대방에게 지지 않을 만한 태세를 이모저모 검토하여 적이 어느 쪽으로 쳐들어오더라도 조금도 빈틈이 드러나지 않도록 완전무결한 준비가 갖추어진 다음에야 비로소 싸울 일이다.

그러려면 먼저 이쪽의 태세가 정비되어 있어야 할 것이며, 다음에 적의 태세를 충분히 조사하여 손바닥을 보듯이 환히 알고 있어야 할 것이다. 그러나 잘 알고 있다고 해서 싸워서는 안 되며 양쪽의 태세가 불균형이 될 때까지 조용히 기다려야 한다. 그러므로 적당한 시기를 기다리는 인내와 그 시기를 재빨리 포착하여 번개처럼 행동하는 기민성이 없어서는 안 된다.

　이와 같은 점은 현대전에서도 마찬가지이다. 싸움은 태세에서부터 시작되며 그 안에 어느 정도 승패의 열쇠가 숨어 있다. 그리고 적과 이쪽의 태세에 균형이 허물어져 이쪽에 유리하다고 판단되었을 때가 바로 싸울 수 있는 시기가 된다. 그러나 이때에 꼭 명심하여야 할 일은, 오판이 있어서는 안 된다는 것이다. 태세가 다 갖추어졌다 해도 곧 공세를 취해서는 안 되는 것이다.

　손자는 전쟁이란 부득이한 경우에 취하는 최후의 수단이라고 강조하였다. 전쟁을 하지 않고 적을 굴복시키는 것이 최선의 방책이다. 그러나 어쩔 수 없이 전투를 치러야 할 경우에도 함부로 싸움을 일으켜서는 안 된다. 전투에서는 반드시 이겨야 한다는 대명제가 주어져 있다. 이기기 위하여 싸우는 것이다. 그렇기 때문에 적에게 빈틈이 생길 때까지 기다려야 한다. 적의 빈틈이 보이거든 그 허를 찌르는 전격적인 공격을 퍼부어야 하며, 허가 발견되었을 때에는 이를 반드시 공격하지 않으면 안 된다.

• 절대 패하지 않으려면 유비무환(有備無患)밖에 없다.

＊　　＊　　＊

　적이 이길 수 없게 하는 여건은[不可勝] 나에게 있고[在己], 내가 적을 이길 수 있는 여건은 적에게 달려 있는 것이다. 그러므로 아무리 전쟁을 잘하는 사람도 적이 이길 수 없게 만들 수 있어도, 내가 이길 수 있도록 적방에 허점을 만들어 놓을 수는 없는 것이다.

不可勝在己, 可勝在敵, 故善戰者, 能爲不可勝, 不能使敵必可勝.

불가승은 재기하고 가승은 재적이니 고로 선전자는 능위불가승이나 불능사적필가승이니라.

[해 설]

　적군이 아군을 이길 수 없게 만드는 것은 아군의 태세를 얼마나 완전하게 갖추느냐에 달려 있으며, 적군을 이길 수 있느냐 하는 것은 적장이 어느 정도 태세를 갖추느냐에 달려 있다. 그러므로 아무리 싸움에 능한 사람이라도 적이 이길 수 없도록 이쪽 태세를 정비할 수는 있으나 상대방을 이쪽에서 공격하기 좋은 태세로 만들 수는 없다.

　여기에서 강조하고 있는 것은, 싸움에서 이기는 것이나 지는 것은 모두 상대방에 따라 결정되는 것으로, 그것을 맞는 태세가 좋으냐 나쁘냐에 따라 좌우된다는 것이다. 상대방을 맞는 태세라든가 지키고 있는 태세 같은 것은 이쪽 힘으로 최선을 다하여 보강할 수 있는 일이지만, 상대방의 태세는 있는 그대로의 모습과 그때 그때의 형태를 대상으로 삼아 냉정하고 침착하게 예리한 관찰을 하고 그 강도를 측정하여야 한다.

- 일의 시작은 태세부터 갖추는 데 있다.
- 『소설 손자병법』 ③ 오월동주 p66

2. 공격과 수비

그러므로 승리를 예견할 수는 있어도[勝可知] 그것을 원한다고 마음대로 얻어지는 것은 아니다[不可爲]라고 말하는 것이다. 적이 이길 수 없게 만드는 것은 나의 수비이고, 내가 이길 수 있게 만드는 것[可勝者]은 공격이다. 병력이 부족하면 수비하고 병력에 여유가 있으면 공격한다.

故曰, 勝可知而不可爲. 不可勝者守也, 可勝者攻也. 守則不足, 攻則有餘.
고로 왈 승가지나 이불가위니라. 불가승자는 수야하고 가승자는 공야하니라. 수즉부족하고 공즉유여니라.

[해 설]
관찰·측정을 해보면 이길지 못 이길지를 알 수 있으나 이쪽이 이길 수 있도록 상대방을 좌지우지할 수는 없는 일이다. 만일 상대방의 태세가 훌륭하여 공격하는 힘과 지키는 힘의 균형이 이쪽에 불리하다고 생각되면 공격하는 것을 일단 보류하고 지키는 일에 먼저 전념하지 않으면 안 된다. 잘 관찰하여 이쪽이 절대로 우세하다고 판단되면 그때 비로소 공세를 취하는 것이다.

수세로 나간다는 것은 이쪽의 힘이 불리하기 때문이며 공세로 나가는 것은 이쪽이 유리하기 때문이다. 수세냐 공세냐 하는 것은 이쪽과 저쪽의 힘의 균형에 의하는 것으로, 열세라고 생각되었을 때에는 서투른 방법으로 공세를 취할 생각은 아예 하지 말고 수세를 취하라는 것이다. 수비력이 없이는 공격을 해서는 안 된다.

물론 약한 힘으로써 강한 적을 쳐서 이기는 예가 없는 것은 아니나 그때에는 상대방에게 그만한 허점이 있기 때문이다. 막연한 요행을 바라고 상대방이 그런 허점을 가지고 있을 것을 기대하는 마음만으로 공격한다는 것은 백전불태(百戰不殆)의 전법이 아닌 백전필패(百戰必敗)의 전법이다. 또한 반드시 승리할 수 있다는 양책(良策)이 있어서 전체가 그 방책이 의도하는 것을 충분히 파악하지 못하거나 그 방책을 충실히 실현하도록 꾀하는 단결력을 기르지 않으면 승리는 어림도 없다. 더구나 그 방책을 채택하지 않는다면 당연히 이길 수가 없는 것이다. 때문에 손자는, 이기는 방법은 알 수가 있으나 그것이 그대로 실행된다고는 말할 수 없다고 하였다.

사업을 잘 운영하는 사람도 사업을 성공으로 이끌어 갈 수 있는 모든 태세를 완전하게 갖출 수는 있다. 그러나 사회적인 조건이 뜻대로 맞아 주지 않는다면 큰 성공은 기대할 수가 없다. 하지만 최소한의 발전은 이루어 나갈 수 있다. 그래서 아무리 유능한 경영자라도 성공할 수 있다는 것을 알고는 있으면서도 간단히 사업을 성공시킬 수는 없는 것이다.

- 이길 수 있을 때 공격하라.
- 『소설 손자병법』 ③ 오나라의 말로 p228

*　*　*

수비에 능한 자는 깊이를 헤아릴 수 없는 땅 속[九地]에 숨듯 자신의 역량을 깊숙이 은폐하고, 공격에 능한 자는 까마득히 높은 하늘[九天] 위에서 행동하듯 자신의 역량을 고도로 발휘한다. 그럼으로써 자신의 역량을 온전히 보전하면서 완승을 거둘 수 있는 것이다.

善守者, 藏於九地之下, 善攻者, 動於九天之上. 故能自保而全勝也.

선수자는 장어구지지하하고 선공자는 동어구천지상이니 고로 능자보이전승이니라.

[해 설]

　구(九)라는 것은 수에 있어서 맨 위, 맨 끝을 뜻한다. 구지(九地)니 구천(九天)이니 하는 것은 땅 속 가장 깊은 곳, 하늘 위 가장 높은 곳이란 뜻이다. 그러므로 태세를 완전히 갖춘 군대는 수비할 때 땅 속 깊이 숨는 것처럼 그림자조차 찾을 길이 없고, 또 일단 공격 태세를 취하면 마치 높은 하늘 위에서 움직이는 것처럼 적군을 꼼짝 못하게 만든다. 그러므로 아군을 온전하게 보호하고 완전한 승리를 거둘 수 있는 것이다.

　전국시대 말기에 조(趙)나라에는 명장 이목(李牧)이 있었다. 당시 중국의 북쪽에는 흉노족의 세력이 커져 조나라의 북쪽을 자주 침략하였다. 이에 조나라에서는 이목으로 하여금 흉노족을 토벌하게 하였다.

　그런데 이목은 초지일관 수비만 할 뿐 흉노를 쳐서 토벌하지는 않았다. 날마다 병사들에게 말타기와 활쏘기의 훈련을 시키면서 흉노의 동태만 살피도록 하고, 부하들에게도 흉노족이 공격하여 오면 싸워서는 안 되고 곧 성안으로 도망해 오도록 당부하였다. 그후 때때로 흉노족이 공격해왔지만 성문을 굳게 지키고 있었기 때문에 이목의 군대는 손해가 별로 없었다.

　이렇게 몇 해가 지나자 흉노족은 조나라 군대가 만나기만 하면 도망하니 두려워할 것이 못 된다고 여기고 대군을 이끌고 공격해 들어

왔다. 첩자를 보내 흉노의 움직임을 파악하고 있었던 이목은 곧 기묘한 진을 치고 이들을 맞아서 완전히 격파하였다. 그후 이목이 살아 있는 동안 흉노는 조나라의 변방을 한 번도 공격해 오지 않았다.

여러모로 헤아려 보아 수세로 나가야 된다는 판단이 서면 수비 태세를 물샐틈없이 해 놓아야 한다. 그리고 일단 공격해도 좋겠다는 상대는 구천 꼭대기에서 떨어지는 것 같은 세력으로 상대방을 단숨에 쳐부수어야 한다. 실력이 비등비등한 상태에서 이길지 질지 모르는 싸움을 하고 있는 것은 싸움다운 싸움이 될 수 없다.

이것은 우선 내실을 기하여야 한다는 점에 있어서 사업과도 통한다. 실력도 쌓지 않고 사업을 확장하거나 다른 사람의 시장을 빼앗으려는 것은 자칫하다가는 자신도 망하고 다른 사람도 망하게 하는 것이다.

- 잘하는 수비도 공격의 하나이다.
- 『소설 손자병법』 ③ 오월동주 p67

3. 이기기 쉬운 것에 이긴다

누가 보아도 승리를 알 수 있는 그런 상황에서 거둔 승리는 최선의 승리가 아니다. 힘써 싸워 모든 사람들로부터 '잘 싸웠다'는 말을 듣는 승리도 최선의 승리가 아니다. 깃털을 들어올린다고 해서 힘이 세다고 하지 않으며, 해와 달을 본다고 해서 눈이 밝다고 하지 않으며, 뇌성벽력을 듣는다고 해서 귀가 밝다고 하지 않는 것처럼 외부에 드러난 상황은 누구나 다 알 수 있기 때문이다.

옛날, 전쟁에 능하다고 일컬어졌던 자는 모두 승리를 거둘 수 있는 여건을 갖추어 놓고 적과 싸워 쉽게 승리하였다.

見勝不過衆人之所知, 非善之善者也, 戰勝而天下曰善, 非善之善者也. 故擧秋毫不爲多力, 見日月不爲明目, 聞雷霆不爲聰耳. 古之所謂善戰者, 勝於易勝者也.

견승불과중인지소지는 비선지선자야하며 전승이천하왈선은 비선지선자야니라. 고로 거추호가 불위다력하고 견일월이 불위명목하고 문뢰정이 불위총이니라. 고지소위선전자는 승어이승자야니라.

[해 설]

앞에서 말한 대로, 서로가 땅 속에 깊이 감추고 있는 수비 태세를 살펴보고 쌍방의 실력을 검토하고 싸움에 들어가는, 즉 사전에 복잡한 작전을 다 해놓고 다음에 벌어지는 싸움에서의 승리는 결코 크게 칭찬할 만한 것이 되지 못한다. 또한 악전고투(惡戰苦鬪) 끝에 겨우 승리하게 된 싸움을 세상 사람들은 장하다고 칭찬하지만 그것은 결코 잘한 싸움이 될 수 없다.

즉, 누가 보든지 미리 알 수 있는 승리는 최선의 승리가 아니며 세상 사람들이 잘했다고 하는 승리도 진정한 승리가 아니다. 이것은 마치 가을에 나오는 짐승의 털, 즉 아주 가벼운 털을 들었다고 하여 힘이 세다고 말할 수 없는 것과 같으며, 해나 달을 보았다고 하여 그 사람의 시력이 좋다고 할 수 없는 것과도 같고, 우레 소리를 들었다고 하여 그 사람의 귀가 밝다고 말할 수 없는 것과 같은 이치이다.

가을에 나오는 짐승의 털[秋毫]이란 겨울을 나기 위하여 털을 갈 때 다시 나는 고운 털로, 가늘고 가볍기 때문에 아주 가벼움을 나타낼 때나 혹은 작아서 거의 없는 것처럼 보일 때 쓰는 낱말이다. 예를 들어 '추호(秋毫)의 거짓도 없어야 한다'든지 '추호지말(秋毫之末)'이라는 말이 있다.

옛날부터 전하여 오는 말로 '정말 잘 싸운 싸움은 당연히 이길 수 있는 싸움을 이기는 것이지 결코 무리한 짓을 해가며 요행히 이긴 싸움이 아니다'라는 말이 있다. 이기는 것이란 이길 수 있도록 준비되어 있고, 또 충분한 이유가 있어서 쉽게 이길 수 있는 것이라야 참다운 승리라고 말할 수 있는 것이다.

참다운 진리는 평범한 곳에 있다고 한다. 마찬가지로 참다운 병법의 진리란 역시 평범한 사실에 바탕을 두고 있다. 때문에 가장 잘한 싸움은 이기기 쉬운 싸움에서 이기는 것이다. 그러므로 영웅(英雄)이니 지장(智將)이니 하는 사람들의 이야기는 뜻밖에도 선의 선〔善之善〕한 것이 아닌지도 모른다.

전국시대 초(楚)나라의 공수반(公輸盤)이 구름사다리〔雲梯〕를 만들어 송(宋)나라를 공격하려고 하였다. 이 소문을 듣고 겸애설(兼愛說)을 제창하였던 묵자가 초나라로 공수반을 찾아가 만나,

"당신이 구름사다리를 만들어 송나라를 공격하려고 한다는데 송나라에 무슨 죄가 있어 그럽니까? 초나라는 인구는 적고 땅은 넓은데 작은 송나라를 빼앗으려 한다면 어찌 인(仁)이라고 하겠습니까?"

라고 하였다.

이에 공수반은,

"이미 임금의 허락을 받은 일이라 중단할 수 없습니다."

라고 하였다.

묵자는 다시 초왕(楚王)을 만나 이렇게 물었다.

"좋은 수레를 가지고 있으면서 이웃집 수레를 빼앗으려는 사람이 있습니다. 그를 어떻게 생각하십니까?"

이에 초왕은,

"도둑질하는 버릇이 있는 모양이군요."

라고 답하였다.

이때 묵자는,

"초나라 영토는 사방이 5천 리나 되나 송나라의 영토는 사방이 5백 리밖에는 안 됩니다. 또한 초나라는 물자도 풍부한데 왕께서 송나라를 공격하는 것은 옳지 않습니다."

라고 하였다.

이에 초왕도 묵자의 말에는 공감을 표하면서도,

"어렵게 구름사다리를 만든 공수반의 체면도 있으니 송나라에 대한 공격을 그만둘 수는 없습니다."

라고 잘라 말하였다.

이렇게 되자 묵자는 책상 위에 있는 공수반의 작전을 바라보고 혁대를 풀어 성벽에 걸고 공수반으로 하여금 공격하게 하였다. 공수반은 계속 공격에 나섰지만 묵자는 그때마다 이를 막아냈다. 이에 공수반은 손을 들고,

"제가 졌습니다. 그러나 저에게는 또 하나의 비결이 있습니다."

라고 말하자,

묵자는,

"나는 벌써부터 그것을 알고 있습니다."

라고 받았다.

이에 초왕은 묵자에게,

"그것이 무엇인지 아십니까?"

라고 물었다.

이에 묵자는,

"공수반은 저를 죽일 생각을 하고 있습니다. 저만 죽이면 송나라에는 수비할 사람이 없으니 쉽게 공격해 올 수 있으리라고 생각한 것입니다. 그러나 저의 제자들을 이미 3백 명이나 보냈고, 그들은 제가 고안한 방어용 무기를 가지고 초나라의 군대가 오기를 기다리고 있습니다. 저를 죽인다 하여도 송나라는 망하지 않습니다."

라고 답하였다.

이리하여 초왕은 마침내 송나라를 공격하지 않았다. 그런데 송나라의 위기를 구한 묵자는 돌아오는 길에 송나라를 지나치게 되었다. 그때 마침 큰 비가 내려 묵자는 성문 밑에서 하룻밤을 지내려고 하였는데, 그때 문지기가 나와 그를 쫓아냈다. 송나라 사람들은 전쟁으로부터 자신들을 구해준 은인의 공적을 전혀 모르고 있었던 것이다.

사업을 잘 운영하는 사람은 최선의 성공을 거두어야 하며, 또한 묵자가 세운 공적과 마찬가지로 지혜와 이름이 알려지지 않고 용기나 공로도 알려지지 않아야 한다.

- 참다운 진리는 평범한 곳에 있다.
- 『소설 손자병법』 ③ 오월동주 p65

* * *

따라서 전쟁에 능한 인물이 거둔 승리에는 그의 지략이 뛰어나 보이거나 용맹이 돋보이거나 하지는 않았다.

故善戰者之勝也, 無智名, 無勇功.

고로 선전자지승야에 무지명하고 무용공이니라.

[해 설]

따라서 진정한 의미로 가장 잘 싸워 승리를 거두면 특별히 지장(智將)이니 명장(名將)이니 하는 소리도 듣지 않고, 남달리 용명(勇名)을 떨치거나 공명(功名)을 칭찬 받지도 않는 것이다.

사업을 하는 사람들은 아랫사람의 건의나 경고에는 전혀 귀를 기울이지 않고 있다가 사고가 터지게 되면 이를 수습하느라 동분서주한 사람만을 고마운 일꾼처럼 생각하는 것이 보통이다. 일찍이 아랫사람의 건의나 경고에 귀를 기울였다면 그러한 사고가 발생하지도 않았을 텐데, 그들의 선견지명을 높이 평가하려는 사람은 없다. 그리고 이와 같은 것은, 윗사람이 자신의 실책을 감추려는 의도나 혹은 머리 좋은 부하를 시기하는 무의식적인 행위에서 비롯되는 경우도 있다.

흐르는 물이 소란스러울 때 그 물은 얕은 여울물이다. 우리 속담에 '소문난 잔치에 먹을 것 없다'는 말이 있다. 떠들어대는 사람, 일하는 척하는 사람은 정작 실속이 없다. 깊이 숨어서 드러내지 않고 일하는 사람을 찾아내는 것이 진정한 일꾼을 찾는 길이다.

• 소문 내지 않고 자기의 일을 하는 사람을 찾아내야 한다.

4. 밝은 정치, 잘사는 나라부터 만들어야 한다

그 까닭은 상황이 어긋나기 전에 미리 조치를 취해 틀림없는 승리를 거둘 수 있었던 것이며, 이는 곧 싸우기 전에 필승의 여건을 갖추어 놓고, 이미 패배할 상황에 처한 적을 상대로 싸워 이긴 것이기 때문이다.

故其戰勝不忒, 不忒者其所措必勝, 勝已敗者也.
고로 기전승불특하니 불특자는 기소조필승이니 승이패자야니라.

[해 설]
특(忒)이란 '어긋나다, 틀리다' 라는 뜻이다. 전쟁에서 이기는 것은 어긋나지 않는다 하였는데, 이는 앞에서 말한 방법으로 하는 전쟁이라면 이기는 것이 당연하다는 뜻이다. 즉, 앞에서 말한 것처럼 하게 되면 그가 하는 조치가 빗나가거나 계획에서 벗어나는 일이 없이 반드시 이기게 된다. 왜냐하면 사실상 이미 지고 있는 상대를 이기는 것이기 때문이다.

구경하는 사람이 손에 땀을 쥐는 승부는 결국 구경거리에 지나지 않는다. 진정한 의미의 싸움은 절대로 그러한 것이 되어서는 안 된다. 어느 모로 보나 반드시 지게 되어 있는 상대가 아닐 경우, 일단 싸웠다 하면 반드시 이기게 되어 있는 것은 뻔한 사실이다. 그러나 전투가 시작된 다음에 승리할 기회를 붙잡으려 하는 사람은 패전하게 마련이다.

• 먼저 이기고 싸운다.
• 『소설 손자병법』 ③ 오월동주 pp63~64

* * *

그러므로 전쟁에 능한 자는 시종 불패의 위치에 서서 적이 패배할 기회를 놓치지 않는다. 승리하는 군대는 먼저 승리할 만한 태세를 갖추어 놓고 적과 싸우며, 패배하는 군대는 먼저 싸움을 걸어놓고 승리를 추구하려 한다.

故善戰者, 立於不敗之地, 而不失敵之敗也. 是故, 勝兵, 先勝而後求戰, 敗兵, 先戰而後求勝.
고로 선전자는 입어불패지지하여 이불실적지패야니라. 시고로 승병은 선승이후구전하고 패병은 선전이후구승이니라.

[해 설]
즉, 전쟁을 잘하는 사람은 우선 아군의 준비를 철저히 갖추어 완전무결하게 해놓고 도저히 패할 수 없는 입장에서 적군의 약점이 생기기를 기다렸다가 허점이 생기면 이를 공격하기 때문에 결코 승리의 기회를 놓치지 않는다.

이러한 까닭으로, 승리하는 군대는 우선 준비 태세를 완전하게 갖추어 적보다 먼저 승리의 기회를 만들어 놓은 다음에 전투를 시작한다.

선승이후구전(先勝而後求戰)의 먼저 이긴다는 것은, 먼저 승리할 수 있는 태세를 갖추어 놓은 다음에 싸움을 건다는 뜻이다. 준비도 없이 싸움부터 걸면 그 싸움은 패하게 되어 있다. 그리고 선전이후구승(先戰而後求勝)이란 싸움부터 해놓고 뒤에 승리를 바라는 것이니, 이는 무계획적이고 무정견한 마구잡이 싸움인 것이다.

요사이처럼 정보화 시대, 컴퓨터가 일을 처리하는 과학적인 시대에 무계획적으로 싸움을 한다면 동네 아이들의 싸움과 다를 바가 없다. 따라서 자세·태세부터 갖추어 놓고 일할 것을 찾는 회사는 성공할 수 있어도, 일부터 시작해 놓고 사업에 성공하기를 모색하는 회사는 실패하게 되어 있다.

• 전쟁이란 동네 아이들의 싸움도 아니며 놀이도 아니므로 이기지 않으면 안 된다.

*　　*　　*

전쟁을 능숙하게 이끌어 가는 자는 정치·군사적으로 만반의 태세를 갖추고[修道], 필승의 법도를 확고히 보장한다[保法]. 그럼으로써 그가 승패의 결정권을 장악할 수 있는 것이다.

善用兵者, 修道而保法. 故能爲勝敗之政.
선용병자는 수도이보법이니 고로 능위승패지정이니라.

[해 설]
전쟁을 잘하는 사람은 우선 도의적인 정치를 베풀어 백성들로 하여금 군주와 국가를 위하여서는 목숨 버리기를 두려워하지 않게 만들고, 군대의 편성과 명령 계통의 질서를 잘 지키게 함으로써 적군을 물리쳐 승리를 거둘 수 있다.
여기에서 말하는 도(道)란 제1편인 계편(計篇)에서 말한 오사(五事)를, 법(法)이란 칠계(七計)를 말하고 있다. 이상적인 싸움을 하는 사람은 먼저 도의적인 점에 있어서 결함이 있나 없나를 반성하고, 편제와 명령 계통과 군장비의 보급에 미비한 점이 없는지를 다시 한 번 검토하여야 한다. 이렇게 해야만이 승패에 대한 계산과 측정이 틀리는 일이 없을 것이다.

형태의 좋고 나쁜 것은 결국 전쟁의 근본 이념과도 상통한다. 그것을 다시 한번 검토하여 아무 결함이 없고 모든 것이 잘되어 있으면 좋은 것이고, 그렇지 못하면 나쁜 것이다. 근본 이념인 오사칠계(五事七計)에 결함이 있으면 군 형태는 기능을 제대로 발휘할 수 없게 되는 것이다.

• 정치를 잘하는 사람이 전쟁도 잘 치를 수 있다.

5. 이기는 싸움에 필요한 계산

병법의 운용에는 첫째 지형 판단[度], 둘째 전쟁터의 면적[量], 셋째 쌍방의 투입 병력 수(數), 넷째 쌍방의 전투력 비교(稱), 다섯째는 승기(勝機)를 고려해야 한다.
지형에 따라 전쟁터의 면적이 산출되고, 전쟁터의 면적에 따라 투입 가능한 병력 수가 산출되며, 투입 병력 수에 따라 전세(戰勢)와 전투 형태의 대비가 산출되고, 쌍방의 전세와 전투 형태의 비교에 근거하여 승리가 산출되는 것이다.

兵法, 一曰度, 二曰量, 三曰數, 四曰稱, 五曰勝, 地生度, 度生量, 量生數, 數生稱, 稱生勝.

병법에 일왈도요 이왈양이요 삼왈수요 사왈칭이요 오왈승이니라.
지생도하고 도생량하고 양생수하고 수생칭하고 칭생승이니라.

[해 설]
병법에 전쟁에서 승리하고 패배함은 다섯 가지 요소에 의하여 결정된다고 하였다. 도(度)는 '자로 잴 도'로, 길이를 재는 것이며 국토가 넓으냐 좁으냐 하는 것이고, 양(量)이란 '헤아릴 양'으로 자원 생산의 많고 적음을 뜻하며, 수(數)란 '인구의 많고 적음'을, 칭(稱)이란 '저울질할 칭'으로 군대 전력이 강하냐 약하냐를 뜻하며, 승(勝)이란 승리와 패배의 예측에 있다.

땅에 따라 도(度)가 생긴 것은〔地生度〕지형에 따라 국토 면적의 넓고 좁음이 결정되고, 도에 따라 양(量)이 생긴 것은〔度生量〕국토의 넓이에 따라 생산되는 물자의 많고 적음이 결정되고, 양에 따라 수(數)가 생긴 것은〔量生數〕물자가 많고 적음에 따라 인구의 많고 적음이 결정되고, 수에 따라 칭(稱)이 생긴 것은〔數生稱〕인구의 많고 적음에 따라 전력의 강하고 약함이 결정되고, 칭에 따라 승리〔勝〕가 생긴 것은〔稱生勝〕전력의 강하고 약함에 따라 전쟁의 승패가 결정되는 것을 말한다.

또한 땅이란 전쟁하는 싸움터이기도 하다. 싸움터란 곳은 가깝고 먼 것과 넓고 좁은 것을 재는 것이 필요하며, 가깝고 먼 것을 재게 되면 그 높고 낮은 지형을 자연히 측량하게 된다. 그것을 안 뒤에는 그 지형에 따른 병원(兵員)과 무기, 필요한 식량의 수량 등을 산출하지 않으면 안 되고, 그 숫자를 자세히 파악하고 나면 이쪽과 저쪽의 비교 검토도 가능하게 되며, 또한 나아가서는 승패를 측정할 수 있게 되는 것이다.

사업에 있어서도 마찬가지이다. 성공과 실패는 아래의 다섯 가지 요소에 따라 결정된다고 말할 수 있다. 첫째 회사의 규모와 하는 일, 둘째 자본금, 셋째 사원들의 수, 넷째 사원들의 사기, 다섯째 성공과 실패의 예측이다.

• 전쟁은 이겨 놓은 승리를 확인하는 것이다.
• 『소설 손자병법』 ③ 오나라의 말로 p231

* * *

그러므로 역량 면에서 마치 일(鎰)의 무게로 수(銖)를 대하듯 압도적인 우세를 확보한 군대는 승리하며, 수(銖)로써 일(鎰)에 대하듯 절대적인 열세에 빠지는 군대는 패하기 마련이다. 승리자의 싸움은 마치 천 길 높은 골짜기에 저장한 물을 일시에 방류하듯 축적된 힘을 최대한 발휘한다. 이것은 곧 군형(軍形)이다.

故勝兵, 若以鎰稱銖, 敗兵, 若以銖稱鎰. 勝者之戰民也, 若決積水於千仞之谿者形也.
고로 승병은 약이일칭수하고 패병은 약이수칭일이니 승자지전민야는 약결적수어천인지계자형야니라.

[해 설]
일(鎰)과 수(銖)는 당시의 무게 단위로, 24수를 한 냥(兩)이라고 하였다. 그리고 20냥을 한 일(鎰)이라 하였으므로, 한 수와 한 일은 1:480이란 무게의 차이를 가지고 있는 셈이다.

승리하는 군대는 큰 문제를 마치 사소한 일처럼 세밀하게 대비하기 때문에 승리하고, 패배하는 군대는 작은 문제를 큰일처럼 허술하게 대비하기 때문에 패배하는 것이다.

천인지계(千仞之谿)란 천 길이나 되는 깊은 골짜기로, 한 인(仞)은 여덟 자에 해당하는 길이이므로, 결국 한 길을 말하는 것이다. 즉, 천인지계는 높이와 길이가 대단하다는 뜻이다.

그러므로 승리하는 사람의 전투는 마치 가득 고여 있는 물을 천길 골짜기 아래로 터놓은 것과 같이 적을 압도하여 버린다.

진왕(秦王) 정(政: 뒷날의 시황제)이 형(荊)과 싸울 때에 장군인 이신(李信)에게 얼마의 군사가 있으면 족하겠냐고 물었다.

이에 이신은,

"아마 20만 명은 있어야 할 것입니다."

라고 답하였다.

진왕은 다시 장군인 왕전(王剪)에게도 같은 질문을 하였다.

왕전은,

"60만 명은 필요합니다."

라고 답하였다.

두 사람 모두 용맹을 떨치는 장군들인데 이 말을 들은 진왕은,

"왕 장군은 늙었군. 겁이 많아. 그리고 이 장군은 용맹하군."

이라고 말하였다.

진왕은 이신과 몽염(蒙)에게 20만의 군사를 주어 두 사람은 형군(荊軍)을 크게 격파하였다. 그러나 뒤이어 형(荊)의 반격을 받은 진군(秦軍)은 끝내 형에게 패하고 말았다.

진왕은 다시 왕전에게 60만의 군을 주어 재차 형을 정벌하도록 하였다. 왕전은 전선에 도착하자 요새를 지키려고만 할 뿐 싸우려 들지

않았다. 병사들을 마음껏 쉬게 하였던 것이다. 형군이 아무리 도전하여도 싸우려 하지 않는 진군을 보고 퇴각을 시작하고 있을 때 왕전은 비로소 출격 명령을 내렸다. 결국 진(秦)은 형(荊)을 평정하여 천하통일이 더욱 가까워졌다.

고인 물은 움직이지 않는다. 정(靜)의 상태이다. 결전을 앞두고 숨을 죽이고 있는 군대가 마침내는 적의 허(虛)를 찔러 돌격하면 이는 정(靜)에서 동(動)으로 움직이는 순간으로, 이때에는 굉장한 힘을 발휘한다.

- 큰일은 크게, 작은 일은 작게 보아야 한다.
- 『소설 손자병법』 [1] 안평중의 호기 p155

5
병세편(兵勢篇)

세(勢)란 힘이 움직이는 기세로, 군대의 편성·지휘를 기초로 기·정(奇正)의 병법을 적절하게 운용하면 군은 항상 최대한의 힘을 발휘할 태세를 갖추게 된다.

1. 군대의 편성과 지휘

손자(孫子)는 말하였다. 많은 병력을 소수의 병력 다루듯 관리하는 방법은 조직과 편제[分數]에 있다. 대군을 소부대처럼 지휘하여 싸우는 방법은 지휘·통신계통[形名]의 확립에 있다.

孫子曰, 凡治衆如治寡, 分數是也. 鬪衆如鬪寡, 形名是也.
손자왈, 범치중여치과는 분수가 시야요 투중여투과는 형명이 시야니라.

[해 설]
아무리 많은 인원을 가진 큰 부대라 하더라도 마치 작은 수의 부대를 움직이듯이 지휘할 수 있는 것은 부대의 편성·편제가 잘되어 있을 경우이다. 즉, 분수(分數)란 적은 수로 나눔을 뜻하므로 군대의 편성·편제를 가리킨다. 따라서 편제가 잘되어 있으면 아무리 많은 수의 부대라 할지라도 적은 수의 부대를 움직이는 것처럼 질서 있게 조직적으로 움직일 수가 있다.

또한 대부대를 소부대같이 전투 작전을 펼 수 있는 것은 지휘 명령 계통이 완전하기 때문이다. 즉, 형명(形名)이란 모양을 가진 것이 형(形)이므로 부대를 표시하는 깃발을 뜻하고, 명(名)이란 이름을 부르는 명령 전달의 수단이 되는 것으로, 봉화를 올린다거나 북을 친다거나 징을 울린다거나 하는 모든 지시 방법이 해당된다.

여기서는 조직과 통제의 중요성이 설명되고 있다. 조직이 너무 크기 때문에 모든 일이 철저하게 되어 있지 않다는 것은 그 편성 방법에 결함이 있다는 것을 의미한다. '아랫사람 부리기를 내 손발 놀리듯 한다'는 말이 있다. 자기의 손발이라 할지라도 신경 계통과 이를 움직이게 하는 뇌의 조직이 제대로 그 기능을 해주어야 손발을 제대로 놀릴 수가 있다.

한 고조(漢高祖)가 한신(韓信)에게 이렇게 물어본 일이 있다.

"나는 몇 명의 군사를 마음대로 거느릴 수 있겠는가?"

이에 한신은,

"폐하께서는 10만 명의 군사를 거느릴 수 있습니다."

"그러면 경(卿)은 얼마나 거느릴 수 있는가?"

"신(臣)은 많을수록 좋습니다."

이러한 말 때문에 한신이 죽게 되었다는 설도 있지만, 한신의 경우 분수(分數)와 형명(形名)의 진리를 터득하고 있었음을 자부한 것으로 보인다.

아무리 큰 회사라도 여러 부서로 나뉘어 있고, 각 부서마다 장이 있어 지휘하고 통솔하기 때문에 명령 계통이 서고 질서가 유지되는 것이다.

• 확고한 조직 편제와 명령 계통의 확립이 중요하다.
• 『소설 손자병법』 2 지기상합 p54

*　　*　　*

삼군이 어떠한 적의 침공을 받더라도 패하지 않게 하는 것은 기(奇 : 측후면 공격 또는 기습전)와 정(正 : 정면 공격 또는 정규전)의 운용에 있다.

三軍之衆, 可使必受敵而無敗者, 奇正是也.
삼군지중이 가사필수적하여 이무패자는 기정이 시야니라.

[해 설]

삼군이란 제후가 소유할 수 있는 최대한의 군사 수를 뜻하는 것이다. 적군을 만나 패하는 일이 없이 이길 수 있는 방법은 원리원칙에 입각한 정당한 정면 싸움[正道]이 기본이 되는 것이지만, 임기응변이라는 기도(奇道)의 전법을 알지 못하면 이긴다는 것을 결코 기대할 수 없다.

여기에서 기도 작전이란 적의 의도를 찌른다거나 뒷덜미를 잡는 것만 뜻하는 것이 아니라 적의 미묘한 기미를 재빨리 알아차리고 그것에 알맞은 작전을 펴는 것을 뜻한다.

우리는 어떤 사람을 일컬어 고지식한 사람이니 평범한 사람이니 하고 말하는 경우가 있다. 원리원칙대로 행하는 융통성이 없는 사람을 가리켜서 하는 말인데, 사람은 기계가 아니기 때문에 원리원칙대로만 살 수는 없다. 즉, 항상 움직이고, 그 움직이는 환경에 따라 수시로 상황이 다르게 나타나기 때문에 그때그때의 상황 변화에 따라 원칙이 바뀌어야 하는 것이다. 원칙은 변칙이 있음으로 해서 그 진가를 발휘하게 된다.

사업에서도 마찬가지이다. 이론에만 밝고 원칙만 주장해서는 안 된다. 경험을 통한 운용의 묘를 터득하지 못하면 아무런 소용이 없다.

- 정도(正道)만이 최선은 아니다. 기도(奇道)라고 나쁜 것만 있는 것도 아니다.
- 『소설 손자병법』 **2** 지기상합 p54

* * *

군이 어떠한 적을 공격하더라도 숫돌로 알을 깨듯 당해낼 자가 없게 하는 것은 허(虛)와 실(實)의 운용에 있다.

兵之所加, 如以碬投卵者, 虛實是也.
병지소가에 여이가투란자는 허실이 시야니라.

[해 설]
아군의 병력으로 적군을 공격할 때 마치 돌로써 알을 깨는 것처럼 격파하는 것은 아군의 충실한 것으로써 적군의 허점을 쳐부수는 것이다.

가(碬)란 숫돌로서, 돌 가운데서도 단단한 돌이다. 보통 돌로 달걀을 치면 어떻게 될 것인가? 설명할 필요조차 없다. 병세(兵勢)도 그렇다. 그 내용이 충실하여 조금도 빈틈이 없는 것으로써 결함 투성이의 것을 치면 어떻게 될까? 이러한 것을 가리켜 실(實)로써 허(虛)를 찌른다고 하는 것이다.

허와 실에는 여러 가지가 있다. 두텁게 밀집되어 있는 경우와, 그 반대로 여기저기 산개되어 수가 많지 않은 경우가 있고, 장비를 갖춘 완벽하고 강력한 군사로 조직되어 있는 경우와, 그 반대로 허술하게 장비된 경우도 있고, 충분하게 훈련하였으며 또한 실전 경험이 많은 강한 부대와, 그 반대로 훈련도 경험도 없이 마구잡이로 징집하여 온 경우가 있을 것이다.

결국 적의 약점을 재빨리 알아차리는 것이 가장 중요하다. 이쪽의 장점을 살려 적의 약점을 치면 그것은 마치 돌로써 약점을 치는 것과 같이 분명한 결과가 있게 마련이다.

- 일을 시작하였다면 화끈하게 하여야 한다.
- 『소설 손자병법』 2 지기상합 p55

2. 정공(正攻)과 기공(奇功)

일반적으로 작전이란 정병(正兵)으로써 적과 맞서며, 기병(奇兵)으로써 결정적인 승리를 쟁취하는 것이다. 그러므로 기(奇)의 전술을 능숙하게 구사하는 장수의 전법은 그 변화가 천지의 운행처럼 무궁무진하고 강물의 흐름처럼 마르지 않는다.

凡戰者, 以正合, 以奇勝. 故善出奇者, 無窮如天地, 不竭如江河.
범전자는 이정합하고 이기승이니라. 고로 선출기자는 무궁여천지하고 불갈여강하니라.

[해 설]

모든 전쟁이란 먼저 정도(正道), 즉 정공법을 써서 적과 정면으로 맞부딪쳐 싸우면서 그 동안에 적군의 약점이나 허점을 발견하면 기도(奇道), 즉 기공법인 기습 작전을 써서 적의 허점을 찌르고 적이 혼란에 빠지는 틈을 타서 승리를 거두는 것이 상식이다. 그러므로 기공법을 잘 쓰는 장수〔善出奇者〕는 하늘과 땅의 조화가 무궁무진한 것처럼, 그리고 중국에서 제일 긴 양자강이나 황하의 강물이 마르지 않는 것처럼 무진장 기계(奇計)를 생각해낼 수 있을 것이다.

전쟁에서 기본이 되는 것은 정도(正道)이다. 정도가 있은 다음에 기도(奇道)가 있다. 기도는 정도의 군사를 가지고 부딪친 다음에 그 과정에서 필요에 따라 쓰는 것이어야 한다. '뒤통수를 친다'는 말이 있다. 처음부터 뒤통수를 칠 수는 없고, 정면 공격을 하면서 뒤통수를 쳐야 목적을 달성할 수가 있다.

그리고 기책(奇策)은 임기응변인 만큼 어떠한 원칙이 있는 것이 아니다. 우연한 기회에 나타난 정세에 따라 수시로 바꿔 쓰지 않으면 안 된다. 기책(奇策)·기계(奇計)는 쓰는 사람의 지모(智謀)에 따라서 얼마든지 생각해낼 수 있다. 기계 속에 또 기계가 있고 또한 기계 밖에 또 기계가 있다.

전국시대에 병법이 뛰어났던 손빈(孫臏)은 어릴 적 친구인 방연(龐涓)과 함께 병법을 배웠다. 그후 방연은 위(魏)나라의 장군으로 출세하였으나 손빈은 알아주는 사람이 없었다.

손빈이 출세도 못하고 있자 방연이 위나라에서 그를 초청하였다. 손빈은 이에 크게 기뻐하며 친구도 만날 겸 선뜻 위나라로 가게 되었다. 그런데 방연은 손빈을 접대하기는커녕 고의로 죄를 만들어 앉은 뱅이가 되게 하고, 얼굴을 바늘로 찔러 먹물을 칠하는 등의 형벌을 가하여 세상에 나설 수 없게 만들었다. 손빈이 자기보다 뛰어난 것을 시기했기 때문이다.

이때 제(齊)나라 사신이 위나라에 왔다가 손빈의 인물됨을 보고 자기의 수레 속에 감추어 제나라로 데려갔다.

그후 방연이 이끄는 위나라 군대가 초(楚)나라를 치게 되었다. 초나라에서는 제나라에 구원을 청하였고, 제나라에서는 이때 손빈을 출정시켰다.

손빈은,

"실도 헝클어져 있을 때는 함부로 잡아당겨서 풀지 않는 법이다. 적이 이제 충분히 준비하고 조나라를 치고 있으니 적의 허(虛)를 찌르면 점차 형세는 변할 것이다."

라고 하면서 위나라로 쳐들어가 큰 성과를 거두었다.

한때는 제나라 군사가 위나라 군에게 추격을 당하게 되었다. 이때 손빈은,

"위나라 군사는 용맹하고 강하여 우리 제나라 군사를 약하다고 업신여기고 있습니다. 이 교만한 마음을 이용하여야 합니다. 우리는 오늘 행군할 때에 우리가 숙영(宿營)할 곳에 10만 명 분의 밥을 지을 부엌을 만들고, 내일은 5만 명, 다음날은 3만 명으로 줄여 갑시다."

라고 장군에게 기계(奇計)를 건의하였다.

과연 위나라의 방연은,

"제나라 군사들이 겁이 나서 연일 도망가고 있다. 부엌이 날마다 작아진다는 것은 병력이 지리멸렬(支離滅裂)되어 간다는 뜻이다."

하면서 밤낮으로 진군하여 추격하였다.

이때 손빈은 방연이 지나갈 만한 곳에 미리 복병을 매복시키고 나무를 하얗게 깎은 다음 '방연은 이 나무 아래서 죽는다'라고 써붙였다. 과연 방연이 그날 밤에 그곳에 이르자 하얗게 깎은 나무에 무엇인가가 붙어 있었다. 그가 부하들에게 불을 밝히라고 명하고, 그것을 읽는 순간 이를 신호로 복병들이 화살을 소나기처럼 퍼부었다. 이에 위나라 군사는 극도의 혼란에 빠졌고, 방연은 마침내 제 손으로 목을 찔러 죽고 말았다.

한 고조 유방(劉邦)이 천하를 통일할 때, 장량(張良) 다음 가는 지

혜를 가진 인물이 진평(陳平)이었다. 한을 세우기 전 유방을 위기에서 구해 준 것이라든지, 항우(項羽)와 범증(范增)을 이간시킨 것 등, 기계를 무려 여섯 번이나 부려 이름을 높였다.

- 교착 상태를 벗어나 승리를 얻는 길은 기공(奇攻)이다.
- 『소설 손자병법』 **2** 지기상합 p54

* * *

해와 달이 뜨고 지듯, 사계절이 바뀌듯, 그 전법은 시작과 끝이 구별되지 않으며 그침이 있는 듯하면서도 다시 살아나고 이어진다.

終而復始, 日月是也. 死而復生, 四時是也.
종이복시는 일월이 시야요, 사이부생은 사시가 시야니라.

[해 설]
해와 달은 졌다가 다시 솟아오른다. 그러므로 끝남과 시작이 없는 것이다. 또한 사계절은 해마다 제철이 되면 다시 찾아온다. 이렇듯 자연은 죽고 사는 일이 없다.

이와 마찬가지로 전략이나 작전 계획도 무궁무진한 것이다. 간단히 말하면 정공법(正攻法)과 기공법(奇攻法)으로 분류될 수 있지만, 이 두 가지 전략을 섞어 사용하면 무수한 작전이 이루어질 수 있다. 임기응변으로 나타나는 기공법은 헤아릴 수 없이 무궁무진한 것이다.

- 전략이란 교과서에 있는 것뿐만이 아니다.

      *   *   *

음악의 음계는 다섯 가지에 지나지 않으나, 그 오음(五音)의 변화는 들어도 끝이 없다. 빛깔의 색소는 다섯 가지에 지나지 않으나, 그 오색(五色)의 변화는 보아도 한이 없다. 음식의 맛은 다섯 가지에 지나지 않으나, 그 오미(五味)의 변화는 맛을 보아도 다함이 없다.

聲不過五, 五聲之變, 不可勝聽也. 色不過五, 五色之變, 不可勝觀也. 味不過五, 五味之變, 不可勝嘗也.
성불과오나 오성지변은 불가승청야요, 색불과오나 오색지변은 불가승관야요, 미불과오나 오미지변은 불가승상야니라.

[해 설]
다섯 가지 소리[五聲]란 궁(宮)·상(商)·각(角)·치(徵)·우(羽)의 다섯 음계를 말하며 궁이 기본음이다. 나머지 음은 궁에서부터 순차로 3분씩 더하고 덜하는 방법으로 음계를 정하는데 그 소리들이 어울려 내는 소리는 무궁무진하여 이루 다 듣지 못할 정도이다. 빛깔의 다섯 색[五色]이란 빨강[赤]·파랑[靑]·노랑[黃]·흰색[白]·검정[黑]의 다섯 색깔로, 흰색과 검정을 제외하면 삼원색이 되며 이들이 어울려 내는 색깔은 무궁무진하여 이루 다 볼 수가 없다.

다섯 가지 맛[五味]이란 시고[酸]·쓰고[苦]·달고[甘]·맵고[辛]·짠[鹹] 맛에 불과하지만, 그 맛들이 한데 어울려 내는 맛은 무궁무진하여 이루 다 맛볼 수 없을 정도이다.

• 공부 잘한 사람만이 사회에서 성공하는 것은 아니다. 배운 것을 응용할 줄

알아야 한다.
- 『소설 손자병법』 2 오초대회전 p175

* * *

이와 마찬가지로 전쟁 승패의 형세도 기(奇)와 정(正) 두 가지에 불과하지만, 기와 정의 변화는 헤아릴 수 없이 무궁무진하다. 기와 정은 둥근 고리처럼 순환하며, 시작도 끝도 없다. 어느 누구도 그 순환을 그치게 할 수는 없다.

戰勢不過奇正, 奇正之變, 不可勝窮也. 奇正相生, 如循環之無端, 孰能窮之哉.
전세불과기정이나 기정지변은 불가승궁야니라. 기정상생은 여순환지무단이니 숙능궁지재리오.

[해 설]
전쟁에서 전세를 결정하는 것을 간단하게 기공(奇攻, 奇計)과 정공(正攻, 正計)의 둘로 나누었지만, 실은 그 기(奇)와 정(正)이란 것은 한두 가지가 아니다. 이 두 가지의 변화는 실로 무궁무진하여 이루 다 헤아릴 수가 없을 정도이다. 또한 기공법과 정공법은 서로 기회를 만들어 주어 마치 고리가 돌고 도는 것처럼 끝없이 새로운 방법이 나온다. 그러므로 누가 그 전략의 무궁무진함을 다 알 수 있겠는가? 전투 방법은 무한한 것이다.

제(齊)나라 전단(田單)이 연군(燕軍)과 싸워 즉묵(卽墨)을 지켰을 때 그들의 싸움은 정공(正攻)과 기공(奇攻)을 적절히 쓴 전형적인 전법이었다.

전단은 적의 사병과 장군 사이를 이간시켰다. 그는 연왕(燕王)에게 첩자를 보내어 적장인 악의(樂毅)가 모반할 것이라고 모함했다. 그러자 연왕은 악의 대신 기겁(騎劫)을 장군으로 봉하였다. 이에 연군(燕軍)은 크게 불만을 품었다.

그 다음에 전단은 연군에게 이렇게 선전했다.

"내가 겁내고 있는 것은, 연군이 포로로 잡은 우리 군사들의 코를 베어 이를 선두에 서게 한 다음 싸움을 걸어오는 것이다. 이렇게 되면 우리 군사는 크게 패할 것이다."

그러자 연군은 이 말을 믿고 포로로 잡은 제나라 군사들의 코를 베었다. 이를 본 즉묵성(卽墨城) 안의 사람들은 일제히 분격하여 절대로 항복하지 않을 것을 결의하였다.

그런 다음에 전단은 또 말하기를,

"연군이 우리 성 밖에 있는 조상의 무덤을 파 시체에 욕을 보일 것이 걱정이 된다."

라고 하였다.

이에 연군은 무덤을 파헤치고 시체들을 불태웠다. 성 위에서 이를 바라본 즉묵성 안의 사람들은 눈물을 흘리며 분통해 하였다.

그후 전단은 무장병을 매복시키고 노인·어린이·부녀자들을 성벽에 오르게 하여 거짓으로 항복하는 체하였다. 이에 연군은 방심하게 되었는데 전단은 그날 밤 1천여 두의 소뿔에 칼을 잡아 매고 꼬리에 갈대를 달아 불을 붙인 다음 연군을 향해 풀어 놓았다. 연군은 큰 혼란에 빠졌고, 이때 전단은 매복한 군대로 연군을 크게 물리쳐 결국 패주하게 만들었다.

• 하나의 원칙은 백 가지, 만 가지의 응용이 가능하다.

3. 거세게 흐르는 물은 돌을 뜨게 한다

급류의 흐름이 빠르고 거세어 바위조차도 떠내려가게 하는 것을 가리켜 세(勢)라고 한다. 사나운 새매가 순발력과 기민한 동작으로 먹이를 움켜채뜨리는 것을 가리켜 절(節)이라고 한다. 그러므로 싸움에 능숙한 자는 그 기세가 사나우며, 행동거리와 속도는 짧고 맹렬하다. 기세는 시위를 팽팽하게 당긴 활과 같아야 하며, 속도는 화살을 격발시키듯 순발적이어야 한다.

激水之疾, 至於漂石者, 勢也. 鷙鳥之疾, 至於毁折者, 節也. 是故, 善戰者, 其勢險, 其節短, 勢如彍弩, 節如發機.
격수지질하여 지어표석자는 세야요. 지조지질하여 지어훼절자는 절야니라. 시고로 선전자는 기세험하고 기절단이니 세여확노하고 절여발기니라.

[해 설]

세차게 흐르는 물은 큰 바위도 뜨게 하여 굴러 내릴 수 있다. 이것은 바로 끊임없이 지속되는 물의 기세 때문이다. 또한 매가 빨리 날아 먹이가 될 새의 목뼈를 부수고 날개를 꺾어 놓을 수 있는 것은 순간적이면서도 적절한 포착력이 있기 때문이다. 지조(鷙鳥)란 매나 독수리 같이 사나운 새를 말하는데, 이들은 나뭇가지 위나 또는 땅에 가만히 앉아 있는 것을 습격하지 않고 대상물이 날아오르려 하거나 전력을 다해 달아나려고 하는 시기를 포착하여 내리 덮친다. 절(節)은 마디, 고비란 뜻으로 그 짧은 한순간을 말한다.

이러한 까닭에, 전쟁을 잘하는 장수는 일단 공세로 나가면 격류가 쉴 새 없이 내리 쏟아지듯 무서운 기세로, 매가 먹이를 찾듯 적당한 시기를 보아 단숨에 꺾어 버리는 것이다. 확(彍)은 활을 잡아당겨 화살을 쏘아보낼 형태로 만드는 것이다. 따라서 큰 활을 당길 수 있는 한도까지 당겨 걸어 놓고 쓰기만을 기다리는, 힘이 꽉 차 있는 상태가 곧 기세(氣勢)이다.

기(機)란 방아쇠 역할을 하는 장치로, 그것만 움직이면 화살이 나가게 된다. 방아쇠를 당기는 시간과 적이 움직이는 거리가 일치하지 않으면 아무리 무서운 기세로 나가는 화살도 소용이 없게 마련이다. 다시 말하면, 공격의 기세는 큰 활을 힘껏 당겼을 때와 같이 최고도의 일촉즉발(一觸卽發)할 힘을 지닌 형태를 말하고, 시기란 방아쇠를 당길 때처럼 목표물의 움직임에 따라 조금도 틀림이 없이 적절한 순간을 말한다.

기업에 있어서도, 한 사람의 힘은 약하나 많은 사원들이 힘을 합치면 큰 바위도 굴릴 수 있고 어려운 일을 해낼 수가 있다. 따라서 평소에 태세를 갖추고 힘을 비축할 필요가 있는 것이다. 그러므로 경영을 잘하는 사람은 평소에 태세를 갖추어 두었다가 일을 당하면 모든 사원들에게 민첩하게 활동을 전개시켜 성공을 거둘 수가 있는 것이다.

• 축적하였던 힘은 가장 적당한 한 순간에 쏟아야 효과가 있다.
• 『소설 손자병법』 [1] 고전장에 배우다 p144

* * *

깃발이 어지럽게 휘날리고, 인마가 서로 뒤얽히는 혼전 속에서도 자군의 부대를 혼란에 빠뜨리지 않아야 하며, 전차와 보병부대가 뒤섞여 불투명한 상황에 처하였을 때는 사면팔방 어느 방향으로도 패배하지 않도록 원형진을 쳐야 한다.

紛紛紜紜鬪亂, 而不可亂也. 渾渾沌沌形圓, 而不可敗也.
분분운운투란하되 이불가난야하고 혼혼돈돈형원하되 이불가패야니라.

[해 설]

분분운운(紛紛紜紜)은 눈이나 꽃잎이 어지럽게 떨어지는 모습이다. 양군이 서로 어지럽게 뒤섞여 전투가 혼란에 빠지더라도 아군이 질서를 지켜 대오에서 벗어나지 않는다면 적이 아군의 대열을 혼란시키지 못한다. 또한 혼혼돈돈(渾渾沌沌)에서는 혼돈이란 말을 강조하고 있는데, 뒤섞이어 혼란한 모습이 무엇이 무엇인지를 모르는 상태로 혼전이 이루어져 본래 네모난 모양의 진이 서로 섞이어 둥글게 되더라도 질서를 지켜 대오에서 벗어나지 않는다면 적군은 아군을 패배시키지 못한다는 뜻이다.

눈보라가 휘날리듯 마구 뒤얽힌 전장에서는 통제가 잘 되지 않을 경우가 많은데 바로 그러한 곳, 그러한 시기가 중요한 것이다. 여기서 군사들을 일사불란하게 움직일 수 있어야 한다.

평소의 행군에서는 각이 맞은 대형으로 줄 하나 틀리지 않는 질서 정연한 모습이 유지되지만 일단 전투로 들어가면 적과 아군이 마구 한데 섞이어 마치 둥글둥글하게 한 덩어리가 된 것처럼 보인다. 그러나 그 혼란 속에서도 계통이 선 상호 연락이 엄밀히 지켜지지 않고서는 전쟁을 할 수 없다.

사업에 있어서도, 절정기에 냉정을 잃어 큰 실수를 범하는 경우가 많이 있다. 각 부서의 책임 있는 지휘자가 일선 종업원과 함께 흥분해서는 안 된다. 전력을 기울인 총공격과 냉철한 판단력과는 양립하기가 어렵다. 그러나 그것이 가능하지 않으면 백전불태(百戰不殆)의 기본 자세를 갖추었다고 말할 수 없다.

- 질서의 확립이 안정의 지름길이다.
- 『소설 손자병법』 ③ 국파산하재 p246

4. 평온과 혼란은 백지 한 장의 차이다

군대는 경우에 따라 엄정한 질서 속에서도 혼란이 일어나고, 용맹 속에서도 비겁이 생겨나며, 굳센 가운데서도 나약함을 보일 수가 있다. 질서와 혼란의 차이는 지휘능력에 달려 있으며, 용맹과 비겁의 차이는 기세에 달려 있으며, 굳셈과 나약함은 상황 연출의 차이에 달려 있다.

亂生於治, 怯生於勇, 弱生於强. 治亂, 數也. 勇怯, 勢也. 强弱, 形也.
난생어치하고 겁생어용하고 약생어강이니 치란은 수야요 용겁은 세야요 강약은 형야니라.

[해 설]

잘 다스려 평온하게 통제되어 있는 가운데서도 하찮은 계기로 인하여 혼란에 빠지는 수가 있으며, 언제나 적에 대하여 용감하던 병사도 별 것도 아닌 것에서 갑자기 겁을 먹는 일이 있으며, 평소에 강하던 부대도 돌연 약세로 몰리는 경우가 있다.

통제가 허물어지는 사태는 주로 조직력과 병 수(數)에 의해 발생하며, 병사의 용기와 겁은 시기를 잘 타서 민활하게 움직일 수 있느냐 없느냐 하는 기세에 달려 있고, 군대가 강하냐 또는 약하냐 하는 문제는 바로 태세를 갖춤에 달려 있는 것이다.

군의 형태가 질서정연한 것과 혼란한 것은 편제에 달려 있고, 용감한 것과 비겁한 것은 전세(戰勢)가 좌우하는 것이며, 군의 세(勢)가 강하고 약한 것은 군형(軍形)의 배치 상태에 달려 있는 것이다.

기업에 있어서도 조직과 기세와 태세가 중요하다. 모든 것은 철저한 조직과 태세에 달려 있다고 해도 과언이 아니다. 조그마한 일로 인하여 큰 혼란이 일어나게 되면 그것이 사업에 미치는 영향이 크게 되므로 사업실패에까지 이르게 된다. 그러나 평소에 태세를 완전히 갖추어 놓으면 어떠한 어려운 일이라도 극복할 수 있을 것이다.

• 안정 속에 혼란이 있고, 겁 속에서도 용기가 생긴다.

*　　*　　*

그러므로 유능한 장수는 적의 행동을 아군의 의도대로 조종할 줄 알며, 그런 상황을 만들어 적으로 하여금 반드시 따르게 하며, 사소한 이익을 주어 적으로 하여금 반드시 유인에 걸려들게 만든다. 이와 같이 적에게 이익이라는 미끼를 던져 주어, 적을 아군의 의도대로 움직이게 한 다음, 복병으로 불시에 기습 공격을 가하는 것이다.

故善動敵者, 形之, 敵必從之, 予之, 敵必取之, 以利動之, 以卒待之.
고로 선동적자는 형지에 적필종지하고 여지에 적필취지하여 이리 동지하고 이졸대지니라.

[해 설]
그러므로 적을 마음대로 잘 움직일 수 있는 장수가 자기 쪽을 혼란스럽게도 보이고 질서정연한 것처럼 보이게도 한다. 그러면 적은 반드시 이 작전에 말려들게 된다. 또한 적에게 작은 이익을 주면 적은 반드시 이를 빼앗으려 한다. 즉, 적에게 빈틈을 보이면 적은 반드시 이쪽이 유도하는 대로 행동하며, 적이 찾고 있는 것을 일부러 던져 주면 적은 반드시 그것을 갖게 된다.

이졸대지(以卒待之)를 '적을 유도하여 군대를 대기시켰다가 격파시킨다'고 보는 뜻도 있으며, 졸(卒)을 졸(猝)로 보아 '갑자기'라는 의미로, 곧 적을 유도하고 한편으로는 번개 치듯 공격할 수 있는 태세를 갖추고 대기하고 있다는 뜻으로도 본다.

조(趙)나라 명장 이목(李牧)이 흉노의 선우(單于, 왕)를 결전장으로 끌어내는데 성공한 것은 이(利)로 적을 움직였기 때문이다. 이목은 흉노가 침입하여 오면 봉화를 신호로 백성들과 가축을 성안으로 옮겨 약탈할 것이 하나도 없게 만들었다.

흉노의 군사는 물론 부하들까지도 이목을 겁쟁이라고 생각하였다. 이목은 어느 날 대대적인 연습을 실시하여 가축을 될 수 있는 한 방목하게 하고, 들에는 일하는 사람들로 가득 차게 하였다. 이때 흉노의 소부대가 침입하여 왔다. 이목은 일부러 패주하고 또, 수천 명의 백성도 남겨 놓았다. 이에 흉노의 선우는 전군을 이끌고 변경을 침입하여 왔다.

선우는 이때야말로 조나라 군사를 전멸시킬 수 있다고 보았으나 결국 승자는 이목이었다.

- 맛있는 먹이일수록 독이 들어 있다.
- 『소설 손자병법』 ③ 손빈과 방연 pp311~312

5. 적재적소(適材適所)가 최선이다

고로 전쟁에 능한 자는 세(勢)에서 승리를 추구하며, 사람의 전투력에만 의존하지는 않는다.

故善戰者, 求之於勢, 不責之御人.
고로 선전자는 구지어세하고 불책지어인이니라.

[해 설]
잘 싸우는 사람은 싸울 수 있는 형세(形勢)에서 승부를 찾고, 싸우는 사람의 능력에 책임을 지우는 일이 없다.

전국시대 제(齊)나라의 맹상군(孟嘗君)은 예의를 갖추고, 재물을 아끼지 아니하고, 수천의 식객을 거느리고 있었다. 그리하여 그 명성이 다른 나라에 전해져 진(秦)나라 소왕(昭王)은 그를 초청하여 나라의 재상으로 등용하고자 하였다.

맹상군이 진(秦)나라에 가서 보니 뜻밖의 일이 일어났다.

많은 사람들이,

"맹상군은 제나라 사람이니 진나라 일보다 제나라 일을 더 생각할 것이다."

라고 하며 반대하였던 것이다.

소왕은 맹상군을 다시 돌려보낼 수도 없어 차라리 없애 버릴 생각으로 그를 감금시켰다. 이 지경에 이르자 맹상군은 소왕이 총애하는 비(妃)에게 부탁하여 고국으로 돌려보내 줄 것을 간청하였는데 그녀는,

"호백구(狐白)를 준다면……."

하는 조건을 제시하였다.

호백구란 맹상군이 소왕에게 바친 물건으로, 여우 겨드랑이 밑의 부드러운 흰 털가죽으로 만든 물건으로 값이 천금이나 나가는 귀한 것이었는데 맹상군은 이미 그것을 가지고 있지 않았다. 이에 한숨만 쉬고 있을 때 그를 따라온 어느 식객이 나서 자기가 호백구를 가져오겠다고 하였다. 그는 식객 가운데에서도 바보 취급을 당하고 있던 사람으로 본래 직업은 좀도둑이었다. 결국 그가 소왕의 궁에서 호백구를 훔쳐 내와 맹상군은 이를 비(妃)에게 바치고 위기를 모면하였다.

맹상군이 객사를 벗어나 함곡관(函谷關)에 이르렀을 때, 아직도 한밤중이라 성문이 굳게 닫혀 있어 새벽까지 기다리지 않으면 안 되었다. 이때 닭울음소리를 잘 내는 또 다른 식객이 닭울음소리를 내자 문지기가 새벽이 된 줄 알고 문을 열어 주어 맹상군은 무사히 제나라로 돌아오게 되었다.

• 하나의 재주는 누구나 갖고 있으며 그것을 잘 활용하면 성공한다.

* * *

따라서 유능한 인재를 선발하여 다방면에서 유리한 세를 조성하고 그 세를 타야 하는 것이다.

故能擇人而任勢.
고로 능택인이임세니라.

[해 설]
택인(擇人)은 사람을 잘 고른다는 뜻으로도 보고 있으나 '택(擇)'을 '석(釋)'이 잘못 쓰인 예로 보아 '위의 사람을 책하지 않는다'는 말을 받아, '사람은 놓아 두고 세(勢)에만 의존한다'고 해석하는 경우도 있다.

• 진인사(盡人事)하고 대천명(待天命)한다.

* * *

세(勢)를 타면 통나무가 바윗돌을 굴리듯, 장병들을 거침없이 휘몰아 적을 칠 수가 있다. 통나무나 바윗돌은 평탄한 곳에서는 움직이지 않으나, 위태로운 경사면에서는 움직이게 마련이다. 모난 것은 정지하고, 둥근 것은 구르는 법이다. 그러므로 전쟁을 잘하는 자의 기세는 마치 천 길 높은 산에서 둥근 바윗돌을 굴려 내리듯 세차고 험악하게 장병들을 휘

몰아 붙이니, 이것이 바로 군의 세인 것이다.

任勢者, 其戰人也, 如轉木石. 木石之性, 安則靜, 危則動, 方則止, 圓則行, 故善戰人之勢, 如轉圓石於千仞之山者, 勢也.

임세자는 기전인야에 여전목석이니라. 목석지성은 안즉정하고 위즉동하여 방즉지하고 원즉행이니라. 고로 선전인지세는 여전원석어천인지산자하니 세야니라.

[해 설]

싸움을 세(勢)에 맡기는 사람은 세에 의하여 사람을 싸우게 하는 것이 마치 나무와 돌을 굴리는 것과 같다. 나무와 돌의 성질이란 평지에 놓아 두면 저절로 움직여 굴러가기 마련이다. 그러나 그 중에서 네모난 것은 서게 되고, 둥근 것만 굴러가게 되어 있다. 그렇기 때문에 사람을 교묘하게 싸우도록 만드는 사람은 싸우게 할 때의 기세가 마치 둥근 돌을 천 길이나 되는 높고 가파른 산꼭대기에서 굴려 내릴 때와 같이 걷잡을 수 없게 만들어야 한다.

세(勢)란 집단을 구성하고 있는 개인이나 작은 단위의 집단이 가지고 있는 습성에 순응하여 약한 곳은 비뚤어지고, 강한 곳은 튀어나오는 성질을 갖고 있다. 그러므로 개인과 집단 전체와 그 구성 분자의 상호 관계를 잘 규명하여 이것을 적절하게 활용할 필요가 있다.

바로 이 대목은 살아 있는 개인과 집단이 맞부딪쳤을 때에 나타날 수 있는 현상을 설명하고 있다. 집단의 힘을 그 구성 분자인 하나 하나로 갈라놓으면, 마치 나무나 돌처럼 자신의 독특한 성질을 갖지 못한 물질로서 움직일 수밖에 없는 것이다. 개인이란 혼자 내버려두면 결코 움직이려 하지 않고, 될 수 있으면 그대로 있고 싶어한다. 이것이 움직이기 시작할 때 모든 사람과의 사이에서 균형이 허물어져 움직임이라는 하나의 힘이 발생한다.

개인이 각각 움직이는 것을 보면 개성의 차이에 따라 움직임에도 차이가 있다. 또한 개개인의 용기에 따라 좀처럼 움직이려 하지 않는 사람이 있는가 하면, 별일도 아닌 일에 쉽게 움직이는 성격을 가진 사람도 있다. 또한 평소 혼자서는 침착하던 사람도 집단 속에 포함되면 갑자기 노하는 형도 있다.

폭포를 두고 지은 시에 이런 것이 있다.

마침내는 바다로 갈 것을 어찌 그리도 급한가? 근원이 높은 산에 있기에 기세가 있어 머물고 싶어도 머물 수가 없구나.

폭포의 물이 제아무리 천천히 흐르고 싶어도 높은 산 절벽에서 흘러내리는 물이라 그 기세 때문에 천천히 흐를 수는 없다. 싸움을 잘하는 '세(勢)'란 바로 이와 같음을 잘 터득하고 있어야 한다.

기업에 있어서도 개개인의 능력보다는 집단적으로 힘을 발휘하도록 만드는 것이 중요하다. 대개는 개개인의 능력 개발에 그칠 뿐 집단적인 능력을 발휘하게 만드는 데까지는 이르지 못하고 있다. 개인의 힘은 아무리 개발하여도 하나에 불과하지만 이것이 집단으로 모이면 몇 배까지 능력을 끌어올릴 수 있다.

춘추시대에 범려(范蠡)가 있었다. 그는 월왕(越王) 구천(句踐)을 20년 동안이나 도와 마침내 오왕(吳王) 부차(夫差)를 쳐서 승리를 거둔 지혜로운 장군이었다. 전쟁에서 승리한 그는 상장군(上將軍)이란 높은 벼슬에 오르게 되었으나, 구천과 고생을 함께 할 수는 있으나 안

락을 함께 하는 것은 어렵다고 판단해 마침내는 벼슬을 버리고 월나라를 떠나고 말았다.

그는 이름도 바꾸고 도(陶)에 가서 장사를 하였다. 그리고 많은 재산을 모았는데, 그가 축재(蓄財)하게 된 이유는 '때(時)에 구하고 사람에게 책임을 지우지 않는다'는 생각에서였다. 즉, 때의 흐름에 그 추세를 잘 살펴 그때를 이용할 수 있어야만 장사를 잘할 수 있다는 것이다.

- 세상의 돌아감과 때를 읽을 줄 알아야 성공한다.
- 『소설 손자병법』 ② 흥망의 철리 p213

6
허실편(虛實篇)

허(虛)란 준비가 없는 것이고, 실(實)이란 준비가 되어 있는 것이므로, 아군은 준비하여 준비하지 않은 적을 공격하라는 것이다. 적을 조종하되 적에게 조종되지 말아야 한다. 주도권을 잡는 것이 성공하는 길이다.

1. 주도권(主導權)을 자기 손 안에 넣어야 한다

손자는 말하였다. 적보다 먼저 전장에 도착하여 기다리는 자는 편안하고, 적보다 늦게 전장에 도착하여 급하게 전투에 돌입되는 자는 피로하다. 그러므로 전쟁에 능숙한 자는 능동적인 위치에서 적을 끌어들이며, 피동적으로 적에게 끌려가지 않는다.

孫子曰, 凡先處戰地而待敵者佚, 後處戰地而趨戰者勞. 故善戰者, 致人而不致於人.
손자왈 범선처전지하여 이대적자는 일하고, 후처전지하여 이추전자는 노니라. 고로 선전자는 치인하되 이불치어인이니라.

[해 설]

적군보다 먼저 싸움터에 나아가서 적군이 오기를 기다리게 되면 모든 태세를 완전히 갖추어 놓을 수 있기 때문에 여유를 가지고 싸울 수가 있다. 그러나 적군보다 뒤늦게 달려온 군대는 이미 전력이 소모된 상태이고, 또한 태세를 갖추지 못한 채 싸워야 하기 때문에 고달픈 싸움이 되게 마련이다. 그러므로 전쟁을 잘하는 유능한 장수는 선제권을 장악하고 이쪽의 작전대로 적군을 끌어들여 요격 전법을 쓴다. 결코 적군의 작전에 말려들어 요격당하는 일이 없다.

움직이면 그에 따라 힘이 소모된다는 것을 생각지 않으면 안 된다. 크게 움직이면 크게 소모되고, 적게 움직이면 적은 소모로 끝나는 것이다. 적당한 설비를 갖추고 있으면 움직이는 것만큼의 효과를 얻을 수 있지만, 이것이 불완전하면 움직이는 것의 7,80퍼센트밖에 효과를 얻지 못한다. 이것도 사람을 이르게 하고 사람에게 끌려가지 않는 전법의 한 종류이다.

또한 같은 물건을 팔려고 할 경우 이쪽에서 적극적으로 팔려고 하는 것과 상대가 물건을 사려고 찾아오는 것과는 커다란 차이가 있다. 이것 역시 사람을 이르게 하고 내가 사람에게 끌려가지 않는 것의 차이인 것이다.

그리고 실제로 일에 착수하였을 때 어쩐지 남에게 끌려가는 것이 수월한 것 같은 착각에 사로잡히는 경우가 있다. 그것은 이쪽에서 필요에 따라 끌려가더라도 자신의 수단과 노력 여하에 따라서 어떻게 되겠지, 하는 안이한 생각 때문이다. 그러나 현 사회에서는 좀처럼 사람을 오게 하는, 즉 상대방이 이쪽으로 움직여 오게 하는 경우가 적기 때문에 결국 이쪽에서 움직이게 된다. 바로 여기에서 무리가 생기게 된다.

싸움터에 먼저 나간다는 것은 주도권을 장악하는 첩경이다. 주도권을 장악하여야 적을 이길 수가 있다. 후한(後漢)의 광무제(光武帝) 때 적미(赤眉)의 적(賊)을 토벌하는 등 공을 세운 경감(耿弇)이 장보(張步)를 격파한 이야기도 주도권의 중요성을 강조한 예이다. 장보의 부하 중에 비읍(費邑)이 있었다. 비읍은 그의 동생에게 거리성(巨里城)을 지키게 하였다. 경감이 진군하여 거리성을 위협, 공격하였다. 투항자의 입에서 비읍이 구원하러 온다는 사실을 안 경감은 태세를 정비하도록 지시를 내린 다음 3일 후에 거리성을 공격한다고 하면서 남모르게 포로를 석방하였다.

포로를 통하여 경감의 의도를 알게 된 비읍은 그날 과연 3만의 정병을 이끌고 공격하였다. 경감은 자기 뜻대로 됨을 기뻐하고,

"태세를 정비하도록 한 것은 비읍을 유인하기 위한 것이다. 그런데 적시에 적군이 와 주었구나. 바라던 바이다."

라고 부하들에게 말하고 이를 크게 물리치게 되었다.
주력군을 잃어버린 장보는 광무제에게 항복하였다.

- 기선을 제압하면 주도권을 잡는다.
- 『소설 손자병법』 2 흥망의 철리 p237

* * *

적을 아군의 의도대로 끌려오게 하려면 사소한 이익을 미끼로 유인하여 적으로 하여금 스스로 유리하다고 판단하여 움직이게 해야 하는 것이며, 적을 움직이지 못하게 하려면 위협과 해로운 수단으로 적의 행동을 저지함으로써, 적이 불리하다고 판단하여 스스로 움직이지 않게 해야 한다.

能使敵人自至者, 利之也. 能使敵人不得至者, 害之也.
능사적인자지자는 이지야요 능사적인부득지자는 해지야니라.

[해 설]

적(敵)이 자발적으로 이쪽으로 가까이 다가올 수 있도록 하려면 상대에게 그것이 이익이 된다는 생각이 들게 해야 한다. 그 반대로 적이 이쪽으로 올 수 없도록 하려면 상대에게 이쪽으로 오는 것이 해가 된다는 생각을 갖도록 해야 한다.

싸움터에서 주도권을 잡는 것은 상당히 중요하다. 그리고 이쪽에서 원하는 대로 적이 따라오도록 하여야 되는 것이다. 그러나 이쪽에서 원한다고 해서 적이 반드시 그대로 와 주는 것은 아니다. 적이 이쪽에서 원하는 대로 따라와 주지 않는다면 주도권은 이미 이쪽에 있는 것이 아니다. 그 순간부터 주도권은 적에게 돌아갔거나 아니면 서로 버티고 있다가 우연이나 요행 등 자기편에 유리한 기회가 오기를 기다릴 수밖에 없는 것이다.

이편에서는 적이 요행히 스스로 걸어 들어오기만을 기다리고 있을 수는 없는 일이다. 유리한 기회를 만들어 주어 적이 이익이 있다고 여기고 스스로 걸어 들어오게 만들어야 한다. 따라서 적에게 미끼를 던져 주지 않으면 안 된다.

반대로 적이 오지 말았으면 하는 경우에는 적이 감히 오지 못하도록 만들어야 한다. 즉, 적으로 하여금 들어오는 것을 두려워하도록 만들어야 한다. 그리하여 적이 '함부로 들어갔다가는 해를 입겠구나' 라는 생각을 하도록 하여야 할 것이다.

『삼국지(三國志)』에 사마중달(司馬仲達)이 제갈량(諸葛亮)에게 밤낮 속으면서도, 설마 이번에야 하며 속고 또 속은 것도, 제갈량이 사마중달에게 이익이 될 만하다고 여길 미끼를 던져 주었기 때문이다. 그러나 사마중달이 속지 않게 되자 제갈량도 하는 수 없이 그에게 끌려가고 말았던 것이다.

- 높은 자리도 오래 있으면 좋지 않다.
- 『소설 손자병법』 ③ 국파산하재 p270

2. 허(虛)를 찌르면 역전된다

적이 편안하게 휴식을 취하고 있으면 적을 피로하게 만들고, 적의 식량이 풍족하면 적을 기아에 빠지도록 만들며, 적이 안정되어 있으면 적을 동요시켜야 한다.

故敵佚能勞之, 飽能飢之, 安能動之.
고로 적일이면 능로지하고 포면 능기지하고, 안이면 능동지니라.

[해 설]

만일 적이 안락한 상태에 놓여 있다면 방법을 강구하여 적을 피로하게 하고, 만일 적의 식량이 넉넉하며 배불리 먹으면 보급로를 끊어 굶주리게 만들어야 하며, 적군이 안정된 태세를 갖추고 있다면 계략을 써서 불안한 상태에 빠지도록 하여야 이쪽이 유리할 것이다.

가만히 도사리고 앉아 옴짝달싹하지 않는 적처럼 싸우기 어려운 상대는 없다. 그러한 상대와 싸우다 보면 오히려 이쪽이 끌려가게 마련이다. 그리고 안정되어 있는 적은 빈틈이나 결함이 없다. 상대방이 움직이게 되었을 때, 그것이 어떤 형태의 것이든 비로소 파고들 수 있는 틈과 기회가 생기게 마련이다.

사업의 경우, 경쟁업자의 판로나 구입로를 뒤흔들어 놓는 방법도 있을 것이며, 자금 망을 혼란에 빠뜨리는 방법도 있을 것이다. 그 자체에 목적이 있는 것이 아니고 상대방의 동요와 그 동요로 인해 치고 들어갈 틈을 만들기 위해서이다. 상대방이 자발적으로 움직이려 하지 않을 때에는, 움직이지 않고는 배기지 못하는 방법을 쓸 수밖에 없는 것이다.

• 상대에게서만 찾지 말고 그 주변을 살핀다.

* * *

적이 미처 구원하지 못할 지역을 공격해야 하며, 적의 의표를 찔러 적이 미처 예상하지 못한 방향으로 진출해야 한다. 천리 길을 행군하여도 군이 피로하지 않게 하려면, 적의 방비가 없는 곳으로 진출하여야 하며, 적지를 공격하여 반드시 탈취하려면 적이 지키지 않는 곳을 공격하여야 한다. 적의 공격으로부터 반드시 지켜내려면 적이 공격할 수 없는 곳을 지켜야 한다.

其所不趨, 趨其所不意. 行千里而不勞者, 行於無人之地也. 功而必取者, 攻其所不守也. 守而必固者, 守其所不攻也.
출기소불추하고 추기소불의니라. 행천리이불로자는 행어무인지지야요 공이필취자는 공기소불수야요 수이필고자는 수기소불공야니라.

[해 설]
달려가지 않는 곳에 나아간다 함은 적이 항상 관심을 갖고 있는 급소, 가장 반응이 빠른 곳, 공격하면 절대로 가만있지 않는 곳으로 나가는 것으로, 그렇게 하면 적은 반응을 보이며 움직여 나온다. 그러면 주의가 소홀한 곳이 나타나게 되어(허점이 보이므로) 생각하고 있지 않는 점을 찌를 수가 있다. 천리나 되는 먼 길을 행군하여도 피로하지 않는 것은 사람이 없는 땅, 즉 적군이 없는 곳을 골라 전진하기 때문이다.

그리고 공격하면 반드시 적군의 진지를 빼앗을 수 있는 것은 적군이 방어하지 않는 곳을 공격하기 때문이다. 방어하여 지키는 곳이 튼튼한 것은 적군이 공격할 수 없는 곳을 지키기 때문이다.

한왕(漢王) 유방(劉邦)과 초왕(楚王) 항우(項羽)가 싸울 때 유방은 초의 군사를 피하여 돌아다녔다. 그의 군사도 사기가 크게 떨어졌다.

이때 역생(生)이란 참모가,

"아군에게 필요한 것은 군량입니다. 그런데 오창(敖倉)이란 곳은 예로부터 천하의 식량이 다 모여드는 곳입니다. 지금도 오창에는 식량이 산더미처럼 쌓여 있습니다. 그런데 항우는 오창의 수비를 소홀히 하여 수비대가 별로 없습니다. 지금이야말로 좋은 기회입니다. 민첩하게 오창을 탈취하여 식량을 확보하여야 합니다."

라고 건의하였다.

유방은 곧 군대를 이끌고 오창으로 갔다. 역생의 말대로 그곳의 수비 태세가 몹시 약하여 유방은 별 어려움 없이 오창을 탈취할 수 있었다. 유방의 군대는 그곳에서 배불리 먹고 충분히 휴식을 취한 다음 역전의 승리를 거두게 되었다.

오창이란 진시황(秦始皇)이 만들어 놓은 식량의 저장지인데, 위의 경우는 적이 지키지 않는 곳을 공격하여 승리한 좋은 예라고 하겠다.

기업에서도 다른 사람이 생각하지 못한 우수한 상품을 사용하기에 편리하도록 만든 다음에 가격을 싸게 한다든지 새로운 아이디어를 내서 상품을 보급하면 큰 성공을 거둘 수가 있다.

• 예상하지 못한 곳을 쳐야 손쉽게 차지한다.
• 『소설 손자병법』 ③ 오월동주 p55

* * *

공격에 능한 자는 적으로 하여금 어디를 어떻게 수비해야 좋을지 모르게 만들고, 방어에 능한 자는 적으로 하여금 어디를 어떻게 공격해야 좋을지 모르게 만든다. 방어하는 적에게 공격의 형적(形迹)을 드러내지 않고도 수비할 방도를 모르게 만드니, 이 얼마나 오묘한가! 공격하는 적에게 수비의 숨소리조차 들리지 않게 하여 공격할 방도를 잃게 만드니, 이 얼마나 신묘한가! 그럼으로써 적의 운명을 좌우할 수 있게 되는 것이다.

故善攻者, 敵不知其所守, 善守者, 敵不知其所攻. 微乎微乎, 至於無形. 神乎神乎, 至於無聲. 故能爲敵之司命.
고로 선공자는 적부지기소수하고, 선수자는 적부지기소공이니라. 미호미호여 지어무형이로다. 신호신호여 지어무성이로다. 고로 능위적지사명이니라.

[해 설]
작전·전략을 잘 쓰는 장수가 공격하면 적군이 어디를 어떻게 지켜야 할지를 모르게 되고, 수비를 잘하는 장수가 지키고 있으면 적군이 어디를 어떻게 공격하여야 할지를 모르게 된다. 정말로 신책귀모(神策鬼謀)니 신출귀몰(神出鬼沒)하는 정책이다.
구사하는 술책이 너무 미묘하여 적이 아군의 형체를 파악할 수가 없고, 너무 신비하여 아군의 소리조차 들을 수가 없다. 그러므로 적을 이쪽 생각대로 움직이게 할 수 있는 것이므로 적군의 생명을 맡아 다스리게[可命] 되는 것이다.

• 유능한 사람에겐 빈틈이 없다.

3. 지키지 않는 곳을 공격한다

아군이 진격할 때 적의 허점을 찌르면 적이 방어를 할 수 없게 되며, 아군이 퇴각할 때 신속한 후퇴 이동을 단행하면 적이 추격하지 못하게 된다.

進而不可禦者, 衝其虛也, 退而不可追者, 速而不可及也.
진이불가어자는 충기허야요 퇴이불가추자는 속이불가급야니라.

[해 설]

전략이 뛰어난 장수가 공격하여 들어가면 적군은 어디를 어떻게 방어하여야 할지 몰라 혼란에 빠진다. 그것은 바로 적의 허(虛)를 찔렀기(衝) 때문이다. 그리고 전략이 뛰어난 장수가 후퇴를 하면 적군은 그 뒤를 추격하지 못한다. 이는 그 행동이 너무나도 기민하기 때문이다.

상대방의 허를 찌르는 공격이나 후퇴를 하여야 할 경우에도 상대방의 생각 밖으로 나오는 행동은 모두 빠르고 기민하지 않으면 안 된다. 상대에게 대응할 시간을 주게 되면 상대의 허가 허로 될 수 없게 된다.

아군이 후퇴하는 경우에 적군이 추격할 수 없을 만큼 빨리 달아난다는 것은 비겁을 의미하는 것은 아니다. 모든 것은 이쪽의 전략·전술상의 계산에서 산출해낸 자주적인 작전 행동인 것이다.

사업을 할 때에도 속전속결(速戰速決)의 전략을 쓰는 것이 좋다. 물론 전략을 세울 때까지는 충분한 시간을 갖고 신중하게 검토하여야 되지만 일단 그 전략을 실천으로 옮길 때에는 신속하게 처리하여야 한다. 시간을 오래 끌면 끌수록 강력한 경쟁자가 나타나 성공은커녕 스스로 실패를 불러올지도 모른다.

• 아무리 튼튼하여도 약점은 반드시 있다.

                    *   *   *

아군이 싸우고자 하면, 적이 아무리 보루(堡壘)를 높이 쌓고 참호(塹壕)를 깊이 파서 수비하려 해도, 결국 아군의 뜻대로 적이 나와 싸우게 만들어야 한다. 그 방법은, 적이 반드시 구원해 주어야 할 지역에 아군이 공격을 가하면 된다. 아군이 전투를 회피하고자 하면, 아군이 별다른 수비태세를 갖추지 않고 지면에 금만 그어 놓고 지키더라도 적이 공격하지 못하게 만들어야 한다. 그 방법은 아군이 적의 공격 목표를 바꾸도록 유도하면 된다.

故我欲戰, 敵雖高壘深溝, 不得不與我戰者, 攻其所必救也,
我不欲戰, 雖劃地而守之, 敵不得與我戰者, 乖其所之也.
고로 아욕전이면 적수고루심구라도 부득불여아전자는 공기소필구야요 아불욕전이면 수획지이수지라도 적부득여아전자는 괴기소지야니라.

[해 설]
적군이 제아무리 성벽을 높이 쌓고 참호를 깊이 파서 방위를 견고하게 하더라도 아군이 싸우려고 마음만 먹으면 적군이 이에 따라오지 않으면 안 되게 하는 수가 있다. 적에게 있어서 가장 중요한 곳, 즉 적

이 반드시 구원(救)하여야 하는 곳을 기습 공격하는 것이다. 적이 빼앗기지 않기 위해 굳게 지켜야 하는 곳을 예로 들자면 물자를 보급하여 주는 길목, 적의 본거지, 무기고나 식량 창고 등을 들 수 있다.

또, 반대로 이쪽이 싸움을 시작하였을 때 불리하다고 생각되면 비록 진지를 견고하게 구축하고 있지 못하고, 단순히 땅바닥에 줄을 그어 표시만 해두는 간단한 방비로도 상대가 공격해 오지 못하도록 만들 수 있다. 그것은 바로 상대방의 목적과 어긋나도록 하는 것이다. 괴(乖)란, 생각이 서로 어긋난다는 의미로서, 예를 들자면 전혀 예상하지 못했던 진을 친다든지, 그 방어하는 방법이 섣불리 공격할 수 없도록 보이게 하는 등, 적이 미처 상상할 수 없는 방비를 취하는 것이다.

앞에서도 이미 언급한 것이지만, 손빈은 위(魏)나라의 방연이 포위하고 있는 조(趙)나라로 가지 않고 바로 위나라 서울을 공격하였다. 위군이 전혀 예상하지 못했던 방법을 취하여 방연을 끌어내 원한을 갚을 수 있었던 것이다.

또한 춘추시대의 첫 번째 패자였던 제(齊)나라 환공(桓公)이 관중(管仲)의 권고를 뿌리치고 노(魯)나라를 쳤을 때이다. 춘추시대의 여러 나라 중 약한 나라의 하나였던 노에서는 조귀(曹劌)를 등용하여 제나라 군대를 참패시켰던 일이 있다.

제나라 군대가 공격하여 오자 조귀는 군사들에게 조금도 움직이지 말고 제자리를 지키도록 명하였다. 제나라 군사가 세 번씩이나 공격을 하였지만 노나라 군사가 꼼짝도 하지 않자 결국 접전하지 못하고 물러갔다. 이것이 바로 제나라가 노나라와 더불어 싸울 수 없는 이유가 된다. 즉, 노나라에서는 제나라가 공격하려는 의도를 어긋나게 했던 것이다.

그러나 조귀는 제나라 군대가 세 번째 공격 후 물러나 등을 보이는 순간, 진문을 활짝 열고 북을 크게 울리며 분기탱천해 있는 노나라 군사를 바람처럼 휘몰아, 마음놓고 되돌아가는 적을 습격하였다.

- 싸우고자 할 때는 적으로 하여금 응전하게 하여야 한다.
- 『소설 손자병법』 １ 고전장에 배우다 p140

4. 열로 하나를 공격한다

적의 형세와 기도(企圖)를 폭로하도록 유도하고, 아군의 형세와 기도를 은폐한다면, 아군의 병력은 집중할 수 있으나, 적의 병력은 분산될 수밖에 없다. 아군이 한 방면에 병력을 집중하는 반면, 적은 10개 방면에 병력을 분산시킨다면, 아군이 10배의 병력으로 1로 분산된 적에게 타격을 가할 수 있게 되는 셈이며, 이는 곧 다수의 아군이 소수의 적을 상대하는 것을 의미한다. 다수의 병력으로 소수의 적을 공격하면, 병력을 절약할 수 있다. 다수와 싸우는 적은 약화되고, 작전에 제한을 받게 된다.

故形人而我無形, 則我專而敵分, 我專爲一, 敵分爲十, 是以十攻其一也, 則我衆而敵寡, 能以衆擊寡者, 則吾之所與戰者, 約矣.

고로 형인이아무형이면 즉아전이적분이니라. 아전위일하고 적분위십이면 시는 이십공기일야니 즉아중이적과하여 능이중격과자면 즉오지소여전자는 약의니라.

[해 설]

　상대에게는 될 수 있는 한 뚜렷한 형태를 취하도록 하여 분명하게 드러내 보이도록 하고, 이쪽은 될 수 있는 한 실태를 파악할 수 없게 만든다. 그러면 적군은 나타나지 않는 곳에서 형체를 찾기 위하여 분산될 것이지만, 아군은 하나의 목표를 위하여 형태를 나타내지 않았으므로 하나로 집결되게 된다. 이것은 바로 아군이 열의 전력으로 적군 하나의 전력을 공격하는 힘이 된다. 그러므로 크고 강한 힘으로 작고 약한 것을 공격하기 때문에 쉽게 적군을 격파할 수 있는 것이다.

　양쪽이 대립되어 있을 때에 그 실태가 노출되어 있는 쪽과 그 실태를 외부에서 전연 파악할 수 없게 되어 있는 쪽을 비교하면, 노출되어 있는 쪽이 불리할 것임은 상식이다. 문제는 어떻게 상대방을 노출시키게 하고 자신을 어느 정도 은폐하느냐에 따라 그 힘의 차이는 여러 가지로 달라질 수가 있는 것이다. 이것은 마치 노출된 쪽은 열로 분산된 것과 같고, 은폐된 쪽은 열의 힘이 하나로 뭉친 것과 같기 때문에, 결국 10대 1의 싸움이므로 어느 쪽이 이길 것인지는 뻔한 일이다.

　적의 모습과 태세가 드러나게 되면 적의 허실과 동태를 파악할 수 있다. 아군의 형태를 보이지 않게 하면 아군의 허실과 동태를 적이 알지 못하게 된다. 적군의 허실과 동태를 알기 때문에 아군은 적의 허를 노려 전 병력을 집중시킬 수가 있고, 적은 아군의 실태를 알지 못하기 때문에 아군이 적의 어디를 언제 공격할지 예측하지 못한다. 그러므로 적은 병력을 분산시켜 여러 곳으로 대비하지 않을 수 없게 된다.

　기업에 있어서도 마찬가지이다. 생산고나 판매고 같은 것은 노출되기가 쉽지만 적어도 핵심이 되는 부분의 동향 정도는 외부에서 파악할 수 없도록 해두지 않으면 안 된다. 이쪽의 기밀을 유지하면서 상대 쪽의 기밀을 탐지하는 것은 중요하다.

• 적진을 빨리 읽어야 한다.

*　*　*

아군의 공격목표를 알지 못하면, 적은 방어해야 할 곳이 많아지며, 방어할 곳이 많아지면 아군과 더불어 싸워야 할 병력이 더욱 적어지게 된다.

吾所與戰之地不可知, 不可知, 則敵所備者多, 敵所備者多, 則吾所與戰者寡矣.
오소여전지지를 불가지니 불가지면 즉적소비자다니라. 적소비자다면 즉오소여전자과의니라.

[해 설]
　적(敵)이 아군의 형태를 완전히 파악하고 있지 못하기 때문에 아군이 어디를 공격해 올지 알지 못하게 된다. 아군이 어느 쪽을 공격할지 모르니 적은 그만큼 아군이 공격할 예상 지점을 여러 곳에 두어야 하므로 군대를 분산시켜 모든 곳을 지켜야 한다. 그러므로 수비하여야 할 곳이 많아지게 된다. 수비하여야 할 곳이 많아지면, 그곳에 군대를 나누어 분산시켜야 하므로 아군에게는 상대하여 싸울 적이 그만큼 적어지게 된다.
　전황의 추이, 적을 공격하기 위한 군대의 배치나 그 행군 방향과 같은 것을 엄밀히 관찰하여 보면 결전 장소가 될 수 있는 지형을 대강 찾을 수가 있다. 그러나 실제로는 예상치 못하는 지점, 상대의 판단을 흐리게 하여 전혀 정체를 파악할 수 없는 전황으로 만들어야 한다. 상대의 실력을 분산시킨다는 것은 적의 실력을 약하게 만드는 것이 된다. 그리고 적의 힘을 분산시키면 시킬수록 그만큼 공격이 수월하여진다.

이러한 집결과 분산의 원리는 기업 경영에 있어서도 매우 중요하다. 규모가 적은 기업은 재력도 적어 대기업을 상대로 경쟁할 수가 없다. 그러므로 작은 기업에서는 한 가지라도 유력한 상품을 개발하는 데 모든 힘을 집중시켜 이를 성공시킨다면 대기업과 힘을 겨룰 수가 있다.

- 적을 분산시키면 쉽게 이길 수 있다.

* * *

따라서 전면에 방어력을 집중시키면 후면의 방어력이 부족하게 될 것이며, 후면에 방어력을 집중시키면 전면의 방어력이 약화될 것이다. 좌측방에 방어력을 집중시키면 우측방이 약화될 것이며, 우측방에 방어력을 집중시키면 좌측방이 약화될 것이다. 사면 전체를 방어하려면 사면의 병력 모두가 약화될 것이다. 적이 방어만 하려고 병력을 여러 곳에 분산시키면 적의 방어 병력이 부족하게 되며, 따라서 상대적으로 아군의 공격 병력이 강화되는 것이다.

故備前則後寡, 備後則前寡, 備左則右寡, 備右則左寡, 無所不備, 則無所不寡. 寡者, 備人者也, 衆者, 使人備己者也.
고로 비전즉후과하고 비후즉전과하며 비좌즉우과하고 비우즉좌과하여 무소불비면 즉무소불과니라. 과자는 비인자야요 중자는 사인비기자야니라.

[해 설]

한정된 군사로 앞을 든든히 하기 위하여 많은 군사를 배치하면 당연히 뒤쪽은 군사의 수가 적어 허술하게 되고, 반대로 뒤를 단단하게 하기 위하여 많은 군대를 배치하면 앞이 적어져서 허술해지기 십상이다. 그리고 왼쪽을 완벽하게 다 갖추어 놓으면 오른쪽이 허술해지고, 반대로 오른쪽을 다 갖추어 놓으면 왼쪽이 허술해지게 된다. 그렇다고 하여 앞과 뒤, 왼쪽과 오른쪽을 두루 갖추려고 하면 사방이 다 허술하게 되고 만다.

군사의 수가 적은 것은 이쪽에서 상대방을 수비하기 위하여 병력을 분산시켰기 때문이고, 군사의 수가 많은 것은 적으로 하여금 이쪽을 방비하게 하기 위하여 힘을 분산시키도록 했기 때문이다. 다시 말하면, 전력이 약한 쪽은 적을 방위하게 되고, 전력이 강한 쪽은 적의 전력이 약화되므로 적군을 시켜 아군을 방어시키는 것과 같게 된다. 즉, 적의 방위력을 분산시키는 것이 적의 전력을 약화시키는 길이다.

『서경(書經)』「고명편(顧命篇)」에 '준비가 있으면 걱정이 없다(有備無患)'란 말이 있다. 이 경우 어떤 의미에서는 준비가 걱정이 될 수도 있다. 꼭 필요한 준비를 하는 것이 아니라 무턱대고 무엇이든 생각나는 대로 준비하는 것은 극단적으로 말하여 아무 준비도 없는 것과 마찬가지이다. 상대에 따라 대비를 하지 않으면 안 되는 것과, 상대를 대비하도록 만드는 쪽과의 힘을 비교하여 그에 의한 대비가 필요하다.

• 대비 없는 것이 이기는 것은 없다.

5. 싸워야 할 곳을 알아야 한다

전장(戰場)과 교전 일시를 미리 알고 있으면, 비록 천리 길을 원정하더라도 적과 싸워 이길 수 있으나, 전장과 교전 일시를 알지 못하면 같은 부대의 좌익(左翼)이 우익(右翼)을 구할 수 없고, 우익은 좌익을, 전면은 후면을, 후면은 전면을 구할 수 없게 된다. 한 지점에서 싸우는 같은 부대끼리도 이러한데, 하물며 몇십 리, 가까이는 몇 리 밖에 떨어져서 싸우는 부대가 다른 부대의 지원을 어찌 기대할 수 있겠는가.

故知戰之地, 知戰之日, 則可千里而會戰, 不知戰地, 不知戰日, 則左不能救右, 右不能救左, 前不能救後, 後不能救前, 而況遠者數十里, 近者數里乎.
고로 지전지지하고 지전지일이면 즉가천리이회전이나 부지전지하고 부지전일이면 즉좌불능구우하고 우불능구좌하며 전불능구후하고 후불능구전이니 이황원자수십리하고 근자수리호아.

[해 설]
적을 조종하여 전쟁의 주도권을 장악하고 적의 허실을 파악하고 있으면 전투할 곳을 미리 알고 또한 전투할 날도 미리 알 수 있는 것이다. 전투할 곳을 미리 알고 전투할 날을 미리 알고 있다면 천 리나 되는 먼 곳을 원정하여 싸워도 승리할 수 있지만, 주도권을 빼앗기고

적에게 조종당한다면 싸울 장소도, 싸울 날짜도 몰라 적에게 끌려 다니며 혼란을 일으키게 된다.

그러한 싸움이라면 좌측이 우측의 위급함을 구할 수 없을 뿐만 아니라, 우측이 좌측의 위급함도 구제할 수 없으며, 전위는 후위의 위급함을 구할 길이 없고, 후위는 전위의 위급함을 구할 수 없다. 하물며 먼 곳은 수십 리, 가까운 곳은 수 리나 떨어져 있다면 보장된 병력이 서로 구원할 수 있겠는가. 결국은 고립되어 적에게 패하고 말 것이다.

- 적당한 장소와 알맞은 때를 찾아야 한다.
- 『소설 손자병법』 2 오나라의 말로 p228

* * *

내가 헤아려 보건대, 월(越)나라의 병력이 비록 많다고는 하나, 병력 수가 많다는 것만으로 승패에 영향을 끼치는 것은 아니라고 본다. 그러므로 승리란 인위적으로 만들어지는 것이라고 말하는 것이다. 적의 병력이 아무리 많다 하더라도, 그들로 하여금 싸우지 못하게 만들면 되기 때문이다.

以吾度之, 越人之兵雖多, 亦奚益於勝敗哉. 故曰, 勝可爲也, 敵雖衆, 可使無鬪.
이오도지컨대 월인지병이 수다나 역해익어승패재리오. 고로 왈, 승가위야니 적수중이라도 가사무투니라.

[해 설]

춘추시대 오(吳)나라와 월(越)나라는 오랜 동안 원수로 지냈다. 거기에서 '원수끼리 같은 배를 탔다'라는 뜻의 '오월동주(吳越同舟)'라는 말이 생겨 지금도 사용되고 있으며, 두 나라 사이에 서로가 원수를 갚기 위하여 한시도 이를 잊지 않고 갖은 고난을 이겨내는 '와신상담(臥薪嘗膽)'이라는 고사도 바로 이 두 나라에서 비롯되었다.

손자(孫子)는 오(吳)나라에 있었는데, 그는 적국인 월(越)나라의 군대 수가 비록 많기는 하나 싸움의 승패에는 아무런 영향도 주지 못한다고 생각했다. 즉, 수의 많음이 승패를 결정하는 요인이 될 수는 없다는 것이다. 왜냐하면 승리의 조건은 사람이 만들어 내는 것이므로, 적군이 아무리 많다 하여도 싸울 수 없도록 만들면 이쪽이 이기게 되기 때문이다.

• 수가 많다고 강한 것은 아니다.
• 『소설 손자병법』 ③ 오월동주 p43, 오나라의 말로 p228

6. 적의 작전에서 이해득실(利害得失)을 찾아라

책략으로써 적정을 파악하여 적방의 이해득실을 분석 판단해내고, 도발로써 적방의 동태를 파악하며, 형세를 보임으로써 적이 생사를 결판 지으려는 곳이 어디인지 알아내며, 적과 접촉해 봄으로써 적 병력의 여유 있는 점과 부족한 점을 간파해내야 한다.

故策之而知得失之計, 作之而知動靜之理, 形之而知死生之
地, 角之而知有餘不足之處.

고로 책지하여 이지득실지계하고 작지하여 이지동정지리하고 형지하여 이지사생지지하고 각지하여 이지유여부족지처니라.

[해 설]

첫째, 정세 전반에 걸쳐 검토하여 적의 계획의 득(得)과 실(失)을 산출하여야 한다. 적의 계획에 적절한 것이 많으면 실(實)한 것이고, 잘못된 것이 많으면 허(虛)한 것이다. 즉, 적의 계획의 득실이 밝혀져야 아군이 계획을 세울 수 있는 것이다.

둘째, 적의 동태, 즉 적이 어떠한 행동으로 나올 것인가를 알고 있어야 한다. 따라서 적의 동태를 살피기 위하여 한 번 건드려 보면 적군이 장차 취할 행동을 알 수 있다.

셋째, 적의 형태를 드러나게 하여, 그들이 진을 치고 있는 곳의 지세(地勢)가 막히고 좁은 사지(死地)인가, 아니면 트이고 넓은 생지(生地)인가를 살펴야 한다. 그들이 선택한 진지를 보아 대개 그들의 병력과 결전에 임하는 태세를 추측할 수가 있다.

넷째, 소규모의 충돌을 일으켜 좌우로 부딪쳐 보면 적의 병력이 어느 곳이 여유가 있고, 어느 곳이 부족한지를 알 수 있을 것이다. 적군의 배치 상황이 밝혀진 후라야 드디어 본격적인 결전을 결정할 수 있는 것이다.

예민한 관찰력과 그것의 활용 여하에 따라서 적은 병력도 크게 쓸 수 있다는 것을 네 가지 예를 들어 설명하고 있는 것이다. 관찰을 위해서는 양쪽 군대가 부딪쳐 보는 것도 필요함을 역설하고 있다. 조용히 멀리서 바라보는 것만으로는 알 수 없으므로 그러한 때에는 상대를 조금만 자극시켜 그 반응을 보아서 실태를 파악하면 되는 것이다. 물론 이것을 실행하는 데는 만반의 준비가 필요하다. 저쪽을 탐지하려다가 오히려 이쪽의 실태를 드러내는 결과를 초래한다면 혹을 떼려다가 붙이는 격이 된다.

실마리를 찾게 되면 다음은 득실의 계산이다. 모든 면에서 검토하여 보고 소용없는 곳에는 군사를 쓰지 않으며 '여기다' 생각되는 급소, 그것도 가장 허술한 위치를 노려 맹공격을 가하는 것이다.

기업도 마찬가지이다. 충분한 검토(시장 조사)가 있은 다음에 이익과 손해를 산출하여야 하며, 우선 시제품을 만들어 고객의 반응을 살피고 시장성을 조사한 다음, 그 상품이 다른 상품과 차별화 되는 특징을 찾아내어 그 우수성을 지역의 특성에 맞도록 선전할 때, 경쟁 상품을 물리치고 많은 거래선을 확보할 수 있을 것이다. 물론 여기에서 전제가 되어야 할 것은 실용적이고 우수한 상품이어야 하는 것은 말할 것도 없다. 만일 그렇지 못하면 오히려 경쟁 상품에게 주도권을 완전히 빼앗기게 될 것이다.

• 자신을 드러내지 말고 상대방의 뜻을 읽어야 한다.

* * *

따라서, 아군의 태세는 위장과 양동(陽動)이 극치에 이르러야 하며, 무형의 태세를 항상 유지해야 한다. 위장과 양동이 극치에 이르면, 적은 아군의 기도를 간파할 수 없을 것이며, 적의 간첩이 아무리 깊숙이 침투한다 하더라도 아군의 허실을 탐지하지 못할 것이며, 적측에 제아무리 지혜로운 자가 있다 하더라도 계략을 세우지 못할 것이다. 적의 형세에 적절히 대응하여 승리를 쟁취하였음에도, 대다수 사람들은 그 승리의 요인이 무엇인가를 알지 못한다.

故形兵之極, 至於無形, 無形則深間不能窺, 智者不能謀, 因形而措勝於衆, 衆不能知.
고로 형병지극은 지어무형이니 무형이면 즉심간도 불능규하고 지자도 불능모니라. 인형이조승어중이나 중불능지니라.

[해 설]
형병(形兵)은 군대가 싸움터에서 취하는 여러 가지의 모양으로, 군대는 그 모습을 드러내 보이지 않으려고 여러 모양을 취한다. 그리고 그 모양, 즉 형태를 없애 버리면 내부 깊숙이 들어와 있는 간첩도 아군의 작전 계획 등을 탐지할 수 없고, 적측에 아무리 지혜로운 사람이 있다 해도 대책을 세울 수 없는 것이다.

아군의 형태를 드러내지 않은 것으로 인하여 많은 사람이 보는 앞에서 승리를 거두지만 그 많은 사람들은 승리의 까닭을 알지 못한다.

모양이 없는 모양이란 일정한 법칙이 없는 모양으로 때에 따라 수시로 스스로 변하는 것을 뜻한다. 마치 구름이나 물처럼 바람 부는 대로 떠돌거나 물결치는 것이다. 바꾸어 말하면, 자유자재의 용병술이다. 바둑에 정석(定石)이니 묘수(妙手)니 하는 것이 있지만 항상 똑같은 모양의 포석으로서는 이길 수 없는 것이다. 상대방의 모양에 따라 수시로 알맞게 대처하는 포석이 필요하다. 그러므로 정석 없는 정석이 있게 마련이다.

감고질서(甘苦疾徐)란 말이 있다.

제(齊)나라 환공(桓公)은 춘추오패(春秋五覇)의 첫 번째 패자(覇者)

인데 하루는 그가 대청에서 글을 읽고 있었다. 이때 뜰 아래에서 수레바퀴를 만들고 있던 노인이 환공에게 와서 물었다.

"임금께서 지금 읽고 계신 글이 무슨 글입니까?"

"성인의 글이다."

"그 성인이 살아 계십니까?"

"이미 돌아가셨느니라."

"그러면 임금께서 읽고 계신 것은 옛 사람이 먹고 난 찌꺼기에 지나지 않습니다."

이에 환공은 대단히 노하여,

"과인(寡人)이 글을 읽는데 너 따위가 무얼 안다고 함부로 말하느냐? 그 까닭을 말하면 잘못을 용서하려니와 그렇지 못하면 큰 벌을 내릴 것이니라."

고 하자, 그 노인은 서슴없이 대답을 하였다.

"소인은 수레바퀴를 만드는 것으로 지금까지 먹고 살아왔습니다. 수레바퀴는 바퀴통과 바퀴테와 바퀴살과 구멍이 잘 맞아야만 튼튼하고 원활하게 수레를 굴릴 수가 있습니다. 이것을 깎고 구멍을 뚫는 일은 누구나 할 수 있습니다. 그러나 그것을 맞추었을 때 너무 크지도 않고 작지도 않게 하는 것은 아무나 할 수 있는 게 아닙니다. '감고질서(甘苦疾徐)'란 말도 있듯이, 이를 말로나 손으로 가르칠 수는 없는 것입니다. 그것은 어떠한 원칙이 있는 것이 아니고 스스로 익혀 얻어지는 것입니다. 조금만 차면 잘 들어가지 않아 한쪽이 터지거나 벌어지거나 하며, 또 그것이 너무 수월하게 들어가면 헐거워 흔들리거나 벗겨지거나 하고 맙니다. 소인은 자식에게 이것을 아무리 가르치려 하여도 자식이 이를 배우기는 하나 잘 만들지를 못합니다. 그래서 자식이 있는데도 이 몸이 늙도록 이 일을 하며 살아가옵니다. 임금께서 읽으시는 성현의 글도 성현께서 살아 계실 때에 그 진리를 다 전할 수 없었을 터인데, 하물며 성현께서 돌아가시고 안 계시다니, 그 글은 참맛을 잃은 한낱 찌꺼기나 깻묵이 아니고 무엇이겠습니까?"

라고 답하였다.

이 말을 들은 환공은 옳다고 여겨 그 노인에게 죄를 묻지 않았다.

• 없다는 말은 무궁무진하게 있다는 뜻이다.

　　　　　　　　＊　　＊　　＊

사람들은 아군의 태세가 승리할 수 있었기 때문에 승리한 것이라고만 알 뿐 그와 같이 승리할 수 있었던 태세가 무엇인가 하는 것은 모른다. 그러므로, 한번 승리를 거둔 방식은 반복하여 사용하지 말고, 적정에 따라 대응하여 무궁무진하게 변화시켜야 한다.

人皆知我所以勝之形, 而莫知吾所以制勝之形. 故其戰勝不復, 而應形於無窮.
인개지아소이승지형이나 이막지오소이제승지형이니라. 고로 기전승불부는 이응형어무궁이니라.

[해 설]

아군이 승리한 다음에야 사람들은 아군이 승리하게 된 태세나 모양을 비로소 알게 되지만, 그들은 자신이 승리를 거둘 수 있도록 만든 전략에 대해서는 알지 못한다. 다시 말하면 적이 나타내고 있는 형세나 모양에 의하여 자신이 승리하고 있는 것은 알고 있지만 어떻게 하여 이기는지는 알지 못한다. 그러므로 적과 싸워 이기는 데에 두 번 다시 똑같은 형세를 취하는 일은 없다. 적의 정세에 따라 한번 사용하여 승리를 거둔 전략·전술은 다시 사용하지 않는다. 이길 수 있는 형세가 무궁무진(無窮無盡)하게 생겨나는 것이다.

기업에 있어서도 큰 성공을 거둔 다음에야 사람들은 어떻게 어떠한 방법으로 성공하게 되었는지를 알게 된다. 성공을 거두기 위하여 어떤 전략을 썼는지를 알지 못하는 것이다. 그러므로 한번 사용한 방법은 되풀이하여 다시 쓰지 않는다. 사회의 현실이 때에 따라 시시각각(時時刻刻)으로 바뀌므로 작전도 그 변화에 따라 새로이 세워야 한다. 작전은 무궁무진하게 펼 수 있는 것이다.

우리는 똑같은 길을 다니는 짐승이 덫에 걸리는 것을 볼 수 있다. 바로 이것은 이미 써본 작전을 다시 사용하는 버릇 때문에 당하게 되는 경우라 하겠다.

• 재탕은 약점을 노출시킨다.

7. 용병에는 철칙(鐵則)이 있으나 정석(定石)은 없다

군의 형태는 물과 같아야 한다. 물은 형태가 고정되어 있지 않으며, 높은 곳을 피하고 낮은 곳으로 흐른다. 마찬가지로, 군은 적의 강점을 피하고 약점을 공격하여야 한다. 물은 지형의 변화에 따라 흐르는 방향이 결정되며, 군은 적정(敵情)의 변화에 따라 싸우는 방법을 결정하여야 승리한다.

夫兵形象水, 水之形, 避高而趨下, 兵之形, 避實而擊虛. 水因地而制流, 兵因敵而制勝.

부병형은 상수니라. 수지형은 피고이추하하고 병지형은 피실이격허니라. 수인지이제류하고 병인적이제승이니라.

[해 설]

대체로 군대의 형태는 물의 형상과 같은 것이어야 한다. 물의 형세는 항상 높은 곳에서 낮은 곳으로 흐르게 되어 있다. 낮은 곳에서 높은 곳으로 흐를 수 없는 것이 물이다. 전쟁도 마찬가지이다. 반드시 적(敵)의 허(虛)한 곳을 공격하여야 승리를 거둘 수 있지, 적의 실(實)한 곳을 공격하게 되면 그만큼 아군의 피해가 크며 승리한다는 보장도 없다.

물은 땅의 생김생김에 따라 그 흐름이 정해진다. 동쪽이 높으면 물은 동쪽에서 서쪽으로, 서쪽이 높으면 서쪽에서 동쪽으로 흐른다. 전쟁도 적의 형세에 따라 작전을 세워 실(實)한 쪽보다는 허(虛)한 쪽을 공격하여야 승리가 결정되는 것이다.

• 해결의 방법은 여러 가지가 있다.
• 『소설 손자병법』 [1] 고전장에 배우다 p143

* * *

물에 고정된 형태가 없는 것처럼, 군에도 고정된 형세가 없다. 적정의 변화에 따라 적절히 대응하여 승리를 거두는 자야말로 용병(用兵)의 신(神)이라고 말할 수 있는 것이다. 자연에서 오행(五行)이 상생상극하고,

사계절이 순환되며, 낮의 길이와 달의 크기가 일정하지 않는 것과 같이, 용병의 원칙 또한 고정되어 있는 것이 아니라 항상 변화하는 것이다.

故兵無常勢, 水無常形, 能因敵變化而取勝者, 謂之神. 故五行無常勝, 四時無常位, 日有短長, 月有死生.
고로 병무상세하고 수무상형이니 능인적하여 변화이취승자를 위지신이니라. 고로 오행무상승하고 사시에 무상위하며 일유단장하고 월유사생이니라.

[해 설]
전쟁에는 일정불변(一定不變)한 태세가 없으며, 물에도 일정불변한 모양이 없다. 적의 정세 변화에 따라 그에 적절한 전략이나 전술을 바꾸어 가면서 승리를 취하는 자야말로 용병을 잘하는 신(神)이라고 할 수 있다.

그러므로 수(水) 화(火) 금(金) 목(木) 토(土)의 오행(五行)에 상극(相剋), 즉 서로 이긴다는 이치가 있어 물[水]은 불[火]을 이기고[水剋火], 쇠붙이는 나무를 베어낼 수 있으므로 목(木)을 이기고[金剋木], 나무(木)는 흙[土]에서 자라니 흙을 이기고[木剋土], 흙[土]은 물(水)의 흐름을 막을 수 있으니 물을 이기므로[土剋水], 어느 것이나 항상 이기는 것이 아니다. 그러므로 오행은 서로 조화되고 균형을 이루어 천지만물(天地萬物)을 구성할 수 있는 것이다.

사계절도 봄이 가면 여름이 오고, 여름이 가면 가을이 오고, 가을이 가면 겨울이 오고, 다시 겨울이 가면 봄이 오게 되어 있다. 봄 다음에 가을이 올 수는 없는 것이다. 또한 봄이 항상 있을 수도 없다. 좋은 계절인 봄이 지나면 무덥고 짜증스런 여름이 오게 되어 있다.

해도 여름에는 길고 겨울에는 짧으며 달은 그믐이면 사라지고 초생이면 또다시 솟아올랐다가 보름이면 둥그래지고 다시 작아져서 없어졌다가는 또다시 솟아오른다.

   전쟁에 있어서의 태세도 항상 적군의 태세에 따라 변화하게 되어 있는 것이다.

- 이길 수 있는 태세를 갖추어야 한다.
- 『소설 손자병법』 ③ 오월동주 p66

7
군쟁편(軍爭篇)

군쟁편에서는 실제 전투에 있어서의 방략(方略)을 설명하고 있다. 이해(利害)를 잘 검토하여 이점은 살리고 불리한 점은 이(利)가 되도록 전환시켜야 한다.

1. 불리한 것을 유리하게 되도록 한다

손자는 말하였다. 무릇 용병을 함에 있어서 장수가 군주로부터 출동명령을 받고 군사를 소집하여 군대를 편성하며 이들을 이끌고 출전하여 적과 대진하는 과정에서, 승리에 유리한 조건을 쟁취하는 군쟁(軍爭), 즉 기선을 장악하는 것보다 더 어려운 일은 없다.

孫子曰, 凡用兵之法, 將受命於君, 合軍聚衆, 交和而舍, 莫難於軍爭.
손자왈 범용병지법은 장수명어군하고 합군취중하여 교화이사하니 막난어군쟁이니라.

[해 설]

전쟁을 하는 방법은, 우선 장수가 임금에게서 명령을 받은 다음에 군인을 모아들이고, 백성들을 징집하여 부대를 편성하고, 이어서 적군과 진영을 마주하고 주둔하는데, 무엇보다도 더 어려운 것은 적군과 싸워 승리를 거두는 일이다.

합군(合軍)은 나라의 상비군(常備軍)을 집합시키는 것이고, 취중(聚衆)은 일반 국민을 집합시키는 것을 말한다. 그리고 교화(交和)의 화(和)는 군영(軍營)의 문을 말하는 것으로, 화를 마주한다는 것은 서로 대진하고 있는 것을 뜻한다. 사(舍)는 막사를 치고 머무는 것이다.

군쟁(軍爭)은 여러 가지로 설명되고 있는데, 같은 진영 안에서 서로 공명을 다툰다거나, 적에 대한 장수와 장수끼리의 작전 경쟁, 탐색 경쟁 등의 승리를 위한 경쟁과 그밖의 모든 경쟁이 여기에 해당된다.

제1편에서 제6편까지의 「계」, 「작전」, 「모공」, 「군형」, 「병세」, 「허

실」편은 모두 전략적·전술적인 설명이었을 뿐 직접 맞부딪쳐 싸우는 전투에 대한 것은 아니었다. 비로소 이 군쟁(軍爭) 편에 들어와 전투 행위를 설명하고 있다. 손자가 말한 것처럼 전투야말로 전쟁에서 가장 어려운 행위이다.

- 모든 것은 전쟁만으로 해결되는 것이 아니다.
- 『소설 손자병법』 **2** 전쟁무상 p254

* * *

군쟁에 있어서도 가장 어려운 것은, 먼 길로 우회하면서도 지근거리(至近距離)로 직진하는 것과 같은 효과를 얻고, 불리한 작전의 여건을 유리하게 전환시키는 것이다. 그러므로 아군이 멀리 우회하여 행군하는 것처럼 보여 적을 기만하고, 사소한 이익을 미끼로 적의 기동을 지체시키도록 유인한다면, 적보다 늦게 출동하고서도 목적지에 먼저 도착하여 요지(要地)를 점령할 수 있다. 이것이 바로 우회하면서도 직진하는 것과 같게 하는 방법이다.

軍爭之難者, 以迂爲直, 以患爲利. 故迂其塗, 而誘之以利, 後人發, 先人至, 此知迂直之計者也.
군쟁지난자는 이우위직하고 이환위리니라. 고로 우기도하여 이유지이리하고 후인발하여 선인지니 차를 지우직지계자야니라.

[해 설]
우(迂)는 멀리 돌아가는 것이고, 직(直)은 똑바로 질러가는 길이다.

환(患)은 재난, 도(塗)는 도(途)와 같은 의미로 길이란 뜻이며, 인(人)은 다른 사람, 즉 적을 말한다.

군과 군이 직접 충돌하는 어려운 전투에서는 돌아가는 먼 길을 택하여 결국은 그것을 가까운 길로 만들고, 나에게 다가오는 재난을 마침내는 나에게 유리한 것으로 만들어야 한다.

그러므로 돌아가는 먼 길을 택해 적에게 유리하게끔 하여 적을 유인해 오히려 적을 더디게 만들고, 적보다 뒤늦게 출발하여 적보다 먼저 도착하는 것이 바로 돌아가는 길을 가까운 길로 만드는 계략이다.

이 계략이 이른바 우직지계(迂直之計)이다. 먼 길을 돌아가는 데에는 그만한 이유가 있는 것이다. 즉, 적에게 이쪽의 출발과 행진을 노출시키지 않고, 진군 속도나 가는 방향도 알리지 않는 더딘 행동이 결과적으로는 더 빠르게 되는 것이다. 그리고 적에게 이쪽의 전술[迂回戰術]이 그쪽에 유리하다고 판단하게 만드는 것이다. 그리고 전격적으로 공격하거나, 적군보다 늦게 떠나서 적군 보다 먼저 도착하여 기다렸다가 뒤늦게 오는 적을 공격하는 것이니 이와 같은 전략을 쓸 줄 아는 사람을 가리켜 '돌아가되 곧게 가는 전략[迂直之計]'을 아는 장군이라 말한다.

유방(劉邦)을 도와 한(漢)나라를 세우는 데 공이 컸던 한신(韓信)이 한중(漢中)에서 삼진(三秦)으로 진격하여 나올 때 쓴 방법이 전형적인 우회 작전이었다. 한신은 한쪽으로는 가까운 잔도(棧道)를 만드는 공사를 크게 벌여 놓고, 다른 쪽으로는 질러가는 길로 가서 적을 칠 계획을 세웠다. 그러나 적은 그 잔도가 완성되면 작전을 세우려고 매일같이 그 공사의 진척 상황만 살피면서 태평하게 지냈다. 그러나 한신의 우회군은 잔도가 10분의 1도 이루어지기 전에 벌써 목적지에 밀어닥쳤던 것이다.

유지이리(誘之以利)란 잔도를 만들어 보임으로써 적을 우선은 안심하도록 만들어 놓는 것이다. 이와 비슷한 말로 전화위복(轉禍爲福)이란 말이 있다. 자기에게 밀어닥친 어려움을 슬기롭게 처리함으로써, 화(禍)의 화가 더욱 커지는 것이 아니라 더욱더 잘되도록 만드는 것이다.

기업에서도 급하다고 서두르다 보면 '급하게 먹는 밥이 체한다'고, 오히려 더 큰 손해를 볼 수 있다. 급할 때일수록 돌아가는 것이 유리한 경우가 많다. 시간이 걸리더라도 계획을 치밀하게 세워야 한다. 그러면 최소의 손실로 큰 이익을 거둘 수 있다.

- 돌아가면 빨리 갈 수 있다.
- 『소설 손자병법』 ② 승자와 패자 p187

2. 신속한 행동으로 변화에 대응한다

그렇기 때문에 군쟁(軍爭)이란 유리한 것이기도 하며, 또한 위험한 것이기도 하다. 따라서 전군의 병력과 장비를 온전히 이끌고 요지를 확보하려고 기선을 다투면 군의 기동력이 둔화되어 적보다 늦어지며, 적보다 앞서기에만 급급하여 군의 기동력을 높이는데 주력하면 장비나 보급품 등 치중(輜重)을 잃게 된다.

故軍爭爲利, 軍爭爲危. 擧軍而爭利則不及, 委軍而爭利則輜重捐.

고로 군쟁은 위리하고 군쟁은 위위니라. 거군이쟁리면 즉불급하
고 위군이쟁리면 즉치중연이니라.

[해 설]
적군과 싸워서 이긴다는 것은 이익이 되기도 하지만 그렇게 되기
위해서는 큰 위험이 뒤따른다. 다시 말하면 군쟁(軍爭)이란 이(利)를
놓고 다투는 것인 만큼 위험이 따르게 마련이다. 눈앞에 있는 이익에
덮어놓고 끌려가게 되면 자칫 위험과 직결되는 결과를 가져오게 되
는 것이다.

따라서 중장비 부대까지 포함한 모든 군대를 싸움터에 투입하여
싸우면 적군보다 뒤떨어져 승리를 거둘 수 없게 되고〔不及〕, 경장비
부대만 투입하여 싸우게 되면 수송 부대가 뒤에 처져서 물자의 공급
이 달리게 된다.

적군과 싸울 때에는 우선 기선을 제압할 이(利)를 확보하기 위하여
필요한 지점에 적보다 먼저 도착하여야 한다. 그런데 만일 전군을 동
원하여 일제히 이끌고 나아가 기선을 제압할 이(利)를 얻으려 한다면
그 행동이 신속·기민하지 못해 이(利)를 얻을 수가 없을 것이다.

반면에 군인 각자의 능력에 맡겨〔委軍〕급히 달려가서 기선을 제압
할 이(利)를 쟁취하게 한다면 가벼운 몸차림으로 신속히 움직여야 하
므로 무거운 짐을 운반하는 치중부대는 뒤에 떨어지게 되고, 그렇게
되면 보급에 어려움이 많을 것이다.

• 이익이 있으면 위험도 있다.

* * *

그러므로, 갑옷을 벗어 던지고 휴식도 없이 백 리 길을 주야로 강행군하여 적과 기선을 다툰다면, 삼군(三軍)의 장수들이 모두 적에게 사로잡히게 되고 만다. 이는 체력이 건장한 병사만이 앞서고 약한 자는 낙오하여, 병력의 10분의 1만 싸움터에 도달하기 때문이다. 50리를 강행군하여 적과 기선을 다툰다면, 선두부대의 장수가 좌절과 패배를 당하게 된다. 이는 병력의 절반만이 싸움터에 도달하게 되기 때문이다. 30리를 강행군하여 적과 기선을 다툰다면, 병력의 3분의 2만이 싸움터에 도달하여 적과 싸우는 결과가 된다. 이런 까닭으로, 군이란 장비와 보급품을 잃으면 망하고, 군량의 보급이 없으면 망하며, 물자의 비축이 없어도 망하게 된다.

是故, 卷甲而趨, 日夜不處, 倍道兼行, 百里而爭利, 則擒三將軍, 勁者先, 疲者後, 其法十一而至. 五十里而爭利, 則蹶上將軍, 其法半至, 三十里而爭利, 則三分之二至. 是故, 軍無輜重則亡, 無糧食則亡, 無委積則亡.

시고로 권갑이추하여 일야불처하고 배도겸행하여 백리이쟁리면 즉수삼장군하며 경자선하고 피자후하여 기법은 십일이지니라. 오십리이쟁리면 즉궐상장군하고 기법은 반지니라. 삼십리이쟁리면 즉삼분지이지니라. 시고로 군무치중즉망하고 무량식즉망하고 무위적즉망이니라.

[해 설]
갑(甲)옷을 만다(卷)는 것은 빨리 달려가기 위하여 갑옷을 벗어 수레에 싣는 것을 의미한다. 따라서 가벼운 몸으로 달리게 되어 빨리 갈 수 있고, 또한 하루에 30리씩밖에 갈 수 없는 길도 밤낮을 쉬지 않

고 가게 되니 그 곱절인 60리씩이나 가게 되는 것이다.

　이렇게 하여 백 리를 달려가 승리를 다투게 된다면 전군(前軍)의 상장군(上將軍), 중군(中軍)의 중장군(中將軍), 후군(後軍)의 하장군(下將軍) 등 세 장군이 모두 무리를 하게 되어 다들 적에게 포로가 될 것이다. 그리고 이렇게 무리한 강행군을 하게 되면 아주 튼튼한 군사들만이 앞으로 달리게 되고, 튼튼하지 못한 군사들은 자꾸 뒤로 처져서, 목적지에 도착하게 되는 군사는 겨우 열 명 가운데 한 명밖에 되지 않을 것이다.

　만일 50리 정도를 강행군하게 되면 맨 앞에 있는 선봉 부대, 즉 상장군(上將軍)이 거꾸러지거나[蹶] 하며 제대로 도착할 수 있는 군사는 그 비율이 반밖에 되지 못한다.

　하루 거리인 30리를 달린다 하여도 목적지에 제대로 도착할 수 있는 병력은 3분의 2밖에 되지 못하므로 전력은 결국 3분의 1이 줄어들게 된다. 그러므로 무거운 장비를 수송하는 치중부대는 강행군을 할 때 그 뒤를 바짝 따라가기가 힘들어 결국은 전투에 필요한 보급이 달리게 된다. 화살이 모자라는 군대가 적과 싸워 이길 수는 없는 것이다. 또한 식량도 마찬가지이다. 배고픈 군사가 배부른 적과 싸워 이길 수는 없는 것이며, 전쟁이 오래 계속될수록 후방의 물자가 풍족하여야 끝까지 싸워 이길 수 있는 것이다.

　그런 까닭에 비록 기선을 제압하여 승리를 거둔다 하여도 군사에게 군수품이 없으면 패망할 것이고, 양식이 없으면 패망할 것이며, 축적된 물자가 없으면 패망할 것이다.

　촉한(蜀漢)의 승상이었던 제갈량(諸葛亮)은 그 유명한 출사표(出師表)를 쓴 다음 위(魏)군을 다섯 번이나 공격하였지만 한 번도 성공하지 못하였다. 이에 『삼국지(三國志)』의 저자인 진수(陳壽)는 '제갈량의 지략이 부족하였던 것이 아닌가 라고 했다. 그러나 제갈량의 실패는 전략이 부족한 것에 이유가 있었던 것이 아니라 극복할 수 없었던 약점이 하나 있었기 때문이다. 본래 촉(蜀)에서 위(魏)를 공격하려면 촉도난(蜀道難)이라고 하는 절벽의 험한 길을 통과하여야 하는데 사람조차 통과하기 힘든 곳에 군량이나 무기의 보급은 더더욱 생각할 수조차 없었다. 제갈량은 원정 때마다 목우(木牛)나 유마(流馬) 같은 수송 수단을 고안하여 내기도 하고, 원정한 곳에다 둔전(屯田)을 하여 식량을 확보하려 하였지만 효과를 보지 못하였다. 그리하여 위(魏) 원정에 실패하고 말았다.

• 기선을 제압한다고 승리하는 것은 아니다.

3. 전쟁은 속임으로 이루어진다

적의 계획을 알지 못하면 교전할 장소와 시기를 알지 못하고, 산림과 험지, 늪지대 같은 지형의 특성을 익혀 알지 못하면 행군을 실시하지 못하며, 향도(鄕導)를 적절히 활용하지 못하면 지형상의 이점을 얻지 못한다.

故不知諸侯之謀者, 不能豫交, 不知山林險阻沮澤之形者, 不能行軍, 不用鄕道者, 不能得地利.
고로 부지제후지모자는 불능예교하고 부지산림험조저택지형자는 불능행군하고 불용향도자는 불능득지리니라.

[해 설]

　이웃나라 제후가 무엇을 도모하려는지 그 속셈을 알지 못할 때는 쉽게 그들과 손을 잡고 군사 행동을 같이 하여서는 안 된다. 우리를 돕는 것처럼 보이는 것이 때로는 적을 돕는 경우가 있기 때문에, 그러한 경우 국교를 맺었다고 하여 그 국교가 성공하였다고 볼 수는 없다. 오히려 크나큰 위험이 도사리고 있을지도 모르는 일이다.

　적국의 산림지대 중 그 어느 곳이 험조(險阻)한 곳인지를 알지 못하고, 또한 어느 곳이 습기가 많은[沮] 질퍽질퍽한 못[澤]인지 모른다면 군대를 행군시킬 수가 없는 것이다. 이러한 때에 그 지방[鄕] 사람으로 길[道] 안내인을 쓰지 않으면 전투에 미치는 지형상의 이점을 얻을 수가 없는 것이다.

• 변덕이 아닌 변화가 필요하다.

　　　　　　　　　＊　　＊　　＊

　군은 기만(欺瞞)으로 기도(企圖)를 은폐하고, 유리한 상황일 때 행동하며, 병력의 분산과 집중으로 전법의 변화를 추구하는 것이다.

故兵以詐立, 以利動, 以分合爲變者也.
고로 병이사립하고 이리동하고 이분합으로 위변자야니라.

[해 설]

　전쟁이란 먼저 상대방의 눈을 속여 이쪽 정체를 파악하지 못하게 행동하여 전투 태세를 갖추고[立], 태세를 갖춘 다음에는 가장 유리한 조건을 향하여 움직이며, 그 조건 여하에 따라 분산과 집합 등 자유자재로 변화를 주지 않으면 안 된다.

손자(孫子)는 첫째 편인 「계편」에서 '전쟁은 속임수이다〔兵者詭道也〕.'라고 말한 바 있다. 여기에서는 다시 '전쟁이란 속임으로써 성립된다〔兵以詐立〕'고 하였다. 즉, 아군의 허실을 숨겨서 허(虛)를 실(實)로 보이게 하고, 실(實)을 허(虛)로 보이게 하여 적으로 하여금 이쪽을 알아차리지 못하게 한 다음 아군의 근거를 정립(定立)하여야 한다.

그리고 적을 속여서 아군의 조종에 좇아 그들을 움직이게 하고, 또한 적의 허를 노려서 반드시 이길 수 있는 경우에 공격을 개시하여야 한다. 그러므로 전투는 적을 속이는 것으로 성립되어야 한다. 유리하다고 판단되어 움직인 것이 때로는 유리하지 않을 경우가 있다. 그러므로 정말 어느 것이 유리한 것인지 정확하게 판단하고 또한 이를 위하여 움직여야 한다.

그렇게 적을 속이고 아군에게 유리하도록 전투를 하려면 상황의 변화에 따라 병력을 나누기도 하고 합하기도 하는 임기응변의 전략을 잘 써야 한다. 병력을 나누는 것은 기습 전술을 쓰는 경우가 많고, 병력을 합치는 것은 정면 대결의 경우가 많다.

• 변화가 적을 당황하게 만든다.

4. 싸울 때는 바람처럼 빨라야 한다

군은 질풍같이 신속하기도 하고, 삼림처럼 고요하기도 하다. 공격할 때는 불길처럼 맹렬하게 해야 하지만, 움직이지 않을 때는 산악과도 같이 장중(莊重)해야 한다. 행동을 감출 때는 어둠 속에 잠긴 듯 은밀하게 행동하다가도, 행동에 옮겨질 때는 뇌성벽력에 귀 막을 겨를이 없듯 적에게 손 쓸 기회를 주지 않아야 한다.

故其疾如風, 其徐如林, 侵掠如火, 不動如山, 難知如陰, 動如雷霆.
고로 기질여풍하고 기서여림하고 침략여화하고 부동여산하고 난지여음하고 동여뢰정이니라.

[해 설]
　신속한 행동이 요구될 때에는 질풍(疾風)같이 빨라야 한다. 즉, 적의 빈틈을 노려 습격할 때에는 태풍처럼 돌격하여야 한다. 왜냐하면 빈틈이란 항상 있는 것이 아니라 순간에 생기는 것이므로 태풍처럼 빨라야만 놓치지 않게 된다. 그리고 군대의 태세가 느리기〔徐〕를 바랄 때에는 삼림(森林)처럼 안정하여야 한다. 적의 빈틈을 기다리고 있는 경우에는 행동은 물론 마음의 자세에 이르기까지 삼림처럼 안정되고 느리고 여유 있는 태도를 갖게 하여야 한다. 적의 국경을 침략할 때에는 그 행동이 타는 불처럼 맹렬하여야 한다. 맹렬한 기세로 타오르는 불은 삽시간에 모든 것을 삼켜 버리는 것이다. 또한 그러한 기세를 가짐으로써 적에게 방어할 기회나 대항할 기운을 주지 말아야 한다.

아군이 움직이지 말아야 할 때에는 안정되고 묵직함이 마치 큰산이 놓여 있는 것과 같아야 한다. 전투시에는 가볍게 함부로 움직여서는 안 된다. 안정되고 견고하게 스스로를 지키면서 적에게서 빈틈이 보이는 기회를 기다려야 한다. 그렇게 결정적인 시기가 올 때까지는 태산이 버티고 있는 것처럼 동요하지 말아야 한다.

이와 같이 하면서 아군의 상황을 숨기고 가려서 적이 탐지할 수 없음이 어두운 밤과 같아 아무것도 엿볼 수 없게 하여야 한다. 적과 결전을 노리는 싸움터에서는 아군의 허실(虛實)을 탐지하기 위하여 적의 눈과 손, 귀는 물론 피부와 육감과 머리까지, 모든 신경이 아군의 주변과 내부에서 탐색전을 벌이고 있다. 이러한 적의 노력이 헛되게 하려면 아군의 모습을 마치 그믐달의 암흑 같은 비밀 속에 감추어 눈앞에 있어도 볼 수 없는 상태를 만들어야 한다.

그러다가 적에게 빈틈이 보이면 그 순간을 놓치지 말고 행동한다. 그리고 그 행동은 천둥 번개처럼 신속하고 맹렬하여야 한다. 맹렬하면 할수록 적은 감히 대항할 기세를 가지지 못한다.

이 대목은 『손자병법』중에서도 유명한 풍림화산(風林火山)을 설명한 것이다. 즉, 때로는 바람과 같이 재빠르게, 또 때로는 숲과 같이 고요하게, 때로는 불길과 같이 맹렬하게, 또 때로는 태산과 같이 태연하게 군대를 움직여야 한다는 말이다.

기업의 경우에도 마찬가지이다. 언제나 바람처럼 바쁘게 돌아가서도 안 되며, 또한 언제나 숲과 같이 고요하여서도 안 된다. 기회가 오면 바람처럼 민첩하고 불길처럼 맹렬하게 일을 처리하여 나가야 하며, 또 때로는 태연자약할 줄도 알아야 한다.

• 급할 때는 돌아서 가는 계략을 써야 한다.

* * *

적지에서 획득한 식량과 물자 등을 장병들이 나누어 가지게 하고, 점령지를 나누어 수비하게 하되, 상황의 변화를 저울질하여 차후 행동 방침을 결정한다. 우회하면서도 직진하는 효과를 거두는 묘수를 먼저 터득한 자가 기선을 제압하여 승리할 수 있으며, 이것이 바로 군쟁(軍爭)의 원칙인 것이다.

掠鄕分衆, 廓地分利, 懸權而動, 先知迂直之計者勝, 此軍爭之法也.
약향분중하고 곽지분리하고 현권이동이니 선지우직지계자승하니 차는 군쟁지법야니라.

[해 설]
약향분중(掠鄕分衆)을 적의 마을에서 빼앗은 것을 병사들에게 나누어 준다고 보는 해석도 있으나, 일단 적의 마을을 빼앗으면 그곳에서 빼앗은 물건은 그곳 사람들에게, 즉 잘사는 사람의 물건을 빼앗아 못사는 사람에게 나누어 주어 민심을 얻고, 또한 되도록이면 땅을 넓혀서 그 얻은 땅을 그곳의 사람들과 이익을 나누어 갖게 되면 이쪽에 협력하는 사람이 많아진다.

따라서 이들로부터 많은 정보를 얻게 되고, 그러한 정보를 저울에 달듯 그 경중(輕重)을 신중히 검토하여 다음 행동으로 옮긴다. 이렇게 남에게 이익을 나누어 주고 장기적인 포섭 정책을 펴가며 전투를 해 나가면 퍽 더딘 것같이 보이지만 실은 완전히 승리할 수 있는 바른 길인 것이다. '돌아가되 곧게 가는 것이 된다'는 우직지계(迂直之

計)를 아는 사람만이 참다운 승리를 얻게 되는 것으로, 균형의 원리 원칙이란 바로 이것이다.

손무가 오자서와 함께 초(楚)나라를 완전히 점령하였을 때 손무는 오자서에게,

"초나라 왕손인 공자 승(勝)이 오(吳)나라에 망명하여 와 있으니 그를 초나라 왕으로 삼으면 대대로 오나라를 고맙게 생각하여 충성을 다할 것입니다. 만일 초나라를 오나라가 차지하게 되면 초나라 사람은 반드시 반란을 일으키고 말 것입니다."

라고 하면서 초나라 땅을 초나라 사람들이 동정하고 있는 평왕(平王)의 손자인 공자 승(勝)에게 물려줄 것을 제안하였다. 그러나 오자서는 이를 듣지 않고 초나라를 완전히 멸망시킬 생각을 하고 있었다. 결국 오나라는 초나라를 후원하는 진나라에게 패하고 말았다.

적의 물건으로 적의 마음을 사서 우리 편으로 만드는 것은 완전한 승리를 위하여 절대 필요한 것이다.

기업에 있어서도 예상보다 목표를 초과 달성하면 사원들에게 특별 휴가나 특별 상여금을 주어야 한다. 그렇게 하여야만 사원들은 더욱 열심히 일하고 목표액을 더욱 높여 잡을 수가 있다. 그렇지 못하면 사원들의 사기가 떨어져 목표 달성만으로 만족하고 말 것이다.

- 승자(勝者)의 망동은 적개심을 불러일으킨다.
- 『소설 손자병법』 2 승자와 패자 pp211~212

5. 많은 사람을 움직일 수 있어야 한다

『군정(軍政)』이란 병서에 이런 말이 있다. '멀리서는 말이 서로 들리지 않으므로, 징[金]과 북[鼓]을 사용하며, 멀리서는 눈에 서로 보이지 않으므로 기치(旗幟)를 사용한다.'

금고(金鼓)와 기치는 많은 병력의 이목을 한사람처럼 통일시키는 데 사용하는 도구이다. 장병들의 행동이 통일되면, 용감한 자라도 혼자서 전진하지 않고, 비겁한 자라도 혼자서 후퇴하지 않는다. 이것이 바로 많은 병력을 지휘하는 방법이다. 그러므로 야간 전투시에는 불빛과 북소리를 주로 사용하며, 주간 전투시에는 기치를 주로 사용한다. 이와 같이 주야(晝夜)의 신호 방법이 다른 것은 장병들의 감지 능력이 변하기 때문이다.

軍政曰, 言不相聞. 故爲金鼓, 視不相見. 故爲旌旗, 夫金鼓旌旗者, 所以一人之耳目也. 人旣專一, 則勇者不得獨進, 怯者不得獨退, 此用衆之法也. 故夜戰多火鼓, 戰多旌旗, 所以變人之耳目也.

군정에 왈 언불상문이라. 고로 위금고하고 시불상견이라. 고로 위정기라 하니 부금고정기자는 소이일인지이목야니라. 인기전일이면 즉용자도 부득독진하고 겁자도 부득독퇴하니 차는 용중지법야니라. 고로 야전에 다화고하고 주전에 다정기하니 소이변인지이목야니라.

[해 설]

군정(軍政)을 말한 병서(兵書)에서도 '큰 군대를 움직이는 데에는 소리에 의한 구령(口令)으로는 완전히 다 들리게 할 수 없기 때문에 징과 북을 쓰며, 손짓 같은 것으로는 도저히 모든 사람에게 신호를 할 수 없기 때문에 기의 빛깔과 모양을 달리하여 이것으로 신호한다'고 쓰여 있다. 이것들의 목적은 모든 사람들의 보고 듣는 것과 관심과 주의를 하나로 집중시키기 위한 것이다.

이렇게 하여 모든 사람이 보고 듣는 것이 하나로 되면 마음도 생각도 하나가 되어, 무용이 뛰어난 사람이라고 제멋대로 앞장서서 나갈 수 없고, 또한 겁이 많은 사람이라고 하여 혼자 뒤처지거나 도망하거나 하는 일도 있을 수 없다. 모두가 한 덩어리로 움직이는 것이다. 이렇게 하는 것이 대군을 움직이게 하는 원칙이다.

군중·대중은 개체의 집단일 뿐만 아니라 군중 특유의 강력한 힘도 갖게 되는 것이다. 이것은 강한 사람이 단독으로 돌진하며 나가지 않는 대신에, 약한 사람도 함께 이끌려 전체가 똑같이 행동하기 때문이다. 개인이 뭉치면 큰 힘이 된다. 그러므로 밤에 싸울 때에는 필요 이상의 화톳불과 횃불을 밝히고 요란스럽게 북을 울리며, 낮에 싸울 때에는 가능한 한 필요 이상의 깃발을 꽂아 이 집단의 힘을 상대에게 과시하는 것이다.

기업의 경우에 있어서도 마찬가지이다. 사장 이하 전 사원들이 한 몸처럼 움직일 수 있어야 한다. 그렇게 하려면 마음부터 하나로 단결되어야 한다. 이렇게 되면 회사는 발전 속도가 빠를 뿐만 아니라 또한 어려운 일이 일어나더라도 쉽게 극복할 수 있다. '뭉치면 살고 흩어지면 죽는다'는 말은 뭉치면 힘이 그만큼 커진다는 것을 강조하고, 단결이 그만큼 중요하다는 점을 역설하고 있는 것이다.

• 강대한 적도 기력의 변화로 약해진다.

* * *

그러므로 삼군(三軍)은 기운[氣]을 빼앗길 수 있고, 장군(將軍)은 마음 [心]을 빼앗길 수 있다.

故三軍可奪氣, 將軍可奪心.
고로 삼군가탈기하고 장군가탈심이니라.

[해 설]
이편의 성세(聲勢)를 과장하고 기세를 과시하면 적은 의심하게 되고 겁나게 된다. 그러므로 적군의 사기를 위축시킬 수 있고, 적장의 심리를 혼란시킬 수 있는 것이다. 여기에서 말하는 군대의 사기, 또는 적장의 심리는 한 마디로 정신을 의미한다. 정신력이 왕성한 군대는 필승의 신념을 가진 군대임에 틀림없다.

군대에 필승의 신념이 없고 적을 겁내는 위축된 정신이 있다면 그들은 싸우기도 전에 이미 패하고 있는 것이다. 그러한 군대를 쳐부수기는 쉽다. 정신이 혼란한 장수는 정확한 상황 판단을 할 수 없기 때문에 적절한 작전을 짤 수도 없다. 또한 정신이 혼란하고 두려움에 사로잡힌다면 비록 작전을 바르게 짰다고 하더라도 그가 지휘하는 군대는 용감할 수 없으며 승리할 수도 없다. 전투에 있어서 가장 근본이 되는 것은 사기와 심리인 것이다. 그러므로 전투에서는 먼저 적군의 사기를 꺾어 놓아야 한다.

적과 싸울 때 적병의 사기를 꺾고, 적장의 판단을 혼란에 빠뜨리는 방법이 있다. 어느 군이든 전투가 처음 시작될 때[朝]에는 사기가 왕성하지만, 시간이 어느 정도 경과하면[晝] 사기가 점차로 풀어지며,

전투가 끝날 무렵〔暮〕이면 사기가 저하되어 싸움터에서 철수할 생각만 하게 된다. 그러므로 용병에 능한 자는 적군의 사기를 살펴, 적병의 사기가 충만해 있을 때는 접전을 회피하고, 적병이 피로하고 사기가 저하되었을 때를 포착하여 공격한다. 이것이 바로 피아 간의 사기를 다스리고 이용하는 방법이다.

* * *

是故, 朝氣銳, 晝氣惰, 暮氣歸. 故善用兵者, 避其銳氣, 擊其惰歸, 此治氣者也.

시고로 조기예하고 주기타하고 모기귀니라. 고로 선용병자는 피기예기하고 격기타귀하고 차는 치기자야니라.

[해 설]

적의 사기를 꺾으려면 먼저 사기가 쇠하고 성하는 자연의 추세를 알아야 한다. 대체로 사기란 처음에는 왕성하고 나중에는 해이해진다. 짧은 시간에는 긴장하지만 시간이 오래되면 느슨하여지는 것이다. 예를 들어, 아침의 사기는 날카로운 것이 보통이다. 왜냐하면 아침에는 정신이 깨끗하고 용기가 솟는다. 그러나 시간이 갈수록 점차 느슨해지고 낮에는 게으르게 되며, 해질 무렵에는 집으로 돌아가고 싶은 마음에 사기는 아주 없어지고 마는 것이다. 이러한 이치는 날짜가 가면 갈수록 사기가 점차 떨어지게 되는 것과도 같다.

그런 까닭으로, 용병을 능숙하게 잘하는 자는 적의 사기가 날카로운 때를 피하고 적이 게을러지거나 사기가 없어진 때에 공격한다. 이를 가리켜 사기를 다스린다고 하는 것이다.

수(隋)나라 말기에 각지에서 군중이 항거하였다. 이때 뒷날 당고조로 등극하는 이연(李淵)이 당태종이 되는 아들 세민(世民)과 함께 또 다른 군웅의 하나인 두건덕(竇建德)과 범수(氾水)를 사이에 두고 서로 싸울 때였다.

두건덕의 군대는 장장 수리(數里)에 걸쳐 진을 치고 있었다. 이 세민은 부하 장수들과 높은 산으로 올라가 두건덕 군을 물끄러미 바라보다가 이 정도라면 자신 있다고 여기면서 다음과 같이 말하였다.

"저놈들의 모습을 보니 얼굴은 험상궂고, 평정치도 못하면서 서로 다투고 있는 것 같다. 저것은 군대의 정령(政令)이 없기 때문이다. 또, 성 가까이 진을 치고 있는 것은 이쪽을 얕잡아보고 있다는 표시이다. 아군은 출격을 하지 말고 적의 기력이 쇠하는 것을 기다리라. 오랫동안 대진하고 있으면 적군은 틀림없이 돌아갈 것을 생각한다. 적이 철수하는 시기를 기다렸다가 출격하면 반드시 승리한다."

고 하였다.

결국 이연의 군대는 크게 성공하고 후에 당(唐)을 건국하게 되었다.

- 새벽녘의 계획이 하루 일을 결정한다.
- 『소설 손자병법』 1 안평중의 호기 p168

　　　　　　　　＊　　＊　　＊

아군은 엄정하게 질서를 유지하여 적이 혼란해지기를 기다리고, 안정된 태세로써 적이 동요하기를 기다린다. 이것이 피아 간의 심리를 다스리고 이용하는 방법이다.

以治待亂, 以靜待譁, 此治心者也.

이치대란하고 이정대화니 차는 치심자야니라.

[해 설]

　이쪽이 질서정연하게 간추려진 상태에서 적군의 정신 상태가 혼란하여지기를 기다리고, 아군이 정숙하고도 안정된 태세로 적군이 시끄러워지기〔譁〕를 기다리는 것이 인간의 심리를 잘 파악하는 것이다.

　싸움에서는 힘과 기술도 중요하지만 먼저 마음의 안정과 냉정한 태도를 갖추고 있지 않으면 안 된다. 상하가 일치단결하고 위정자와 군 지휘관의 손발이 잘 맞으면 이것은 잘 다스려지는〔治〕 것을 말하며, 또 이렇게만 된다면 안정과 정숙이 유지되고 있는 것이다.

　그러나 군 내부와 군과 위정자 사이에 알력이 있거나 숙청하는 정치적 혼란이 일어나게 되면 어지러운〔亂〕 것이다. 그리고 시끄러워지는 것이다. 그러면 자연히 정신을 못 차리게 되고 이때 외부의 다른 압력을 받게 되면 심리적으로 적절하게 대처할 수 없게 된다. 그러므로 용병술이 뛰어난 사람은 먼저 심리 작전을 펼친다.

　기업의 경우에도 마찬가지이다. 기업과 기업끼리의 경쟁에 있어서 상대방의 혼란과 시끄러움을 기다리기도 하고, 또한 때로는 공작원을 보내 혼란을 조장시킬 수도 있다. 유언비어가 큰 기업을 파국으로까지 몰아가게 되는 것도 바로 그 기업이 유언비어에 넘어가지 않을 만큼 심리적으로 안정되어 있지 못하기 때문이다.

• 태세 속에 처경불변(處警不變)의 실패는 없다.

* * *

아군은 지근거리로 싸움터에 먼저 도착하여, 적이 원거리에서 강행군하여 도착하기를 기다리며, 아군은 충분한 휴식 정비를 취하고 적이 피로해지기를 기다리며, 아군은 충분한 급식을 취하고 적이 기아에 빠지기를 기다린다. 이것이 바로 피아 간의 전투력을 다스리고 이용하는 방법이다.

以近待遠, 以佚待勞, 以飽待饑, 此治力者也.
이근대원하고 이일대로하고 이포대기니 차는 치력자야니라.

[해 설]
앞에서 말한 것은 마음을 다스리는 것인데 비해 여기에서는 힘을 다스리는 것이다. 가까운 거리로 가면 멀리 가는 것보다 그 만큼 힘이 덜 들게 되어 있다. 그리고 상대가 멀리서 오도록 하여 그 힘을 빼 버리는 것이다. 또한 아군은 가까운 곳으로 갔으므로 힘이 그만큼 덜 들어 편안한 상태에 있는데 비하여 적군은 멀리서 행군하여 왔으므로 지칠 대로 지치게 되어 있다.

그리고 가까운 곳에서 이동하여 왔으므로 피로하지도 않을 뿐만 아니라 일찌감치 배부르게 먹을 수 있으나 적은 멀리서 왔으니 몹시 피로한 상태이고 또한 길이 멀어 보급이 제대로 안 되었으므로 배부르게 먹을 수도 없는 것이다. 따라서 적군의 힘은 쏙 빠져 버리게 된다. 바로 이것이 힘을 다스리는 것이다.

• 힘이란 무한한 것이 아니다.

* * *

기치가 질서정연한 적을 요격(邀擊)하지 말아야 하며, 진용이 당당한 적을 공격하지 말아야 한다. 이것이 피아 간의 변화를 다스리는 방법이다.

無邀正正之旗, 勿擊堂堂之陣, 此治變者也.
무요정정지기하고 물격당당지진이니 차는 치변자야니라.

[해 설]
질서정연하게 위치와 간격을 맞추어 깃발을 내걸고 있는 적을 정면으로 맞아 싸우는 것은 불리하다. 즉, 군대가 질서정연하다는 것은 평소에 훈련이 잘 되었으며 기율이 잘 지켜지는 군대라는 뜻이다. 결국 모든 것이 다 정비되고 충실한 준비가 있는 군대이다. 바로 이것이 실(實)인 것이다. 이러한 적을 요격하여서는 안 된다.

또한 당당한 진(陣)을 치고 있다는 것은, 즉 빈틈없이 진을 치고 있다는 말이다. 따라서 당당한 기세를 갖추고 있는 군대는 바로 실(實)인 것이므로 설불리 공격하여서는 안 된다. 왜냐하면 이러한 적군을 공격하여 비록 승리한다 하여도 아군의 손실이 적지 않을 것이기 때문이다.

실(實)한 것은 허(虛)하여지도록 만들거나 허(虛)하여질 때까지 기다려야 한다. 따라서 계략을 써서라도 적을 혼란하게 만들고 피로하게 만들고 사기를 잃게 만들어야 한다. 이것이 바로 적의 상황에 따라 작전을 변화시켜 대치하는 것이다. 그리고 이것을 변화로써 다스린다고 한다.

이상에서 설명한 치기(治氣)·치심(治心)·치력(治力)·치변(治變)을 가리켜 사치(四治)라 한다. 장수된 자가 이 사치(四治)의 방법을 능숙하게 운용할 줄 알아야 전투에서 언제나 승리를 기대할 수 있고 패배할 근심이 없는 것이다.

후한(後漢) 말에 조조(曹操)가 업(鄴)을 포위하였다. 이때 원상(袁尙)이 업을 구원하러 오고 있었다.

이 소식을 들은 조조는,

"원상이 만약 큰길로 진격하여 온다면 패하지 않을 수 없다. 그러나 반대로 서산(西山)의 소로로 오면 생포할 수 있다."

라고 하였다.

과연 원상은 서산의 소로로 진격하여 와 조조는 즉시 이를 맞아 싸워 크게 물리쳤다. 조조는 원상의 군대가 큰길로 정정당당하게 왔다면 질서정연한 군이나, 그렇지 못함을 미리 간파하였던 것이다.

- 용감한 장수 아래 약병(弱兵)은 없다.
- 『소설 손자병법』 2 전쟁무상 p250

6. 불리한 조건에서는 싸우지 않는다

고지를 점령하고 있는 적에 대해서는 앙공(仰攻 : 올라가며 공격하는 것)을 하지 않아야 한다. 고지를 등지고 있는 적에 대해서는 정면공격을 하지 않아야 한다. 아군을 기만하여 거짓 퇴각하는 적에 대해서는 추격을 하지 않아야 한다.

故用兵之法, 高陵勿向, 背丘勿逆, 佯北勿從.
고로 용병지법은 고능물향하고 배구물역하고 양배물종하니라.

[해 설]

전투할 때에는 첫째, 높은 언덕 위에 진을 치고 있는 적은 공격하지 말아야 한다. 왜냐하면 공격하기 위하여 산을 올라가다 보면 아군의 힘이 빠지고 피로하여지나 적군은 산 위에 편안히 있다가 맞이하므로 적군과 아군 사이에 균형이 깨지게 되기 때문이다. 또한 적은 높은 곳에 있으면서 아군의 부대 편성과 움직임을 훤히 들여다보고 있기 때문에 이미 심리적으로 아군보다 우위에 놓여 있게 된다.

둘째, 언덕을 등지고 내려오는 적을 맞아 싸우는 것은 금물이다. 이것도 앞에서 말한 것처럼 전력의 차이가 있기 때문이다. 더구나 산을 내려오는 적을 맞아 싸우게 되면 적은 자연 결사적으로 되어 보통 이상의 전투력이 생기는 것이다.

셋째, 이쪽을 유인하기 위하여 쓰는 적의 위장 전술에 넘어가지 말아야 한다. 거짓으로 쫓기어 패하고 달아나는 척하는 적을 그대로 달아나는 것으로 판단하고 쫓아가다 보면 적진 깊숙이 들어갔을 때 적의 복병을 만나거나 포위망에 걸려들 우려가 있기 때문이다.

'이겼다고 그 기세를 몰고 간다' 라는 이른바 승승장구(乘勝長驅)란 말이 있는 것처럼, 사람이란 한 번 이기고 두 번 이기게 되면 우쭐해지기 마련이다. 이것은 적이 노리는 전술이기 때문에 그러한 적의 전술에 끌려 들어가지 않도록 경계하지 않으면 안 된다.

• 궁즉통(窮則通)이다. 궁한 적은 쫓지 말아야 한다.
• 『소설 손자병법』 2 병법담의 p102, 승자와 패자 p189

* * *

적의 정예부대에 대해서는 공격을 시도하지 않아야 한다. 적이 아군을 유인하기 위해 미끼로 출동시킨 부대는 공격하지 않아야 한다. 본국으로 철수하는 적 부대에 대해서는 퇴로를 차단하지 않아야 한다. 적을 포위하였을 때는 1면을 개방하여 적에게 도망할 길이 있음을 보여 주어야 한다. 궁지에 몰린 적에 대해서는 급박하게 압력을 가하지 않아야 한다. 이것이 바로 용병(用兵)의 원칙이다.

銳卒勿攻, 餌兵勿食, 歸師勿遏, 圍師必闕, 窮寇勿迫, 此用兵之法也.
예졸물공하고 이병물식하고 귀사물알하고 위사필궐하고 궁구물박이니 차는 용병지법야니라.

[해 설]
앞에서 설명하고 있는 전투하는 방법의 설명을 계속한 것으로 넷째, 사기가 날카로운 적은 공격하지 말아야 한다.

예졸(銳卒)이란 적군의 사기가 날카로운 것으로 이러한 적은 공격하지 말라는 것이다. 그 사기가 줄어들기를 기다리거나 또한 사기가 떨어지도록 이쪽에서 대책을 강구하여야 할 것이다.

다섯째, 미끼를 던져 주는 적이라면 그 미끼를 먹으려고 쫓아가면서 공격하지 말아야 한다. 여기에서 이병(餌兵)이란, 적을 유인해 내기 위하여 낚싯밥으로 던지는 작은 규모의 군대를 말한다. 그러한 줄도 모르고 이를 쫓아가다 보면 그 뒤에는 반드시 강한 적군들이 '어서 오십시오' 하며 기다리고 있게 마련이다.

여섯째, 돌아가려는 적을 못 가게 막고 공격하지 말아야 한다. 귀사(歸師)란 귀국 명령을 받고 본국으로 돌아가려는 적이다. 그들은 돌아간다는 생각에 지금까지 저하되었던 사기가 다시 솟아오르고 있기 때문에 만일 이를 방해하면 적군은 목숨을 걸고 반격을 가하여 올 것이다.

일곱째, 적을 포위할 때에는 반드시 한쪽을 터놓아야 한다. 위사(圍師)란 적을 포위한 것으로, 독 안에 든 쥐처럼 포위하지 말고 세 방향을 둘러싸되 한쪽은 터놓아 적군이 도망갈 길을 열어 주어야 한다. 그렇지 않으면 도망칠 곳이 없는 독 안에 든 쥐가 고양이에게 달려드는 격으로, 결사적인 반격을 가할 것이므로 예상 밖의 희생을 당하는 수가 있다.

여덟째, 궁지에 몰린 적군을 끝까지 쫓아가서는 안 된다. 궁구(窮寇)란 궁한 도적, 즉 도망갈 곳이 없는 침략군이다. 이것은 일곱 번째의 이야기와 비슷하다. 독 안에 든 쥐가 있으면 성급하게 잡으려 할 필요가 없다. 서서히 달래고 항복시키거나 시간을 지연시켜 지치게 만들지 않으면 안 된다. 말하자면 나갈 구멍이 없는 개는 쫓지 말라는 말과 같은 것이다. 누구나 궁지에 몰리면 의외의 초능력적인 힘이 솟아나 반격을 가하게 되므로 아군이 큰 손실을 볼 수가 있다.

- 군사란 승기(勝氣)가 보이면 강해지지만 패기(敗氣)를 보면 약해진다.
- 『소설 손자병법』 3 오월동주 p60

8
구변편(九變篇)

구변이란 아홉 가지의 변칙이다. 정도(正道)를 걷는 것이 원칙이지만 원칙만 알고 변칙을 알지 못하면 적절한 대응을 하지 못한다. 여기서는 변칙에 필요한 구변(九變)·오리(五利)·오위(五危)를 설명하고 있다.

1. 천변만화(千變萬化)의 움직임에 따라야 한다

손자는 말하였다. 무릇 장수가 군주의 명령을 받아 군사를 소집하여 군을 편성하고 출장했을 때에는, 행군 도중 황폐한 땅이나 늪지대[圮地]에서는 숙영하지 않고, 인근 제3국과의 접경지대[衢地]에서는 이웃나라의 도움을 얻어야 하며, 음료수와 사료(飼料)를 얻지 못하는 곳, 또는 계곡이나 함몰지(陷沒地)로서 적과 조우했을 때 진퇴양난에 빠지는 지역[絶地]에서는 오래 머물지 말아야 하며, 진입로가 협착하고 퇴로는 멀고 우회되어 적이 소수 병력으로도 아군을 포위하기 쉬운 지역[圍地]에 봉착하면 교묘한 계략을 구사하여 벗어나야 하며, 사지(死地)에 빠졌을 때는 결사적으로 싸워야 한다.

孫子曰, 凡用兵之法, 將受命於君, 合軍聚衆, 圮地無舍, 衢地合交, 絶地無留, 圍地則謀, 死地則戰.
손자왈, 범용병지법은 장수명어군하여 합군취중이니 비지무사하고 구지합교하고 절지무유하고 위지즉모하고 사지즉전이니라.

[해 설]
전쟁하는 방법은, 장수가 임금에게서 명령을 받아 군인들을 모아 부대를 편성하고 싸움터로 나갈 때에는,
첫째, 교통이 불편하고 행군을 마음대로 할 수 없는 곳에서는 군대를 자게 하거나 쉬게 하여서는 안 된다. 여기에서 비지(圮地)의 비(圮)는 언덕이 무너져 버린 곳을 말하는 것으로 가기 어려운 길을 가리킨다. 바로 이러한 곳에서는 군대를 쉬게[舍] 하여서는 안 된다.
둘째, 이와 반대로 교통이 편리하고 작전을 마음대로 펼 수 있는

요지, 즉 구지(衢地)는 만일 그곳이 다른 나라의 영토와 잘 통하는 곳이라면 그 나라와의 외교 교섭을 통하여 잘 해결하도록 하여야 한다.

셋째, 마을에서 멀리 떨어져 있고 본국과의 교통이 불편한 곳이거나 또는 적지의 깊숙한 곳, 즉 절지(絶地)에서는 오래 머물게 하여서는 안 된다. 왜냐하면 사람이 살지 않는 외진 곳이니 먹을 것이나 물자들을 수송하기도 간단하지가 않기 때문이다.

넷째, 사방이 산(山)이나 또는 내(川)로 둘러싸여 있는 곳에서 전투가 벌어졌을 때, 적에게 포위되어 빠져나갈 곳이 없는 위지(圍地)에서는 조심하여 그곳을 벗어나도록 해야 한다. 왜냐하면 지형적으로 험하고 사방이 막힌 곳은 언제 적이 공격해 올지 모르기 때문이다.

다섯째, 전진해 나갈 수도 없고 또한 후퇴할 수도 없는 위험한 곳, 즉 사지(死地)에 들어가면 길은 하나, 용감하게 싸우는 길밖에 없다. 막다른 골목에 다다른 이상 가만히 당할 수는 없는 노릇이므로 죽기 아니면 살기로 힘을 다하여 싸워야 한다.

바로 이상의 다섯 가지 원칙이 행군을 할 때 반드시 지켜져야 할 사항들이다. 즉, 입지적인 조건을 중요시하여 적합한 조치를 취해야 한다.

기업에 있어서도 마찬가지이다.

첫째, 조금이라도 위험 요소가 내포되어 있는 일은 손대지 않는 것이 현명하다.

둘째, 동업자들과는 친목을 도모하여 마찰을 일으키는 일이 없도록 해야 하며, 가능한 한 기분 좋게 도움을 받을 수 있는 상황을 만들도록 노력하여야 한다.

셋째, 영속성이 없고 일시적으로 특수를 노리는 일은 손을 떼는 시기가 중요하다.

넷째, 경제 사정 같은 객관적 정세가 좋지 못하여 사방이 꽉 막혀 있는 상태가 되었을 때에는 변칙적인 방법을 쓰지 않으면 영영 빠져 나오지 못한다.

다섯째, 모든 상태가 극단적인 상황에 몰렸을 때에는 총력을 기울여 적극적으로 활동하여야 한다. 그러면 의외로 활로를 찾게 될지도 모른다.

- 변화에 따를 줄 알아야 한다.
- 『소설 손자병법』 [1] 끝없는 형극의 길 pp258~259

* * *

도로 중에는 통과해서는 안 될 도로가 있으며, 적군 중에는 공격해서는 안 될 부대가 있으며, 성읍 중에는 공격해서 안 될 성읍이 있으며, 적지(敵地) 중에는 쟁취해서는 안 될 지역이 있으며, 군주의 명령 중에는 받들어 시행해서는 안 될 명령이 있다.

途有所不由, 軍有所不擊, 城有所不攻, 地有所不爭, 軍命有所不受.

도유소불유하고 군유소불격하고 성유소불공하고 지유소불쟁하고 군명유소불수니라.

[해 설]

길이 있으면 그것을 경유[由]하여 행진하는 것이 원칙이다. 길은 사람이 다닐 수 있도록 만들어 놓은 곳이므로 행군하기에 가장 편리한 곳이다. 따라서 가장 편리한 길로 행군하는 것이 상식이다. 그러나 적은 때때로 그 상식을 계략의 한 방법으로 사용한다. 아군이 그 길을 통과할 것이라 예상하여 중도에 복병을 숨기거나 함정을 만들어 놓고 대기한다. 그러한 위험성이 있는 길을 원칙대로 행군한다는 것은 스스로 위험 속을 찾아가는 것이나 다를 바 없다. 길이란 경유하게 되어 있다는 상식을 버리고 변칙을 택하는 것이 유리하다. 즉, 다른 길을 택하고 신속한 행동으로 적의 불의를 찌르는 것이 정세 변화에 적응하는 변화 있는 전략·전술인 것이다.

'적군이라도 공격하지 말아야 때가 있다'란 함부로 공격하여서는 안 됨을 뜻한다. 적군이 충실한 준비와 빈틈없는 경계와 사기 왕성한 태세를 갖추었을 때에는 공격하여서는 안 된다. 즉, 앞의 군쟁편(軍爭篇)에서 언급한 정정지기(正正之氣)와 당당지진(堂堂之陣)을 갖춘 적은 공격하지 말라는 것이다. 왜냐하면 전쟁이란 아군의 실(實)로써 적의 허(虛)를 치는 것이기 때문이다. 또한 전기(戰機)가 무르익어 적의 주력을 공격할 목표 아래 있다면 다른 적에게 도전하거나, 또 도전을 하여 온다 하더라도 응전하여서는 안 된다. 그 때에는 수세를 취하고 움직이지 말아야 하는 것이다. 왜냐하면 동쪽을 공격하는 것처럼 하면서 고의적으로 서쪽을 공격하여 오는 경우가 있다. 그리고 내버려두어도 아군에게 손실을 가져올 만한 것이 못 되고, 쳐서 이겨도 이로울 것이 없는 하찮은 적이라면 공격할 필요가 없다. 섣불리 공격하였다가 낭패를 보는 경우가 있기 때문이다.

적의 성곽이라도 공격하지 말아야 할 곳이 있다. 본래 성곽이란 방어와 수비에는 유리하지만 공격하기에는 불리한 곳이다. 따라서 이러한 불리한 공격은 부득이한 경우에만 해야 한다〔(모공편(謀攻篇)〕. 막대한 희생을 치르고 시간을 오래 끌어도 성공한다는 보장이 없기 때문이다. 또한 난공불락의 요새인 성곽은 그대로 남겨 두고 넓은 적지(敵地)를 점령하여 버리면 성곽은 바다 속의 고도(孤島)처럼 고립되어 승패의 대세에 큰 영향을 미칠 수 없게 된다. 이와 같이 성곽을 공격하지 않고도 저절로 쓸모 없도록 만들어 버리는 것이 최선의 방법이다. 따라서 용병을 잘하는 자는 공격하여야 할 성곽과 공격하지 말아야 할 성곽을 반드시 구별할 줄 알아야 한다.

적지라도 굳이 차지하려 애쓰지 말아야 할 곳이 있다. 너무 넓고 또한 지킬 수도 없는 땅은 점령할 필요가 없다. 왜냐하면 비록 한동안 점령하였다 하더라도 결국 그것을 지키려면 막대한 병력을 분산시켜야 하고, 그렇게 되면 상대적으로 아군의 전투력 또한 약화되는 것을 피할 수 없기 때문이다. 그러므로 지킬 수도 없는 적지를 굳이 차지하려다가는 더 큰 손실을 가져올 우려가 있다. 또한 공격하기가 지극히 어려운 땅은 다투어 점령할 필요가 없다. 적을 고립시켜 저절로 굴러 들어오게 하는 것이 현명하다.

또한 적과 싸움을 할 때에는 임금의 명령이라도 받아들이지 말아야 할 것이 있다. 임금의 명령은 복종해야 하는 것이 원칙이고 상식이지만 어떤 경우에는 받아들이지 말아야 할 때가 있다. 실제의 정세를 모르는 임금이 이편의 비밀스런 작전을 알지 못하면서 퇴각하라고 명령한다면 이를 무조건 따를 수는 없는 것이다. 작전대로 공격하여야 하기 때문이다. 또한 공격하면 크게 패하게 되어 있는데도, 그 사정을 모르는 임금이 공격 명령을 내린다면 공격할 수 없는 것이다.

• 하여서는 안 될 일도 있다는 것을 알아야 한다.

2. 임기응변(臨機應變)의 전략을 알아야 한다

장수된 자가 이 아홉 가지 기변(機變)의 운용에 정통하다면, 용병술을 안다고 할 수가 있다. 그러나 장수가 이 아홉 가지의 기변 운용에 정통하지 못하다면, 비록 적지의 지형을 파악하고 있다 하더라도 그 지형의 이점을 활용할 수 없다. 또, 장수가 군을 지휘하면서 이 아홉 가지 기변의 운용을 모른다면, 비록 다섯 가지 유리한 조건을 지니고 있다 하더라도 전투력을 충분히 발휘할 수 없다.

故將通於九變之利者, 知用兵矣. 將不通於九變之利者, 雖知地形, 不能得地之利矣. 治兵不知九變之術, 雖知五利, 不能得人之用矣.

고로 장통어구변지리자는 지용병의니라. 장불통어구변지리자는 수지지형이나 불능득지지리의니라. 치병에 부지구변지술이면 수지오리나 불능득인지용의니라.

[해 설]

구변(九變)은 바로 본편(本篇)의 제목으로 쓰인 것이지만 앞에서 말한 비지(圮地)·구지(衢地)·절지(絶地)·위지(圍地)·사지(死地)와 도(塗)·군(軍)·성(城)·지(地)의 아홉 가지를 가리키는 것이다. 이 아홉 가지의 이로운 점을 당면한 정세에 따라 자유자재로 변통하여 쓸 수 있는 장수야말로 참으로 군사를 쓸 줄 아는 장수일 것이다. 만일 아홉 가지 변화의 이점에 능통하지 못하면 그가 아무리 지리와 지형에 관하여 많은 지식을 갖고 있다고 해도 그것을 활용할 수가 없으니 자기의 이익으로 만들 수가 없다.

다섯 가지의 이점이란 앞에서 설명하였듯이, 변칙을 따르는 것이 원칙을 지키는 것보다 유리한 경우 다섯 가지를 가리키는 것이다. 본래 원칙이란 지켜야 할 법칙이나 때로는 원칙을 고수하는 것이 적의 계략에 말려들거나 불리한 상황을 초래하게 되는 경우가 있다. 즉, 길이라도 경유하여서는 안 되는 곳이 있으며, 적군이라도 공격하지 말아야 할 때가 있으며, 적의 성곽이라도 공격하지 말아야 할 곳이 있으며, 적지라도 차지하려고 애쓰지 말아야 할 곳이 있으며, 또한 임금의 명령이라도 받아들이지 말아야 할 것이 있다.

그러나 군사를 운용함에 있어서 아홉 가지 임기응변의 전술을 모른다면 비록 이 다섯 가지의 이점을 알고 있다 하더라도 군사들이 목숨을 바치겠다는 충용(忠勇)의 효용은 기대할 수 없을 것이다. 다시 말하면 응용할 줄 모르는 이론은 탁상공론으로 끝날 위험이 많다는 것도 결국 이러한 이유에서 하는 말이다.

기업에 있어서도 이론과 실제에는 항상 거리가 있다. 따지고 보면 그것은 이론을 그때 그때의 정세와 실정에 맞추어 응용하는 능력이 부족하기 때문이다. 기초 이론을 마땅히 갖추고 난 다음 정세와 실정의 변화에 따라 적합한 전략을 세울 수 있어야 한다.

• 이론과 실제는 다르다.

3. 이해(利害)를 함께 생각한다

지혜로운 장수는 반드시 피아의 이해 조건을 함께 고찰한다. 불리한 상황에 빠졌을 때 유리한 조건이 무엇인가를 찾아내면 부여된 임무를 완수할 수 있으며, 유리한 상황일수록 위험 요소를 예견하여 그에 대비하면 불의의 환란을 미리 방지할 수 있는 것이다.

是故, 智者之慮, 必雜於利害. 雜於利而務可信也, 雜於害而患可解也.
시고로 지자지려에는 필잡어이해니라. 잡어리하여 이무가신야하고 잡어해하여 이환가해야니라.

[해 설]
여(慮)는 깊이 생각하는 것이며, 잡어이해(雜於利害)는 '이익이 있는 곳에 해가 있을 경우와, 해가 있는 곳에 이익이 있을 경우도 거기에 포함시켜 생각한다'는 뜻이다. 그리고 무(務)는 자기가 맡은 바의 일, 신(信)은 신(伸)의 뜻으로, 일이 잘되어 나가고 있는 것을 의미한다.

그렇기 때문에 지혜가 있는 장수의 계획과 생각은 자기편의 유리한 조건만을 헤아리지 않고, 그것에 따르게 될지도 모를 불리한 조건을 동시에 계산하지 않으면 안 된다. 그렇게 하는 것으로 만일에 대비하는 여유를 가질 수 있게 되고 계획을 세우는 일에도 차질을 빚지 않게 된다.

그와 동시에 불리한 조건에 처하여 있을 때에는 그 불리한 조건만을 생각지 않고, 그 불리한 조건이 자기에게 유리한 조건이 될 수 있는 경우를 함께 생각하게 된다. 그렇기 때문에 그 불리한 조건이 유리한 조건으로 될 수 있는 기회를 놓치지 않고 화를 복으로 돌릴 수가 있는 것이다.

사람은 대개 일방적인 생각을 하기 쉽다. 이로운 쪽으로만 생각하거나 또는 해로운 쪽으로만 생각하는 것이다. 그러나 지략이 있는 사람은 그렇지가 않다. 반드시 유리한 쪽과 불리한 쪽을 다함께 생각하여 검토한다.

『순자(荀子)』의 「불순편(不珣篇)」에도 '이익이 될 만한 것을 보거든 반드시 앞뒤로 그것이 손해가 될 수 있는 점을 생각하여 함께 저울질하여 보고 심사숙고한 뒤에 취하고 버릴 것을 정하여야 한다. 이렇게 하면 항상 실패하거나 함락되지 않는다' 고 하였다. 또한 제갈량도 '문제를 해결하기 위해서는 일방적인 태도로 나아가서는 안 된다. 이익을 얻으려면 손해도 계산에 넣어야 한다. 성공을 하려면 실패하였을 때를 고려할 필요가 있는 것이다' 라고 하였다.

발전만 하고 있던 기업이 하루아침에 망해 버리는 경우가 있다. 이것은 유리한 쪽만 생각하고 그 속에 섞여 있는 불리한 것에 대한 준비와 대책이 서 있지 않았기 때문이다. 곤란 속에 빠져 있던 기업이 갑자기 활기를 되찾는 것은 불리한 가운데에서도 그것이 유리한 조건이 될 수 있는 기회를 기다리며 참고 견디는 끈기와 슬기가 있었기 때문이다.

• 득과 실〔得失〕을 계산하여야 한다.

*　*　*

그러므로 적국을 굴복시키려면 그 나라가 두려워하는 약점을 찔러 위협하며, 적국을 피폐시키려면 그 나라의 백성이 쉴 새 없게 만들며, 적국으로 하여금 우리측에 협력하게 만들려면 이익을 주어 유인하여야 한다.

是故, 屈諸侯者以害, 役諸侯者以業, 趨諸侯者以利.

시고로 굴제후자는 이해하고 역제후자는 이업하고 추제후자는 이리니라.

[해 설]

이런 까닭에 언제 적이 되고 언제 내 편이 될지 알 수 없는 이웃 나라의 제후를 굴복시킬 생각이라면 상대의 불리한 점과 약한 점을 찔러야 하고, 상대를 협력하게 만들 생각이라면 양쪽이 함께 이익을 얻게 되는 일에 가담시켜야 한다. 상대 제후를 내 편의 일에 적극적으로 뛰어들게 만들려면 특별히 유리한 조건을 안겨 주지 않으면 안 된다.

자기에게 유리한 것만을 움켜잡고 그 혜택을 혼자 독차지하려고 하여서는 도저히 큰 일을 할 수 없다. 경우에 따라서는 상대에게 불리한 것만 잡도록 만들어 이쪽에 대하여 손〔手〕도, 머리도 쳐들지 못하게 할 수 있지만 그것은 함께 공존할 수 없는 최악의 경우이고, 그 이외의 경우에는 이쪽에도 유리하고 저쪽에도 유리하게 만드는 것이 가장 좋다.

특히 다른 사람의 협력이 당장 필요한 경우에는 자기 쪽에 돌아오는 것이 다소 적더라도 이를 참고 견디며 더 큰 이익을 놓치지 않도록 대비할 필요가 있다.

• 이익은 혼자 독점하는 것이 아니다.

* * *

그러므로 용병이란 적이 침입하지 않는다는 예측을 믿을 것이 아니라 우리측이 충분한 대비책을 갖추고 적침(敵侵)을 기다리고 있다는 것을 믿어야 하며, 적이 공격해 오지 않는다는 예상을 믿을 것이 아니라 아군에 적이 공격해 오지 못하도록 할 충분한 대비가 있음을 믿어야 하는 것이다.

故用兵之法, 無恃其不來, 恃吾有以待也. 無恃其不攻, 恃吾有所不可攻也.

고로 용병지법은 무시기불래하고 시오유이대야하며 무시기불공하고 시오유소불가공야니라.

[해 설]

용병을 함에 있어 아군에게 적이 엿볼 만한 이(利)의 허점이 없으니 적이 공격해 오지 않을 것이라는 안이한 생각을 하고 있어서는 안 된다. 뜻밖에 적이 쳐들어올지도 모르기 때문이다. 그러므로 적이 불시에 쳐들어오더라도 언제든 쳐부술 수 있는 태세를 갖추어 놓고 제 발로 와서 걸려들기를 기다리며 대비해야 한다.

또한 '적과 대치하고 있을 때 적은 공격하지 않을 것이다' 라는 자기 나름의 판단 아래서 방심하고 있어서는 안 된다. 이쪽의 판단과는 달리 갑자기 적이 공격하여 올지도 모르기 때문이다. 즉, 적의 공격을 받게 되면 자기 나름의 막연한 판단은 아무 쓸모가 없게 된다. 따라서 아군에는 적이 감히 공격할 수 없는 철저한 방어 태세가 갖추어져 있어야 한다. 적이 공격하기만 하면 일거에 적을 격파할 만한 실력이 있어야 한다는 것이다.

기업에 있어서도 경제 정세의 변화에 희망적인 기대를 걸어서는 안 된다. 변화는 반드시 자기가 생각하였던 대로만 일어나는 것이 아니기 때문에 항상 완전한 준비 태세를 갖출 때 어떤 정세 아래에서도 사업을 발전시켜 나갈 수 있는 힘이 생기는 것이다.

• 희망은 희망으로 끝이며 허망이 뒤따른다.

4. 다섯 가지의 위태로움

장수의 자질에는 다섯 가지 약점이 있을 수 있다. 장수가 용맹이 지나쳐 죽기로 싸움만 추구한다면 그 자신도 죽음을 당할 수가 있다. 장수가 죽음을 두려워하여 살기만을 도모한다면 적에게 사로잡힐 수가 있다. 장수의 성격이 조급하고 화를 잘 내면 적의 도발을 참지 못하여 경거망동할 수가 있다. 장수의 결벽성이 지나치고 명예심이 강하면 적으로부터 모욕을 당할 경우 이성을 잃을 수가 있다. 장수가 부하를 지나치게 아끼고 사랑하면 부하를 보호하려다가 곤경에 빠질 수가 있다.

故將有五危. 必死可殺也, 必生可虜也, 忿速可侮也, 廉潔可辱也, 愛民可煩也.
고로 장유오위니라. 필사면 가살야요 필생이면 가로야하고 분속이면 가모야하고 엄결이면 가욕야요 애민이면 가번야니라.

[해 설]
장수들의 융통성 없는 집념은 매우 위험하다. 필사적으로 고집을

부리는 것도 위험하다. 그 위험을 다섯 가지로 예를 든다면,

첫째, 전투에서 필사적으로 싸우는 것은 훌륭한 마음가짐이다. 그러나 한때의 후퇴가 도리어 다음의 승리를 가져올 수 있다는 것 또한 알아야 한다. 한 발자국 나아가기 위하여 두 발자국 물러설 수도 있는 것이다. 한 발자국도 물러서지 않고 끝까지 싸우다 보면 결국 적에게 몰살당하는 수밖에 없다.

둘째, 이와 반대로 살아야겠다고 생각하는 장수는 적의 포로가 되기 십상이다. 나만은 꼭 살아야겠다고 생각하는 장수는 비겁하다. 쓸모 없는 죽음이나 승산 없는 싸움을 하지 말라는 것도 최후의 승리를 위한 작전에서 나온 말이다. 전쟁의 승리를 위하여 언제나 목숨을 바칠 각오는 되어 있어야 한다. 한 사람의 사병일지라도 전쟁의 승리를 위하여 죽음을 두려워해서는 안 된다. 그런데 오로지 살아야겠다는 마음만 갖는다면 온 힘을 기울여 싸우려고 하지 않을 것이다. 눈앞에 승리가 보이는데도 과감하게 진격할 수 없기 때문이다. 따라서 마지막 순간에는 결국 패배하고 말 것이다.

셋째, 장수가 성을 잘 내고 참을성이 없고 조급하게 구는 사람이라면 위험하다. 장수는 의젓하고 무게가 있어야 한다. 또한 침착해야 하고 당황해서는 안 된다. 정말로 크게 성낼 때가 오면 뇌성벽력처럼 천지를 진동시켜야 하지만, 그렇지 않을 때에는 태산처럼 안정되어 있어야 한다. 그래야만 아군의 군심(軍心)을 안정시키고 신뢰감을 줄 수 있으며, 침착한 마음으로 작전을 세울 수가 있다. 성을 잘 내는 장수는 적군의 전술에 쉽게 말려들어 전투에 패하는 모욕을 당할 확률이 높다.

넷째, 장수가 지나치게 결벽을 고집하는 것은 위험하다. 청렴결백이란 장수가 갖춰야 할 미덕 중의 하나이지만 그것이 지나쳐 융통성

이 없는 완고한 습성으로 고정되어 버려서는 안 된다. 변화무쌍한 상황을 자유자재로 대처하여 나가야 할 장수에게 완고한 습성은 도리어 위험 신호이다.

다섯째, 장수가 백성이나 사병을 사랑하는 마음이 지나치면 그것 또한 위험하다. 장수가 백성을 사랑하고 사병을 아끼는 것은 당연한 일이나, 훌륭한 마음도 융통성 없는 고정된 성격으로 나타나면 위험 신호가 되는 것이다. 왜냐하면 적은 반드시 백성을 사랑하는 마음을 역이용하는 작전을 세울 것이기 때문이다. 또한 전국(戰國)을 살피는 데에도 백성이나 사병을 아끼다 보면 전투에 소홀하여져 싸움에서 불리함을 초래할 수가 있다.

이상에서 말한 다섯 가지는 어느 것이나 다 장수의 지나친 성격에서 빚어지는 과실이다. 그러므로 장수의 지나친 고집은 금물이다.

분속(忿速)은 가장 주의하여야 할 성격이다. 삼국시대의 장비(張飛)는 오(吳)나라에 대한 관우(關羽)의 원수를 갚기 위해 전 군대에게 기일 안으로 상복을 만들어 입게 하였다. 그 기일이란 것이 너무나 터무니없이 짧았다. 이때 책임을 맡은 범강(范疆), 장달(張達) 두 장수는 장비에게 기일을 늦추어 줄 것을 사정하였다. 그러나 장비는 날을 늦추어 주기는커녕 더욱 날짜를 앞당기고 그 안에 마치지 못하면 군령으로 다스리겠다고 호통을 쳤다. 결국 장비는 범강, 장달 두 장수에 의하여 죽음을 당하여 싸움을 하기도 전에 패하고 말았던 것이다.

- 필부의 만용, 자기 과신은 스스로 무덤을 판다.
- 『소설 손자병법』 ③ 오월동주 p60, 물무재의 병담 pp207~208

*　　*　　*

이 다섯 가지는 장수가 누구나 가질 수 있는 약점이며, 또한 용병에 있어서의 큰 해악이다. 군이 전멸당하고 장수가 죽음을 당하는 원인이 모두 이 다섯 가지의 약점에서 비롯되는 것이므로, 장수된 자는 이를 살펴 경계하지 않으면 안 된다.

凡此五者, 將之過也, 用兵之災也. 覆軍殺將, 必以五危, 不可不察也.
범차오자는 장지과야요 용병지재야니라. 복군살장은 필이오위니 불가불찰야니라.

[해 설]
앞에서 말한 다섯 가지의 위태로움은 지휘자의 한 가지 편성(偏性)과 고집 때문에 생기는 것이다. 그러므로 이것은 장수 개인의 잘못이기도 하며, 또한 장수 개인의 잘못이 전투에 영향을 미치기 때문에 장군의 고집은 용병에 있어서 재앙이 되기도 한다.

군대가 송두리째 무너지고 장수가 죽임을 당하게 되는 비극도 장수의 성격상 결점에서 오는 다섯 가지의 위태로움으로 인하여 생기게 된다. 따라서 잘 살피지 않을 수 없는 것이다. 즉, 상황에 따라 기동성이 있는 대책을 마련하는 데 최선을 다하여야 한다.

- 한 사람의 실수가 전체를 망친다.
- 『소설 손자병법』 ③ 오나라의 말로 pp243~244

9
행군편(行軍篇)

진군할 때의 행군과 숙영(宿營), 접근과 전투 개시를 위한 정세, 지형의 판단을 설명하고 있다. 즉, 전투에 직면한 모든 대책을 제시한 것으로, 전투에 임하는 최후의 주의 사항이다.

1. 전법은 지형(地形)에 따라야 한다

손자는 말하였다. 무릇 행군할 때나 적과 대진할 때에는 지형을 고려하여야 한다. 산악지대를 통과할 때는 계곡의 수초(水草)를 따라 행군하고, 숙영할 때에는 시계가 트인 고지를 점령하여야 하며, 적이 고지를 먼저 점령하고 있을 경우에는 정면으로 앙공(仰攻)을 시도하지 말아야 한다. 이것이 산악지대를 행군할 때 취해야 할 요령이다.

孫子曰, 凡處軍相敵. 絶山依谷, 視生處高, 戰隆無登, 此處山之軍也.
손자왈 범처군상적이니라. 절산의곡하고 시생처고하며 전륭무등이니 차는 처산지군야니라.

[해 설]

처(處)는 처치(處置)와 배치(配置)의 뜻이며, 절(絶)은 넘는다는 뜻이고, 의(依)는 의지하는 것, 즉 가까운 곳에 진을 친다는 뜻이다. 군대를 행군시킬 때에는 항상 적군의 실정을 잘 살펴보고 판단하여야 한다.

우선 산악지대를 행군할 때에는 산을 넘으면 낮은 곳으로 내려가 골짜기를 앞으로 하고, 골짜기에서 떨어져 있지 않도록 평행으로 진을 친다. 즉, 계곡을 의지하여 시야가 트인 높은 곳에 주군(駐軍)하여야 한다. 계곡에는 수초가 많아 엄폐(掩蔽)하기가 좋으므로 아군의 형태를 적에게 숨기기에 적당하다. 다시 계곡을 근거로 하고 계곡과 연결된 시야가 트이고 위치가 높은 고지를 진지로 점거한다면, 고지는 전투에 유리하고 시계가 트인 곳이므로 적정(敵情)을 살피기에 편리하다. 높은 곳에 있는 적을 이쪽에서 쳐다보고 올라가며 싸우는 것은 절대 금물이다.

• 상황에 따라 태세를 갖추어야 한다.

* * *

하천을 건널 때에는 하천으로부터 멀리 떨어진 지점에 진을 쳐야 한다. 적이 도하(渡河)할 때에는 급박하게 요격하지 말고, 적의 병력 절반이 건널 때까지 기다렸다가 공격하는 것이 유리하다. 도하하는 적군을 공격할 때에는 아군이 하안(河岸)에 너무 근접하여 싸우지 않아야 한다. 하천지대에 주둔할 때에도 시계가 양호한 고지대를 점령하여 진을 쳐야 하며, 적보다 하류에서 상류로 거슬러 올라가면서 적과 싸워서도 안 된다. 이것이 하천지대에서 행군할 때 취할 요령이다.

絶水必遠水, 客絶水而來, 勿迎之於水內, 令半濟而擊之利. 欲戰者, 無附於水而迎客, 視生處高, 無迎水流. 此處水上之軍也.
절수면 필원수하라 객절수이래면 물영지어수내하고 영반제이격지면 이니라. 욕전자는 무부어수하여 이영객이니 시생처고하고 무영수류니라. 차는 처수상지군야니라.

[해 설]
　이번에는 강가, 즉 하천지대에서의 용병이다. 아군이 강을 다 건넜을 때에는 그 근처에서 어물어물하지 말고 즉시 그곳에서 멀리 떠나도

록 하여야 한다. 후속 부대가 오는 것을 방해할 뿐만 아니라 등 쪽에 물을 두고 있다는 것은 결사의 결심을 굳히기 위한 이른바 배수진(背水陣)이므로 후퇴가 자유롭지 못한 곳에서 오래 머물러서는 안 된다.

적이 물을 건너 가까이 올 경우, 전원이 물에 있을 때에는 손을 대지 않는 것이 좋다. 그보다 일부는 물을 건너 뭍에 올라와 있고 일부는 아직 물에 남아 있을 때를 보아 공격하는 것이 유리하다. 이미 뭍에 올라와 있는 부대는 미처 진(陣)을 정비하지 못하고 있고, 물에 있는 군사는 올라와 싸울 겨를이 없기 때문이다.

또한 강을 건너오는 적을 맞아 싸울 생각이라면 처음부터 물 가까이 붙어 있어서는 안 된다. 적은 불리한 줄 알면서 무리해서 강을 건너오려고 하지는 않기 때문이다. 차라리 한 걸음 물러나 숨어 있으면서 반쯤 건너온 때를 보아 급습하지 않으면 안 된다. 초목이 무성한 높은 곳에서 적이 물을 건너오는 모습을 자세히 굽어보다가 기회를 보아 쳐내려가는 것이 좋다.

물의 하류에서는 상류에 있는 적을 향하여 싸우지 말아야 한다. 상류에 있는 자는 물의 흐름을 이용할 수 있기 때문에 공격이 용이하고, 하류에 있는 자는 물을 거슬러 올라가야 하기 때문에 불리하게 되어 있다. 또한 적이 상류의 물을 막았다가 갑자기 터뜨려 하류에 있는 아군의 진지를 침몰시킬 위험성도 있는 것이다.

기업의 경우에도 마찬가지이다. 경쟁 회사의 상품이 한창 매스컴을 타고 대중의 화제가 되어 있는 것을 상류에 있는 적에 비유할 수 있고, 화제가 되어 있는 상태는 바로 물의 흐름과 같다. 따라서 이러한 때에 경쟁 회사 상품과의 대결은 피하는 것이 좋다. 일단 물의 흐름이 지나간 다음에, 이쪽이 상류에 있게 되었다고 생각되면 대결하여야 한다.

- 개울가에 야영하여서는 안 된다.

                         *   *   *

갯벌이나 습지대를 행군할 때에는, 가능한 한 지체하지 말고 신속히 통과하여야 한다. 만약 그런 지역에서 적과 교전하게 되었을 경우에는 근처의 수초를 이용할 수도 있고 배후에 나무가 있어서 그것을 장애물로 이용할 수 있는 지역을 먼저 점령하여야 한다. 이것이 소택지(沼澤地)에서 행군할 때 취할 요령이다.

絶斥澤, 唯亟去勿留. 若交軍於斥澤之中, 必依水草而背衆樹. 此處斥澤之軍也.
절척택에는 유극거하고 물류니라. 약교군어척택지중이면 필의수초하고 이배중수니라. 차는 처척택지군야니라.

[해 설]
척(斥)은 소금기를 머금고 있는 땅, 즉 갯벌과 같은 땅으로 습지대[澤]와 함께 땅이 척박한 저습지대에서의 용병법을 말한 것이다. 즉, 토지가 척박하고 저습한 지대를 통과할 때에는 급히 지나가야지 그곳에 머물러 있어서는 안 된다. 저습지대는 땅이 메말라 척박하고 공기도 좋지 않아 수초가 자라지 못한다. 따라서 이러한 곳은 군대가 주둔하기에도 전투하기에도 불리한 곳이다. 그러므로 빨리 지나가 버리는 것이 상책이다.

만일 이러한 지역을 빠져나가기 전에 적과 마주쳐 교전하지 않을 수 없게 된다면 마땅히 수초가 있는 곳을 선택하여 엄폐를 삼으면서 많은 나무들을 등지고 싸워 조금이라도 유리한 지형을 이용하여야 한다.

• 머무를 곳에 머물러야 한다.

       * * *

평원지대에서는 지세가 평탄한 개활지(開闊地)를 점령하되, 측면과 후방으로 고지를 의지하여야 한다. 지세가 전방이 낮고 후방이 높으면, 적의 배후 기습과 정면 공격에 대비하기가 유리하기 때문이다. 이것이 평원지대에서 행군할 때 취할 요령이다. 이 네 가지 행군 요령은 옛날 황제(黃帝)가 사방 종족의 우두머리와 싸워서 승리를 거두었을 때 쓰던 방법이다.

平陸處易而右背高, 前死後生, 此處平陸之軍也. 凡此四軍之利, 黃帝之所以勝四帝也.
평륙처이하여 이우배고하고 전사후생이니 차는 처평륙지군야니라. 범차사군지리는 황제지소이승사제야니라.

[해 설]
평탄한 육지에서 용병할 때에는 될 수 있는 대로 평평하고 거동이 편리한 곳을 선택하여 진을 쳐야 한다. 그렇게 하여야만 공격과 후퇴가 자유자재롭다. 또한 막힘 없이 자유자재로 행동할 수 있기 때문에 실력을 유감 없이 발휘할 수 있다.
다만 평탄한 땅이라 하더라도 다소의 구릉(丘陵)이나 고저(高低)가 없는 것은 아니다. 그러므로 주군(駐軍)과 포진(布陣)은 오른편 배후가 높은 곳을 선택하여 의지하는 것이 좋다. 그렇게 하여야 적의 화살 같은 것이 오른편이나 배후에서 오는 것을 막을 수 있다.

대개 사람들은 왼편보다 오른편이 더 힘이 있고 행동이 기민하기 때문에 오른편에 상처를 입게 된다면 타격이 더 커진다. 그리고 배후의 위협은 더욱더 위험하다.

포진(布陣)할 때에는 마땅히 험조(險阻)한 곳은 앞에 두고, 트인 곳은 뒤에 두어야 한다. 공격할 때에는 사기가 왕성하여 다소 험조한 지역이라 하더라도 쉽게 극복할 수 있지만 후퇴하는 경우에는 사기가 떨어지기 때문에 트인 곳이라야 혼란하지 않게 된다.

전사후생(前死後生)은 전저후고(前低後高)의 뜻으로, 높은 곳은 생지(生地)이고 낮은 곳은 사지(死地)라고도 한다. 즉, 전투에 있어서의 고지는 생지이고, 아래에 위치한 곳은 사지로 생각되었던 것이다.

이상에서 말한 산악지대 · 하천지대 · 저습지대 · 평야지대 등 네 곳의 용병 방법에서는 작전상의 이점을 설명하였다. 그리고 이러한 작전 방법은 중국의 황제(黃帝)가 그 당시 사방에서 할거하고 있던 사제(四帝), 즉 태호(太昊) · 소호(少昊) · 염제(炎帝) · 전욱(顓頊)과 싸워 이들을 물리치고 승리한 방법이기도 하다.

• 같은 장소라도 좋은 곳과 나쁜 곳이 있다.

2. 좋아하는 것과 싫어하는 것이 있다

군이 주둔할 때에는 건조한 고지를 택하고, 습기 찬 저지대를 피해야 한다. 방위도 양지를 택하고 음지를 피해야 한다. 물과 풀이 풍부한 지역을 확보하여 인마를 먹이고 쾌적한 환경을 조성해 주면, 진중에 질병이 발생하지 않고 전투력이 충실해져서 필승을 기약하게 된다.

凡軍好高而惡下, 貴陽而賤陰, 養生而處實, 軍無百疾, 是謂必勝.
범군은 호고이오하하면 귀양이천음하며 양생이처실하면 군무백질이니 시위필승이니라.

[해 설]
결론적으로 군대는 높고 건조한 곳을 골라 진을 치고 낮은 습지에는 진을 치지 말아야 한다. 또한 동남쪽을 향한 양지바른 곳에 진을 치고, 서북쪽을 향한 음지에는 진을 쳐서는 안 된다. 높은 곳에 진을 치면 낮은 곳에서 올라오는 적을 공격하기가 쉽고, 양지 쪽에 진을 치면 아군의 모습이 잘 드러나지 않으면서 적군이 올라오는 모습을 잘 볼 수 있기 때문이다.

또한 병사들의 위생·건강 관리에 유의하고 섭생을 충실히 하여 군대 안에 질병이 없도록 하여야 한다. 이와 같은 군대는 반드시 승리할 수 있는 태세를 갖추었다고 할 수 있다.

• 상대의 기호를 알아야 한다.

* * *

구릉지대나 제방(堤防)이 있는 지역에 군을 주둔시킬 때에는 양지 쪽을 점령하고, 측면과 후방을 구릉이나 제방에 의지하도록 배치한다. 이것은 용병상 유리한 위치에서 지형의 도움을 받기 위해서이다. 도하작전시 상류에 폭우가 내려 강물에 물거품이 떠내려오고 있을 경우에는, 물결이 평온해질 때까지 기다렸다가 도강을 해야 한다.

丘陵隄防, 必處其陽而右背之, 此兵之利, 地之助也. 上雨水沫至, 欲涉者待其定也.
구릉제방에는 필처기양하되 이우배지하니 차는 병지리요 지지조야니라. 상우면 수말지니 욕섭자는 대기정야니라.

[해 설]
구릉(丘陵)이나 제방에서 주군(駐軍)하거나 포진(布陳)할 경우에는 반드시 구릉이나 제방의 동남쪽에 위치를 정하고, 구릉 제방을 오른쪽 배후로 하여 의지하여야 한다. 그렇게 하는 것이 용병하는 데 유리하다. 왜냐하면 지형의 도움을 받을 수 있기 때문이다.

상류에서 흘러오는 우수(雨水)의 포말이 이미 아군이 도하(渡河)하고자 하는 지점까지 떠내려오면 반드시 상류에 폭우가 쏟아져서 홍수가 덮쳐 올 징조인 것이다. 이러한 경우에는 무리하게 강을 건너려다 홍수에 휩쓸릴 위험성이 있으므로 반드시 큰물이 지나가고 하류가 가라앉을 때를 기다려야 한다.

포말이 떠내려오는 것을 보고 홍수가 덮쳐 올 징조를 미리 알았던 것처럼, 징기스칸은 사냥을 나갔다가 사슴의 무리가 떼를 지어 달아나는 것을 보고 회오리바람이 닥쳐올 것을 미리 알고 급히 부족을 숲 속으로 피신시켰다. 이러한 지혜가 바로 그에게 세계를 정복할 수 있게 한 것이다.

터키에 대지진이 일어났을 때에도 새들은 미리 알고 모두 피난을 했지만 사람들은 그러하지 못했다. 지각이 있는 사람이 있었다면 미리 피할 수도 있었을 것이다.

- 적의 진지를 보고 그 능력을 알아야 한다.
- 『소설 손자병법』 1 안평중의 호기 p165

3. 가야 할 곳과 피해야 할 곳이 있다

무릇 행군 도중에 좌우가 절벽으로 둘러싸이고 그 사이에 하천이 흐르는 지대[絶澗], 4면이 절벽으로 이루어지고 중앙에 저습지(低濕地)를 형성한 지대[天井], 3면이 험준한 산악으로 둘러치고 진입하기는 쉬우나 퇴로가 막힌 지대[天牢], 초목이나 가시덤불이 우거져 기동하기가 매우 어려운 지대[天羅], 지세가 낮아 우기(雨期)에는 쉽게 수렁을 이루는 저지대[天陷], 두 산악 사이에 낀 협곡으로서 도로가 깊고 긴 지대[天隙] 등의 불리한 지형에 부딪쳤을 경우에는 신속히 피해갈 것이며, 접근하거나 그곳에 머물러서는 안 된다. 아군은 이러한 지형에서 멀리 이탈하고, 적군을 그곳으로 유인할 것이며, 아군은 이러한 지형을 앞에서 마주 바라보고, 적군은 그곳을 등지도록 해야 한다.

凡地有絶澗, 天井, 天牢, 天羅, 天陷, 天隙, 必亟去之, 勿近也. 吾遠之, 敵近之, 吾迎之, 敵背之.

범지에 유절간과 천정과 천뢰와 천라와 천함과 천극하니 필극거지하여 물근야니라. 오원지하고 적근지하며, 오영지하고 적배지니라.

[해 설]

지형에는 이상에 열거한 것처럼 이른바 육해지지(六害之地)가 있다. 즉, 절간(絶澗)은 절벽 사이로 물이 급히 흐르는 곳을 말하며, 다음에 나오는 다섯의 천(天)은 천연적으로 형성된 곳으로, 천정(天井)이란 사방이 산으로 둘러싸여 마치 우물처럼 가운데가 패인 분지이며, 천뢰(天牢)란 천연의 감옥으로 출입이 어려운 곳, 천라(天羅)는 한번 들어가면 빠져나올 수 없는 그물 같은 곳, 천함(天陷)은 함정이라는 뜻이며, 천극(天隙)은 기둥과 벽 사이에 생긴 틈처럼 손가락도 쉽게 들어가지 않는 곤란한 곳을 말한다.

이러한 위험한 곳은 될 수 있으면 가까이 가지 않도록 할 일이다. 만일 부득이 가까이 갈 경우에는 될 수 있는 대로 빨리 빠져 나가야 한다. 그리고 아군은 멀리 하여야 되지만 적에 대하여는 반대로 여기에 가까이 오도록 유도하는 것이 좋다. 그리고 만일 이러한 곳에서 적을 만나게 되었을 때 아군에게는 앞쪽이 되도록 위치를 점령하는 것이 좋고, 상대에게는 등을 지고 있게 하는 것이 좋다.

이 육해(六害)도 역시 무기라는 것을 잊지 않도록 유의해야 한다. 이용할 수 있는 것은 무엇이든 이용하는 악착스런 점도 싸움에 임하는 마음가짐 중의 하나이다.

• 선택은 신중하여야 한다.

*　*　*

행군로상에 험준한 애로와 호수, 늪지대, 하천, 갈대숲지대, 그리고 삼림 지대와 초목이 무성한 지역을 통과하거나 숙영할 때에는 반드시 수색을 철저히 반복해야 한다. 이러한 지형에는 적이 매복해 있을 가능성이 많기 때문이다.

軍旁有險阻潢井葭葦山林翳薈者, 必謹覆索之, 此伏姦之所藏處也.
군방에 유험조와 황정과 가위산림과 예회자면 필근복색지니 차는 복간지소장처야니라.

[해 설]

황정(潢井)은 물이 괴어 있는 깊은 웅덩이로 늪과 못이 있는 지역이며, 겸가(蒹葭)는 갈대밭, 임목(林木)은 숲지대, 예회(翳薈)는 풀이 무성한 곳, 복색(覆索)은 검색(檢索)과 같은 뜻으로 샅샅이 뒤져 찾는 것이며, 복간(伏姦)은 복병과 척후(斥侯)를 말한다.

군이 주둔하여 있는 부근에 험한 지대, 즉 늪이 있는 곳, 갈대밭이 있는 곳, 숲이 무성한 곳, 풀이 우거진 곳이 있을 때에는 반드시 샅샅이 수색하여 볼 필요가 있다. 이러한 곳에는 대개 적의 복병과 척후가 숨어 있어 이쪽의 상태를 엿보고 있기 때문이다.

기업에 있어서도 어느 회사에게나 기밀이 있다. 이 기밀은 절대 밖으로 새나가지 않도록 해야 한다. 그러므로 아무리 가까운 친구라 하더라도 기밀을 말하지 않는 것이 원칙이다. 또한 외판원이라든지 그 밖에 찾아오는 손님에 대해서도 조심하지 않으면 안 된다.

• 언제나 의심하고 경계하여야 한다.

4. 적의 상황을 살펴 그 목적을 읽어야 한다

아군이 적에게 접근하였는데도 적진이 안정되어 있다면, 그들이 험준한 지형의 이점을 의지하고 있기 때문이다. 원거리를 행군해 온 적이 곧바로 아군에 도전하는 것은 아군을 유인하여 끌어내기 위함이다.
적이 평탄한 지형에 진을 쳤다면, 아군과의 결전에 유리한 조건을 지니고 있기 때문이다.

敵近而靜者, 恃其險也, 遠而挑戰者, 欲人之進也. 其所居易者, 利也.
적근이정자는 시기험야요 원이도전자는 욕인지진야니라. 기소거이자는 이야니라.

[해 설]
거리가 가까운데도 적이 조금도 동요를 하지 않는 것은 그들이 있는 곳이 공격에 충분히 대항할 만한 요새지라는 것을 믿고 있기 때문이다. 또한 공격을 해올 만한 가까운 거리나 먼 거리에 있으면서도 자꾸만 싸움을 걸어오는 것은 이쪽을 그들의 의도대로 나오도록 만

들고, 그 도중에 습격하려는 숨은 목적이 있기 때문이다.

또한 적이 이쪽이 공격하기 좋고 평탄한 곳에 진을 치고 있는 것은 이쪽을 유리한 조건으로 끌어들이기 위한 유인책으로 보아야 할 것이다.

그러나 실전에 임하였을 때 가까이 다가가서도 가만히 있으면 겁이 많아 그러는 것으로 착각하기가 쉽고, 멀리 있으면서도 도전해 오면 괘씸한 생각에 당장 쳐부수고 싶은 것이 사람의 마음이다. 그러나 진리는 그 반대쪽에 있다는 것을 알아야 한다. 뒤집어 생각해 볼 필요가 있는 것이다.

- 앞에 놓인 상황을 분석하여야 한다.
- 『소설 손자병법』 ③ 오월동주 p48

* * *

삼림지대에서 바람이 없는데도 나뭇가지가 흔들리는 것은 적이 내습한다는 징후이다. 수풀 속에 많은 장애물을 설치해 놓은 것은 적이 아군의 판단을 흐리게 하기 위한 기도이다. 새들이 갑자기 날아오르는 것은 그 아래 부근에 적의 복병이 있다는 징후이다. 짐승들이 놀라서 달아나는 것은 적의 대부대가 습격해 오고 있다는 징후이다. 먼지구름이 높고도 가늘게 일어나면, 적의 전차대가 진격해 오고 있다는 징후이며, 먼지구름이 낮고 광범위하게 일어나면 적의 보병대가 진공해 온다는 징후이며, 먼지구름이 분산되어 일어나면 적군이 땔감 나무를 채취하여 끌고 가는 징후이다. 흙먼지가 적고 간헐적으로 일어나면, 적이 숙영지에 막사를 설치하고 있다는 징후이다.

衆樹動者來也, 衆草多障者疑也, 鳥起者伏也, 獸駭者覆也. 塵高而銳者車來也, 卑而廣者徒來也, 散而條達者樵採也, 少而往來者營軍也.

중수동자는 내야요 중초다장자는 의야요 조기자는 복야요 수해자는 복야니라. 진고이예자는 거래야요 비이광자는 도래야요 산이조달자는 초채야요 소이왕래자는 영군야니라.

[해 설]

　산림을 먼 곳에서 바라볼 때, 넓은 범위로 나무들이 이상하게 움직이고 있는 것은 적군이 습격하여 오는 것을 뜻한다. 또한 풀을 묶어 발이 걸려 넘어지게 하는 함정이 많은 것은 이쪽을 의심하도록 만들게 하기 위하여서이다. 즉, 아군으로 하여금 적군이 많다고 생각하게 하기 위한 것이다.

　새들이 한꺼번에 높이 날아 흩어지는 것은 그 아래 복병이 숨어 있다는 증거이다. 새는 원래 날아와 앉아 쉬다가 날아갈 수도 있으나, 한꺼번에 많은 새들이 높이 날아서 흩어지는 것은 보통 있는 일이 아니다. 아무리 사나운 새나 짐승이 온다고 하여도 일제히 놀라 날아가지는 않을 것이다. 그것은 많은 수의 복병이 숨어 있기 때문이다. 만일 복병이 있다고 여겨지면 즉시 수색대를 내보내어 엄중한 정찰을 하여야 할 것이다.

　짐승도 마찬가지이다. 짐승들이 놀라 일제히 사방으로 흩어져 달아나게 되면 거기에도 대부대의 복병이 있기 때문이다. 이처럼 새와 짐승의 동태도 주의 깊게 살펴서 위험스러운 징조를 빨리 알아채야 한다.

　다음은 먼지가 일어나는 모습을 보고 적군의 동태를 알아낸다. 먼지가 높이 오르고 움직임이 빠르고 날카로운 모습을 보이면 적의 수레(전차)가 오는 것이다. 왜냐하면 전차는 행진이 매우 빠르고 앞뒤가 긴밀하게 연접되어 있기 때문에 이때에 일어나는 먼지는 날카롭고 높이 오르는 것이다.

먼지가 낮게 오르고 넓게 퍼지는 것은 보병부대가 오고 있는 것이다. 보병부대는 행진이 비교적 더디고 행렬이 길기 때문에 이때에 일어나는 먼지는 낮고 또한 넓게 오른다. 먼지가 여기저기 흩어져 나뭇가지 같은 모습으로 올라가는 것은 적의 군사가 땔나무를 하고 있는 것이다. 초채(樵採)란 '땔나무를 한다' 라는 뜻이며 땔나무를 하는 사람은 여기저기에서 땔감으로 적절한 나무를 찾아 채벌하기 때문에 나무 위에 앉았던 먼지들이 여러 가지 모습으로 피어오르는 것이다.

먼지가 낮게 오르면서 왔다갔다하는 것은 적군이 숙영(宿營)하고 있는 것이다. 왜냐하면 숙영할 때에는 경계하는 보초병이 있어서 왔다갔다하면서 순시하기 때문인 것이다.

그러나 지나치게 소심하여도 곤란하다. 제(齊)나라의 연촉량(涓蜀梁)이란 사람은 달밤에 혼자 거닐다가 무심코 자기 그림자를 돌아보고 귀신이 숨어 있지 않나 의심해 간이 덜컥 내려앉았다. 부들부들 떨면서 다시 위를 쳐다보니 이번에는 머리를 들고 산발한 귀신이 서 있는 것이 아닌가. 그리하여 또 한번 놀라 도망쳐 집으로 돌아왔을 때에는 기절해서 거의 죽게 되어 있었다.

• 이상하다고 여겨지는 것은 다시 생각해 보아야 한다.

*　　*　　*

적방에서 파견한 사절이 겸손한 언사로 조건을 제시하면서도 실제로는 전투태세를 강화하고 있다면, 이는 아(我)측에 대해 진공작전을 기도하고 있다는 의미이다. 또, 적방에서 파견된 사자가 강경한 조건을 제시하면서 공격태세를 갖추고 있다면 이는 적방에서 철수 준비를 하고 있다는 뜻이다. 적이 갑자기 강화를 요청하는 것은 그들이 다른 음모를 꾸미고 있다는 뜻이다.

辭卑而益備者, 進也, 辭强而進驅者, 退也, 無約而請和者, 謀也.
사비이익비자는 진야요 사강이진구자는 퇴야요, 무약이청화자는 모야니라.

[해 설]
적군의 사자(使者)가 하는 말을 듣고 그들의 동태를 파악할 수 있다. 만약 사자의 말이 공손하고 저자세이면서 뒤로는 더욱 군비(軍備)를 증강하는 것은 진격을 계획하고 있는 것이다. 즉, 스스로 낮추고 두려워하는 척하는 것은 상대방을 방심시키려는 계략이며, 뒤에서 병비를 증강하는 것은 공격을 위한 준비인 것이다. 그런데 장수된 자가 이 무서운 적의 궤계(詭計)에 말려 들어 조금이라도 교만한 심정을 일으킨다면 마침내는 패배하고 말 것이다.

또한 사자의 말이 성의가 없고 헛된 기세를 부리며 강경한 태도를 보이는데 무리해서 군대의 전진을 강행한다면 적은 퇴각을 기하고 있는 것이다. 또한 진퇴양난의 궁지에 빠져 있는 것도 아니고, 화의할 만한 이유가 없는데도 화의를 들고 나오면 그 안에는 무엇인가 계략이 숨어 있는 것이다. 전세를 정비할 시간을 벌기 위하여서라든가,

또는 구원병이 도착할 시간을 기다린다든가 하는 꿍꿍이속이 있기 때문인 것이다.

본래 교전국 사이의 화의는 그렇게 간단하고 갑작스럽게 요청할 성질의 것이 아니다. 그럴 만한 사유가 무르익은 뒤에 양편에서 서로의 의사를 탐색하고 몇 차례의 예비 교접과 사전 약속을 거친 뒤라야 있을 수 있는 일이다. 그러한 화의를 느닷없이 청하여 온다는 것은 아군을 그들의 계략 속에 빠뜨리려고 하는 숨은 뜻이 담겨 있는 것이다.

• 예기치 못한 적의 행동에는 다른 목적이 숨겨져 있다.

* * *

적의 전차대가 선두에 나서고 병사들이 그 양 측방에 포진한다면, 이는 적이 전투태세에 돌입하였다는 뜻이다. 적의 병사들이 분주하게 움직이고 전차가 진형을 갖추고 있다면, 이는 적이 결전을 준비한다는 뜻이다. 적이 전진과 후퇴를 반복하고 있다면 이는 적이 아군을 유인한다는 뜻이다.

輕車先出, 居其側者, 陣也, 奔走而陳兵車者, 期也, 半進半退者, 誘也.
경거선출하여 거기측자는 진야요 분주이진병거자는 기야요 반진반퇴자는 유야니라.

[해 설]
적의 동태를 살펴서 그들이 기도하는 것을 알아내야 한다. 전투용

수레가 먼저 출동하여 부대 혹은 병사(兵舍)의 곁을 경계하고 있는 것은 장차 진(陣)을 펴려고 하는 것이다. 군대가 포진을 위한 준비를 개시한 직후부터 포진을 완전히 마치고 각자가 제 위치로 들어가기 직전까지의 사이는 하나의 태세에서 다른 태세로 옮겨가는 순간이므로 그것은 허점일 수 있다. 그러므로 먼저 수레를 동원하여 완전한 경호 자세를 갖추어야 한다.

적이 분주하게 움직이며 전거대(戰車隊)의 진형을 전개하는 것은 공격하려고 하는 날짜가 가까워진 징조이다. 적이 조금 전진하였다가는 후퇴하고 조금 후퇴하였다가는 다시 전진하여 비겁한 상태를 보이는 것은 아군의 진격을 유인하고자 하는 것이다.

- 적의 일거수일투족(一擧手一投足)은 아군을 유인하기 위한 것이다.

* * *

적병이 병기를 땅에 짚고 서 있다면 굶주리고 피로하다는 징후이며, 물을 길어 가지고 저마다 먼저 마시려 다투고 있다면 갈증이 극심한 상황이라는 징후이며, 적에게 유리한 작전 여건이 조성되어 있음을 알면서도 진공하지 않는다면 그들의 피로가 극도에 달하였다는 징후이다.

杖而立者, 飢也, 汲而先飮者, 渴也, 見利而不進者, 勞也.
장이입자는 기야요 급이선음자는 갈야요 견리이불진자는 노야니라.

[해 설]

다음은 적의 여러 가지 모습을 보고 그들의 약점을 알아차리는 것이다. 군사가 지팡이에 몸을 의지하고 서 있는 것은 굶주려서 지쳐 있음을 의미한다. 군사들이 굶주려 있으면 전투를 감행할 기력이 없다. 따라서 이러한 기회에 아군이 공격하면 승리할 수 있다.

적의 군사가 물을 길어서 곧 돌아가지 아니하고 그 자리에서 먼저 마신다면 그것은 적의 사졸(士卒)들이 매우 목말라 있다는 증거이다. 사졸들이 매우 목말라 있다면 전투를 할 수가 없다. 그러므로 아군이 공격하기에 알맞은 때가 된다.

군(軍)이란 이로움을 취하려는 것인데, 만일 유리함이 있음을 보고도 쫓아가지 아니함은 그만큼 적군이 피로해 있다는 증거이다. 군사가 피로하여 이로움을 보고도 달려갈 기력이 없다면 전투를 견디어 낼 수가 없는 것이다. 그 피곤한 허(虛)를 찔러 공격한다면 승리할 수 있을 것이다.

기업에 있어서도 사원과 종업원을 잘 관찰하여 보면 상대의 상태를 알 수 있다. 갑자기 옷차림이 좋아졌다든지, 현장 종업원들의 구두가 전에 없이 새것이라든지, 들고 다니는 물건이 눈에 띄게 사치스러워진 것에서 급여 상황이 호전되었음을 알 수 있는 것이다.

산동(山東)성 사수현에 도천(盜泉)이라는 샘이 있었다. 춘추시대 말에 공자(孔子)가 유세하던 중 저녁 때 그곳을 지났으나 피곤하여도 쉬려고 하지 않고 목이 마른데도 마시려고 하지 않았다. 도천이란 이름이 싫었기 때문이다. 또한 날이 저물어도 쉬어 갈 생각을 아니하였다. 그 지역의 이름이 승모(勝母)였기 때문에 어버이를 공경함이 극진했던 공자는 그곳에 머물 수가 없었던 것이다.

하남(河南)의 악양자(樂羊者)가 길을 걷고 있을 때 동전 한 닢이 떨

어져 있었다. 그는 물론 돈을 주웠다. 그러자 그의 아내가 이르기를,
"지사는 도천의 물을 마시지 않고, 결백한 선비는 동냥으로 주는 것을 먹지 않는다고 합니다. 그런데 당신은······."
하였던 것이다.

• 주는 떡이라고 먹기만 하여서는 안 된다.

*　　*　　*

적진의 막사 위에 새 떼가 모여 있다면 그 적진은 텅 비고 병력이 없다는 징후이며, 야간에 적의 영채에서 자주 놀라 부르짖는 소리가 들리면 적방에 공포심이 퍼져 있다는 징후이다. 적의 막사가 소란스럽고 무질서한 분위기라면 그들을 지휘하는 장수에게 위엄이 없다는 징후이며, 적의 깃발이 질서를 잃고 혼란스럽게 움직인다면 그 진형이 혼란상태에 빠져 있다는 징후이다. 적의 지휘관이 조급하게 서두르거나 사소한 일에도 화를 잘 낸다면 그들의 부대가 극도로 지쳐 있다는 징후이다. 적병이 전마(戰馬)를 잡아먹고 취사 도구를 버리고 막사에 돌아가지 않는 것은 절박한 상황에 몰려 결사적으로 포위를 돌파하거나 도주할 준비를 갖추고 있다는 징후이다.

鳥集者虛也, 夜呼者恐也, 軍擾者將不重也, 旌旗動者亂也, 吏怒者倦也, 粟馬肉食, 軍無懸缶不返其舍者窮寇也.
조집자는 허야요 야호자는 공야요 군요자는 장부중야요 정기동자는 난야요 이노자는 권야요 속마육식하고 군무현부불반기사자는 궁구야니라.

[해 설]

적의 진지나 막사 위에 새들이 모여드는 것은 그곳이 이미 비어 있다는 증거이다. 적의 군사들이 이미 다 물러나 사람들이 없기 때문에 새들이 두려워하지 않고 모여드는 것이다. 적군이 물러나고 진지가 비어 있다면 아군이 나아가 그곳을 점령할 수 있는 것이다.

밤에 적의 진영에서 큰소리로 부르짖는 소리가 들리게 되면 이것은 적의 군사들이 두려워하고 있다는 것을 뜻한다. 사람의 심리란 겁이 나고 두려운 생각이 들면, 더구나 어두운 밤이면 비록 많은 무리 속에 있다 하더라도 혼자서 격리되는 것 같은 생각이 들어 자신의 존재를 확인하여 보려고 한다. 그리고 큰소리로 외쳐대는 것은 자신의 공포심과 불안감을 감추려고 하는 행위이다. 이렇게 자기 진영에서 공포에 떠는 군사들이라면 전투에서도 용감할 수 없는 것이다.

적의 군사들이 질서 없이 소란하게 행동하고 있다면 그것은 적의 장수가 위엄과 신망이 무겁지 못하여 군대를 기율 있도록 통솔하지 못하는 증거이다. 군대의 생명은 기율과 장수의 명령에 절대 복종하는 것이다. 그런데 그렇지 못하다면 그 군대는 단결된 행동을 할 수 없다. 행동을 제 마음대로 하는 군대는 단번에 무너뜨릴 수가 있다.

정기(旌旗)는 군대의 상징이며 지휘·신호의 표지이다. 따라서 정기는 항상 정중하게 받들어져야 하는 것이다. 만일 적의 정기가 함부로 동요하여 질서정연하지 않다면 그것은 적군의 태세가 혼란함을 알리고 있는 것이다. 혼란해진 군대라면 쉽게 이길 수 있다.

적의 군관(軍官)이 함부로 성을 내는 것은 적이 싸움에서 지쳐 권태를 느끼고 있다는 증거이다. 군관들은 마땅히 상사의 명령을 받아 충실하게 이행하여야 하는데 제 마음대로 성을 낸다면 전의를 상실하고 있는 것이다. 싸움에 권태를 느껴 전의를 상실한 군대라면 전투에 용감할 수 없으니 단번에 쳐부술 수 있다.

또한 군대에서 말[馬]이란 그지없이 소중한 것이다. 그런데 말을 잡아서 그 고기를 먹었다면 이미 그 군대는 며칠씩이나 굶었음에 틀림없다. 이것은 식량이 최악으로 부족한 상태임을 뜻한다. 그리고 병사들이 취사 도구나 밥그릇을 나뭇가지에 걸어 놓은 채 자기들 막사로 돌아갈 생각을 하지 않고 있는 것은 그들이 궁지에 몰려 있기 때문에 마지막 결전을 결심하고 있는 것이다. 이러한 때, 즉 막다른 지경에 다다른 적에게는 바싹 다가가지 말고[窮寇勿逼] 경계하는 것을 늘 잊어서는 안 된다.

- 적정(敵情)을 살펴보면 답을 얻을 수 있다.
- 『소설 손자병법』 1 안평중의 호기 p165

* * *

부대를 집결시킨 적장이 낮은 목소리로 자신 없게 훈시를 하고 있다면 그것은 통솔력을 잃었다는 징후이다. 적장이 포상(褒賞)을 남발하고 있다면 그 지휘권이 궁색하게 약화되었다는 징후이다. 적장이 병사들을 난폭하게 대하고 나서 진중의 여론을 두려워한다면 그 장수는 지혜롭지 못하고 소신이 없다는 징후이다.

諄諄翕翕徐與人言者失衆也, 數賞者窘也, 數罰者困也, 先暴而後畏其衆者, 不精之至也.
순순흡흡하여 서여인언자는 실중야요 삭상자는 군야요 삭벌자는 곤야요 선포이후외기중자는 부정지지야니라.

[해 설]

　순순(諄諄)은 같은 말을 되풀이하는 것이고, 흡흡(翕翕)은 다른 사람의 비위를 맞추어 말하는 것을 가리킨다. 이처럼 장수가 부하들에게 천천히 그리고 간곡하게 거듭 말하는 것은 그 장수가 이미 부하들로부터 신망을 잃었다는 뜻이다. 장수가 부하들을 대하는 태도는 엄숙하여야 하고, 말은 간단·명료하여야 한다. 그런데 지나치게 정다운 태도를 보이고 천천히 길게 이야기하는 것은 평소에 부하들의 신임을 얻지 못하고 그들의 환심이나 사려고 하는 지휘자답지 못한 태도인 것이다.

　부하들에게 상을 주는 것은 부하들을 통솔하는 데 군색하여졌기 때문이다. 상을 함부로 주지 않고도 부하를 격려하고 분발시키고 위로해 줄 다른 방법이 충분히 있다면 구태여 상을 자주 주는 방법은 택하지 않을 것이다. 상은 남발하면 효과가 없다.

　이와 마찬가지로 부하들에게 자주 벌을 주는 것도 부하들을 다스리기가 어렵기 때문이다. 즉, 벌이 아니고는 부하들을 움직일 수가 없기 때문이다. 이와 같은 장수는 부하들의 마음을 휘어잡을 수 없다.

　또, 처음에는 상당히 엄격하고 까다롭게 부하를 대하던 사람이 차츰 부하들이 이반할까 봐 겁을 먹고 약한 태도로 나오는 것은 군사를 부리는 요령을 전혀 알지 못하는 사람이라고 할 수 있을 것이다.

• 윗물이 맑아야 아랫물도 맑다.

* 　 * 　 *

적측에서 사자를 보내어 겸손한 태도를 보인다면, 이는 피로한 적이 휴전을 모색하고 있다는 징후이다. 적이 격분하여 기세등등하게 전진해 와서 오래도록 접전을 하지 않거나, 물러서지도 않을 때는 그들의 진의가 어디에 있는지 신중히 관찰하여야 한다.

來委謝者, 欲休息也. 兵怒而相迎, 久而不合, 又不相去, 必謹察之.
내위사자는 욕휴식야니라. 병노이상영하여 구이불합하고 우불상거면 필근찰지니라.

[해 설]
만약 교전 중에 있는 적이 사자(使者)를 보내와 정중하게 사과한다면 이것은 적이 싸움에 지쳐서 휴전을 원한다는 증거이다. 잠시 휴전을 하려고 한다는 것은 진용을 다시 가다듬는다거나 구원병이 올 때까지 기다리기 위한 술책일 수도 있다.

또한 적이 성을 내고 아군을 가로막아 대치하고 있으면서도 오래도록 대전하지 않는다면 무엇인가 까닭이 있는 것이다. 그리고 물러서지 않을 때에도 반드시 까닭이 있는 것이다. 그 안에는 어떤 음모가 숨어 있는 것이니 반드시 잘 관찰하여 알아내야 한다.

지난 뒤에야, '그때 좀 이상하다고 생각은 되었지만 설마 이런 음모가 숨어 있으리라고는 생각지도 못했다'고 후회를 하는 사람들이 많다. 이상하다든지 혹시나 하는 생각이 들었을 때에는 반드시 거기에는 어떤 까닭이 숨어 있음에 틀림없다.

• 인사 속에는 음모도 있다.

* * *

싸움에 있어서, 반드시 병력이 많을수록 좋은 것은 아니다. 전투력이 상대방보다 우세하다고 해서 맹목적으로 전진하는 것은 삼가야 한다. 전투력을 최대한으로 집중시키고 적정을 명확하게 판단하여 적절한 대응태세를 취하는 것이 중요하다. 계획성과 판단력도 없이 병력 수만 믿고 적을 경시하는 자는 반드시 적의 포로가 되고 말 것이다.

兵非益多也. 惟無武進, 足以倂力料敵取人而已. 夫惟無慮而易敵者, 必禽於人.
병은 비익다야니라. 유무무진하고 족이병력요적하여 취인이이니라. 부유무려이이적자는 필수어인이니라.

[해 설]
무진(武進)이란 무턱대고 용기를 내어 돌진하는 것을 말하는데, 군사의 수가 많다고 해서 좋은 것은 아니다. 맹목적인 돌진을 피하고 전군의 힘을 한데 합쳐 적을 요리할 수 있을〔料敵〕 정도의 수가 적당한 것이다. 왜냐하면 필요 이상 많은 군대는 국민에게 막대한 부담을 주어 국가 재정을 곤경에 빠뜨릴 뿐만 아니라 경우에 따라서는 작전상 불리함을 가져오는 수가 있다.

군대의 수는 전투에 이길 수 있는 정도면 된다. 군대는 반드시 정병(精兵)이어야 한다. 그러나 그 무용(武勇)을 믿고 함부로 돌진하는 무모한 군사여서는 안 된다. 반드시 진격할 때 진격하고 정지할 때 정지할 줄 알아야 하며, 무엇보다도 함께 협력할 줄 알아야 하고, 적의 상황을 살펴서 기회를 놓치지 않고 적을 제압할 수 있어야 한다.

그러나 아무런 사전 검토나 계획도 없이 적을 가볍게 여기는 자는 적에게 포로가 되기 마련이다. 군사의 수가 많으면 좋지 않다고 하여 상대방의 병력과 조건을 고려하지 않고 적은 수의 군사로 무턱대고 쳐들어가게 되면 인원의 부족으로 자칫 적의 포로가 되기 쉽다.

적재적소(適材適所)란 말이 있다. 적량적소(適量適所)란 것은 더욱 중요하다. 기업체에 있어서도 덮어놓고 사원만 많다고 하여 일이 잘 되는 것은 아니다. 약(藥)도 마찬가지다. 적량을 넣었을 때 비로소 약효를 볼 수 있는 것이다.

• 사람 수가 많다고 빨리 되는 것은 아니다.

            *   *   *

장수가 병사들과 미처 친숙하지 못한 상태에서 사소한 과실에 대하여 처벌을 가하면 병사들은 심복하지 않으며, 심복하지 않는 병사들을 지휘하여 적과 싸운다는 것은 매우 어려운 일이다. 또한 장수가 이미 병사들과 친숙해진 후에 병사들의 과실을 처벌하지 않는다면 역시 이들을 이끌고 적과 싸울 수 없다.

卒未親附而罰之則不服. 不服則難用也. 卒已親附而罰不行則不可用也.

졸미친부하여 이벌지면 즉불복한다. 불복하면 즉난용야니라. 졸이친부하여 이벌불행이면 즉불가용야니라.

[해 설]

친부(親附)란 친하여 가까워진다는 뜻이다. 즉, 새로 들어온 병졸이 아직 군대생활에 익숙하지 못하거나 대장을 믿고 따르지 않는데 엄하게 다스리면 그 병졸은 명령에 복종하지 않게 된다. 그리고 명령에 복종하지 않게 되면 마음대로 부릴 수가 없다.

또한 장수가 이미 자기와 가까워진 군사에게 죄과가 있어도 벌을 주지 않는다면 그 군사는 장수의 총애를 믿고 두려워하는 마음이 없어져 장수의 뜻대로 따라 주지 않을 것이다.

즉, 전자는 아직 잘 모르는 사람에게 위엄을 세우는 일을 너무 빨리 행한 데에 결점이 있고, 후자는 친근한 자에게 은애(恩愛)를 지나치게 보이는 데서 나타날 수 있는 결점을 지적한 것이다. 이러한 결점은 그 처사가 매사에 적절하지 않고 은위(恩威)가 사람마다 공평하지 않은 데서 생기는 것이다.

• 친하면 친할수록 엄할 때는 엄하여야 한다.

　　　　　　＊　　＊　　＊

그러므로 장수는 부하를 통솔함에 있어서 문덕(文德)으로써 명령을 내리고 무위(武威)로써 다스려야 한다. 이것이 바로 필승의 군이다. 평소에 장수가 명령을 엄격하게 이행하도록 교육시키지 않으면 병사들은 불복종의 심리가 습관적으로 배양될 것이다. 평소에 장수의 명령이 엄격하게 이행되도록 하는 길은 그 장수가 병사들과 일심동체가 되고, 병사들이 장수를 신임하게 하는 데 있는 것이다.

故令之以文, 齊之以武, 是謂必取. 令素行以敎其民, 則民服, 令不素行以敎期民, 則民不服. 令素行者, 與衆相得也.

고로 영지이문하고 제지이무를 시위필취니라. 영소행하여 이교기민이면 즉민복하고 영불소행하여 이교기민이면 즉민불복이니라. 영소행자는 여중상득야니라.

[해 설]

영(令)이란 가르쳐 인도하는 교령(敎令)·법령을 말하며, 문(文)은 질서와 예절로 무(武)와 상대적인 말이다. 그리고 제(齊)란 가지런하게 하는 것이고, 필취(必取)란 싸우면 반드시 이겨 얻는다는 말이다.

군대의 질서가 잘 유지되려면 평소의 훈련이 중요하다. 그러므로 장수는 부하들에게 덕과 예절을 지킬 것을 명령하고, 위엄과 군율로 군의 태세를 바로잡아야 한다. 이와 같은 군대를 백전백승의 군대라 말한다.

평소에 국가의 명령이 잘 실행되어 백성들에게 믿고 따르는 것을 가르쳐 놓으면 백성들은 전시에도 잘 복종할 것이다. 만일 평소에 국가의 명령이 명령대로 실행되지 아니하고 사람에 따라 행하기도 하고 행하지 않기도 하며, 경우에 따라 법 해석이 관대하기도 하고 가혹하기도 하여 조령모개(朝令暮改)하기도 하고 사리(私利)를 위하여 왜곡되는 일이 있다면 백성들은 법령을 신뢰하지 않을 것이며, 법령을 지킬 만한 가치가 있는 것이라고 생각지도 않을 것이다. 이러한 교육을 받고 성장한 국민이 군인으로 전장에 나갔을 때 명령에 복종하리라고 기대할 수는 없는 것이다.

그러므로 전쟁이 일어나기 전부터 임금은 백성들을 사랑하는 어진 정치를 베풀어 국가의 법령이 잘 지켜지도록 하여야 한다. 그리고 백성들에게는 부모에게 효도하고, 나라에 충성하며, 어른을 공경하는 교화를 베풀어야 한다. 그러면 백성들은 전쟁이 일어났을 때에도 국가의 명령에 복종하게 된다. 그래야만 임금의 뜻과 백성의 뜻이 서로 맞는다고 할 수 있는 것이다.

• 지키기보다 내리기 힘든 것이 명령이다.
• 『소설 손자병법』 2 흥망의 철리 p229

10
지형편(地形篇)

지형을 전술적으로 판단할 줄 알며, 자기를 알고 적을 알아야 하며, 천시(天時)를 알아야 전쟁에 이길 수 있다는 4대 요강을 설명하고 있다. 전쟁은 반드시 이겨야 되지만 패할 수도 있는 것이다. 그 원인이 어디에 있는지를 알아야 한다.

1. 지형에는 여섯 가지가 있다

손자는 말하였다. 지형의 종류에는 통형(通形), 괘형(挂形), 지형(支形), 애형(隘形), 험형(險形), 원형(遠形)의 여섯 가지가 있다.

孫子曰, 地形有通者, 有挂者, 有支者, 有隘者, 有險者, 有遠者.
손자왈 지형에 유통자하고 유괘자하고 유지자하고 유애자하고 유험자하고 유원자니라.

[해 설]
여기에서는 먼저 지형의 상태를 살피고 그 형태에 따라 대응하는 방법을 세워야 한다고 설명하고 있다. 손자는 대체로 지형을 여섯 가지 종류로 크게 구별하여 설명하고 있다.

첫째, 통형(通形)이란 교통이 편리하여 아군이 진출하기에도 편리하고 적군이 진출하기에도 편리한 지형을 말한다. 평원지대와 같은 곳이다. 통형의 땅에서 전투할 때에는 적보다 선수를 쳐서 고지를 점거하고 동남쪽에 위치를 정한다. 그리고 편리한 보급로를 확보하고 충분한 준비를 갖추어 적이 오기를 기다려 싸운다면 유리하다는 것이다.

둘째, 괘형(挂形)이란 가기는 쉬우나 돌아오기가 힘든, 매달아 놓은 듯한 경사지를 말한다. 괘(挂)는 괘(掛)와 같은 뜻으로 맨다[懸]는 의미이다. 대체로 급경사지라면 위에서 내려가기는 쉬우나 아래에서 올라가기는 힘든 곳이다. 만약 적이 이러한 곳에 진을 치고 있으면서 지형만 믿고 아무런 대비가 없으면 아군이 승리할 수 있으나, 만일 적이 준비가 되어 있는 경우라면 진격하였다가는 패하게 된다. 따라서 되돌아온다는 것이 불가능할 것이니 진격하면 불리해진다.

셋째, 지형(支形)이란 양군이 서로 노리고 있는 요지를 말한다. 따라서 아군이 나와도 불리하고 적군이 나가도 불리한 곳이다. 이러한 지점에 대해서는 적이 비록 아군의 진출이 유리한 듯한 태세를 취하여 유인하더라도 경솔하게 그곳으로 나가서는 안 된다. 차라리 군대를 인솔하여 물러가면서 아주 단념해 버린 체하여 아군이 퇴각하는 것으로 여겨 적군이 진출하게 만들어야 한다. 그리하여 적군이 반쯤 진출하였을 때 갑자기 공격하는 것이 유리할 것이다.

넷째, 애형(隘形)이란 좁고 막힌 지형을 말한다. 높은 산과 절벽으로 둘러싸이고 절벽 사이에 좁은 길이 있어 전투하기 어려운 지형이니, 이른바 한 병졸이 관문만 튼튼히 지키고 있으면 일만 명의 군사일지라도 대적하지 못한다는 곳이다. 이곳은 방어와 수비에는 유리하지만 공격하기에는 어려운 곳이다. 따라서 아군이 먼저 점령하였다면 적이 공격하여 오기를 기다려야 하고, 적이 먼저 점거하였다면 적의 태세에 빈틈이 있을 때를 노려 공격하여야 한다.

다섯째, 험형(險形)이란 지형이 험난한 곳을 가리킨다. 험형은 애형과 같이 천연적으로 험한 지형은 아니다. 그러나 도로가 불편한 난공의 요지이다. 만약 이러한 곳을 아군이 먼저 점령하였다면 반드시 고지를 선택하여 동남쪽에 진지를 정하고 방어와 정찰과 사기의 우세를 확보하면서 적이 오기를 기다리는 태세를 취하여야 한다. 만약 적군이 먼저 점령하였다면 군대를 이끌고 떠나가야지 공격을 해서는 안 된다.

여섯째, 원형(遠形)이란 양군의 진지에서 거리가 매우 멀고, 도로는 험하고 긴 길이어서 군대의 행진과 보급품의 운반이 어려우므로 아군이 공격하기도, 적군이 공격하여 오기도 불편한 곳을 말한다. 먼저 멀리 달려나가 도전한다는 것은 매우 위험한 일이다. 도전하는 편은 멀리 달려가야 하고 군수와 보급품을 멀리 운반하여야 하기 때문에 어려움이 따르는 반면, 맞아 싸우는 쪽은 편안하게 있으면서 응하게 되므로 멀리 가서 도전한다는 것은 불리한 일이다.

- 상황은 여러 가지로 나타날 수 있다. 상황 판단이 승부를 결정한다.
- 『소설 손자병법』 [1] 천하의 표랑객 p61, [2] 시세의 영웅들 p7

* * *

도로가 사방으로 통해서 아군이 진출할 수도 있고, 적이 진출할 수도 있는 지형을 통형(通形)이라고 한다. 통형의 지역에서는 시계(視界)가 개방된 고지를 먼저 점령하고, 군량의 보급로를 확보하면 작전에 유리하다.

我可以往, 彼可以來, 曰通. 通形者, 先居高陽, 利糧道以戰則利.
아가이왕하고 피가이래를 왈통이니라. 통형자는 선거고양하고 이량도이전이면 즉리니라.

[해 설]

피차가 서로 왕래하기 편한 곳을 통(通)이라고 한다. 즉, 아군이나 적군 모두 마음대로 통행할 수 있는 곳을 가리킨다. 이러한 통형에서는 가급적이면 높고 밝은 곳[高陽]을 먼저 차지하여야 하며, 왕래가 편리한 만큼 자칫하면 양도(糧道)가 끊길 염려가 있으므로 이 점을 유리하게 만들어 놓고 싸우면 이로울 것이다.

　기업에 비유하여 보면 통이란 누구나가 필요한 생활 필수품이다. 질 좋은 상품이 고지를 점령하고 또한 공급이 계속 이루어질 때 자연히 다른 경쟁 상품을 이길 수 있는 것이다.

- 나에게 통한다면 적에게도 통한다.
- 『소설 손자병법』 ① 천하의 표랑객 p61

＊　　＊　　＊

　피아 간에 전진할 수는 있으나 후퇴하기 어려운 지역을 괘형(挂形)이라고 한다. 괘형의 지역에서는, 적측의 방비가 없을 경우 기습 공격하여 승리를 거둘 수 있으나, 적이 방비를 철저히 하고 있을 경우에는 공격하여도 승리를 얻지 못할 뿐만 아니라 후퇴하기가 어려워 진퇴양난의 불리한 상황에 처하게 된다.

可以往, 難以返, 曰挂. 形者, 敵無備, 出而勝之. 敵若有備, 出而不勝, 難以返, 不利.
가이왕이나 난이반을 왈괘니라. 괘형자는 적무비면 출이승지니라. 적약유비면 출이불승하고 난이반하여 불리니라.

[해 설]
　이쪽에서 들어가기는 수월하나 되돌아 나오기가 어려운 지형을 괘형(挂形)이라고 한다. 쥐나 족제비를 잡는 덫이 이런 모양으로 되어 있다. 처음 들어가는 길목은 좁아도 안은 널찍하여 흡사 매달아 놓은

항아리 모양으로 생겼기 때문에, 걸어 놓는다는 괘(挂) 자를 썼다.
　이러한 모양의 지형에서는 적의 방비가 불안전하다고 생각될 때 과감히 나가 공격하면 이길 수 있을 것이다. 그러나 만일 상대에게 충분한 준비가 있어 승리를 거두지 못할 경우에는 다시 되돌아 나올 수가 없기 때문에 아주 불리한 싸움이 되고 만다. 따라서 승산이 없는데 들어가기 쉽다고 몰려들어 갔다가는 큰코다치기 쉽다.

• 가기는 쉬워도 돌아오지는 못한다.

＊　＊　＊

　아군이 진출해도 불리하고, 적이 진출해도 불리한 지역을 지형(支形)이라고 한다. 지형의 지역에서는 적이 이익으로써 유인하더라도 아군은 진출하지 말아야 하며, 병력을 이끌고 그 지역을 떠나되 적으로 하여금 절반쯤 추격하게 한 다음 역습을 가하면 유리해진다.

我出而不利, 彼出而不利, 曰支. 支形者, 敵雖利我, 我無出也. 引而去之, 令敵半出而擊之利.
아출이불리하고 피출이불리를 왈지니라. 지형자는 적수리아나 아무출야니라. 인이거지하여 영적반출이격지면 이니라.

[해　설]
　이쪽에서 나가 공격을 하여도 불리하고 상대쪽에서 이쪽을 공격해와도 불리하므로 서로 마주 버티고 있어야만 하는 곳을 지형이라 한다. 이처럼 서로 나아가지 못하며 마주 버티고 있는 상태는 흔히 볼

수 있는 일이다.

이러한 지형에서는 설령 상대가 이쪽에 유리한 허점을 보이더라도 어설피 끌려가서는 안 된다. 차라리 반대로 이쪽에서 진을 철수하거나 후퇴하는 것처럼 보여 적이 반쯤 이끌려 나오거든 시기를 놓치지 말고 맹공을 가하는 편이 유리하다.

• 어려운 곳으로는 들어가지 말고 끌어내라.

* * *

협착한 지형을 애형(隘形)이라고 한다. 애형의 지역을 아군이 먼저 점령하였을 경우, 그 애구(隘口)에 병력을 배치하여 적을 기다려야 한다. 적이 아군보다 먼저 그 지역을 점령하였을 경우 적이 애구를 지키고 있으면 공격하지 말 것이며, 그렇지 않을 경우에는 신속하게 애구를 점령하여야 한다.

隘形者, 我先居之, 必盈之以待敵, 若敵先居之, 盈而勿從, 不盈而從之.
애형자는 아선거지하고 필영지이대적이니 약적선거지면 영이물종하고 불영이종지니라.

[해 설]
애형(隘形)이란 좁은 지형, 즉 들어가는 길목이 좁고 양쪽이 산으로 덮여 있는 통로가 하나뿐인 곳을 말한다. 이러한 곳에서는 이쪽이 먼저 도착하여 점거하고 있을 때에는 입구를 충분히 방비하고 적이

공격하여 오기를 기다리는 편이 좋다. 만약 반대로 적이 먼저 도착하여 그 입구를 튼튼히 방어하고 있으면 적의 뒤를 좇아 공격하지 말아야 한다. 이러한 관계는 양쪽이 다 같다. 그러나 상대에게 방비가 없을 때에는 바로 뒤를 좇아 뛰어드는 편이 좋다.

- 길목이 좁은 곳은 먼저 도착하는 사람이 지키면 된다.
- 『소설 손자병법』 1 천하의 표랑객 p61

　　　　　　　　＊　　＊　　＊

험준한 지역을 험형(險形)이라고 한다. 아군이 험형을 먼저 점령하였을 경우 일조(日照)와 시계(視界)가 양호한 고지를 장악하고 적을 기다리며, 적이 먼저 점령하였을 경우에는 병력을 이끌고 철수해야 하며, 결코 공격을 시도하여서는 안 된다.

險形者, 我先居之, 必居高陽以待敵, 若敵先居之, 引而去之, 勿從也.
험형자는 아선거지하여 필거고양이대적이니라. 약적선거지면 인이거지하고 물종야니라.

[해 설]
험한 지형에서는 이쪽이 먼저 점령할 경우에 될 수 있는 한 지대가 높고 남쪽을 향해 밝은 곳을 골라 진을 치고 적이 습격하여 오기를 기다리는 것이 좋다.
반대로 적이 먼저 점령하고 있을 경우에는 차라리 그곳에서 철수하여 이를 빼앗으려고 시도하지 않는 것이 좋다.

　이것을 기업에 비유하여 보면, 지나치게 무리한 계획이라고 할 수 있다. 무리한 계획은 처음부터 세우지 않는 것이 현명하다.

- 무리하면 탈이 난다.
- 『소설 손자병법』 1 천하의 표랑객 p61

　　　　　　　　＊　＊　＊

　먼 곳을 원형(遠形)이라고 한다. 원형의 지역에서는 피아의 형세가 대등할 경우 먼저 도전해서는 안 된다. 어느 편이든 억지로 싸움을 강요하는 편이 불리하다.

遠形者, 勢均難以挑戰, 戰而不利.
원형자는 세균이면 난이도전이니 전이불리니라.

[해 설]
　적이 아주 먼 곳에서 진을 치고 있는데, 적과 아군의 세력이 서로 비슷한 경우에는 이쪽에서 싸움을 걸기가 힘들다. 싸움을 걸게 되면 거는 쪽이 그만큼 불리해진다. 왜냐하면 군대를 그만큼 고생시켜야 하고 보급선이 그만큼 길어지기 때문이다. 거리가 멀더라도 실력의 차이가 현격하다면 물론 문제는 다르다.

- 힘이 같은 사람끼리는 싸우지 않는다.

* * *

이상 여섯 가지는 지형의 응용에 관한 원칙으로서, 장수된 자가 신중히 살피지 않으면 안 된다.

凡此六者, 地之道也. 將之至任, 不可不察也.
범차육자는 지지도야요 장지지임이니 불가불찰야니라.

[해 설]
이상에서 말한 여섯 가지는 지형에 의한 전투의 관찰과 추리 방법이다. 즉, 이 여섯 가지는 통솔자가 큰 국면에서 사전에 미리 알아두지 않으면 안 되는 중요한 일이다. 물론 이 가운데에는 거의 상식화된 것도 있으나 어느 것이나 병법의 본질·요령이라는 것이 포함되어 있다. 따라서 그 본질적인 것을 이해하는 것이 중요하다.

이것은 장수가 하여야 할 임무 중의 하나이다. 장수는 이에 대해 충분한 지식을 갖추고 항상 주의하지 않으면 안 된다.

• 땅에도 도(道)가 있으므로 살펴야 한다.

2. 여섯 가지 형태의 패배가 있다

군이 패전하는 데는 주군(走軍), 이군(弛軍), 함군(陷軍), 붕군(崩軍), 난군(亂軍), 배군(北軍)의 여섯 가지 원인이 있다. 이 여섯 가지는 천재지변으로 조성되는 것이 아니라 장수의 잘못에서 비롯되는 것이다.

故兵有走者, 有弛者, 有陷者, 有崩者, 有亂者, 有北者. 凡此六者, 非天之災, 將之過也.
고로 병유주자이고 유이자이고 유함자이고 유붕자이고 유란자이고 유배자니라. 범차육자는 비천지재요 장지과야니라.

[해 설]
다음에서는 전투에서 패하는 여섯 가지의 원인을 들고 있다.
첫째, 달아나는 병사[走兵]가 있다. 특히 여기에서는 싸우지도 못하고 달아나는 것을 의미한다. 즉, 싸우기도 전에 달아나지 않을 수 없는 군대가 주병(走兵)이다. 아군과 적군의 지리(地利)의 행세는 서로 비슷한데 열 배가 넘는 적군을 공격한다면 달아나지 않을 수 없는 것이다. 빨리 달아나지 않으면 적의 포위를 당하여 섬멸되거나 모조리 포로가 되고 말 것이다. 즉, 열 배가 되면 포위한다[十則圍之]는 것이 용병의 원칙인 것이다.

둘째, 군기가 해이한 병사[弛兵]가 있다. 해이하다[弛]는 말은 활을 쏠 때에 활시위가 느슨하여지는 것을 의미한다. 활시위가 느슨해서는 활을 쏠 수 없다. 즉, 군기가 해이한 군사는 전투를 할 수 없다. 군기가 해이해지게 되는 것은 병사들이 지휘자의 명령을 두려워하지 않고 복종하지 않거나, 지휘자의 지휘 명령이 교만하여 군사의 기율을 바르게 만들지 못하는 데서 비롯되는 것이다. 즉, 윗사람이 아랫사람을 제대로 통제하지 못하는 데서 오는 패병(敗兵)의 원인이다.

셋째, 함병(陷兵)이다. 물체가 무거운 압력을 견디지 못하여 땅속으로 빠져 들어가는 것처럼 사병들이 지휘자의 명령을 감당할 수 없어서 무너지는 상태의 군대를 함병(陷兵)이라고 한다. 군사들이 감당할 수 없는 작전 명령은 헛된 것에 불과하다. 능력은 돌보지 않고 강경하게 이를 이행하려다 보면 마침내 함정 속에 빠져 들어가듯 패하고 말 것이다.

넷째, 산사태가 나는 듯한 붕병(崩兵)이 있다. 군의 질서가 위에서부터 파괴되어 밑에서는 어찌 할 도리가 없는 상태에 빠지는 군대를 말한다. 군의 고급 간부들은 모두 중대한 임무와 책임이 있는 자들이다. 그러나 이들이 능력을 알지 못하고 사심이나 편견 또는 고집에 얽매어 독단으로 작전의 과오나 인사의 불공정, 상벌의 불균형 등을 범하게 되면 아래의 간부들이 분노하게 될 것이다. 그러면 결국 산기슭에 있는 흙이 위쪽에서 무너져 내리듯 산사태에 휩싸여 패하고 말 것이다.

다섯째, 배병(北兵)이 있다. 즉, 패배(敗北)하는 군대란 뜻이다. 패배란 싸움에 패하여 도주한다는 말이다. 배병(北兵)과 주병(走兵)은 서로 비슷한 것 같지만, 주병은 열세의 군대로 싸우기도 전에 도망가는 것이고, 배병은 싸워서 패하게 되자 도망가는 것이다.

이처럼 패전하게 되어 있는 싸움은 다 장수의 과실에서 생기는 것이지 천재와 같은 불가항력의 것은 아니다. 때문에 장수된 자의 책임은 더할 수 없이 중대한 것이다.

- 망국(亡國)의 신하는 정사(政事)를, 패장(敗將)은 용기를 말하지 않는다.
- 『소설 손자병법』 ③ 회계산의 굴욕 pp95~96

* * *

피아 간의 형세와 강약이 서로 대등한데도 1의 병력으로 10의 적을 공격하는 경우, 이러한 부대를 주군(走軍)이라고 한다. 병사들은 강하고 용맹스럽지만 지휘관이 나약한 경우, 이러한 부대를 이군(弛軍)이라고 한다. 지휘관들은 강하고 용감하지만 병사들이 비겁하고 나약할 경우, 이러한 부대를 함군(陷軍)이라고 한다.

夫勢均以一擊十, 曰走. 卒强吏弱, 曰弛. 吏强卒弱, 曰陷.
부세균이나 이일격십을 왈주니라. 졸강리약을 왈이니라. 이강졸약을 왈함이니라.

[해 설]
군사의 훈련 능력, 무기의 우수성, 장비의 충실 등 병세(兵勢)가 대등하여도 1대 10의 큰 차이가 있는 병수(兵數)로는 상대에게 대항하려고 하여도 되지 않는다. 결국 도망가지 않을 수 없는 것이다.

군사들이 강하고 이들을 지휘하는 장교와 하사관, 즉 이(吏)들이 통솔력이 없고 겁이 많으면 그 군대는 기강이 해이해져서 긴장감이 없다. 그리고 이와는 반대로 하사관만 강하고 군대가 모두 약하면 제대로 싸우지 못하고 주저앉게 된다.

일반사원과 공원들이 아무리 우수하고 부지런하더라도 부서 책임자들에게 결점이 있으면 전체 분위기가 산만하고 해이해져서 일이 제대로 진행되지 않게 된다. 반대로 책임을 맡고 있는 사람만이 긴장되어 있고 사원과 공원들의 소질과 정신 상태가 좋지 못하면 마치 기계만 돌아가는 모양과 같아 능률이 오르지 않게 된다. 이러한 것이 함정에 빠진 군대이다.

- 상하가 다 함께 기강이 잡혀 있어야 두렵지 않다.
- 『소설 손자병법』 ① 천하의 표랑객 p48

　　　　　　　　*　　*　　*

　중견 지휘관들이 불만을 품고 주장의 명령을 복종하지 않으며, 적과 마주치면 제 마음대로 출동하는데도 주장이 이를 통제하지 못할 경우, 이러한 부대를 붕군(崩軍)이라고 한다.

大吏怒而不服, 遇敵懟而自戰, 將不知其能, 曰崩.
대리노이불복하여 우적대이자전하고 장부지기능을 왈붕이니라.

[해　설]
　최고 지휘관이 그만한 능력이 없으면 그 아래에 있는 고급 지휘관이 이를 못마땅하게 여기고 좀처럼 그의 명령에 복종하려 들지 않는다. 그리고 적을 만나게 되면 상관의 처사에 불만을 표시하면서 제멋대로 싸운다. 이것은 장군이 그 부하들의 기능과 역량을 올바르게 알지 못하고 그들을 제대로 활용하지 못하기 때문이며, 그러한 장군은 스스로 무너져 버리고 만다.

- 자신을 알아야 한다.

　　　　　　　　*　　*　　*

　장수의 성격이 나약하고 위엄이 없으며 부대 관리와 장병의 교육이 제대로 되지 않아 병사들이 진을 칠 때 질서 없이 뒤섞여 혼란을 일으키는 경우, 이러한 부대를 난군(亂軍)이라고 한다.

將弱不嚴, 敎道不明, 吏卒無常, 陳兵縱橫, 曰亂.
장약불엄하고 교도불명하여 이졸무상하고 진병종횡을 왈난이니라.

[해 설]
총지휘관이 마음이 약하고 성질이 부드러워 부하를 대하는 것이 엄하지 못하며, 평소의 훈련과 교육이 철저하지 못하며 모든 것이 원리원칙대로 행하여지지 않게 되면 아래에 있는 상관이나 병졸들까지도 기강이 흐트러져 규율이 문란하게 된다. 그리고 막상 실전에 들어가서도 진을 치고 있는 모양이 가로 세로 제멋대로가 되고 만다. 이와 같은 것을 일컬어 어지러운 군사〔亂兵〕라고 한다.

• 장수는 엄하면서 부하를 사랑하여야 한다.

*　　*　　*

장수가 적정을 판단하지 못하고 열세한 상황에서 우세한 적을 상대하거나, 미약한 병력으로써 강대한 적을 공격하거나, 정예부대를 적절히 운용하지 못할 경우, 이러한 부대를 배군(北軍)이라고 한다. 이상의 여섯 가지는 필연적으로 군의 패배를 초래하는 요인이니, 장수된 자가 깊이 살피지 않으면 안 된다.

將不能料敵, 以少合衆, 以弱擊强, 兵無選鋒, 曰北. 凡此六
者, 敗之道也, 將之至任, 不可不察也.
장불능요적하여 이소합중하고 이약격강하며 병무선봉을 왈배니
라. 범차육자는 패지도야요 장지지임이니 불가불찰야니라.

[해 설]

최고 지휘관이 적의 실력을 정확하게 판단할 능력을 갖고 있지 못
하면, 적은 병력으로 많은 적을 상대하기도 하고 약한 부대로 강한
적을 공격하기도 한다. 이러한 때에는 선봉(選鋒), 즉 가려 뽑은 정예
부대만을 선두에 세우고 당당한 진용으로 적과 싸울 수 없는 것이므
로 싸우다 패한 군사들은 제멋대로 도망치고 만다.

이상 여섯 가지의 모양은 패한 군사의 전형적인 모습이다. 이렇게
되는 것은 총대장에게 책임이 있기 때문에 살피지 않을 수 없다.

• 살필 줄 알아야 패한 것도 안다.

3. 지형은 전투를 돕는다

대개 지형이란 용병에 있어서 보조적 조건이다. 적정을 판단하여 승리할
수 있는 계획을 수립하며, 지형의 험이도(險易度)와 도로의 원근(遠近)을
계산하는 것은 주장의 임무이다. 지형의 이점을 활용하는 장수는 반드시
승리할 것이며, 그렇지 못한 장수는 반드시 패배할 것이다.

夫地形者, 兵之助也, 料敵制勝, 計險阨遠近, 上將之道也.
知此而用戰者必勝, 不知此而用戰者必敗.

부지형자는 병지조야니 요적제승하여 계험액원근은 상장지도야
니라. 지차이용전자는 필승하고 부지차이용전자는 필패니라.

[해 설]

객관적인 정세가 어떠하든 결국 실제로 출동한 부대의 활동이 중요하다. 지형이란 바로 적군과 싸워 승리를 거두기 위한 유력한 보조 조건이다. 그러므로 적군의 동태를 충분히 알고서 승리할 방법을 세워야 한다.

험액(險阨)은 험하고 좁은 곳으로, 지나가는 길의 지형을 일컫는 말이다. 적군의 동태를 알고 승리할 방법을 세운 다음에는 지형의 험하고 좁은 것이라든가 멀고 가까운 것을 치밀하게 검토·활용하여야 하는데, 이것이 상장군(上將軍)이 하여야 할 일이다. 이와 같은 원리를 충분히 이해하고 그 법칙대로 싸움을 하면 틀림없이 승리를 가져올 수 있으나 그러한 원리를 모르고 무턱대고 싸움만 하게 되면 반드시 패하고 만다.

기업도 정세 변화에 따라 면밀한 계획과 정확한 계산을 한 다음에 운영하여 나가야 한다. 그리고 이와 같은 계획과 계산은 회사의 최고 경영자가 정확하게 판단하여야 한다. 호경기에는 호경기대로, 불경기에는 불경기대로 타개해 나갈 수 있는 능력이 있어야 한다. 호경기 때에는 잘하지만 불경기를 이겨 나가지 못하면 이는 우수한 경영자라고 할 수 없다.

• 지도자의 기개가 부하의 사기를 높인다.

- 『소설 손자병법』 ① 고전장에 배우다 p128

* * *

그러므로 장수는 전선에서 필승의 확신이 서면 군주가 싸우지 말라는 명령을 내렸더라도 싸워야 하며, 필승의 확신이 서지 않으면 군주가 싸우라는 명령을 내렸더라도 싸우지 않아야 한다. 그러므로 장수는 승리하면서도 공명을 추구하지 않으며, 패배할 때에는 그 책임을 회피하지 않는다. 오로지 백성의 안전을 도모하고 국가 이익에 부합되는 결과를 추구할 따름이다. 이 때문에 장수는 국가의 보배인 것이다.

故戰道必勝, 主曰無戰, 必戰可也. 戰道不勝, 主曰必戰, 無戰可也. 故進不求名, 退不避罪, 惟民是保而利合於主, 國之寶也.

고로 전도필승하면 주왈무전이라도 필전가야요 전도불승이면 주왈필전이라도 무전가야니라. 고로 진불구명하고 퇴불피죄하며 유민시보하여 이리합어주가 국지보야니라.

[해 설]

여러 가지 상황을 생각해 보아 이 싸움은 절대 이길 수 있을 거라는 판단이 서게 되면, 싸우지 말라는 임금의 명령이 있더라도 이를 거역하여 싸움을 하여야 한다. 또한 그 반대로 싸워 보아야 분명히 질 것이라고 판단되면 아무리 임금이 싸우라고 명해도 싸워서는 안 된다.

그러므로 장수된 자가 진격하는 것은 공명을 바라서가 아니며, 후퇴하는 일도 죄가 될까 두려워서가 아니다. 승리가 눈앞에 있는데 임금의 명령이라고 하여 진격을 단념할 수는 없다. 이때 진격의 단념은 승리를 포기하는 것이다. 군명(君命)을 어기면 벌을 받게 될지라도 눈앞에 있는 승리를 포기할 수는 없다.

또한 패전이 확실한데 군명에 따라 진격하여 패할 수는 없다. 차라리 군명을 어기고 후퇴하는 것이 사심에서가 아니라 백성의 생명과 재산을 보호하고 국가의 이익에 공헌하려는 충성스러운 책임감에서 비롯된 것이면 된다. 군명을 어긴다는 것은 용서받을 수 없는 것이기는 하다. 그러나 국민과 국가를 위하며 그렇게 하지 않을 수 없을 경우에는 허용될 수 있는 것이다.

이러한 숭고한 목적을 위하여 자신의 영욕을 생각지 않는 인격을 가진 장수, 더욱이 적군을 알고 아군을 알고 지(地)의 이(利)를 선용할 줄 아는 현명한 장수, 그러한 장수라면 진실로 국보적인 존재라고 할 수 있다.

• 명령을 받는 것은 무조건의 순종도 복종도 아니다.

4. 병사 보기를 어린이처럼 하여야 한다

장수는 병사들을 어린아이처럼 돌보아야 한다. 그럼으로써 병사들로 하여금 장수를 따라 깊은 골짜기에라도 뛰어 내리게 할 수 있는 것이다. 장수는 병사들을 사랑스런 자식처럼 돌보아야 한다. 그럼으로써 병사들로 하여금 장수와 더불어 생사를 같이할 수 있도록 만드는 것이다. 그러나 장수가 병사들을 후대하고도 마음대로 부리지 못하거나, 지나치게 사랑하여 명령을 제대로 내리지 못하거나, 병사들이 군기를 문란하게 하여도 이를 바로잡지 못한다면, 이러한 병사들은 마치 버릇없이 교만하게 기른 자식과도 같아서 전쟁에는 아무런 쓸모가 없는 것이다.

視卒如嬰兒. 故可與之赴深溪. 視卒如愛子, 故可與之俱死. 厚而不能使, 愛而不能令, 亂而不能治, 譬如驕子不可用也.
시졸여영아하라. 고로 가여지부심계니라. 시졸여애자면 고로 가여지구사니라. 후이불능사하고 애이불능령하고 난이불능치면 비여교자이니 불가용야니라.

[해 설]

　장수된 자는 병사 보기를 마치 부모가 젖먹이를 보는 것처럼 하여야 한다. 그렇게 함으로써 병사들은 마음으로부터 복종하여 장수와 함께 깊고 위험한 골짜기에도 함께 들어갈 수 있는 것이다.
　장수는 병사들을 사랑하는 자기 자식처럼 대하여야 한다. 그렇게 하여야 병사들은 감복하여 함께 죽기를 맹세하고 싸울 수 있게 된다.
　다시 말하면 장수가 진정으로 사랑하기 때문에 병사들은 마음속으로 따르고 그 때문에 목숨을 바칠 결의를 하게 되는 것이다. 표면적으로 보이는 위엄만으로는 병사들을 진심으로 따르게 할 수 없다. 오직 거짓 없는 애정만이 그들의 마음을 감동시킬 수 있을 뿐이다.
　그러나 많은 수의 병사들을 통솔하는 데 있어서 깊은 사랑만으로는 기율을 바로 세울 수 없다. 후대함이 지나치면 부릴 수 없게 되고, 사랑함이 지나치면 명령할 수 없게 되며, 군기가 문란해져도 이를 벌주고 다스리지 못하면 마치 응석 부리는 자식이 방자해져서 쓸모가 없게 되듯이 병사들을 부릴 수 없게 된다. 유사시에 쓸 수 없는 군대라면 이미 군대로서 존재할 가치가 없는 것이다.

부하는 사랑하면 생사를 같이하게 되어 있다. 춘추전국시대 위(衛)나라 사람 오기(吳起)는 위(魏)의 문후(文侯)가 어진 임금이라는 말을 듣고 그 부하가 되려고 하였다. 이것을 알고 문후(文侯)는 이극(李克)에게 물었다.

"오기란 어떤 사람이냐?"

이극은 대답하기를,

"오기는 이름을 탐내는 호색한입니다. 그러나 용맹에 있어서만은 사마양저(司馬良詳)도 따르지 못합니다."

라고 하였다.

문후는 그의 용맹을 믿고 오기를 장군으로 임명하여 진(秦)을 치게 하였다.

장군으로서의 오기는 가장 말단인 병사와 의식(衣食)을 같이하고 잠자리에도 요를 깔지 않고, 수레나 말도 타지 않으며, 스스로 양식을 운반하면서 병사들과 고생을 같이 하였다.

병사 가운데 종기를 앓고 있는 자가 있었다. 오기는 그 병사의 종기에 입을 대고 고름을 빨아 주었다. 그런데 그 병사의 어머니는 이 소식을 듣자 슬퍼하며 울었다. 동네 사람들이 이상히 여겨 그의 어머니에게 물었다.

"오기 장군이 댁의 아드님의 종기에 있는 고름을 직접 빨아 주었는데 얼마나 영광입니까? 왜 그렇게 슬피 우십니까?"

이에 그 어머니가 답하기를,

"그렇지 않습니다. 옛날 노장군께서는 그애 아비의 종기에 든 고름도 빨아 주셨습니다. 그래서 그 아비는 감격하여 싸움에서 한 걸음도 후퇴하지 않고 싸우다가 그만 전사하고 말았습니다. 이번에 장군께서 또 아들의 고름을 빨아 주셨으니 그애도 틀림없이 감격하여, 어디서 전사할지 모릅니다. 그래서 우는 것입니다."

라고 하였다.

즉, 부하에게 진정으로 사랑을 베풀면 목숨을 걸고 충성하게 되어 있다. 그러나 너무 사랑하게 되면 오히려 역효과를 낼 수도 있다. 그러므로 예로부터 명장들은 군율(軍律)을 지키는 데 엄하여 그 집행에는 친소(親疏)나 귀천에 차별을 두지 않았다. 조조가 자기의 말이 보리밭에 뛰어들었기 때문에 자기의 머리칼을 잘랐다든지, 제갈량이 자기의 명령을 어긴 사랑하는 부하 마속의 목을 울면서 베었다는[泣斬馬謖] 이야기가 바로 이러한 예이다.

- 지나침은 부족함만 못하다.
- 『소설 손자병법』 3 물무재의 병담 p194

* * *

아군의 공격능력만 믿고 적의 방어능력을 모른다면 승리의 가능성은 절반밖에 되지 않는다. 적의 방어능력만을 알고 아군의 공격능력을 몰라도 역시 승리의 가능성은 절반밖에 되지 않는다. 적의 방어능력도 알고 아군의 공격능력도 안다 하더라도 지형이 불리하다는 것을 모른다면 그 역시 승리의 가능성은 절반밖에 되지 않는다.

知吾卒之可以擊, 而不知敵之不可擊 勝之半也. 知敵之可擊, 而不知吾卒之不可以擊, 勝之半也. 知敵之可擊, 知吾卒之可以擊, 而不知地形之不可以戰, 勝之半也.

지오졸지가이격하고 이부지적지불가격이면 승지반야니라. 지적지가격하고 이부지오졸지불가이격이면 승지반야니라. 지적지가격하고 지오졸지가이격하며 이부지지형지불가이전이면 승지반야니라.

[해 설]

적에게 공격할 만한 허점이 있어도 아군이 적을 공격할 만한 실력이 없다는 것을 알지 못한다면 역시 승부를 예측하기가 어렵다. 즉, 승리의 확률은 반반이다. 또한 적을 공격할 수 있다는 것만 알고, 아군의 병사가 공격할 수 없는 것을 알지 못해도 승리의 확률은 반반이다. 만약 적에게 공격할 만한 허점이 있는 것과 아군에게 적을 공격할 만한 실력이 있다는 것은 알고 있으나 지형(地形)으로 보아 싸워서는 안 된다는 것을 알지 못하면, 이 또한 승리의 확률은 반반이다. 일을 해내는 능력의 측정은 일반적이어서는 안 된다. 그렇게 되면 사고의 원인이 된다는 것이다. 상대하는 대상에 따른 능력 측정이 한쪽으로 기울어져 있으면 승리의 가능성은 반감되는 것이다.

• 내가 할 수 있는 일은 남도 할 수 있다.

5. 적을 알고 나를 알면 이긴다

전쟁을 아는 장수는 행동을 취하면 목표가 분명하여 주저하지 않으며 곤경에 빠지지 않는다. 그러므로 적을 알고 나를 알면 승리가 확고하며, 천시(天時)를 알고 지리(地理)를 알면 승리가 무궁하고 완전하다고 말하는 것이다.

故知兵者, 動而不迷, 擧而不窮. 故曰, 知彼知己, 勝乃不殆, 知天知地, 勝乃可全.
고로 지병자는 동이불미하고 거이불궁이니라. 고로 왈, 지피지기면 승내불태하고 지천지지면 승내가전이니라.

[해 설]
　전쟁에 대하여 아는 장수는 군대를 출동시켜도 갈팡질팡 헤매는 일이 없고, 전쟁을 일으켜도 절대 궁지에 몰리지 않는다. 이것이 이른바 적을 알고 나 자신을 알면 승리에 대한 불안감이 전혀 없고, 하늘의 시기(때)를 알고 땅의 이로움을 알면 완전한 승리를 얻을 수 있다는 것이다.
　승리에는 우연이라는 것이 있을 수 없다. 이길 만한 이유가 있기 때문에 이기는 것이다.
　지형이란 것도 활용함에 따라서 비로소 드러나게 되는 것이다. 즉, 지형이란 싸우는 장소로, 객관적인 정세다. 이 객관적인 정세를 당면한 목적을 위하여 어떻게 적용시키고, 어떻게 활용하느냐 하는 것은 결국 사람과의 관계에 있다고 본다.
　『맹자(孟子)』에 '천시(天時)가 지리(地利)만 못하고 지리가 인화(人和)만 못하다'고 한 것도 비슷한 말이 될 것이다. 전투에 임하는 장수로서 가장 완벽하게 승리를 얻을 수 있는 최선의 방법은 적정을 정확하게 판단하고, 아군의 실정을 바르게 파악하며, 지형을 살펴 땅의 이(利)를 선용하고, 또한 천시(天時)를 이용하는 것이다.

- 상대를 알고 자신을 안 다음에 공격해야 한다.

11
구지편(九地篇)

구지(九地)는 아홉 가지의 땅이라는 뜻이다. 여기에서는 원정군으로서의 싸움터가 될 지형의 성격에 따라서 작전 방법을 광범위하게 설명하고 있다.

1. 지형(地形)의 성격에 따라 싸운다

손자는 말하였다. 전장(戰場)의 지형에는 산지(散地), 경지(輕地), 쟁지(爭地), 교지(交地), 구지(衢地), 중지(重地), 비지(地), 위지(圍地), 사지(死地)의 아홉 가지가 있다.

孫子曰, 用兵之法, 有散地, 有輕地, 有爭地, 有交地, 有衢地, 有重地, 有圮地, 有圍地, 有死地.
손자왈, 용병지법에 유산지요 유경지며 유쟁지요 유교지며 유구지요 유중지며 유비지며 유위지요 유사지니라.

[해 설]
전쟁에 있어서는 우선 싸움터가 될 지역의 성격에 따라 싸워야 한다. 싸움터가 될 지역을 나누면 다음과 같다.

첫째, 산만하여지기 쉬운 지역인 산지(散地), 즉 사병들의 고향이 가까우므로 모두가 집에 돌아가고자 하는 마음을 품고 있기 때문에 군심(軍心)이 흩어지기 쉬운 곳이다.

둘째, 남의 나라에 들어갔으나 아직 깊이 들어가지 않은 상태의 싸움터를 경지(輕地)라 하는데, 고국이 그리 멀지 않은 까닭에 군사들은 '이제 다른 나라에 들어왔구나' 하는 두려운 생각을 갖게 되어 도망하기 쉬운 곳이다. 때문에 경(輕)은 쉽다는 뜻의 이(易)로 보고 있다.

셋째, 아군이 먼저 점령하면 아군이 유리하고, 적군이 먼저 점령하면 적군에게 유리한 전략의 요지를 쟁지(爭地)라고 한다. 즉, 서로 먼저 차지하기를 다투기 때문에 쟁지라 일컫는 것이다.

넷째, 도로가 사방으로 통하고 교통이 아주 편리한 곳을 교지(交

地)라고 하는데, 아군의 공격에도 편리하고 적군의 침공에도 편리한 지역이다.

다섯째, 구(衢)란 교통이 빈번한 거리라는 뜻으로 제3국과도 인접하여 있는 교통이 편리한 요충지이다. 따라서 먼저 점령하면 천하의 백성을 얻을 수 있는 지역을 구지(衢地)라 한다.

여섯째, 남의 나라 안에 깊숙이 침입하여 적의 성과 고을을 점령한 후 이들을 배후에 두고 있는 지역을 중지(重地)라고 한다. 즉, 경지(輕地)와 반대되는 뜻으로, 이러한 곳에서는 식량과 물자를 현지에서 조달할 수 있다.

일곱째, 비지(圮地)는 산악지대·소택지대 등 험난하고 불편하며 기후가 좋지 않아 병사들의 몸과 마음을 상하게 하는 지역이다.

여덟째, 높은 산에 둘러싸여 있어 통로가 좁고 험난하여 들어가는 데가 막히고, 돌아올 때에는 우회하여야 하는 지역을 위지(圍地)라고 한다.

아홉째, 앞에는 강적이 기다리고 있으나 후퇴할 길이 없고, 좌우에도 탈출구가 없는 위험한 곳을 사지(死地)라고 한다.

산지(散地)·경지(輕地)·쟁지(爭地)를 제외한 나머지 여섯은 이미 구변편(九變篇)에서 언급한 바 있다. 그러나 전혀 다른 관점에서 음미하고 있기 때문에 다시 설명한다.

- 사람의 성격이란 다 다르다.
- 『소설 손자병법』 [1] 천하의 표랑객 p59

* * *

자국 영토 안의 전장을 산지(散地)라고 한다. 적지에 깊이 진입하지 않은 지역을 경지(輕地)라고 한다. 아군이 점령하면 아군에게 유리하고, 적이 점령하면 적에게 유리한 지역을 쟁지(爭地)라고 한다.

諸侯自戰其地者, 爲散地, 入人之地而不深者, 爲輕地, 我得則利, 彼得亦利者, 爲爭地.
제후자전기지자는 위산지요 입인지지이불심자는 위경지요 아득즉리하고 피득역리자는 위쟁지니라.

[해 설]
적군의 침입으로 인해 벌어진 싸움은 자국 영토 안에서의 싸움이므로 일치단결하여 잘 싸울 것 같지만 사실은 그렇지 못하다. 병사들은 자기 스스로 애써 가꾸어 놓은 논밭과 재산, 가족, 친척을 보호하고 아끼려는 생각 때문에 투지가 좀처럼 하나로 뭉쳐지지 못해 자칫 산만하여지기 쉽다. 그뿐만이 아니다. 자국 영토에서의 전투는 승패를 막론하고 막대한 피해를 입기 마련이다. 그러므로 산지(散地)에서는 가능한 한 전투를 하지 말아야 한다. 승리하기가 어렵고, 비록 승리한다 하더라도 희생이 크기 때문이다.

다른 나라로 침입하여 들어갔으나 깊이 들어가지 않은 곳을 경지(輕地)라고 한다. 경지는 자국에서 그다지 멀지 않으니 '이제 타국에 원정하는구나' 하는 병사들의 심리가 그들을 도주하기 쉽게 할 수 있는 곳이라는 뜻이다. 즉, 공연한 싸움을 시작한 것이 아닌가? 지금이라도 그만 손을 떼는 것이 좋지 않을까? 멧돼지를 잡으려다 집돼지를 놓치는 격이 되지 않을까? 같은 불안한 마음이 앞서기 때문이다. 따라서 이러한 곳에서는 주둔하지 말고 얼른 지나쳐 버려야 한다. 적지로 더욱 깊숙이 들어가 군사들로 하여금 집을 생각하는 일이 아예 없도록 하여야 한다.

아군이 먼저 점령하면 아군에게 유리하고, 적군이 먼저 점령하면 적군에게 유리한 지역을 쟁지(爭地)라고 한다. 적이 공격하기는 어렵고 지키기는 쉬운 험조(險阻)한 요충지로, 서로 먼저 점령하려고 다투는 지역이다. 이러한 곳은 선점하는 게 유리하다. 그러나 만일 적이 먼저 점령하였다면 섣불리 공격하지 말아야 한다. 왜냐하면 적이 이미 완강한 수비 태세를 갖추고 있을 것이기 때문이다. 요충지를 먼저 점령하여 전쟁의 주도권을 장악하고 있는 적을 공격하는 것은 매우 위험한 작전인 것이다.

- 싸우는 법은 장소에 따라 달라야 한다.
- 『소설 손자병법』 3 오월동주 p60

* * *

아군이 진출할 수도 있고, 적군이 진출할 수도 있는 지역을 교지(交地)라고 한다. 적대적인 쌍방국이 제3국과 접경한 지역으로서, 피아 간에 먼저 도달하는 측이 제3국과 우호 관계를 맺고 지원을 받을 수 있는 지역을 구지(衢地)라고 한다. 적지에 깊숙이 진입하여 적국의 성읍을 통과함으로써 배후에 강력한 적대 세력을 두게 되는 지역을 중지(重地)라고 한다.

我可以往, 彼可以來者, 爲交地, 諸侯之地三屬, 先至而得天下之衆者, 爲衢地, 入人之地深, 背城邑多者, 爲重地.
아가이왕하고 피가이래자는 위교지요 제후지지로 삼속하여 선지

면 이득천하지중자는 위구지요 입인지지심하여 배성읍다자는 위
중지니라.

[해 설]

아군의 진격에도 편리하고 적이 공격해 오기에도 편리한 지역이
교지(交地)이다. 교지는 도로가 교차하는 곳으로, 교통이 매우 편리
한 곳이기는 하지만 방어에 도움이 될 만한 것이 아무것도 없는 지역
이다. 따라서 이러한 지점은 도처에서 습격을 받을 염려가 있다. 그
러므로 교통·수송·통신이 단절되지 않도록 항상 대비하는 것이 최
상의 방법이다.

삼속(三屬)이란, 삼면이 이웃 나라와 접하여 있는 지점이다. '삼'이
란 글자를 쓴 것은 오(吳)나라 동쪽이 바다와 접해 있기 때문이다.
즉, 어느 나라 땅이 적과 제3국 사이에 접경하고 있어서 그 어느 나라
도 반드시 통과하여야 하는 지역 같은 긴요한 지점이다. 어느 쪽이든
이 지역을 먼저 점령하면 세 나라를 얻을 수 있는 땅을 구지(衢地)라
고 한다.

쟁지(爭地)는 단지 아군과 적군과의 관계에 국한된 곳이지만 구지
는 제3국의 이해 관계가 함께 교착하고 있다는 점이 다르다. 그러므
로 쟁지는 무력으로 점령하는 것이 최선의 작전이지만, 구지의 경우
에는 무력으로 점령하기 전에 먼저 제3국과 긴밀한 외교 관계를 수
립하여야 한다. 제3국과의 외교를 맺지 않고 무력 점령을 감행한다
면 반드시 제3국의 반감을 사게 될 것이다. 그렇게 되면 제3국은 적
국을 도와 주게 된다. 그러므로 제3국의 양해와 원조를 얻을 수 있는
외교가 선행되어야 할 것이다.

남의 나라 땅에 깊숙이 들어가 적국의 많은 성과 고을을 아군의 등

뒤에 있도록 하는 지역이 중지(重地)이다. 중지는 바로 경지의 반대가 된다. 적의 깊은 곳에까지 들어갔기 때문에 군사들이 도망가기가 어려운 곳이다. 또한 진퇴를 간단히 결정할 수도 없는 곳이기 때문에 중지이기도 하다.

중지에서 가장 마음을 써야 할 작전은 군량의 보급과 확보에 있다. 고래로 원정군이 실패한 대부분의 원인은 군량 보급의 결핍에 있었다는 것을 알 수 있다. 그런데 적지 깊숙이 들어간 군대가 군량과 모든 군수품의 보급을 본국에만 기대한다는 것은 매우 어려운 일이다. 따라서 원정군이 취하여야 할 방법은 필요한 군량과 군수품을 현지에서 조달하는 것이다. 때문에 손자는 작전편(作戰篇)에서 용병을 잘하는 자는 군량을 적에게서 빼앗아 아군의 식량으로 충당할 수 있는 사람이라고 하였다.

• 능한 지휘관은 싸울 지형부터 살핀다.

*　　*　　*

산악지대, 삼림지대, 요충지와 애로, 소택지나 호수 등 행군하기 어려운 지역을 비지(圮地)라고 한다. 진입로는 협착하고 험준하며, 퇴로는 멀고도 우회하여, 적이 소수 병력으로 아군의 다수 병력을 격파할 수 있는 지역을 위지(圍地)라고 한다. 속전속결로 전 병력이 용전분투하면 살아날 수 있고, 그렇지 않으면 전멸당하는 지역을 사지(死地)라고 한다.

行山林險阻沮澤 凡難行之道者, 爲圮地. 所由入者隘, 所從歸者迂, 彼寡可以擊吾之衆者, 爲圍地. 疾戰則存, 不疾戰則亡者, 爲死地.

행산림험조저택하여 범난행지도자는 위비지요 소유입자애하고 소종귀자우하여 피과가이격오지중자는 위위지요 질전즉존하고 부질전즉망자는 위사지니라.

[해 설]

산속의 밀림과 험준한 지형이나 질퍽질퍽한 늪지대 등 군사를 행군시키기에 힘든 모든 곳을 비지(圮地)라고 한다. 본래 비(圮)란 훼(毀)와 같은 뜻이니 지형의 곤란과 적의 습격, 위험과 질병의 염려가 있는 곳이어서 군사들을 훼손시킬 우려가 있는 땅이란 뜻이다. 이러한 땅에서 취하여야 할 작전은 될 수 있는 대로 빨리 이 지대를 벗어나는 일이다.

들어가는 길목이 좁고 막혔기 때문에 돌아가려면 멀리 우회하여야 하는 땅이 곧 위지(圍地)이다. 험한 산악이 둘러서 있고, 높고 급경사진 낭떠러지 아래에 있는 계곡 같은 곳으로서, 겨우 한 사람만이 통과할 수 있는 좁은 길이 있는 곳이다. 이러한 곳은 되돌아 나오기도 힘든 곳이므로 멀리 돌아야 벗어날 수 있는 것이다. 이러한 곳이라면 적은 소수의 군사로써 아군의 많은 군사를 공격할 수 있다. 만약 잘못하여 이러한 곳에 들어가게 되었다면 빨리 탈출할 수 있는 기계(奇計)를 마련해 내야 한다. 위지에서는 신속히 탈출하는 것만이 최선의 방법이다.

빨리 결전하면 살아남을 수 있고, 그렇지 못하면 패망하게 될 막다른 곳을 사지(死地)라고 한다. 사지는 위지보다 더 위험하다. 위지의 경우는 기계(奇計)를 쓰면 탈출할 가능성이 남아 있는 곳이나, 사지에서는 한 치의 여유도 없다. 이러한 경우에는 오직 하나의 길이 있을 뿐인데, 그것은 죽음을 각오하고 싸우는 길이다. 이왕 죽을 바에는 싸우다가 죽어야 한다. 죽음을 두려워한다면 그보다 더 어리석은 행동은 없을 것이다. 그리고 죽기를 작정하고 백병전을 벌인다면 그 힘은 실로 어느 군대도 저항할 수 없을 만큼 강할 수 있다. 이것이 이른바 죽음 속에서 삶을 찾는 유일한 길〔死中求生〕인 것이다. 그러므로 사지에서는 빨리 결전(決戰)하는 길밖에 없다.

- 같은 장소라도 죽을 곳과 살 곳이 있다.
- 『소설 손자병법』 ③ 오월동주 pp56~57

    *   *   *

산지에서는 병사들이 집 생각을 하여 제대로 싸우지 않으며, 경지에서는 오래 주둔할 수가 없다. 쟁지에서는 아군이 먼저 점령하여야 하며, 적이 먼저 점령하였을 경우 이를 탈취하려고 해서는 안 된다. 교지에서는 각 부대 부서 간에 긴밀한 연락체계를 유지하고 상호 지원태세를 갖추어, 적의 저지와 차단에 대비하여야 한다. 구지에 도달하면 외교를 강화하여 제3국과의 우호관계를 돈독히 맺어야 한다. 중지에 깊이 진입하게 되면, 적지에서 식량과 물자를 탈취하여 현지 보급을 해야 한다. 비지는 가능한 한 신속히 통과하며, 위지에서는 계략으로 그 지역을 벗어나야 하며, 사지에 처했을 때는 전력을 다하여 결사적으로 싸워, 죽음 속에서 활로를 찾아내야 한다.

是故, 散地則無戰, 輕地則無止, 爭地則無攻. 交地則無絶, 衢地則合交, 重地則掠. 圮地則行, 圍地則謀, 死地則戰.

시고로 산지즉무전하고 경지즉무지하고 쟁지즉무공이니라. 교지 즉무절하고 구지즉합교하고 중지즉약이니라. 비지즉행하고 위지 즉모하고 사지즉전이니라.

[해 설]
여기에서는 아홉 지역에 대한 전략을 설명하고 있다. 산지(散地), 즉 자국 영토 안에서는 싸우지 말아야 한다. 가능한 한 전투를 피하여야 한다. 자국 영토 안에서는 싸워서 승리한다 하더라도 피해가 크기 때문이다.

경지(輕地)란 적지에 들어갔으나 경계선 근처로 아직 깊숙이 들어가지 못한 곳이다. 이러한 곳에서는 병사들의 심리가 동요되기 쉬우므로 멈추지 말고 계속 안으로 들어가야 한다. 깊숙이 들어가면 들어갈수록 병사들의 마음은 집 생각을 아예 단념해 버리기 때문이다.

쟁지(爭地)에서는 어느 편이나 먼저 점령하고 있으면 유리한 지역이기 때문에 적군이 먼저 진을 치고 있으면 공격하지 말아야 한다.

교지(交地)는 적군의 공격에도 편리하고 아군의 진격에도 편리한 지역이므로 교통·수송·연락이 단절되지 않도록 하여야 한다.

구지(衢地)란 제3국과 인접한 요충지이므로 먼저 제3국과 외교 관계를 잘 맺어야 한다. 제3국과 외교 관계를 맺지 않고 무력 점령만을 감행한다면 반드시 반감을 사게 되어 있다.

중지(重地)란 적지 깊숙이 들어간 지역이므로 물자와 식량을 본국에서 직접 운반하여 가기가 쉽지 않다. 그러므로 식량은 현지에서 조달하여야 한다.

비지(圮地)는 지형이 험하거나 저습한 지대이므로 활동하기가 쉽지 않다. 그러므로 재빨리 벗어나는 게 상책이다.

위지(圍地)란 사방이 막힌 곳이므로 이러한 곳에 들어가게 되면 빨리 그곳을 탈출하여야 한다.

사지(死地)란 막다른 지형이므로 아무런 전략도 필요치 않다. 오직 용감하게 싸우는 길밖에는 없다.

• 둘을 위하여 하나를 버릴 줄 알아야 한다.
• 『소설 손자병법』 ③ 오월동주 pp56~57

2. 유리하면 행동을 시작한다

예로부터 용병술에 능통한 자는 적의 전·후(前後)부대가 서로 연결되지 못하게 만들고, 주력부대와 소부대가 상호 지원하지 못하게 만들며, 장교와 사병이 서로 구원하지 못하도록 만들고, 상·하급부대가 서로 도와주지 못하도록 만들었다. 또, 장병들이 궤산(潰散)하여 집결할 수 없게 만들고, 병력이 집결했다 하더라도 질서를 유지하지 못하여 전투력을 발휘할 수 없게 만들었다. 그런가 하면 아군에 유리한 국면이 조성되었을 때에는 즉각 공격으로 행동에 옮기며, 아군에게 불리한 상황이 조성되었을 경우에는 즉각 행동을 중지하고 상황이 호전되기를 기다렸다.

古之所謂善用兵者, 能使敵人前後不相及, 衆寡不相恃, 貴賤不相救, 上下不相收, 卒離而不集, 兵合而不齊. 合於利而動, 不合於利而止.

고지소위선용병자는 능사적인으로 전후불상급하며 중과불상시하며 귀천불상구하며 상하불상수하며 졸리이부집하며 병합이불제 니라. 합어리이동하고 불합어리이지니라.

[해 설]

예로부터 이른바 용병을 잘하는 사람이 항상 전쟁의 주도권을 장악하였다. 아군의 뜻대로 적을 조종하기 위해서는 먼저 적을 혼란에 빠뜨려야 한다. 즉, 적의 선두부대와 후미부대 사이의 연락이 끊어지게 하여 서로 구원이 제때에 이루어지지 못하게 만들며, 적의 대부대와 소부대가 각각 개별적으로 활동하게 하여 서로 구원을 받을 수 없게 만들며, 장교와 사병의 협력 관계를 파괴하여 서로 구원하지 못하게 만들며, 상급기관과 하급기관이 서로 도울 수 없게 만든다. 적의 군사들을 흩어지게 하여 다시 집결할 수 없게 하고, 또한 적군의 병사들이 모일 때에는 질서정연하지 못하게 만든다.

이와 같이 적을 이편의 계략대로 조종한 뒤에 전투를 실행하는 것이 유리하다고 판단되면 행동을 감행하고, 결전하는 것이 불리하다고 계산되면 중지한다. 어디까지나 이편에서 전쟁의 주도권을 장악하고 이편의 이해와 편의·불편에 따라 행동할 수도, 그칠 수도 있는 것이다. 다시 말하면 적을 교란시키는 전술을 쓴 것으로 전쟁을 승리로 이끌기 위해서는 수단과 방법을 가리지 않는다. 그러나 기업에서는 정정당당하게 경쟁을 하여야 한다.

• 적의 가장 중요한 곳부터 찔러야 한다.

* * *

적이 대병력으로 만반의 태세를 갖추고 공격해 오면 어떻게 대처해야 하는가? 이러한 경우 기선을 제압하여 적의 급소를 찔러야 한다. 그렇게 되면 아군은 적을 마음대로 조종할 수 있는 것이다. 요컨대 용병은 신속해야 한다. 적의 허점을 찾아 미처 예상하지 못한 방법으로 적의 방비가 취약한 지점을 집중 공격하는 것이다.

敢問, 敵衆整而將來, 待之若何. 曰先奪其所愛則聽矣. 兵之情主速, 乘人之不及, 由不虞之道, 攻其所不戒也.
감문하되 적중정이장래면 대지약하오. 왈선탈기소애면 즉청의니라. 병지정은 주속이니 승인지불급하고 유불우지도하여 공기소불계야니라.

[해 설]
질서정연하게 정비된 당당한 적군이 공격해 오고 있다. 이렇다 할 허점도 발견되지 않는다. 이러한 경우에는 어떻게 대처하여야 할 것인가.

먼저 적이 가장 중요하게 여기고 있는 곳을 탈취하여야 한다. 경우에 따라 다르겠지만 적의 군수품, 식량 창고, 탄약고, 연료 창고, 보급로 등 여러 가지가 있다. 그중 적이 가장 중요하게 생각하고 있는 곳을 가장 먼저 공략하여야 한다. 그러면 적에게는 정신적인 충격이 되어 심리적으로 동요케 할 수가 있다. 그 결과 적은 작전 계획을 포기하게 되고 그들의 동요·혼란을 틈타 이쪽 작전이 파고들 여지가 생기게 된다. 곧, 전쟁의 주도권을 아군이 장악하게 되는 것이다.

싸움에 임하였을 때의 작전은 신속한 것이 으뜸이다. 신속함으로써 기선을 제압할 수 있다. 즉, 적의 생각이나 준비가 아직 미치지 못한 틈을 타서 허를 찔러야 한다. 적이 상상하지 못한 길을 경유하여 적의 의표를 찌르며 나가야 한다. 적이 방심하고 경계하지 아니한 곳을 불의에 공격하여야 한다. 다시 말하면, 전쟁터에서는 신속한 것이 제일이며 기상천외한 곳에서 불의에 상대를 찌르는 것이다. 이것이 전투의 주도권을 장악하는 방법이며 승리를 거둘 수 있는 길이다.

이 방법은 일상 생활에서의 대인적인 교섭에도 그대로 적용될 수 있다. 부득이 논쟁을 해야만 할 경우 꼭 필요한 방법인 것이다. 정면에서 맞붙어서는 좀처럼 이길 승산이 없을 경우, 먼저 상대방의 급소를 찌른다. 그러면 상대는 틀림없이 당황하게 된다. 그러나 이 혼란을 틈타 그대로 깊숙이 쳐들어가서는 안 된다. 싸움을 오래 끌어야 한다. 그러다가 얼른 방향을 바꾸어 상대방의 허를 찌르고 전혀 생각지도 않은 곳으로 치고 들어가는 것이다. 이것이 강한 상대를 설복시키는 논쟁의 수법이다.

후한(後漢) 말 황건적의 난을 평정하면서 군웅들이 할거하기 시작하였다. 이때 조조가 세력을 확고하게 잡는 계기가 된 원소(袁紹)와의 싸움, 이른바 관도(官渡)의 싸움이 있었다. 이 싸움은 원소의 군대가 10만 명, 조조의 군대는 불과 그 10분의 1인 1만 명밖에 되지 않았지만 조조는 승리를 거두었다. 결국 조조의 승리는 기습 작전의 성공에서 비롯되었다.

원소의 군사가 조조에게 투항하여,

"원소 군의 물자 보급 수레 1만여 대가 오소(烏巢) 근처에 모여 있는데 경계가 소홀하니 기습부대를 편성하여 그 수레를 불태운다면 사흘이 지나기도 전에 원소 군을 물리칠 수 있을 것입니다."

라고 중요한 정보를 제공하였다.

이에 조조는 직접 보병과 기병 5천을 이끌고 오소를 향하여 달렸다. 소리가 나지 않도록 말의 입에 재갈을 물리고 밤을 틈타 진군하여 우선 원소 군을 포위한 다음 일제히 불을 던져 적의 수비대를 수라장으로 만들었다. 이윽고 먼동이 트자 적장 순우경(淳于瓊)은 조조의 군사가 적은 줄 알고 공격하여 나왔다.

한편 오소가 급습을 받았다는 소식을 들은 원소의 본진에서는 두 가지의 의견이 대립되었다. 한쪽에서는 이 틈에 조조의 본진을 급습하여 돌아갈 곳이 없게 만들자는 것이었고, 다른 한쪽은 오소를 구원하는 것이 급선무이며, 오소가 무너지면 본진이 다음 차례가 될 것이라며 맞섰다.

결국 원소는 적은 병력으로 오소를 구하게 하고 주력 부대는 조조의 본진을 공략하게 했다. 그러나 조조 본진의 수비가 견고해 함락시킬 수가 없었다.

그 사이 오소에서는 격전이 계속되고 있었는데 원소의 구원 부대가 몰려왔다.

이때 조조의 부하가 '뒤에 적군이 몰려오니 이제 그만 후퇴하자'고 하였다. 그러나 조조는 그 말을 듣지 않고 결국 적진을 함락시키고 순우경 등을 목 벤 다음 쌓여 있던 군수품과 군량을 모두 불태웠다. 이에 원소 부대는 큰 혼란에 휩싸이게 되었다. 조조의 부대는 이 틈을 놓치지 않고 더욱 강력한 공격을 퍼부어 결국 원소는 8백의 기병만 거느리고 패퇴하고 말았다.

• 급소(急所)를 빨리 찾아야 이긴다.

3. 적지에서의 작전

적국에 진입할 때는 적지 깊숙이 들어가야 한다. 적지에 깊숙이 진입하면, 아군은 중지에 들어간 상황이므로 단결력이 강화되고, 적은 산지에서 싸우는 상황이므로 저항을 제대로 할 수 없게 된다. 아군은 물자가 풍부한 지방을 점령하여 군량을 현지 조달함으로써 급양(給養)을 충분하게 하고, 장병들을 적절하게 휴식시켜 체력을 유지하고 사기를 드높인다. 그리하여 전투력을 강화하고 계획을 잘 세워 적으로 하여금 아군의 실세와 기도를 헤아릴 수 없게 만든다. 이렇게 되면 아군은 탈주하려 해도 도망칠 데가 없게 되어 죽음만이 있을 뿐, 패퇴할 수 없다는 마음가짐을 품게 된다. 장병들이 목숨을 걸고 용전분투하는 이상 얻지 못할 승리가 어디 있겠으며, 상하가 합심전력하는 이상 극복하지 못할 난관이 어디 있겠는가.

凡爲客之道, 深入則專, 主人不克. 掠於饒野, 三軍足食, 謹養而勿勞, 併氣積力, 運兵計謀, 爲不可測, 投之無所往, 死且不北. 死焉不得, 士人盡力.
범위객지도는 심입즉전하여 주인불극이니라. 약어요야면 삼군족식이니 근양이물로면 병기적력이니 운병계모하여 위불가측하며 투지무소왕이면 사차불배니라. 사언부득이면 사인진력이리오.

[해 설]
여기에서 객(客)은 적지에 들어가 싸우는 쪽이므로 적국을 침략해 들어간 군대를 가리킨다. 대개 적지 깊숙이 들어가 싸울 경우 침략을 당한 쪽은 산지(散地)에서 싸우는 것인 만큼 침략해 들어간 편보다

사기의 열세에 놓이게 된다. 그리고 깊숙이 쳐들어갔으니 이른바 중지(重地)에서의 싸움이므로 침략한 쪽은 고향 걱정을 하지 않고 싸움에만 전념할 수가 있어 침략당한 쪽은 이를 막아 내지 못한다.

또한 중지에서의 싸움에서는 될 수 있는 한 식량을 현지 조달하지 않으면 안 된다. 공연히 식량 수송 같은 것에 병력을 동원하는 일이 없게 하여 병사들의 몸과 마음이 편하도록 해주어야 한다. 이러한 배려에 차질이 없으면 군대 전체는 자연 단결하게 되어 기력도 왕성해지므로 근심이 없어지게 된다.

그런 다음 병사들을 적당히 배치시키고 전투태세를 갖추게 하면서 면밀한 작전 계획을 세워 적이 예측하지 못하는 허점을 찔러 병사들을 투입하면, 병사들은 죽음을 각오하여야 할 궁지에 처하게 되더라도 도망칠 생각을 하지 않게 된다.

죽음을 각오하게 되면 못할 일이 없게 된다. 도망가도 죽고 싸워도 죽을 입장에 직면해 있는 병사는 죽는 한이 있어도 마지막까지 결사항전을 벌이기 때문에 무서운 힘이 솟아나는 것이다.

- 궁지에 몰리면 젖 먹던 힘도 나온다.
- 『소설 손자병법』 2 병법담의 p100, 승자와 패자 p189

* * *

병사들은 최악의 궁지에 빠지면 오히려 공포심을 잊게 되며, 도망할 길이 없다고 생각되면 결사의 각오가 굳어지게 된다. 적지 깊숙이 진입할수록 장병들의 행동이 단결되고, 전투에 임해서는 결사적으로 싸우게 되는 것이다. 이러한 군은 훈련을 하지 않아도 장병 스스로 경계할 줄 알며, 격려해 주지 않아도 최선의 노력을 다할 것이며, 상호 간에 약속이 없어도 친밀하게 협력할 것이며, 군령이 내려지지 않아도 군기를 지킬 줄 알게 되는 것이며, 장병들 간에 미신을 타파하고 유언비어를 금지시키면 죽음에 이르러서도 물러서지 않을 것이다.

兵士甚陷則不懼, 無所往則固, 入深則拘, 不得已則鬪. 是故, 其兵不修而戒, 不求而得, 不約而親, 不令而信, 禁祥去疑, 至死無所之.

병사는 심함즉불구하고 무소왕즉고하고 입심즉구하고 부득이즉투니라. 시고로 기병은 불수이계하고 불구이득하고 불약이친하고 불령이신이니 금상거의하면 지사무소지니라.

[해 설]

본래 병사들이란 극심한 위험에 처하게 되면 오히려 두려워하지 않고 싸우게 된다. 어찌해 볼 도리가 없어지게 되면 도리어 배짱이 생겨 강해지는 법이다. 또한 도망갈 곳이 없으면 단결이 더욱 잘되고 제멋대로 행동하지 못한다. 그리고 적진 깊숙이 들어가면 모든 것이 생소하기 때문에 마음대로 돌아다니지도 못하므로 하나로 뭉쳐 강력한 힘이 솟아 나오고, 부득이한 경우에도 용감하게 전투한다. 그러므로 이러한 처지에 놓인 병사들은 군령을 내리지 않아도 스스로 경계하게 되고, 특별히 요구하지 않아도 장수의 뜻대로 따라 주고, 강제로 단속하지 않아도 친화력이 생겨나고, 명령하지 않아도 알아서 믿고 따라와 준다.

이러한 때에 병사들에게 앞으로의 길흉이 어떠할까 하는 헛된 미신에 젖지 않게 하고 의혹을 제거하여 주면 도망갈 곳이 없기 때문에 죽기를 무릅쓰고 싸우게 되는 것이다. 그리고 사느냐 망하느냐 하는 위급한 때에 가장 무서운 것은 헛소문이다. 따라서 병사들이 헛소문에 동요되지 않도록 의혹을 빨리 제거하여 주어야 한다.

기업에 있어서도 경영난에 빠질 경우 가장 두려운 것은 사원들의 사기와 의욕 저하이다. 이런 때일수록 사장과 간부, 사원들의 마음이 하나로 단결된다면 어떤 어려운 난관도 극복해나갈 수 있지만 저마다 갈 길을 찾고 있다면 이미 끝장난 것이나 다름없다.

• 사람에게는 초인간적인 힘이 잠재되어 있다.

　　　　　　　　＊　　＊　　＊

병사들이 재산과 생명을 돌보지 않고 싸우는 것은 그들이 재산과 생명을 싫어해서가 아니다. 출동 명령이 떨어졌을 때 그들은 앉거나 눕거나 눈물로 옷깃을 적시고, 얼굴은 눈물투성이가 된다. 그러나 장병들은 일단 전진 이외에 갈 데가 없는 전장에 투입되면, 저 옛날 용맹스런 전제(諸)나 조귀(曹劌)처럼 결사적으로 싸우게 되는 것이다.

吾士無餘財, 非惡貨也, 無餘命, 非惡壽也. 令發之日, 士卒坐者涕霑襟, 偃臥子涕交頤. 投之無所往者, 諸劌之勇也.
오사무여재는 비오화야요 무여명은 비오수야니라. 영발지일에 사졸좌자는 체점금하고 언와자는 체교이나 투지무소왕자면 제귀지용야니라.

[해 설]

　마침내 절박한 상황에 이르게 되면 물질에 대한 욕심도 없어지는 것이다. 즉, 약탈을 해서 모을 수 있는 돈이나 재물에 대한 욕심도 없어지는 것이다. 그것은 사람 자체가 재물을 싫어해서 그러한 것은 아니다. 죽는 마당에 재물이 무슨 필요가 있겠는가.

　또한 오늘만 살아 있는 목숨이라면 내일이란 없는 것이다. 전투가 벌어지게 되면 언제 죽을지 모르기 때문에 내일이 없어지게 되는 것이다. 그렇다고 살기를 싫어하는 것은 절대 아니다. 사람은 다 자기에게 주어진 명보다도 더 오래 살고 싶어하는 본능을 갖고 있다.

　모든 사람이 다 욕심이 없고, 죽고 사는 것에도 태연자약하게 될 수는 없다. 최후의 결전 명령이 떨어진 날 병사들의 모습을 보면 조용히 앉아 있으면서도 흐르는 눈물은 옷깃을 적시고, 반듯하게 누워 있는 사람도 눈물이 흘러 턱에까지 내려오는 일이 있다.

　이처럼 의기소침한 심정으로 과연 결전장에 나갈 수 있을까 하는 생각마저 들게 되지만, 막상 그들을 최후의 결전장으로 내몰게 되면 모두 전제와 조귀가 된 것처럼 무서운 용기와 힘을 발휘하게 되는 것이다.

　여기에서 예로 들고 있는 전제와 조귀는 당시 널리 알려진 용사들이다. 오왕 합려(闔廬)는 손무(孫武)가 『손자병법』을 직접 바치고 그 밑에서 벼슬을 한 오(吳)나라 왕이다. 전제는 오나라 왕자 합려를 도와 당시 왕으로 있던 요(僚)를 암살한 용사로, 자기도 적들의 칼에 찔려 죽임을 당하였다.

　조귀는 이보다 앞선 시대인 오나라의 장군으로 조말(曹沫)이라고도 부른다. 그는 노나라 장군 범공(范公)을 도와 제(齊)나라와 싸웠으나 번번이 패하기만 하였다. 이 때문에 노나라는 제나라에게 땅을 빼앗겼다. 그 결과 노나라 범공과 제나라 환공(桓公)이 평화조약을 체결하게 되었는데, 그때 환공을 단도로 위협하여 빼앗아간 노나라 영토를 되돌려 주겠다는 약속을 받아낸 용사이다.

• 아무 때나 초인간적인 힘을 요구하여서는 안 된다.

4. 적도 동지(同志)가 된다

용병에 능숙한 자는 솔연(率然)처럼 부대를 지휘한다. 솔연이란 상산(常山) 지방의 뱀 이름이다. 그 뱀은 머리를 치면 꼬리가 달려들고, 꼬리를 치면 머리가 달려들며, 허리를 치면 머리와 꼬리가 한꺼번에 달려든다. 그렇다면 군대도 그 솔연이란 뱀처럼 운용할 수 있는가? 물론 가능하다. 오(吳)나라 사람과 월(越)나라 사람은 서로 원수지간이지만, 그들이 한 배에 타고 강을 건너다가 폭풍을 만났을 때에는 좌우의 양손처럼 서로 구원해 주어야만 살아날 수 있는 이치와 같다.

故善用兵者, 譬如率然. 率然者, 常山之蛇也, 擊其首則尾至, 擊其尾則首至, 擊其中則首尾俱至. 敢問, 兵可使如率然乎. 曰可. 夫吳人與越人相惡也, 當其同舟而濟遇風, 其相救也如左右手.

고로 선용병자는 비여솔연이니라. 솔연자는 상산지사야니 격기수하면 즉미지하고 격기미하면 즉수지하며 격기중하면 즉수미구지니라. 감문하되 병가사여솔연호아. 왈가니라. 부오인여월인은 상오야나 당기동주이제에 우풍이면 기상구야는 여좌우수니라.

[해 설]

솔연(率然)이란 본래 재빠르다는 뜻이나 여기에서는 뱀(蛇)의 이름이다. 솔연은 전설에 나오는 큰 뱀으로, 행동이 몹시 빠른 이상한 뱀이다. 상산(常山)은 중국의 5악(岳) 가운데 하나로 항산(恒山), 즉 북악(北岳)이다.

그러므로 용병을 잘하는 장수는 마치 상산에 있는 뱀 솔연처럼 작전을 편다. 솔연이란 뱀은 머리를 치면 꼬리가 덤벼들고, 꼬리를 치면 머리가 덤벼들고, 그 중간을 치면 머리와 꼬리가 함께 덤벼든다. 즉, 솔연이란 뱀은 위험을 만났을 때 몸 전체가 신속하게 서로 응원을 한다.

감히 묻건대 솔연과 같이 군대를 움직일 수 있겠는가? 물론 할 수 있다. 오(吳)나라 사람과 월(越)나라 사람은 평소에는 원수지간으로 서로를 몹시 미워하지만 일단 같은 배를 타고 강물을 건널 때 풍랑을 만나면 평소의 미움과 반감은 사라지고 마치 한 사람의 오른손과 왼손이 같이 협력하듯 배가 뒤집히는 것을 막는다.

기업에 있어서도 항상 각 부서 사이에는 긴밀한 유대 관계가 필요하다. 하나의 상품을 만들 때에도 여러 가지 부품이 들어가게 되어 있는데, 만일 한 곳이라도 협조가 이루어지지 않아 부족하다면 아무것도 만들지 못할 것이다.

사원들은 서로가 승진하려고 경쟁하게 마련이다. 이때 자기만이 빨리 승진하고자 다른 부서의 하는 일을 제대로 해주지 않는다면 그 사람은 일시적으로는 능력이 있다고 평가받을지 모르나 기업 전체로 보아서는 오히려 손해인 것이다.

- 손발이 맞아야 한다.
- 『소설 손자병법』 3 오월동주 p43

　　　　　　　　＊　＊　＊

　전투가 개시될 때, 말의 고삐를 잡아 묶고, 수레바퀴를 떼어 땅속에 묻어 가면서까지 진용을 결속시키려 해도 제대로 되지 않는다. 장병들을 일치단결시켜 전투에 투입시키는 것은 장수의 지휘 통솔에 달려 있으며, 장병들 중의 강자나 약자를 막론하고 그들의 역량을 최대한으로 발휘시키는 것은 지형의 이점을 적절히 이용하는 데에 달려 있다. 용병에 능한 자가 전군 병력을 한 사람처럼 마음대로 지휘할 수 있는 것은, 장병들로 하여금 그렇게 하지 않으면 안 되도록 만들었기 때문이다.

是故, 方馬埋輪, 未足恃也. 齊勇若一, 政之道也, 剛柔皆得, 地之理也. 故善用兵者, 携手若使一人, 不得已也.
　시고로 방마매륜이라도 미족시야니라. 제용약일은 정지도야요 강유개득은 지지리야니라. 고로 선용병자는 휴수약사일인이니 부득이야니라.

[해 설]
　이런 까닭으로 전투에 임하여 말고삐를 매어 두고 수레의 바퀴들을 땅에 묻어서, 전투에 이기지 아니하면 다시는 사용하지 않을 결의를 표시하게 되더라도 그것만으로 믿을 수 있는 것은 못 된다.
　모든 군사를 한 사람처럼 똑같이 용감하게 만드는 것은 치병(治兵)의 방법에 달렸다. 치병을 잘하는 것은 용감한 자가 홀로 전진하지 못하게 하고, 비겁한 자가 홀로 후퇴하지 못하게 훈련하는 것이다.

굳세고 용감한 자도, 유약한 자도 모두 하나같이 용감하게 싸울 수 있게 하는 방법은 지(地)를 이(理)에 맞추는 데 있다. 병세편(兵勢篇)에서는 '용감한 것도 비겁한 것도 다 세(勢)에 달렸다'고 하였다. 전세에 따라서 비겁한 자도 용감하게 되는 것이다.

군사를 위지(危地)에 투입하게 되면 싸움이냐 죽음이냐의 양자택일을 하게 되는데, 지(地)의 이(理)는 굳세고 용감한 자도, 유약한 자도 결사적으로 싸우는 전세를 만든다.

그런 까닭에 용병을 잘하는 자는 전 군대를 움직이면서도 마치 한 사람의 손을 이끌 듯이 한다. 그 방법은 군사들로 하여금 그렇게 하지 않으면 안 되게 만들기 때문이다.

- 두 번 이상 반복되는 명령은 명령이 아니다.
- 『소설 손자병법』 2 흥망의 철리 p235

5. 장군이 하여야 할 일이 있다

장수가 군을 통솔함에는 항상 침착하고 냉철하며, 엄정하고도 조리가 있어야 한다. 병사들이 제 마음대로 판단을 하게 해서는 안 되며, 아군의 작전 계획이나 행동에 대하여 알지 못하게 해야 한다. 임무를 교체시키거나, 계획을 변경시킬 때 이를 병사들이 알게 해서는 안 되며, 진지를 변환하거나 행군로를 우회시킬 때 이를 병사들이 알게 해서는 안 된다.

將軍之事, 靜以幽, 正以治. 能愚士卒之耳目, 使之無知, 易其事, 革其謀, 使人無識, 易其居, 迂其途, 使人不得慮.

장군지사는 정이유하고 정이치니라. 능우사졸지이목하여 사지무지하며 역기사하고 혁기모하되 사인무식하며 역기거하고 우기도하되 사인부득려니라.

[해 설]

장수된 자가 스스로 하여야 할 일에는 정(靜)·유(幽)·정(正)·치(治)의 네 가지가 있다.

정(靜)이란 침착함을 말한다. 적지에 들어갔을 때 군사들의 마음은 오직 장수를 마음의 지주로 삼아 그를 신뢰하고 의지하고 복종하면서 지낸다. 장수의 한 마디 말, 조그마한 행동도 군사들에게는 민감한 반응을 일으킬 만한 것이다. 그러므로 장수된 자는 그 몸가짐과 말과 행동이 침착하여야 한다.

유(幽)라 함은 생각하고 계책(計策)하는 것이 차분하고 침착하여 깊이 있음을 의미한다. 전세가 조금 유리하다고 해서 적을 가볍게 여기거나, 조금 불리하다고 해서 쉽게 당황하여 들뜨고 덤비고 경솔한 생각으로 작전을 짠다면 어느 구석에든 빈틈이 생기게 마련이다.

정(正)이란 엄정(嚴正)·공정(公正)을 의미한다. 군기는 엄정하여야 한다. 엄정한 군기로 질서정연한 모습을 보이는 것은 싸우기 전에 이미 적을 정신으로 압도하는 것이다. 자칫 은애(恩愛)에 치우쳐 군사를 감상에 젖게 하여 군기가 어지럽게 되거나, 또한 공정하지 못하면 적에게 허점을 노출시키게 된다.

치(治)란 일을 처리하는 데 있어서 조리정연하게 잘 다스림을 뜻한다. 장수가 일을 처리하는 데 혼란하지 아니하고 순서와 조리와 사세

(事勢)에 알맞게 한다면 군사들은 불평하지 않고 의심하거나 두려워하지도 않는다.

이러한 장수라면 사졸들의 눈과 귀를 엄폐시켜 장수의 작전과 행동의 방향을 알지 못하게 한 채 실행할 수 있을 것이다. 알지 못하게 한다는 것은 앞으로의 위험과 작전상의 기밀을 사전에 알리지 않는다는 것이다. 군대가 장차 전개될 위험을 미리 알면 군심(軍心)에 동요와 불안을 가져오게 되므로 사전에 알려서는 안 된다. 작전의 기밀은 아군일지라도 사전에 알릴 수 없는 것이다.

처음부터 알리지 않을 뿐만 아니라, 도중에 하던 일을 바꾸고 기정(奇正)의 계획을 변경하여 남이 추측할 수 없게 하며, 그 있던 곳을 바꾸고 길을 일부러 우회하여 남이 미처 생각할 수 없게 한다.

- 장군에게는 장군다운 도량이 있어야 한다.
- 『소설 손자병법』 ② 병법담의 p91

* * *

장수가 일단 임무를 부여하면 마치 높은 지붕 위에 사람을 올려 놓고 사다리를 걷어 버리듯, 그들로 하여금 오로지 그 임무를 완수하게 해야 한다. 군을 이끌고 적지에 깊숙이 진입하면 장병들을 마치 시위를 떠난 화살처럼 오로지 전진만 하게 해야 한다. 도하한 후에는 배를 불태워 없애 버리고 취사도구도 깨뜨려 부수어, 장수가 필사의 결의를 보이고 양 떼를 몰 듯 병사들을 휘몰아 전진하게 함으로써 장병들은 뒤따르기만 할 뿐, 어디로 가는지 방향을 알지 못하게 한다. 이와 같이 전군을 절체절명의 궁지에 몰아 넣고 그들로 하여금 결사적으로 싸우게 만드는 것이 바로 장수의 임무이다. 또한 아홉 가지 지형의 변화와 진퇴의 판단, 그리고 인간 심성의 파악 등은 장수된 자가 항상 신중히 살피지 않으면 안 되는 것이다.

帥與之期, 如登高而去其梯. 帥與之深入諸侯之地, 而發其機, 焚舟破釜, 若驅群羊而往, 驅而往, 謳而來, 莫知所之. 聚三軍之衆, 投之於險. 此謂將軍之事也. 九地之變, 屈伸之利, 人情之理, 不可不察也.
수여지기에는 여등고이거기제니라. 수여지심입제후지지하면 이발기기하니 분주파부하고 약구군양이왕하여 구이왕하고 구이래하되 막지소지니라. 취삼군지중하여 투지어험이니 차는 위장군지사야니라. 구지지변과 굴신지리와 인정지리를 불가불찰야니라.

[해 설]
장수가 자기 병사들과 더불어 어떤 곳에서 적군과 결전하기로 되어 있을 때에는 마치 병사들을 높은 곳에 오르게 한 다음 사다리를 치워 버리는 것과 같이 하여야 한다. 병사들을 높은 곳에 올라가게 한 다음 사다리를 치워 버려 내려오고 싶어도 내려올 수 없게 함으로써 공동의 운명을 느끼게 하는 것이다. 즉, 일종의 배수진이다.

장수가 병사들과 더불어 다른 제후의 땅인 적지에 깊숙이 들어가면 마치 석노(石弩)의 방아쇠를 당기듯 민첩하게 행동하여야 한다. 그것은 또한 양치기가 양 떼를 몰 때 양들이 가고 오는 것은 양치기의 채찍에 달려 있고 양 떼는 전연 방향을 모르듯이 병사들도 자기가 어디로 가고 오는 것인지 알지 못하게 하여야 하는 것과 같다.

또, 장수는 전 군대를 동원하여 그들을 위험한 싸움터로 진입시켜야 하는데 이것이 장수가 하여야 할 일이다. 그러나 아홉 가지 지형의 변화에 따라 전략을 세우고, 굽히어 후퇴하고, 펴서 공격하는 것 가운데 어떤 것이 이로운가를 살펴야 하고 또한 병사들의 감정의 변화를 잘 살펴야 한다. 위험한 싸움터로 몰아 넣는다는 것은 전쟁에 이기기 위한 하나의 수단이지 패할 것을 전제로 한 것은 절대 아니다.

기업에 있어서도 막다른 골목에 이르게 되면 마지막 배수진을 치지 않을 수 없다. 그렇다고 사원을 모두 해고하는 것으로 끝나서는 안 된다. 경영은 승산이 있다는 것을 확신하고 해야 한다. 무모한 모험은 기업을 경영하는 게 아니라 일종의 도박이며 요행을 바라는 행동일 뿐이다.

• 지휘 통솔은 나타나 보이는 것이 아니라 일사불란하게 움직이는 것이다.

* * *

적국에 진입한 군대는 적지 깊숙이 진입할수록 장병들의 단결심이 공고해진다. 그러나 적지에 대한 심도(深度)가 얕아 국경 가까이에 머물면 장병들의 단결심이 해이하게 되어 도망병이 늘어난다. 본국을 떠나 적지에 진입하여 고립된 지역을 절지(絕地)라고 한다. 사방으로 교통로가 개방된 지역을 구지(衢地)라고 한다. 적지 깊숙이 싸우게 되는 지역을 중지(重地)라고 한다. 국경에서 멀지 않은 적지에 진입하여 싸우게 되는 지역을 경지(輕地)라고 한다. 배후에 험준한 산악이 막혀 있고, 전면에는 애로가 놓여 있는 지역을 위지(圍地)라고 한다. 진로와 퇴로가 막혀 갈 곳이 없는 지역을 사지(死地)라고 한다.

凡爲客之道, 深則專, 淺則散. 去國越境而師者, 絶地也. 四達者, 懼地也. 入深者, 重地也. 入淺者, 輕地也. 背固前隘者, 圍地也. 無所往者, 死地也.

범위객지도는 심즉전하고 천즉산이니라. 거국월경이사자는 절지야요 사달자는 구지야요 입심자는 중지야요 입천자는 경지야요 배고전애자는 위지야요 무소왕자는 사지야니라.

[해 설]

이 대목은 앞에서 말한 구지(九地)에 대한 복습으로 다시 한번 전체적으로 되풀이하였다.

무릇 남의 나라에 침입한 원정군이 적지 깊숙이 들어가면 군사들이 도망할 마음이 없어지고 전쟁에 전념하게 되는 것이며, 침입한 지역이 자기 나라 영토에 가까우면 병사들의 마음은 타국에 원정한다는 것에 대한 위구심(危懼心)과 고향이 멀지 않으므로 도망하려는 생각 때문에 마음이 풀어지고 흩어지게 되는 것이다.

본국을 떠나 국경을 넘어 남의 땅에서 싸우게 되면 그곳은 모두가 본국과 격절(隔絶)된 절지(絶地)인 것이다. 즉, 절지는 본국 밖에서 싸우는 땅을 모두 가리킨다. 본국과의 연락이 끊기는 곳인 절지는 다섯 가지가 있다. 즉, 사방으로 길이 통하여 있는 곳이 구지(衢地)이고, 적의 영토 안으로 깊이 침입한 곳은 중지(重地)이며, 적의 영토 안에 깊숙이 침입하지 않은 곳이 경지(輕地)이고, 견고한 진지를 등뒤에 두고 앞쪽에 좁은 길밖에 없는 곳이 위지(圍地)이다. 그리고 전후 좌우 어느 곳으로도 빠져나갈 수 없는 곳이 사지(死地)이다.

• 독도법부터 익혀야 적지를 택한다.

* * *

그러므로 산지(散地)에서는 장병들의 의지를 통합시켜 전심전력으로 전투에 임하도록 하여야 한다. 경지(輕地)에서는 병사들의 마음을 결속시켜야 한다. 쟁지(爭地)에서는 신속하게 기동하여 적의 배후를 공격하여야 한다. 교지(交地)에서는 방어태세를 철저히 갖추어야 한다. 구지(衢地)에서는 제3국과의 유대를 공고히 다져야 한다. 중지(重地)에서는 식량을 현지 조달하여 군량 확보에 주력하여야 한다. 비지(圮地)에서는 그 지역을 신속하게 통과하여야 한다. 위지(圍地)에서는 탈출구를 스스로 봉쇄함으로써 장병들의 탈주 심리를 억제시켜 결사적으로 싸우게 해야 한다. 사지(死地)에서는 필사의 결의를 보여 주어야 한다. 병사들이 포위를 당하면 힘을 합쳐 저항하고, 상황이 절박하면 필사적으로 싸우며, 극도의 위험에 처하면 장수가 지휘하는 대로 따르게 마련인 것이다.

是故, 散地, 吾將一其志, 輕地, 吾將使之屬, 爭地, 吾將趨其後, 交地, 吾將謹其守, 衢地, 吾將固其結, 重地, 吾將繼其食, 圮地, 吾將進其途, 圍地, 吾將塞其闕, 死地, 吾將示之以不活. 故兵之情, 圍則禦, 不得已則鬪, 過則從.
시고로 산지에 오장일기지하고 경지에 오장사지속하고 쟁지에 오장추기후하고 교지에 오장근기수하고 구지에 오장고기결하고 중지에 오장계기식하고 비지에 오장진기도하고 위지에 오장색기궐하고 사지에 오장시지이불활이니라. 고로 병지정은 위즉어하고 부득이즉투하고 과즉종이니라.

[해 설]

이런 까닭으로, 아홉 가지 지형에서 싸울 때에는 어떻게 대처하여야 하겠는가?

산지(散地)에서 싸울 때에는 즉, 자기 나라 영토 안에서 싸우므로 병사들의 마음을 하나로 굳게 단결시켜야 한다.

경지(輕地), 즉 적국의 영토 안이기는 하나 본국과의 거리가 가까운 곳에서는 병사들의 마음이 흔들리게 되므로 부대와 부대 사이에 긴밀한 연락을 갖도록 하여 마음으로 장수에게 복종하도록 하는 군심(軍心)의 장악에 힘쓸 것이다.

쟁지(爭地), 즉 서로가 점령하면 유리한 지형에서는 아군을 적의 배후로 급히 달려가 공격하게 한다.

교지(交地), 즉 아군이 공격해 오거나 아군이 진격해 가기에 편리한 지역에서는 아군이 먼저 점령하게 되면 신중하게 수비를 하여 적이 침공할 수 있는 기회를 주지 말아야 한다.

구지(衢地), 즉 제3국과 적국 사이에 있는 지역을 무력으로 점령하였을 때에는 제3국이 적과 손을 잡을 수 있으므로 이를 막기 위하여 외교적 유대 관계를 결속하여야 한다.

중지(重地), 즉 적국의 영토 깊숙이 들어갔을 때에는 본국에서 군량을 보급 받기가 어려우므로 현지에서 조달하여 병사들의 사기를 돋우어야 한다.

비지(圮地), 즉 험난한 산악과 저습한 소택(沼澤) 지대는 병사들이 신속히 통과하도록 하여야 한다.

위지(圍地), 즉 들어가는 길은 좁고 나오려면 멀리 우회하여야 하는 곳에서는 적은 소수의 군사로 아군을 막을 수 있으므로 적군이 터놓은 길로 나가면 전멸당하게 된다. 그러므로 병사들이 도망갈 길을 막아 그들로 하여금 결사적인 각오로 전투에 임하도록 하여야 한다.

사지(死地), 즉 앞에 강적이 노리고 있고 좌·우·후방으로도 벗어날 길이 없는 곳에서는 용감하게 싸우는 것 외에는 살아날 길이 없으므로 모든 병사들에게 목숨을 걸고 싸우도록 지시한다.

군대의 심리란 포위를 당하면 방어하게 되고, 어쩔 수 없게 되면 싸우게 된다. 또한 과즉종(過則從)에서 과(過)는 지나치다는 뜻과 적의 국경을 지난다는 뜻으로 풀이되고 있다. 즉, 위기가 지나치게 도를 넘게 되면 군사는 장수의 명령을 따르게 된다는 해석과, 일단 국경을 넘어 적지에 들어서게 되면 군사는 자연히 장수의 명령에 따르기 마련이라는 해석이 있다.

- 물에 빠지면 지푸라기라도 잡는다.
- 『소설 손자병법』 2 흥망의 철리 p217

6. 엄한 현실을 직시하고 싸운다

적국의 정책과 계획을 알지 못하는 국가는 사전에 인근 동맹국과의 외교 관계를 수립할 수 없다. 산악지대와 삼림지대, 험준한 요새지, 천연장애, 하천과 소택지, 호수 등의 지형을 알지 못하는 군은 행군할 수 없다. 향도(嚮導)를 적절하게 구사하지 못하는 군은 지형상의 이점을 활용할 수 없다. 구지(九地) 중에 어느 것 하나라도 알지 못하는 군은 패자(霸者)나 왕자(王者)의 군대가 될 수 없다.

是故, 不地諸侯之謀者, 不能豫交, 不知山林險阻沮澤之形者, 不能行軍, 不用鄕導者, 不能得地利. 四五者不知一, 非霸王之兵也.

시고로 부지제후지모자는 불능예교하고 부지산림험조저택지형자는 불능행군하고 불용향도자는 불능득지리니라. 사오자에 부지일이면 비패왕지병야니라.

[해 설]

　이웃나라 제후, 즉 제3국의 계략을 알지 못하는 사람은 그 제3국과 외교 관계를 맺을 수 없다. 즉, 예교(豫交)란 자기 나라에 유리하도록 미리 외교 관계를 맺는 것이다. 외교를 맺는 일은 그리 간단하지 않다. 무엇보다도 제3국이 생각하고 있는 바를 알아야 하기 때문이다. 만일 그들의 속셈을 잘못 알고 우호 관계를 맺어 안심하고 있을 때에 그들이 적의 편을 원조한다면 아군은 국제적으로 고립 상태에 빠지게 된다.

　산림과 험난한 곳, 저습지대의 지형을 잘 알지 못하는 사람은 군대를 행군시킬 수 없다. 원정군은 남의 나라 땅을 행군하고 포진하고 주둔한다. 그러므로 미리 그 형세를 자세하게 알고 있지 않으면 군대를 행군시킬 수도, 작전을 제대로 세울 수도 없다.

　그러므로 원정군이 남의 나라 안을 침공하려면 그곳의 정세에 능숙한 향도(鄕導)를 채용하여야 한다. 그리하여야 비로소 지(地)의 이(利)를 얻을 수 있는 것이다. 향도는 그 지방 출신의 정보원이다. 원정군의 현명한 지휘자는 유능하고 정세에 자세한 정보원을 얻는 데에 먼저 힘쓸 것이다. 유능한 한 사람의 정보원은 몇십만의 원병(援兵)보다도 더 큰 성과를 가져오게 되는 경우가 있다.

이렇게 제3국의 동향, 지형, 향도의 채용이라는 이 세 가지 중에서 한 가지라도 알지 못하는 것이 있다면 타국을 침공하여 천하의 패권을 다툴 수 없다. 사오자(四五者)는 사와 오를 합하여 구지(九地)를 가리키고 있는데 제3국의 동향·지형·향도의 세 가지를 가리키기도 한다.

• 사지(死地)에 빠져야 싸운다.

      * * *

패자나 왕자의 군이 적국을 공격할 때에는 그 적국이 아무리 강대하다 하더라도 병력을 미처 동원하지 못하게 만들며, 위엄으로 적국이 다른 나라와 동맹을 맺지 못하게 만든다. 그러므로 패자나 왕자는 천하의 모든 나라와 우호관계를 맺으려고 외교적으로 다툴 필요가 없고, 자국의 세력을 천하에 떨치려고 군사적으로 다툴 필요도 없으며, 자기의 뜻을 펼쳐 위엄만 보여도 적국의 성읍을 탈취할 수도 있고, 그 나라를 멸망시킬 수도 있는 것이다.

夫霸王之兵, 伐大國則其衆不得聚, 威加於敵則其交不得合. 是故, 不爭天下之交, 不養天下之權, 信己之私, 威加於敵. 故其城可拔, 其國可墮.
부패왕지병은 벌대국하면 즉기중부득취하고 위가어적이면 즉기교부득합이니라. 시고로 부쟁천하지교하고 부양천하지권하며 신기지사하여 위가어적이니라. 고로 기성가발하고 기국가타니라.

[해 설]

무릇 패자의 군사가 자기 나라보다 더 강대한 국가를 정벌하더라도 적은 그 우세한 병력을 집결할 여유를 갖지 못하게 된다. 왜냐하면 이미 이편에서 적의 모든 정세를 알고 지리를 장악하여 적이 취할 수단을 먼저 계산한 뒤에 공격을 감행하기 때문이다.

또한 자기 나라와 세력이 필적되는 나라에 대하여 무력으로 위압하여도 적국은 제3국의 원조를 받기 위한 외교를 맺을 수 없다. 이편에서 이미 선수를 써서 제3국과 외교 관계를 맺고 있기 때문이다.

그러므로 패왕의 실력을 가진 사람은 다른 나라들이 협력하여 주기 때문에 다른 나라의 협력을 얻기 위하여 외교적인 교섭을 하려 하지 않고, 천하의 권세가 저절로 들어오기 때문에 굳이 강국의 세력을 증강시키려고도 하지 않는다.

오직 자기 나라의 힘을 길러 국위를 선양하려는 한편 적국에 위압을 가하여 전의를 상실하게 하기 때문에, 적국의 성을 함락시키고 쉽게 정복할 수 있는 것이다.

- 알고 덤비는 자에게는 임기응변의 방법밖에 없다.
- 『소설 손자병법』 [1] 안평중의 호기 p158

* * *

장수는 관례를 깨뜨리는 포상을 시행하기도 하고, 상식을 초월하는 명령을 내리기도 하며, 전군을 마치 한 사람처럼 자유자재로 다룰 줄 알아야 한다. 부하에게 임무를 부여할 때 어째서 이 임무를 수행해야 하는지를 설명해 주어서는 안 된다. 유리한 점을 들어 격려하되 그들 앞에 닥쳐올 위험이나 불리한 점을 미리 알려 주어서도 안 된다.

施無法之賞, 懸無政之令, 犯三軍之衆, 若使一人. 犯之以事, 勿告以言, 犯之以利, 勿告以害.
시무법지상하고 현무정지령이면 범삼군지중을 약사일인이니라. 범지이사하고 물고이언하며 범지이리하고 물고이해니라.

[해 설]

이것은 싸움터에서 장수가 병사를 부리는 방법이다. 법에 없는 상이란 평상시 법에 없거나 법을 무시한 상을 말하고, 정사에 없는 명령은 전쟁 중의 임시 특별법을 말한다. 싸움터에서는 평소의 규정이 통하지 않는다. 경우에 따라서는 병사들에게 규정에 없는 상을 내리고 또 규정에 없는 엄격한 명령을 내려야 모든 병사들을 마치 한 사람을 움직이듯이 행동시킬 수 있는 것이다.

싸움터에서는 이론으로 통하지 않는 일도 많다. 오직 행동만이 있을 뿐이다. 설명이나 교훈 같은 것만 가지고는 통하지 않으며 행동이 곧 말인 것이다. 또한 병사들은 전투의 유리한 면만을 알고 있게 하는 것으로 족하다. 손해되는 일, 불리한 면은 일체 덮어두어야 한다.

• 임시법, 특별법은 임시로 끝나야 한다.

* * *

군이란 망지(亡地)에 투입되어야 비로소 보존되는 방법을 깨닫게 되고, 사지(死地)에 빠져서야 비로소 생존하는 방법을 찾게 된다. 군이란 위험에 빠져서야 승리할 수 있는 능력이 생기는 것이다. 용병의 묘리는 먼저 적의 의도대로 움직이는 듯이 보여, 적을 기만한 다음 아군의 힘을 한 곳에 집중시켜 적의 허점을 집중 공격하는 데 있다. 이렇게 하면 천리 밖에 있는 적장을 사로잡거나 죽일 수 있는 것이니 이야말로 교묘한 책략으로 큰일을 이룩한다고 말할 수 있는 것이다.

投之亡地然後存, 陷之死地然後生. 夫衆陷於害然後, 能爲勝敗, 故爲兵之事, 在於順詳敵之意, 幷敵一向, 千里殺將. 此謂巧能成事者也.

투지망지연후에 존하고 함지사지연후에 생이니라. 부중함어해연후에 능위승패니라. 고로 위병지사는 재어순상적지의하여 병적일향이면 천리살장이니라. 차위교능성사자야니라.

[해 설]

여기에서 벗어나지 못하면 영영 멸망하고 만다는 사실을 깨닫고 난 후라야 모든 군대는 한마음으로 뭉쳐 적과 싸워 버티어 나갈 수가 있고, 싸워 이기기 전에는 꼼짝없이 죽고 만다는 생각을 다같이 갖게 만든 뒤라야 전 군대의 결사적인 분투로써 적과 싸워 이길 수가 있다. 대개 군대란 자신에게 직접 해가 미치게 된 것을 자각한 뒤라야 힘을 합쳐 승부를 결정짓게 되는 것이다.

그러므로 이같은 심리를 항상 전투에 활용하지 않으면 안 된다. 그렇게 하기 위해서는 상대방의 움직임에 거스르지 않는 것이 가장 좋다. 적군이 공격해 오면 아군은 후퇴하고, 적군이 후퇴할 때 아군이 진격하면 적군의 작전과 실태를 자세히 파악할 수 있다. 이렇게 하면 적을 옴짝달싹할 수 없는 외길로 몰아 넣을 수도 있고, 천리 밖에 있는 적장도 쳐서 죽일 수 있는 것이다.

이러한 운용이 무리 없이 자연스럽게, 그리고 교묘히 행해져야만 큰 승리를 기대할 수 있다.

한신(韓信)이 유방(劉邦)을 도와 조(趙)나라를 공략하였을 때의 일이다. 한신이 이끌고 간 군대는 무려 1만 대군이었다. 그런데 적은 요지에 성을 견고하게 쌓고 있어서 어지간한 공격으로는 꿈쩍도 하지 않았다. 한신은 총공격을 개시하기 전날 밤에 기병 2천을 선발하여 그들에게 한(韓)나라의 깃발인 붉은 기를 한 개씩 갖도록 하고,

"내일 싸움에서 우리는 거짓으로 패한 체하여 달아날 것이다. 그러면 적군은 성을 비우고 아군을 추격할 것이다. 그 틈을 이용하여 너희들은 성을 점령하고 붉은 깃발을 꽂아라."

라고 지시하였다.

이리하여 기병대는 성 가까이까지 가서 숨었다. 한편 나머지 8천 명의 병사들도 그날 밤으로 이동하여 성 앞을 흐르는 강을 등지고 배수진을 쳤다.

날이 밝자, 성 안에 있던 적은 강을 등지고 배수진을 치고 있는 한신의 군대를 보고 웃었다. 병법을 모르는 전법이었기 때문이다.

한신은 군대의 일부를 이끌고 적군을 공격하다가 다시 군대를 이끌고 본진으로 도망쳐 돌아왔다. 적군은 때를 놓칠세라 추격하여 성을 비우고 밀어 닥쳤다. 그러나 한나라 병사는 강물 때문에 후퇴할 수가 없게 되자 사력을 다해 싸워 적군을 밀어붙였다. 결국 조나라 군대는 전세가 기울자 성으로 돌아가려 하였지만 성은 이미 한나라 기병대들이 점령하였기 때문에 돌아갈 수도 없었다. 바로 이때 한신의 군대가 그들을 습격하여 크게 물리쳤다.

싸움이 끝나자,

"배수진을 치고 싸운다는 얘기는 들어 보지도 못했는데 도대체 이것은 무슨 전술입니까?"

라고 참모가 물었을 때 한신은,

"병법에도 '병사들을 사지로 몰아넣어야 비로소 산다'는 말이 있지 않소? 이것을 응용한 것이 바로 배수진이오. 어차피 우리 군대는 약세이기 때문에 이를 생지(生地)에 두면 곧 흩어지고 말 거요. 그래서 병사들을 사지(死地)로 몰아넣었던 거요."

라고 답하였다.

- 발등에 불이 떨어져야 움직이는 것이 사람의 심리이다.

　　　　＊　　＊　　＊

적국과의 전쟁이 결정되면 국경의 관문이나 애로 등을 봉쇄하고, 통행증을 폐기하여 적측 사절의 왕래를 불허한다. 조정에서는 전쟁 계획을 신중하게 검토하고 연구하여 작전의 기본계획을 수립한다. 그리고 일단 적국에 허점이 드러나면 기회를 포착하여 신속히 행동하며 먼저 적국의 가장 중요한 요지를 기습 점령한 다음 적측의 상황과 행동에 즉응(卽應)하여 결전 여부를 결정한다.

是故, 政擧之日, 夷關折符, 無通其使, 勵於廊廟之上, 以誅其事. 敵人開闔, 必亟入之, 先其所愛, 微與之期, 踐墨隨敵, 以決戰事.

시고로 정거지일에 이관절부하고 무통기사하며 여어랑묘지상하여 이주기사니라. 적인개합이면 필극입지하여 선기소애하여 미여지기하고 천묵수적하여 이결전사니라.

[해 설]

정사를 든다[政擧]는 것은, 선전포고라든지 전시 체제의 돌입을 위한 정령(政令)이 실시되는 것을 말한다. 즉, 조정에서 전쟁을 하기로 결정을 내리는 즉시 관문을 통과하려는 사람의 여권을 전부 꺾어 못쓰게 하고 양국 사신의 왕래를 금지함으로써 군사기밀이 새어나가지 못하도록 한다.

낭묘(廊廟)란 조정(朝廷)을 말하고, 주(誅)는 책임을 지운다는 뜻이다. 즉, 전쟁을 하기로 하였다면 조정에서는 전쟁 수행을 위한 모든 일에 정성을 기울이고 각자 맡은 일에 책임을 지게 한다. 특히 최고 책임자인 장수를 임명하여야 한다. 또한 적국에서 관문을 열고 닫을 때 간첩을 재빨리 들여보내 적이 가장 소중하게 여기는 급소를 찾아내어 은밀하게 습격할 계획을 세워야 한다. 그리고 천묵(踐墨)이란 먹줄 친 대로 한다는 말로 계획대로 한다는 뜻이니, 적에게서 얻은 정보에 따라 적군의 기대대로 적의 진퇴에 따라 행동하며 적당한 시기가 왔을 때 단숨에 승패를 결정하는 것이다.

• 일에는 귀천이 없다. 맡은 일에 책임을 다하여야 한다.

* * *

그러므로 전쟁이 개시되기 전까지는 처녀와도 같이 고요하고 침착하게 대처하여 적의 경계심을 이완시키도록 하고, 전쟁이 개시되면 마치 그물을 벗어난 토끼처럼 신속하게 기동하여 적측에서 미처 저항하지 못하도록 하는 것이다.

是故, 始如處女, 敵人開戶, 後如脫兔, 敵不及拒.
시고로 시여처녀하고 적인개호하면 후여탈토하여 적불급거니라.

[해 설]
이런 까닭으로 전쟁이 터지면 처음 얼마 동안은 조용히 몸을 지키고 있는 것이 마치 처녀처럼 보인다. 그리하면 상대방도 아무런 어려움 없이 수비의 문을 열어 두게 된다. 바로 이러한 틈을 타서 그물에서 벗어난 토끼가 날쌔게 달아나는 것처럼 무서운 속도로 적을 공격한다. 그리하여 적은 미처 막을 겨를마저 놓치고 마는 것이다.

이와 같은 행동은 미리 마음의 준비가 되어 있어야 가능한 것이며, 행동으로 옮기려 하는 태세가 보이지 않게 은밀히 갖추어져 있어야 한다.

• 침묵을 지킬 줄 아는 사람이 무서운 사람이다.

12
화공편(火功篇)

화공편에서는 불[火]로 공격하는 원리를 설명하고 있다. 즉, 화공의 종류, 사전 준비, 그리고 실시하는 방법 등에 관하여 언급하고 있다. 또한 뒷부분에서는 화공과는 관계 없는 지도자의 감정에 관해서도 설명하고 있다.

1. 화공(火攻)의 대상은 다섯 가지이다

손무는 말하였다. 화공에는 목표에 따라 다섯 가지 방법이 있다. 첫째는 화인(火人), 즉 적 부대의 막사를 불태워 인마를 살상하는 방법이다. 둘째는 화적(火積), 즉 적의 군량 집적소를 불태우는 방법이다. 셋째는 화치(火輜), 즉 적의 보급부대를 불태우는 방법이다. 넷째는 화고(火庫), 즉 적의 창고를 불태우는 방법이다. 다섯째는 화대(火隊), 즉 적의 운수 시설을 불태우거나 보급로를 차단시키는 방법이다.

孫子曰, 凡火攻有五, 一曰火人, 二曰火積, 三曰火輜, 四曰火庫, 五曰火隊.
손자왈 범화공에 유오이니 일왈화인이요 이왈화적이요 삼왈화치요 사왈화고요 오왈화대니라.

[해 설]

화인(火人)에서의 화(火)란 '불을 지르다'라는 동사이다. 즉, 불로써 공격하는 데는 다섯 가지의 목표가 있다. 첫째, 사람을 불태우는 일이다. 적군의 막사에 불을 지르거나 적군이 밀림 같은 곳에 있을 때 그 주위에 불을 질러 적군을 타 죽게 하는 것이다. 이때 아군이 쳐들어가면 쉽게 승리할 수 있을 것이다.

둘째, 적이 쌓아놓은 물자를 불태우는 것이다. 적이 쌓아놓은 것이란 군량, 탄약, 연료, 마초 같은 것을 의미한다. 그렇게 되면 적은 식량도 떨어지게 되고, 보급품도 모두 불에 타서 모자라게 된다. 이러한 허를 이용해 공격하면 적은 싸우기도 전에 스스로 무너지고 말 것이다.

셋째, 적의 온갖 군수품을 수송하는 치중(輜重)을 불태우는 것이다. 모자라는 보급품은 계속 보충하게 되어 있다. 비록 현재 있는 보급품을 불태웠다고 하더라도 곧 도착할 보급품이 있다면 적은 다시 힘을 낼 수 있게 된다. 따라서 적의 보급품을 운반하는 치중대를 불태워 버린다면 적은 군수품의 결핍으로 스스로 손을 들고 말 것이다.

넷째, 적의 창고를 불태우는 일이다. 창고는 무기를 비롯해 온갖 물자가 보관돼 있는 곳이다. 이곳을 불태우면 적의 전투력은 지속될 수 없다.

다섯째, 적의 부대를 불태우는 것이다. 즉, 적이 주둔하는 곳에 불을 질러 부대의 배치와 수비에 혼란을 일으키는 것이다. 적의 부대가 혼란에 빠지면 아군은 그 허를 찔러 쉽게 승리할 수 있다.

- 준비를 마친 다음 때를 기다린다.
- 『소설 손자병법』 ③ 오나라의 말로 p228

* * *

화공을 실시하려면 일정한 조건이 갖추어져야 하며, 목표에 따라 적절한 발화기재(發火器才)를 확보해 두어야 한다. 화공에는 적절한 때와 적절한 날짜가 있다. 화공에 적절한 때란 건조한 계절을 가리킨다. 화공에 적절한 날짜란 달의 운행이 기성(箕星), 벽성(壁星), 익성(翼星), 진성(軫星)의 네 별자리 중의 하나에 위치하는 날로, 달이 이 네 별자리를 통과할 때에는 큰바람이 일기 때문이다.

行火必有因, 煙火必素具. 發火有時, 起火有日. 時者天之燥也, 日者宿在箕壁翼軫也. 凡此四宿者, 風起之日也.
행화에 필유인하며 연화에 필소구니라. 발화에 유시하고 기화에

유일하니 시자는 천지조야요 일자는 숙재기벽익진야니라. 범차사
수자는 풍기지일야니라.

[해 설]

화공(火攻)을 하려면 화공을 가능하게 할 여건과 준비가 갖추어져
있어야 한다. 우선 발화에 필요한 불붙이는 도구와 재료가 있어야 한
다. 이러한 물건은 아무 곳에서나 구할 수 없고 또한 아무 때나 얻어
지는 것이 아니다. 따라서 평소에 도구와 재료를 항상 갖추고 있어야
한다. 그리고 아무 때나 불을 질러서도 안 된다. 적당한 시기가 있고,
또한 적당한 날이 있다.

여기에서 적당한 시기란 바로 날이 건조한 때이다. 불이란 붙여 놓
으면 저절로 붙어 줘야 한다. 그런데 습기가 많고 비가 온 뒤에는 붙
이기만 하면 꺼지게 마련이다. 설사 불이 붙는다 하여도 화공의 효과
는 얻을 수 없다. 그리고 적당한 날이란 달이 기(箕)·벽(壁)·익
(翼)·진(軫)의 네 별자리 방향에 있을 때 바람이 일어나므로 이때를
말한다. 불은 바람이 불어 주어야 더욱더 기승을 부리며 탄다.

이른바 사수(四宿)의 수(宿)는 별자리를 뜻하고, 이를 '숙'이라 읽
을 때는 '머무른다'는 뜻이다. 이 사수는 28수(二十八宿)의 별자리 가
운데 제4수이다. 대체로 별자리에 따라서 바람 부는 방향이 다르다.
그것은 다음과 같다.

창룡(蒼龍), 즉 동(東) : 각(角)·항(亢)·저(氐)·방(房)·심(心)·
미(尾)·기(箕)

현무(玄武), 즉 북(北) : 두(斗)·우(牛)·여(女)·허(虛)·위(危)·
실(室)·벽(壁)

백호(白虎), 즉 서(西) : 규(奎)·루(婁)·위(胃)·묘(昴)·필(畢)·

자(觜)·삼(參)

주작(朱雀), 즉 남(南) : 정(井)·귀(鬼)·유(柳)·성(星)·장(張)·익(翼)·진(軫)

화공법(火攻法)은 고대 전쟁에서 많이 사용되었으며, 그 가운데에서도 적벽전(赤壁戰)의 화공법이 유명하다. 조조는 천하를 지배할 속셈으로 남쪽을 향해 정벌하다가 적벽(赤壁) 싸움에서 손권(孫權)과 유비(劉備)의 연합군에게 패하였다. 이 싸움에서 패한 조조는 북쪽에 자리를 잡았고, 결국 천하가 셋으로 나뉘는 삼국시대(三國時代)가 열리게 되었다.

당시 조조는 25만의 대군을 이끌고 양자강(揚子江)으로 내려왔다. 이에 대항하여 손권은 장수 주유(周瑜)에게 불과 3만의 수군(水軍)을 주었고, 여기에 유비의 군사 2만이 함께 합세하여 싸웠다.

주유의 군대는 적벽에서 조조의 군대를 만났다. 조조의 함대는 강의 북쪽에 정박하고, 주유의 군대는 강의 남쪽에 진을 쳐서 서로의 동정을 살폈다. 이때 장군인 황개(黃蓋)가 주유에게,

"지금 적군의 수는 많고 아군의 수는 적어 지구전이 되면 승산이 없습니다. 그러나 적군의 함대가 서로 연결되어 있어 화공법(火攻法)이 상책이라 여겨집니다."

라고 건의하였다.

사실 조조의 군대는 북방 출신이기 때문에 수전(水戰)에 익숙하지 않아 배와 배를 연결시켜 동요를 막고 있었다.

황개의 계략을 받아들인 주유는 즉시 쾌속정 10척을 준비시켜 마른 풀을 가득 싣고는 기름을 부어 놓고 흰 깃발을 달았다. 또한 배 뒤에다가 거룻배를 연결하여 탈출용으로 준비하였다. 그런 다음 황개는 미리 조조에게 항복할 뜻을 알렸다.

화공에서는 바람이 일지 않으면 효력이 없다. 이에 제갈량은 언덕 위에 칠성단을 만들고 바람이 불어 주기를 빌었다. 결국 다음날 아침부터 동남풍(東南風)이 불기 시작하자 열 척의 배를 북쪽을 향해 보냈다. 조조의 병사는 황개가 항복하려고 오는 모습을 보고 기뻐하였다.

황개의 함대는 적진 깊숙이 들어가면서 준비하여 간 마른 풀 위에 불을 질렀다. 바로 그때 동남풍이 불어와 조조의 함대는 순식간에 불덩이가 되었고, 물 위에 떠 있던 배는 물론 언덕에 있던 적진까지 불이 번져 나갔다.

주유는 가벼운 차림의 정예부대를 이끌고 배후에서 이들을 공격하여 결국 조조를 크게 이길 수 있었다.

- 비오는 날의 화공(火攻)은 있을 수 없다.
- 『소설 손자병법』 **1** 오왕가의 내홍 p304, **3** 오나라의 말로 p238

2. 변화에 대응하여야 한다

화공을 실시할 때에는 이 다섯 가지 방법을 사용하되, 상황의 변화에 즉응하여 임기응변하여야 한다. 적진의 내부에서 불이 일어나면 즉각 외부에서 병력을 동원하여 호응해야 한다. 적진에 불이 일어났는데도 적이 여전히 침착하게 안정을 유지하고 있으면, 외부에서 조급하게 공격하지 말고 상황을 관망하여야 한다. 불길이 치열해졌을 때 공격이 가능한 상황이면 공격을 하며, 공격이 불가능한 상황이면 공격을 포기해야 한다. 화공은 적진의 외부로부터 가할 수도 있다. 적진 내부에서 내응자가 방화하기를 기다리는 것이 아니라 화공의 시기와 조건이 성숙되면 외부에서 직접 적진에 불을 지르는 것이다. 불은 바람이 불어오는 쪽을 등지고 놓아야 하며, 바람을 안고서 화공을 해서는 안 된다. 낮 바람은 오래 불고, 밤 바람은 짧게 불었다가 그친다. 군이 작전할 때에는 반드시 이 다섯 가지 화공 방법의 변화를 숙지하여 운용하되, 반드시 화공 시기와 조건이 갖추어 질 때에만 실시해야 한다.

凡火攻, 必因五火之變而應之. 火發於內, 則早應之於外, 火發而其兵靜者, 待而勿攻, 極其火力, 可從而從之, 不可從而止. 火可發於外, 無待於內, 以時發之. 火發上風, 無攻下風, 晝風久, 夜風止. 凡軍必知有五火之變, 以數守之.

범화공은 필인오화지변이응지니라. 화발어내하면 즉조응지어외하고 화발이기병정자면 대이물공하고 극기화력하여 가종이종지하고 불가종이지하니라. 화가발어외면 무대어내하고 이시발지하며 화발상풍이면 무공하풍하고 주풍구면 야풍지니라. 범군은 필지유오화지변하여 이수수지니라.

[해 설]

화공(火攻)은 화공만으로 최종 목적인 승리를 얻을 수 있는 것은 아니다. 즉, 화공을 하게 되면 이에 따라 일어나는 변화에 걸맞은 공격이 뒤따라야 한다. 그러면 어떠한 경우에 어떻게 대처하여야 하는가?

첫째, 불을 적진 내부에 질렀으면 아군은 재빨리 군대를 출동시켜 외부에서 호응해 즉각 공격하여야 한다. 안에서는 불이 일어나고 밖에서는 아군이 공격한다면 적은 혼란에 빠져 반드시 패할 것이다.

둘째, 불길이 올랐는데도 적이 조금도 동요하지 않고 조용하다면 그것은 반드시 어떤 술책이 있다는 뜻이다. 이러한 때에 아군이 함부로 공격하면 오히려 적의 계략에 빠져 버릴 수도 있다. 그러므로 즉시 공격하지 말고 불길이 극에 달하여 적이 혼란에 빠지게 되면 공격하여야 한다. 만일 그렇지 못하다면 공격은 포기해야 한다.

셋째, 밖에서 불을 지를 수 있다면 적진의 내부에 방화할 기회를 엿볼 필요 없이 적절한 때를 골라 불을 지르는 것이 좋다. 적절한 때란 바로 앞에서 설명한 것과 같이 날씨가 건조하고 바람이 일어나는 날을 가리킨다. 대개 적진의 내부에다 불을 지를 때는 간첩을 이용하여야 하므로, 만일 외부에다 불을 놓는 것이 가능하다면 내부에서 일으키기를 기다릴 필요가 없다.

넷째, 바람이 불어오는 방향에서 불이 일어났으면 바람을 맞받는 곳에서 공격하지 말아야 한다. 불이란 바람의 기세에 따라 타오르기 때문에 바람을 맞받는 곳에서는 도리어 아군이 피해를 입을 위험이 있다.

다섯째, 바람이 낮 동안에 오래 불었다면 밤에는 멈춘다. 불이 낮바람에 일어났으면 곧 공격하여야 한다. 불이 밤 바람까지 있을 것이라고 믿고 화공을 계속하면 안 된다. 오히려 밤에는 적의 기습을 받을 위험성이 있다.

이처럼 불의 다섯 가지 변화를 알아 여러 모로 계산한 뒤에 나온 방법과 기술, 즉 수(數)를 써야 하고, 또한 적도 화공법을 써서 공격해 올 수 있다는 가정도 계산에 넣어야 한다.

만일 자기 기업과 경쟁 관계에 있는 기업에 내부 소란이 있을 때에는 시기를 놓치지 말고 신속하게 공격 태세를 갖추지 않으면 안 된다. 그러나 그것이 어떤 성질의 것인지 어느 정도의 것인지 모르고

덮어놓고 법석을 부려서는 아무 소용도 없다

경쟁 기업을 공격하려면 가장 유효적절한 시기를 택하는 것이 중요하다.

• 상대를 보고 행동하여야 한다.

3. 수공법(水攻法)도 있다

불에 의한 화공은 공격의 보조 수단으로서 그 효과가 크다. 물에 의한 수공(水攻)도 공격의 보조 수단으로서 그 위력이 크다. 그러나 수공은 적군을 분단시키는 위력은 있으되, 화공처럼 적의 물자와 장비를 소멸시키지는 못한다.

故以火佐攻者明, 以水佐攻者强. 水可以絶, 不可以奪.
고로 이화좌공자는 명하고 이수좌공자는 강이니라. 수가이절이나 불가이탈이니라.

[해 설]
화공법이나 수공법은 다같이 적군을 공격하는데 있어 공격을 돕는 유효한 보조 수단이다. 그러나 그 작용에는 큰 차이가 있다. 화공법을 이용하면 적군의 생명과 재물을 불태워 승리가 명백하여지지만, 수공법을 이용하면 적군의 통로나 보급로 등을 끊어 놓을 수는 있지만 화공법처럼 적군의 인명과 재물을 빼앗지는 못한다.

한신(韓信)이 제(齊)나라를 정벌하였을 때, 용저(龍且)라는 장수와 유수(濰水)라는 강을 사이에 두고 대진하였다. 이때 한신은 부하들에게 모래 포대 1만여 개를 만들도록 하여 밤에 유수의 강물을 상류에서 막아 버렸다. 그리고 물이 빠진 강을 건너 공격하다가 일부러 패한 척하고 강을 건너 본진으로 돌아왔다.

이것을 본 용저는 한신의 뒤를 추격하여 유수를 건너려 하였다. 이때를 기다리던 한신이 상류를 막았던 모래 포대를 무너뜨리자 강물이 일시에 용저군을 덮쳤고 태반의 병사가 강물에 휩쓸렸다. 그리하여 승리는 한신에게로 돌아갔다.

을지문덕(乙支文德) 장군의 살수(薩水) 싸움은 바로 수공법의 하나이다.

• 물과 불은 상극이다. 이러한 상극을 이용한다.

4. 현명한 군주와 용맹한 장군이 취할 길

대개, 전쟁에서 이기고 적의 영토를 점령하였어도 그 전쟁을 일으킨 근본 목적에 위배되면 재앙을 당하게 된다. 이를 비류(費留)라고 한다. 그러므로 지혜로운 군주는 전쟁이 끝나면 비류 여부를 신중히 검토하며, 훌륭한 장수는 전쟁의 근본 목적을 달성하려고 노력하는 것이다. 국가에 유리하지 않으면 군사행동을 택하지 않으며, 승리의 확신이 없으면 용병을 하지 않으며, 위급하지 않으면 싸우지 않는다.

不戰勝攻取, 而不修其功者凶, 命曰費留. 故曰明主慮之, 良將修之. 非利不動, 非得不用, 非危不戰.

부전승공취라도 이불수기공자는 흉하니 명왈비류니라. 고로 왈명주는 여지하고 양장은 수지니라. 비리부동하고 비득불용하고 비위부전이니라.

[해 설]

싸워서 이기고, 공격하여 탈취하더라도 그 성과를 근신하고 경계하는 마음으로 닦아 다스리지 않는다면 결과는 매우 좋지 못한 것이다. 그것은 한낱 나라의 경비를 소모하고, 백성들을 이유 없이 밖에 머물러 있게 하는 것일 뿐 아무것도 아니다. 여기에서 명(命)이란 이름을 붙인다는 뜻이고, 비류(費留)는 경비를 써가며 군대를 머물게 한다는 뜻이다. 조조는 이를 '물의 흐름이 다시 돌아오지 않음과 같다〔若水之流不復還〕'라고 해석하고 있는데 이것은 전쟁에서 얻은 결과를 잘 경계하여 다스리지 않으면 승리는 흘러간 물처럼 아무 소용이 없다는 뜻이다.

그런 까닭에 현명한 군주는 이러한 결과가 되지 않도록 조심스럽게 생각하여야 한다. 또한 훌륭한 장수는 그렇게 되지 않도록 그 결과를 늘 경계하여 닦아 다스리는 것이다.

그러므로 전쟁이란 것은 국가에 유리한 것이 아니면 일으키지 말아야 하며, 국가에 얻는 것이 없으면 군대를 사용하지 말아야 한다. 전쟁이란 오직 국가의 이익을 위해서만 결행되는 것이고, 전승의 결과는 잘 닦고 다스려 국가의 이익으로 보전하고 발전시켜야 하는 것이다. 또, 적이 도전하여 왔을 때, 즉 수세의 전쟁일 경우에는 국가가 위기에 처하게 될 때에만 응전하여야 한다. 또한 공세의 전쟁은 국가에 유리하고 국가를 위하여 얻음이 있는 경우에 결정하며, 수세의 전쟁은 응전하지 않으면 국가가 위급할 경우에만 응전한다.

• 싸울 것인가, 그만둘 것인가의 판단이 중요하다.

* * *

그러므로 일국의 군주된 자는 일시적인 분노 때문에 전쟁을 일으켜서는 안 되며, 장수된 자는 일시적인 격정 때문에 전투를 추구해서는 안 된다. 국가의 이익에 부합되면 행동을 취하고, 국가 이익에 부합되지 않으면 수행중인 전쟁이라도 정지해야 한다. 분노는 시간이 흐르면 다시 기쁨으로 바뀔 수 있고, 격한 감정도 시간이 흐르면 다시 즐거움으로 바뀔 수 있지만, 나라는 한번 멸망하면 다시 일으킬 수 없고, 죽은 사람은 다시 살릴 수 없는 것이다. 그러므로 명철하고 지혜로운 군주는 전쟁에 신중을 기하고, 훌륭한 장수는 싸움에 앞서 깊이 경계한다. 이것이 국가의 안전과 군의 보전을 기약하는 관건이다.

主不可以怒而興師, 將不可以慍而致戰. 合於利而動, 不合於利而止. 怒可以復喜, 慍可以復悅, 亡國不可以復存, 死者不可以復生. 故明君愼之良將警之, 此安國全軍之道也.

주불가이노이흥사하고 장불가이온이치전이니라. 합어리이동하고 불합어리이지니라. 노가이부희하고 온가이부열이나 망국은 불가이부존하고 사자는 불가이부생이니라. 고로 명군은 신지하고 양장은 경지하나니 차는 안국전군지도야니라.

[해 설]

그런 까닭에 군주는 단순한 분노 때문에 경솔하게 전쟁을 일으켜서는 안 된다.

장군도 역시 한때의 울분을 참지 못하여 앞뒤를 가리지 않고 전투를 벌여서는 안 된다.

국가의 전체 이익에 합치된 뒤라야 군사를 움직이고, 그렇지 않을 경우에는 즉시 중지하여야 한다. 노여웠던 마음은 곧 풀어져 다시 기뻐질 수 있다.

그러나 앞뒤 분간 없이 전쟁을 시작하였다가 나라가 망하게 되면 다시는 돌이킬 수 없고, 전쟁으로 억울하게 죽은 군사나 국민의 생명은 영영 다시 살아날 길이 없는 것이다.

그런 까닭에 현명한 군주는 분노 때문에 전쟁을 일으키는 일이 없도록 삼가한다. 훌륭한 장군도 성이 난다고 하여 전투를 벌이는 일이 없도록 스스로 경계한다. 이렇게 하는 것이 곧 국가를 안정되게 하고, 군을 보전하는 길인 것이다.

감정으로 중대한 일을 처리할 수는 없다. 모든 행동이 자신에게 유리한가 또는 아닌가를 생각하여, 유리하면 실행하고 불리하면 포기하여야 한다. 또한 얻어진 결과는 근신하여 닦아 다스려서 유용한 것으로 확보 발전시켜야 한다.

촉한(蜀漢)의 유비(劉備)는 위(魏)·오(吳)와 국경을 맞대고 있는 요충지 형주(荊州)를 의동생인 관우(關羽)에게 맡겼다. 그런데 관우는 오나라의 손권(孫權)의 계략에 빠져 목숨을 잃고 형주까지 빼앗겼다.

이 소식을 들은 유비는 몹시 슬퍼하였으며 관우의 죽음에 몹시 화가 치밀어 올랐다. 그리하여 유비는 분노를 참지 못하고 곧 손권을 토벌하기 위하여 군대를 일으켰다. 이에 신하들이 반대하였으나 유비는 끝내 손권 토벌 군대를 일으켰고, 결국 크게 패하고 말았다. 유비가 이 싸움에 패하자 큰 타격을 입은 나머지 군사들도 죽음이 가까이 있음을 느꼈다.

• 감정으로 전쟁을 할 수는 없다.
• 『소설 손자병법』 ③ 오월동주 p60

13
용간편(用間篇)

용간이란 간첩을 사용한다는 말로 정보 활동을 가리킨다. 전쟁은 이길 수 있는 전쟁을 해야 하며, 또한 먼저 이겨 놓고 싸워야 된다. 그렇게 하기 위해서는 적정(敵情)을 알고 있어야 한다.

1. 정보를 장악한 사람은 전쟁도 장악한다

손자는 말하였다. 10만의 군사를 천 리 밖으로 출정시키려면 백성과 나라가 부담해야 할 전비(戰費)가 하루에 천금(千金)이 소요된다. 그리고 전국이 소란해지며, 군수물자의 수송에 동원된 백성들이 도로를 메우고, 이로 인하여 농사를 짓지 못하는 집이 70만 가호(家戶)에 이르게 된다.

孫子曰, 凡興師十萬, 出征千里, 百姓之費, 公家之奉, 日費千金, 內外騷動, 怠於道路, 不得操事者, 七十萬家.
손자왈 범흥사십만하여 출정천리면 백성지비와 공가지봉이 일비천금하며 내외소동하여 태어도로하여 부득조사자는 칠십만가니라.

[해 설]

여기에서 말하는 백성의 비용이란 일반 국민에게 부과된 군역(軍役)·강제 노동·전시(戰時)의 과세(課稅) 등의 부담을 말하는 것이고, 제후국을 주(周) 왕실에 대하여 공가라 하므로 전쟁이란 바로 이들 공가끼리의 싸움이며, 공가의 봉(奉)이란 한 나라를 일컫는 말이다. 그러므로 백성의 비용이란 국가에서 부담하는 전쟁 비용과 군사들에게 지급하는 봉급 같은 것을 말한다.

그리고 나라 안팎이 소란해진다는 것은 나라 안과 전쟁터에서의 심한 노동이란 뜻이고, 도로를 메운다는 것은 백성들이 식량과 군수물자를 수송하느라고 도로에 왔다갔다 한다는 뜻이다. 즉, 싸움터와 본국 간의 수송이 지체되고 있는 것을 말한다.

병사를 10만 명이나 동원하여 먼 타국에 원정하게 되면 백성과 국가는 날마다 천금의 거액을 소비하게 된다. 그뿐만 아니라 10만 명의 군대를 출정시키게 되면 노역을 제공하여야 할 민호(民戶)가 70만 호가 된다. 이들 70만 호의 백성들은 군량과 온갖 군수품의 운반 때문에 도로에서 지쳐 버려 각자의 생업을 위해 일을 할 수 없게 된다. 이렇게 나라의 안팎은 온통 불안과 동요의 상태에 빠진다.

여기에서 70만 호란 근거는, 고대의 토지제도에서는 민호 8호가 900무(畝), 즉 1정(井)을 경작하여 각기 100무씩에서 자기의 소득으로 하고 나머지 100무는 모두가 공동으로 경작하여 세금으로 바치게 되어 있었다. 그러므로 한 호가 군대로 나가면 나머지 7호가 노역에 종사하여야 되므로, 10만이 동원되면 결국 70만 호가 노역에 나가야 한다는 것이다.

• 적을 손 안에 놓고 볼 수 있으면 이긴다. 헛소문에 놀라서는 안 된다.
• 『소설 손자병법』 ③ 오월동주 pp70~71

* * *

이렇게 하여 적대국 쌍방이 몇 년 동안을 서로 버티는 것은 오직 하루 아침의 승리를 얻기 위해서이다. 그럼에도 벼슬과 금품을 아껴 첩자를 쓰지 않고, 이 때문에 적정(敵情)을 제대로 파악하지 못하여 전쟁에서 패배를 초래하게 된다면, 이는 너무나 어리석은 처사이다. 군의 장수가 이러한 인물이라면 그는 훌륭한 장수가 못 될 뿐만 아니라, 군주를 훌륭하게 보필하지도 못하며, 싸움에서 승리의 주인이 되지도 못한다.

相守數年, 以爭一日之勝. 而愛爵祿百金, 不知敵之情者, 不

仁之至也. 非人之將也, 非主之佐也, 非勝之主也.

상수수년에 이쟁일일지승이니 이애작록백금하여 부지적지정자는 불인지지야니라. 비인지장야요 비주지좌야요 비승지주야니라.

[해 설]

적과 맞서 싸우기를 몇 해나 계속하면서 많은 준비와 막대한 출전 비용을 들인 끝에 결국 얻게 되는 것은 마지막 승리하는 하루인 것이다. 이 하루의 싸움, 최후의 결전에서 지면 국가와 국민의 생명과 재산은 송두리째 없어지는 것이다. 때문에 전쟁에서는 반드시 이겨야 된다. 따라서 이길 수 있는 철저한 준비가 되어 있어야 한다.

그런데 장수된 자가 인색하여 간첩에게 줄 벼슬과 봉록을 내놓기를 아까워하고, 돈 쓰는 데에 인색하여 적의 실정을 충분히 탐지하지 못한 채 전쟁에 돌입한다는 것보다 현명하지 못한 일은 없다. 비용을 아껴서 부하 군사들을 사지(死地)로 몰아넣었으니, 부하를 아끼는 것이 장수의 도리일진대, 그런 인물은 장수될 자격이 없는 것이다. 또, 그러한 장수는 군주를 보좌하는 자가 될 수도 없다. 왜냐하면 사소한 경비에 인색하여 적정을 알지 못하였다면 그러한 장수는 군주를 보좌하기는커녕 도리어 위험에 빠뜨릴 자이기 때문이다.

커다란 희생을 치러야만 하는 것이 전쟁이다. 전쟁은 반드시 이겨야 하며 그러기 위해서는 사전에 충분한 조사가 있어야만 한다. 충분한 조사를 위해서는 간첩을 잘 운용하여야 한다. 본편의 주제가 되는 것이 간첩의 운용에 관한 것이다.

- 간첩 한 사람이 어떤 규모의 전쟁에서도 그 승패를 결정한다.
- 『소설 손자병법』 ③ 물무재의 병담 pp186~187

* * *

영특한 군주와 현명한 장수는 일단 출병하면 전승을 거두고 남보다 뛰어난 공적을 세운다. 그 까닭은 바로 사전에 적정을 정확하게 파악하고 있었기 때문이다. 적정은 귀신의 도움을 받거나 점을 쳐서 얻어지는 것이 아니며, 과거의 유사한 사례 분석을 통한 경험으로 추측할 수 있는 것도 아니다. 적정은 오직 적정을 아는 사람(첩자)을 통하여서만 수집할 수 있다.

故明君賢將, 所以動而勝人, 成功出於衆者, 先知也. 先知者, 不可取於鬼神, 不可象於事, 不可驗於度, 必取於人, 知敵之情者也.

고로 명군현장은 소이동이승인하여 성공출어중자는 선지야니라. 선지자는 불가취어귀신하고 불가상어사하고 불가험어도하며 필취어인하여 지적지정자야니라.

[해 설]

영명한 군주나 현명한 장수가 싸우기만 하면 반드시 적에게 승리하여 많은 사람들보다 뛰어난 성공을 거둘 수 있는 것은, 먼저 적정을 알고 있기 때문이다. 즉, 사전에 적의 의도를 알고 있기 때문인데 이것을 지피(知彼)라고 한다.

적의 작전을 귀신에게 물어보거나 점을 치는 것으로 먼저 알아낼 수는 없다. 점을 친다거나 귀신에게 물어 본다는 것은 황당무계한 일이므로 이것을 가지고 적의 작전을 미리 알아 낼 수는 없는 것이다.

또한 전에 있었던 비슷한 사례에 비유하여 그때의 상태대로 생각하고 결정할 수도 없다. 어떤 것이든 외형은 비슷하나 실(實)은 서로 똑같을 수가 없으므로, 외형상 서로 같다고 하더라도 적이 반드시 전례대로 작전한다는 것은 있을 수 없는 일이다.

그렇다고 해서 일정한 법칙에 의거하여 증명할 수도 없는 것이다. 전쟁에는 작전상의 원칙이란 것이 있다. 그러나 전투의 상황은 항상 변화하여 일정하지 않다. 따라서 원칙은 있지만 작전을 고정시킬 수는 없다. 마치 '물이 높은 데서 낮은 데로 흐른다' 라는 원칙은 일정하지만 흐름의 형세는 때와 위치에 따라 항상 다른 것과 같다. 일정한 법칙에 의하여 적의 동향을 파악한다는 것은 있을 수 없는 일이다.

따라서 적정을 잘 알고 있는 사람을 통하여 알아내는 방법만이 있을 뿐이다. 그 사람이 바로 간자(間者), 즉 간첩인 것이다. 간자에 의하여 입수된 정보만이 적의 활동을, 적의 의도를 먼저 알 수 있는 길이다.

- 적을 알고 있다는 것은 이긴다는 것이다.

2. 간첩에는 다섯 가지의 유형이 있다

첩자에는 향간(鄕間), 내간(內間), 반간(反間), 사간(死間), 생간(生間)의 다섯 가지 유형이 있다. 이 다섯 종류의 첩자를 동시에 활용하되 적이 이에 대하여 전혀 눈치를 채지 못하게 쓴다면 이를 신기(神紀)라고 하며, 군주에게 가장 소중한 비보(秘寶)가 되는 것이다.

故用間有五, 有鄕間, 有內間, 有反間, 有死間, 有生間. 五間俱起, 莫知基道, 是謂神紀, 人君之寶也.

고로 용간에 유오하니 유향간하고 유내간하고 유반간하고 유사간하고 유생간이니라. 오간구기하되 막지기도하니 시위신기요 인군지보야니라.

[해 설]

간첩을 기용하는 데에는 다섯 가지의 방법이 있다. 향간(鄕間)이 있고, 내간(內間)이 있고, 반간(反間)이 있고, 사간(死間)이 있고, 생간(生間)이 있다. 이 다섯 가지에 대해서는 뒤에 다시 나오므로 여기에서는 생략하기로 한다. 이 다섯 종류의 간첩들이 일찍이 활동하여 적정을 탐지하고 있어도 아군이 적정을 어떻게 알아내는지 적은 그 방법을 알지 못하게 된다. 이것을 가리켜 신기(神紀)라고 한다.

신기의 신(神)이란 알 수 없는 것을 뜻하고, 기(紀)는 기강(紀綱)이라 할 때의 기로, 경륜의 재능을 말한다. 즉, 신기는 신묘불측한 큰 재주란 뜻이다. 적으로 하여금 전혀 눈치채지 못하도록 하면서 적정을 아는 재주를 신기라 하는데, 이것을 아는 사람은 국보적인 존재가 아닐 수 없다. 그러나 특히 유의할 점은 이쪽의 것이 알려지면 저쪽에서 오히려 역이용할 수도 있다는 점이다.

• 간첩의 역할이 중요하다.
• 『소설 손자병법』 ③ 물무재의 병담 p186

* * *

향간(鄕間)은 적국의 평범한 주민을 첩자로 이용하는 것이다. 내간(內間)은 적국의 관리를 매수하여 첩자로 이용하는 것이다. 반간(反間)은 적의 간첩을 매수하거나 역이용하는 것이다. 사간(死間)은 아측의 첩자에게 허위 정보를 주고 적방에 밀파하여 적측에 그 허위정보를 제공하게 하는 것이다. 이 사실이 후에 발각되면, 그 첩자는 적에게 죽음을 당한다. 생간(生間)은 적국을 정탐한 후에 살아 돌아와서 적정을 보고하는 것이다.

鄕間者, 因其鄕人而用之也, 內間者, 因其官人而用之也, 反間者, 因其敵間而用之也, 死間者, 爲誑事於外, 令吾間知之, 而傳於敵也, 生間者, 反報也.

향간자는 인기향인하여 이용지야하고 내간자는 인기관인하여 이용지야하고 반간자는 인기적간하여 이용지야하고 사간자는 위광사어외하여 영오간지지하여 이전어적야하고 생간자는 반보야니라.

[해 설]

향간(鄕間)이란 그 고장 사람이 간첩으로 기용되어 첩보활동을 하는 것을 말한다. 그 고장 사람이기 때문에 아주 자연스럽게 남에게 의심받지 않고 적정을 탐색할 수 있다. 원정군이 어느 곳을 행군할 때 먼저 그곳 출신의 향도(鄕導)를 채용하여야 한다는 것도 다 이러한 이유에서이다. 그곳의 적정을 탐색하는 데에 유용한 사람은 누구보다도 향간인 것이다.

내간(內間)이란, 적의 관리를 매수하여 이쪽의 간첩으로 기용한 사람이다. 적국의 관리는 그 나라 안의 정정(政情) 내막을 가장 잘 아는 자이다. 적국의 중요 군정의 내막, 작전 계획, 병력 배치, 동원 보급의 능력, 지휘자 사이의 인화 등 가장 중요하고 기밀한 정보는 거의 내간의 손을 통하여 얻어지는 것이다. 따라서 내간은 현직에 있으면서 높은 자리에 있을수록 좋다.

그러나 이러한 내간은 좀처럼 얻기가 어렵다. 적의 관리로서 적정을 탐색할 능력이 있는 자이면 높은 자리에 있거나 그렇지 않거나 또는 전임이거나 현임이거나 간에 매수하여야 한다. 매수할 때는 깜짝 놀랄 만큼의 돈을 주거나 높은 자리를 주는 등의 방법이 있다.

반간(反間)이란 적의 간첩을 매수하여 반대로 아군의 간첩으로 기용한 사람을 말한다. 즉, 적의 간첩이 이쪽 나라에 왔을 때 이편에서 오히려 이쪽 사람으로 만들었기 때문에 반간(反間)이라고 하는 것이다. 반간은 적의 간첩을 매수하여 이편을 위하여 활동하게 하는 경우와, 간접으로 적의 간첩에게 거짓 정보를 주어 적의 판단을 그르치게 하는 경우도 있다.

반간이란 일종의 내간(內間)으로 볼 수 있으나 다른 내간과는 특이한 점이 있다. 반간은 원래 적의 간자이므로 요사이 말하는 이중간첩(二重間諜)인 것이다. 반간을 쓰는 일은 효과도 크지만 위험도도 크다. 꼭 써야 하지만 쓰기 어려운 자가 바로 이 반간인 것이다.

사간(死間)이란 고의로 적지에 파견하여 붙잡혀 죽게 만드는 간첩을 말한다. 즉, 이편에서 적을 속이기 위한 허위 정보로 이쪽의 간첩을 통하여 전달, 또는 누설하게 하여 적이 아군의 허위 정보를 참으로 믿고 간첩을 죽이게 하는 것이다.

사간을 쓰는 경우는 한두 가지가 아니다. 적으로 하여금 그 나라의 현능한 사람을 죽이도록 하기 위하여 이쪽에서 마치 그 사람과 내통하고 있는 것처럼 꾸며 간첩에게 시킨다든지, 적으로 하여금 이쪽의 밀사를 체포하게 계략을 꾸민다든지 하는 등 여러 가지가 있다.

생간(生間)이라 함은 적진에 들어가서 정보 활동을 하고 살아 돌아와 상황을 보고하게 하는 간첩을 말한다. 그러나 그가 만일 적지에서 간첩 활동을 하다가 체포된다면 죽음을 면치 못하게 되므로, 생간이라 하여 반드시 살아서 돌아온다고는 할 수 없다.

기업에 있어서도 경쟁 기업체의 정보를 얻는 것이 중요하다. 예를 들어, 경쟁 기업에 가까이 있는 납품업자 또는 출입이 잦은 대리점 등을 통하여 얻는 정보는 향간이고, 상대편 내부의 사람을 이쪽에서 스카우트해 오는 것이 내간이고, 이쪽의 허위 정보를 전하게 하는 사람을 반간이라 할 수 있다.

- 간첩에는 여러 가지 유형이 있다.
- 『소설 손자병법』 ③ 물무재의 병담 pp184~186

3. 간첩을 이용할 줄 아는 지혜가 있어야 한다

장수는 가장 신임할 수 있는 심복을 첩자로 삼아야 한다. 그리고 첩자를 누구보다도 후대하여 주고, 첩자의 운용은 무엇보다도 비밀리에 하여야 한다. 지혜롭고 명석한 두뇌를 가지지 않으면 첩자를 운용할 수 없고, 인의를 갖추지 않으면 첩자를 신임하여 부릴 수 없으며, 세심하고 치밀하지 않으면 첩자로부터 진실된 정보를 얻을 수 없다. 전쟁에서 첩자가 쓰이지 않는 곳이 없으니, 첩자의 운용이란 참으로 미묘한 것이다.

故三軍之事, 交莫親於間, 賞莫厚於間, 事莫密於間. 非聖知不能用間, 非仁義不能使間, 非微妙不能得間之實. 微哉微哉, 無所不用間也.

고로 삼군지사에 교막친어간하고 상막후어간하고 사막밀어간이니라. 비성지면 불능용간하고 비인의면 불능사간하고 비미묘면 불능득간지실이니 미재미재라. 무소불용간야니라.

[해 설]
　장수가 간첩을 대할 때에는 전군 중에서 누구보다도 친근하게 대해야 하며 누구보다도 우대해 주어야 찬다. 은상(恩賞) 같은 것도 누구에게보다도 후하고 큰 상을 내려야 한다. 그리고 그와 의논하는 일은 누구보다도 가장 기밀에 속하는 것이어야 한다. 이렇게 친근과 우대와 비밀은 장수된 자가 간첩을 대하는 기본 방침이므로 소홀하게 다룰 수 없다.
　그러나 무엇보다도 가장 기본이 되고 선행되어야 할 중요한 문제는 간첩을 기용하는 데 있다. 어떠한 사람을 어떻게 선택하고 어떠한 방법으로 기용할 것인가가 가장 어렵다. 그러므로 성인(聖人)과 같이 뛰어난 지혜가 없으면 간첩을 기용할 수 없다고 보았다. 또한 이러한 인물을 골라내기도 상당히 어렵지만 이러한 간첩을 부리는 일도 장수에게는 중요하고 어려운 일이다. 그렇기 때문에 어질고 의롭지 않으면 간첩을 부릴 수 없다. 간첩을 운용함에 있어서 한낱 이(利)로서 달래고, 위(威)로써 어르기만 하면 비록 한때는 부릴 수 있다고 하더라도 그들의 성의 있고 믿음성 있는 활동을 바랄 수는 없으며 오래 지속되기를 기대할 수도 없다. 만일 적이 더 큰 이익을 주고, 더욱 좋은 대우로 유인하면 하루아침에 변심해 버릴 수 있기 때문이다. 따라서 간첩으로 하여금 무엇보다도 장수의 인격과 처사에 감복할 수 있도록 만들어야 한다. 바로 인(仁)이란 남의 고통을 측은하게 여길 줄 아는 마음으로 남을 사랑하는 마음이며, 의(義)란 일의 마땅한 바를 이룬 것이다. 즉, 그들을 다루는 처사는 정당하고 공정하고 마땅한 바를 지켜야 그들의 임무가 비록 고통스럽고 힘든 것일지라도 불평하지 않고 당연히 하여야 하는 것으로 받아들일 것이다.

다음에는 일의 진실과 허위, 옳고 그른 것을 판단하는 명철한 지혜를 갖지 않으면 안 된다. 이러한 판단력이 없이는 첩보의 진실을 파악할 수 없는 것이다.

간첩의 정보는 무조건 믿을 것이 못 된다. 왜냐하면 간첩의 판단이 잘못된 것, 적의 허위 정보에 속은 것, 간첩이 이중간첩인 경우 등등 허점이 많기 때문이다. 그러므로 간첩의 정보는 하나하나 검토하고 분석하여 옳고 그른 것을 가려내야 한다. 따라서 사물을 살피는 힘이 미묘하지 않으면 첩보의 진실을 얻을 수 없다. 미묘하고 미묘한 것이 정보 활동이다. 그러므로 잘만 쓰면 어느 곳에든 유용하게 쓸 수 있다.

- 첩자는 지휘관이 직접 채용하여야 한다. 기밀은 당사자의 측근에서 새어 나간다.
- 『소설 손자병법』 3 물무재의 병담 p187

*　*　*

첩자의 운용계획이 사전에 누설되면, 그 첩자는 물론 그와 관련된 자는 모두 죽음을 당해야 한다.

間事未發而先聞者, 間與所告者皆死.

간사미발이선문자이면 간여소고자는 개사니라.

[해 설]

정보 활동은 용병에 있어서 가장 중요한 기무(機務)이다. 모든 군사가 이를 믿고 행군하기 때문이다. 그러므로 정보 활동의 기밀은 항상 엄격하게 폐쇄되어야 한다. 그렇게 하려면 반드시 엄격한 규율이 있어야 한다. 예를 들어, 적에 대한 정보 활동이 사전에 누설될 경우에 그것을 들은 사람과 말한 사람은 모두 다 사형에 처하여야 한다. 말한 자를 죽이는 것은 누설한 죄로 다스리는 것이고, 들은 자를 죽이는 것은 그 말이 다시 전파되는 것을 막기 위한 것이다.

- 때늦은 정보는 패전만이 기다린다.
- 『소설 손자병법』 ③ 오월동주 pp60~61

4. 반간(反間)이 중요하다

적의 부대를 공격하거나 적의 성을 공략하거나 적국의 요인(要人)을 제거하고자 할 때에는 사전에 아측의 첩자로 하여금 목표 지역의 수비 장수와 측근 막료 및 전령과 문지기 호위병에 이르기까지 모든 인적 사항을 알아내도록 하여야 한다.

凡軍之所欲擊, 城之所欲攻, 人之所欲殺, 必先知其守將左右謁者, 門者舍人之姓名, 令吾間必索知之.

범군지소욕격과 성지소욕공과 인지소욕살은 필선지기수장과 좌우와 알자와 문자와 사인지성명하되 영오간필색지지니라.

[해 설]

무릇 적의 부대를 공격하고자 할 때와 어느 성을 공략하고자 할 때, 어느 특정인을 죽이고자 할 때에는 반드시 먼저 수비의 임무를 맡은 장군, 막료, 비서관, 문지기, 심부름꾼 등의 성명과 각자의 성격, 행동 등을 알아야 한다. 그리고 그것을 이편의 간첩으로 하여금 탐색케 하여야 한다.

장수를 쏘려면 먼저 그가 타고 있는 말부터 쏜다고 한다. 어느 부대를 공격하기 전, 어느 성을 공격하기 전, 어떤 특정인을 죽이기 위하여서는 먼저 그 수장과 막료와 측근부터 제거하거나 매수하여야 한다. 그리하여야 목표의 주변에 빈틈이 생기므로 그 빈틈을 만드는 일부터 착수하여야 하는 것이다.

상대를 파악하는 일 가운데 사람을 아는 것이 가장 중요하다. 인적 구성을 제일 먼저 알지 않으면 안 된다. 표면적인 사원 명부에 의한 조사 같은 것으로는 불충분하다. 문지기, 식당 종업원, 자동차 운전기사에 이르기까지 사람이란 사람은 모두 알아두어야 한다.

• 간첩은 후대하여야 한다.
• 『소설 손자병법』 ③ 물무재의 병담 pp187~188

*   *   *

적측에서 침투한 간첩은 반드시 색출하여 후한 금품으로 매수하거나 융

숭한 예우로 회유하여 전향시킨 다음 적방에 돌려보낸다. 이렇게 함으로써 아측이 반간(反間)을 운용하게 되는 것이다. 반간을 통하여 적국의 상황을 탐지할 수 있으므로 적국에 향간(鄕間)과 내간(內間)을 확보할 수 있게 된다. 또한 반간을 통하여 아측의 정보가 적방에 전달되므로 사간(死間)을 적국에 침투시켜 허위 정보를 제공할 수 있게 되며, 반간을 통하여 첩자 간의 접선이 가능하므로 생간(生間)으로 하여금 기일 내에 필요한 적정을 수집하여 복귀하도록 할 수 있게 된다. 이렇듯 다섯 종류의 첩자를 운용 중에서도 가장 중요한 것은 반간의 활용이다. 그러므로 반간에 대해서는 불가불 후한 예우를 해야 하는 것이다.

必索敵人之間來門我者, 因而利之, 導而舍之, 故反間可得而使也. 因是而知之, 故鄕間內間可得而使也. 因是而之知, 故死間爲誑事, 可使告敵. 因是而知之, 故生間可使如期. 此五間之事, 主必知之, 知之必在於反間. 故反間不可不厚也.
필색적인지간으로 내문아자하여 인이리지하여 도이사지니 고로 반간을 가득이사야니라. 인시이지지니 고로 향간내간을 가득이사야니라. 인시이지지니 고로 사간이 위광사하여 가사고적이니라. 인시이지지니 고로 생간을 가사여기니라. 차오간지사는 주필지지니 지지는 필재어반간이니라. 고로 반간은 불가불후야니라.

[해 설]
이것은 반간(反間), 즉 이중간첩에 대한 설명이다. 적의 간첩이 아군의 실정을 탐지하기 위하여 잠입하여 오면 널리 수사망을 펴고 반드시 이에 걸려들게 만든다. 그리고 발견이 되면 그에게 적당한 편의를 제공하든, 큰 이익을 주어 매수하든 교묘히 유도하여 이쪽에 오래

머물도록 만든다.

그런 다음 그를 우리편으로 끌어들여 적의 내정을 차츰 알아내도록 한다. 이렇게 하여 반간(反間)으로 이용할 수가 있다. 이 반간으로 인하여 적지 고을 사람의 이름이나 관리의 이름을 알 수 있기 때문에 향간(鄕間)과 내간(內間)을 얻어서 부릴 수가 있는 것이다.

또, 이 반간으로 인하여 적군의 실정을 잘 알 수 있기 때문에 사간(死間)을 보내어 아군의 일을 거짓으로 꾸며서 적에게 알리게 할 수도 있는 것이다. 또한 적군의 실정을 잘 알 수 있기 때문에 생간(生間)으로 하여금 기약한 일을 제때에 얻어 가지고 돌아와 보고할 수 있게 하는 것이다.

향간·내간·반간·사간·생간의 다섯 간첩에 대한 일은 누구를 어떻게 기용할 것인지, 어떤 방법으로 행동하게 할 것인지, 그 진행 상황과 성과는 어떠한지 등의 모든 것을 국가의 원수가 반드시 알고 있어야 한다. 제일급의 국가 기밀과 국가의 최고 최대의 대외 정책이 이 정보 활동 속에 있기 때문이다.

그런데 이러한 일련의 정보 활동은 주로 외국 사람의 손으로, 외국 땅에서 외국의 중요한 비밀을 대상으로 하여 극비의 방법으로써 진행되는 것이므로, 국내에 앉아서 모든 것을 알 수 있는 길은 역시 적국 출신인 반간(反間)에게 의존하지 않을 수 없다. 그러므로 반간은 특히 후대하지 않으면 안 된다. 후대하려면 그가 만족할 만한 물질적인 대우가 무엇보다 필요하다. 그러나 그것에 그쳐서도 안 된다. 예(禮)로써 대하고 은정(恩情)을 가지고 친근하고, 영예로써 격려하고, 의(義)로써 대접하여 그가 진심으로 충성을 다하게 하여야 한다.

- 적을 설득시키는 힘이 바로 지휘관의 능력이다.

5. 지혜로운 자를 잡아야 한다

옛날 성탕(成湯)이 하(夏)나라를 멸망시키고 은(殷)나라를 일으킬 수 있었던 것은 하나라의 신하였던 이윤(伊尹)을 기용하였기 때문이며, 무왕(武王)이 은나라를 멸망시키고 주(周)나라를 일으킬 수 있었던 것도 은나라의 관리였던 여아(呂牙)를 중용하였기 때문이다. 그러므로 영특한 군주와 현명한 장수는 지혜로운 인재를 첩자로 삼아 활용함으로써 위대한 업적을 이룩할 수 있었다. 첩자의 활용은 용병에 있어서 가장 중요한 부분의 하나이며, 전군의 행동 방침은 바로 첩자가 제공하는 정보에 의하여 결정된다는 것을 잊어서는 안 된다.

昔殷之興也, 伊摯在夏, 周之興也, 呂牙在殷. 故惟明君賢將, 能以上智爲間者, 必成大功, 此兵之要, 三軍之所恃而動也.

석에 은지흥야에 이지재하고 주지흥야에 여아재은이니라. 고로 유명군현장이라야 능이상지로 위간자하여 필성대공이니 차는 병지요요 삼군지소시이동야니라.

[해 설]

고대 중국에서 은(殷)나라가 일어날 때 탕왕(湯王)은 하(夏)나라에서 밭을 갈고 있던 이지(伊摯)를 맞이하여 하나라의 폭군인 걸왕(桀王)을 토벌하였고, 또한 주(周)나라가 일어날 때 무왕(武王)도 은나라의 여아(呂牙)가 있었기 때문에 폭군인 주왕(紂王)을 쫓아낼 수 있었다.

이지(伊摯)는 바로 이윤(伊尹)이다. 그는 세 번이나 걸(桀)의 신하로서 벼슬에 나갔으나 걸은 그를 중용하지 않았다. 그는 마침내 탕왕을 도와 걸왕을 쳐서 멸망시켰다. 특히 탕왕은 그를 세 번씩이나 찾아가 마침내 그의 도움을 얻게 되었고, 그를 높여 아형(阿衡)·영상(領相)으로 삼았다.

여아(呂牙)는 곧 여상(呂尙)으로 자는 자아(子牙)이며 성은 강(姜)이니 그는 바로 유명한 강태공(姜太公)을 이름이다. 본래 위수(渭水)에서 낚시하며 세월을 보내다가 주의 문왕이 사냥을 나갔다가 그를 맞이하여 재상으로 삼았으며, 그의 도움으로 무왕 때에는 은의 주왕을 쳐서 천하를 평정하였다.

그러므로 오직 현명한 임금과 장수만이 뛰어난 지혜[上智]를 갖고 있는 인물을 내 사람으로 만들어 큰 성공을 거두는 것이다. 상지(上智)란 최상의 지혜를 가진 인물로, 성인(聖人)을 의미한다. 손자는 바로 이윤이나 여상과 같은 인물을 뛰어난 지혜를 가진 간첩으로 해석하고 있다. 그만큼 손자는 반간(反間)을 높이 평가하고 있는 것이다. 그리고 훌륭한 인물을 간자(間者)로 기용하는 것은 군사상의 긴요한 기무(機務)이기도 하다. 전군이 간자의 정보에 의하여 이를 믿고 행동하게 되기 때문이다.

전국시대의 소진(蘇秦)은 연(燕)나라를 위하여 제(齊)나라 왕을 설득하였다.

"굶주린 자도 독물(毒物)을 먹지 않으려고 하는 것은 비록 그것으로 다소의 굶주림을 면할 수는 있어도 아사(餓死)와 같은 결과를 초래하기 때문입니다. 비록 연(燕)나라는 작고 힘이 없으나 그 왕은 강국인 진(秦)나라의 사위입니다. 그런데 대왕께서는 그 나라의 땅 열 개의 성을 빼앗으셨습니다. 이 때문에 진나라와 대적하게 되었습니다. 이것은 마치 독물을 먹은 것이나 다름이 없지 않겠습니까?"

이에 제나라 왕은,

"그러면 어떻게 하는 것이 좋겠소?"

라고 반문하였다.

이에 소진은,

"옛날에 일을 잘 처리하는 사람은 재앙을 복으로 바꾸고 실패를 발판으로 공을 세운다고 하였습니다. 대왕께서 진정 소신의 계략을 받아들이신다면 연나라의 열 개 성을 돌려주시옵소서. 그러면 연나라에서는 까닭 없이 열 개의 성을 되찾은 것에 대하여 기뻐할 것입니다. 또한 진나라 왕은 자기 위신으로 인하여 연나라에 열 개의 성이 반환되었다는 것을 알면 역시 기뻐할 것이니 이것이야말로 원수를 버리고 우호 관계를 맺는 것이 아니겠습니까? 그러면 연나라와 진나라가 다 같이 제나라를 받들게 되니 대왕의 명을 따르지 않을 자는 천하에 없을 것이옵니다."

제나라 왕은 이 말을 듣고 과연 묘책이라 여기고 열 개의 성을 연나라에 반환하였다. 이때 소진을 중상하는 자들이 나타나 '소진은 나라를 어디서나 팔아먹는다. 그는 배반하는 신하다'라고 떠들었다.

이에 소진은 벌을 받을까 두려워 연나라로 돌아왔다. 그 후 복직된 소진은 더욱더 후한 대접을 받게 되었다. 연왕의 어머니와 사통(私通)까지 하였으나 이를 알면서도 연왕은 더욱더 소진을 후대하였다. 이에 소진은 혹시나 자기를 죽이려고 하는 것이 아닐까 두려움이 생겨 연왕을 설득하였다.

"소신이 연나라에 있으면 연의 위신을 높일 수 없습니다. 그러나 제가 제나라에 있으면 연나라는 반드시 천하가 중시하는 나라가 될 것입니다."

연왕은 이 말을 듣고 소진에게 뜻대로 하라고 하였다. 그리하여 소진은 연나라에서 죄를 지었다고 속이고 제나라로 도망쳐 갔다. 제나라 왕은 그를 특별히 재상으로 맞이하였다. 이때부터 소진은 궁전을 높이 짓고 정원을 크게 넓히는 등 제나라의 재정을 낭비시켜 국세(國勢)를 약하게 만들었다. 물론 그가 한 행동은 연나라 모두를 위하여 강한 제나라의 세력을 약화시키는 데 있었다. 이것은 연왕이 그를 후대하였기 때문에 왕을 위하여 끝까지 충성을 바친 예이다.

• 훌륭한 참모가 훌륭한 장군을 만든다.
• 『소설 손자병법』 1 흥망의 기본 pp22~23

● 찾아보기 ●

【ㄱ】

가기는 쉬워도 돌아오지는 못한다 • 272

간첩에는 여러 가지 유형이 있다 • 358
(『소설 손자병법』 ③ 물무재의 병담 pp184~186)

간첩은 후대하여야 한다 • 362
(『소설 손자병법』 ③ 물무재의 병담 pp187~188)

간첩의 역할이 중요하다 • 355
(『소설 손자병법』 ③ 물무재의 병담 p186)

간첩 한 사람이 어떤 규모의 전쟁에서도 그 승패를 결정한다 • 352
(『소설 손자병법』 ③ 물무재의 병담 pp186~187)

감정으로 전쟁을 할 수는 없다 • 348
(『소설 손자병법』 ③ 오월동주 p60)

강대한 적도 기력의 변화로 약해진다 • 209

같은 장소라도 좋은 곳과 나쁜 곳이 있다 • 243

같은 장소라도 죽을 곳과 살 곳이 있다 • 301
(『소설 손자병법』 ③ 오월동주 pp56~57)

개울가에 야영하여서는 안 된다 • 241

거리를 속이면서 시간을 적절하게 이용하여야 한다 • 55
(『소설 손자병법』 ① 간신의 농간 p199)

결단을 내리면 즉시 실천하라. 김〔丞氣〕은 새어나가기 마련이다 • 75

공부 잘한 사람만이 사회에서 성공하는 것은 아니다. 배운 것을 응용할 줄 알아야 한다. • 148

(『소설 손자병법』 ② 오초대회전 p175)

교착 상태를 벗어나 승리를 얻는 길은 기공(奇功)이다 • 147

(『소설 손자병법』 ② 지기상합 p54)

군사란 승기(勝氣)가 보이면 강해지지만 패기(敗氣)를 보면 약해진다 • 219

(『소설 손자병법』 ③ 오월동주 p60)

궁즉통(窮則通)이다. 궁한 적은 쫓지 말아야 한다 • 217

(『소설 손자병법』 ② 병법담의 p102, 승자와 패자 p189)

궁지에 몰리면 쥣 먹던 힘도 나온다 • 309

(『소설 손자병법』 ② 병법담의 p100, 승자와 패자 p189)

급소(急所)를 빨리 찾아야 이긴다 • 307

급할 때는 돌아서 가는 계략을 써야 한다 • 205

기상천외(奇想天外)의 계책이 히트를 친다 • 67

(『소설 손자병법』 ① 고전장에 배우다 p138, 안평중의 호기 p146)

기선을 제압하면 주도권도 잡는다 • 166

(『소설 손자병법』 ② 홍망의 철리 p237)

기선을 제압한다고 승리하는 것은 아니다 • 201

길목이 좁은 곳은 먼저 도착하는 사람이 지키면 된다 • 274

(『소설 손자병법』 ① 천하의 표랑객 p61)

【ㄴ】

나에게 통한다면 적에게도 통한다 • 271

(『소설 손자병법』 ① 천하의 표랑객 p61)

내가 할 수 있는 일은 남도 할 수 있다 • 289

논공행상(論功行賞)은 빨라야 효과를 거둘 수 있다 • 89

(『소설 손자병법』 ② 전쟁무상 p275, ③ 국파산하재 p248)

높은 자리도 오래 있으면 좋지 않다 • 167

(『소설 손자병법』 3 국파산하재 p270)

누구에게도 자금(資金)은 무한한 것이 아니다 • 76

(『소설 손자병법』 3 회계산의 굴욕 p76)

능한 지휘관은 싸울 지형부터 살핀다 • 299

【ㄷ】

대비 없는 것이 이기는 것은 없다 • 180

도망가는 것도 상책 중의 상책이다 • 105

(『소설 손자병법』 2 병법담의 p91)

독도법부터 익혀야 적지(適地)를 택한다 • 321

돌아가면 빨리 갈 수 있다 • 197

(『소설 손자병법』 2 승자와 패자 p187)

두 개의 정보를 주어 상대를 혼란시켜라 • 52

(『소설 손자병법』 1 간신의 농간 p198)

두 번 이상 반복되는 명령은 명령이 아니다 • 316

(『소설 손자병법』 1 흥망의 철리 p 235)

둘을 위하여 하나를 버릴 줄 알아야 한다 • 303

(『소설 손자병법』 3 오월동주 pp56~57)

득과 실〔得失〕을 계산하여야 한다 • 230

땅에도 도(道)가 있으므로 살펴야 한다 • 276

때늦은 정보는 패전만이 기다린다 • 361

(『소설 손자병법』 3 오월동주 pp60~61)

【ㅁ】

맛있는 먹이일수록 독(毒)이 들어 있다 • 157

(『소설 손자병법』 ③ 손빈과 방연 pp311~312)

망국(亡國)의 신하는 정사(政事)를, 패장(敗將)은 용기를 말하지 않는다 • 278

(『소설 손자병법』 ③ 회계산의 굴욕 pp95~96)

맡겼으면 믿어야 한다 • 108

(『소설 손자병법』 ② 병법담의 p92)

머무를 곳에 머물러야 한다 • 242

먼저 이기고 싸운다 • 130

(『소설 손자병법』 ③ 오월동주 pp63~64)

명령은 산(山)이나 쏟아진 물과 같아 번복하는 것이 아니다 • 111

(『소설 손자병법』 ② 병법담의 p93, 흥망의 철리 p229)

명령을 받는 것은 무조건의 순종도 복종도 아니다 • 285

명예로운 철군도 있다 • 78

(『소설 손자병법』 ② 흥망의 철리 p228)

모든 것은 전쟁만으로 해결되는 것이 아니다 • 195

(『소설 손자병법』 ② 전쟁무상 p254)

무리하면 탈이 난다 • 275

(『소설 손자병법』 ① 천하의 표랑객 p61)

무모한 월권행위(越權行爲)는 혼란을 일으킨다 • 107

(『소설 손자병법』 ② 병법담의 p92)

물과 불은 상극이다. 이러한 상극을 이용한다 • 344

물에 빠지면 지푸라기라도 잡는다 • 324

(『소설 손자병법』 ② 흥망의 철리 p217)

【ㅂ】

바위에 유리컵을 던지면 깨질 수밖에 없다 • 59
(『소설 손자병법』 ① 간신의 농간 p199)
발등에 불이 떨어져야 움직이는 것이 사람의 심리이다 • 331
변덕이 아닌 변화가 필요하다 • 202
변화가 적을 당황하게 만든다 • 203
변화에 따를 줄 알아야 한다 • 224
(『소설 손자병법』 ① 끝없는 형극의 길 pp258~259)
부모 없는 자식 없고 백성 없는 나라 없다 • 86
비교 없는 판단은 독선이요, 실패를 자초한다 • 46
(『소설 손자병법』 ② 병법담의 p80)
비 오는 날의 화공(火攻)은 있을 수 없다 • 340
(『소설 손자병법』 ① 오 왕가의 내홍 p304, ③ 오나라의 말로 p238)

【ㅅ】

사람 수가 많다고 빨리 되는 것은 아니다 • 263
사람에게는 초인간(超人間)적인 힘이 잠재되어 있다 • 311
사람의 성격이란 다 다르다 • 295
(『소설 손자병법』 ① 천하의 표랑객 p59)
사지(死地)에 빠져야 싸운다 • 326
살필 줄 알아야 패한 것도 안다 • 282
상대를 보고 행동하여야 한다 • 343
상대를 알고 자신을 안 다음에 공격해야 한다 • 291
상대에게서만 찾지 말고 그 주변을 살핀다 • 168
상대의 기호를 알아야 한다 • 244

상하가 다 함께 기강이 잡혀 있어야 두렵지 않다 • 280

(『소설 손자병법』1 천하의 표랑객 p48)

상황에 따라 태세를 갖추어야 한다 • 239

상황은 여러 가지로 나타날 수 있다. 상황 판단이 승부를 결정한다 • 270

(『소설 손자병법』1 천하의 표랑객 p61, 2 시세의 영웅들 p7)

상황 판단 없는 명령은 실패를 자초(自招)하는 것이다 • 110

(『소설 손자병법』2 병법담의 p92)

새벽녘의 계획이 하루 일을 결정한다 • 212

(『소설 손자병법』1 안평중의 호기 p168)

선택은 신중하여야 한다 • 248

성을 공격한다는 것은 어마어마한 희생이 따를 뿐이다 • 101

(『소설 손자병법』2 오초대회전 p146)

세계는 급변한다. 어제의 것만 고집할 수는 없다 • 48

(『소설 손자병법』1 흥망의 기본 pp27~28)

세상의 돌아감과 때를 읽을 줄 알아야 성공한다 • 162

(『소설 손자병법』2 흥망의 철리 p213)

소문내지 않고 자기의 일을 하는 사람을 찾아내야 한다 • 129

손발이 맞아야 한다 • 315

(『소설 손자병법』3 오월동주 p43)

수가 많다고 강한 것은 아니다 • 182

(『소설 손자병법』3 오월동주 p43, 오나라의 말로 p228)

수송 거리를 단축시켜도 원가 절감이 된다 • 83

(『소설 손자병법』3 오월동주 p72)

승리(勝利)는 병사들의 희생으로 거두어진다 • 91

(『소설 손자병법』3 향수와 고뇌 p31)

승리를 결정하는 다섯 가지의 요건이 있다 • 29

승자(勝者)의 망동은 적개심을 불러일으킨다 • 207

(『소설 손자병법』 ② 승자와 패자 p211~212)

싸우고자 할 때는 적으로 하여금 응전하게 하여야 한다 • 175

(『소설 손자병법』 ① 고전장에 배우다 p140)

싸우는 방법과 적을 알면 승리를 알 수 있다 • 114

(『소설 손자병법』 ① 병법담의 p93~94)

싸우는 법은 장소에 따라 달라야 한다 • 297

(『소설 손자병법』 ③ 오월동주 p60)

싸우지 않고 이기는 것이 최상의 방법이다 • 95

(『소설 손자병법』 ② 고전장에 배우다 p137)

싸울 것인가, 그만둘 것인가의 판단이 중요하다 • 346

쓰면서도 쓰지 않는 척하여야 한다 • 54

(『소설 손자병법』 ① 간신의 농간 p199)

【ㅇ】

아무 때나 초인간적인 힘을 요구하여서는 안 된다 • 313

아무리 튼튼하여도 약점은 반드시 있다 • 173

안정 속에 혼란이 있고, 겁 속에서도 용기가 생긴다 • 155

알고 덤비는 자에게는 임기응변의 방법밖에 없다 • 327

(『소설 손자병법』 ① 안평중의 호기 p158)

알면서도 모르는 척하여야 한다 • 53

(『소설 손자병법』 ① 간신의 농간 p199)

알면 이기고 모르면 패한다 • 40

(『소설 손자병법』 ② 병법담의 pp93~94)

앞에 놓인 상황을 분석하여야 한다 • 250

(『소설 손자병법』 ③ 오월동주 p48)

어려운 곳으로는 들어가지 말고 끌어내라 • 273

언제나 의심하고 경계하여야 한다 • 249

없다는 말은 무궁무진하게 있다는 뜻이다 • 187

예기치 못한 적의 행동에는 다른 목적이 숨겨져 있다 • 254

예상하지 못한 곳을 쳐야 손쉽게 차지한다 • 170

(『소설 손자병법』 ③ 오월동주 p55)

오래 버틴다고 잘 싸우는 것이 아니라 이겨야 잘 싸운 것이다 • 92

용감한 장수 아래 약병(弱兵)은 없다 • 216

(『소설 손자병법』 ② 전쟁무상 p250)

우쭐대도록 만들면 방심한다 • 63

(『소설 손자병법』 ③ 회계산의 굴욕 p104)

원칙은 응용하여야 빛을 볼 수 있다 • 50

(『소설 손자병법』 ① 안평중의 호기 p158)

윗물이 맑아야 아랫물도 맑다 • 260

유능한 사람에겐 빈틈이 없다 • 171

이길 수 있는 태세를 갖추어야 한다 • 191

(『소설 손자병법』 ③ 오월동주 p66)

이길 수 있을 때 공격하라 • 122

(『소설 손자병법』 ③ 오나라의 말로 p228)

이론과 실제는 다르다 • 228

이상하다고 여겨지는 것은 다시 생각해 보아야 한다 • 252

이익은 혼자 독점하는 것이 아니다 • 231

이익이 있으면 위험도 있다 • 198

인사 속에는 음모도 있다 • 261

일에는 귀천이 없다. 맡은 일에 책임을 다하여야 한다 • 332

일을 시작하였다면 화끈하게 하여야 한다 • 144

(『소설 손자병법』 ② 지기상합 p55)

일의 시작은 태세부터 갖추는 데 있다 • 120

(『소설 손자병법』 ③ 오월동주 p66)

임시법, 특별법은 임시로 끝나야 한다 • 328

【ㅈ】

자신을 드러내지 말고 상대방의 뜻을 읽어야 한다 • 184

자신을 알아야 한다 • 280

잘하는 수비도 공격의 하나이다 • 124

(『소설 손자병법』 ③ 오월동주 p67)

장군에게는 장군다운 도량이 있어야 한다 • 318

(『소설 손자병법』 ② 병법담의 p91)

장수는 엄하면서 부하를 사랑하여야 한다 • 281

재탕은 약점을 노출시킨다 • 188

적당한 장소와 알맞는 때를 찾아야 한다 • 181

(『소설 손자병법』 ③ 오나라의 말로 p228)

적을 계획 단계에서부터 부수어야 한다 • 99

(『소설 손자병법』 ② 지기상합 p61)

적을 바쁘게 만들고, 느긋하게 취(取)하여야 한다 • 58

(『소설 손자병법』 ① 간신의 농간 p199)

적을 분산시키면 쉽게 이길 수 있다 • 178

적을 설득시키는 힘이 바로 지휘관의 능력이다 • 364

적을 손 안에 놓고 볼 수 있으면 이긴다. 헛소문에 놀라서는 안 된다 • 351

(『소설 손자병법』 3 오월동주 pp70~71)

적을 알고 스스로를 모르면 이길 수 있는 확률은 반이며 일승일패(一勝一敗)

는 병가상사(兵家常事)이다 • 116

(『소설 손자병법』 1 고전장에 배우다 p140, 2 흥망의 철리 p241)

적을 알고 있다는 것은 이긴다는 것이다 • 354

적의 가장 중요한 곳부터 찔러야 한다 • 304

적의 일거수일투족(一擧手一投足)은 아군을 유인하기 위한 것이다 • 255

적의 예측대로 움직이면 싸워 봐야 패한다 • 68

(『소설 손자병법』 1 간신의 농간 p199)

적의 진지를 보고 그 능력을 알아야 한다 • 246

(『소설 손자병법』 1 안평중의 호기 p165)

적정(敵情)을 살펴보면 답을 얻을 수 있다 • 259

(『소설 손자병법』 1 안평중의 호기 p165)

적지에서는 현지 조달로 나라의 비용을 줄여야 한다 • 82

적진을 빨리 읽어야 한다 • 177

전략이란 교과서에 있는 것뿐만이 아니다 • 147

전쟁은 생필품의 매점을 불러일으킨다 • 84

전쟁은 수단일 뿐 목적이 아니다 • 23

(『소설 손자병법』 2 병법담의 p80, 전쟁무상 p253, 성자의 길 p279,

3 오월동주 p67)

전쟁은 이겨 놓은 승리를 확인하는 것이다 • 135

(『소설 손자병법』 3 오나라의 말로 p231)

전쟁은 정신만으로 되지 않는다. 계획하고 계산한 후에 시작하여야 한다 • 73

(『소설 손자병법』 3 오월동주 p65)

전쟁을 이기려면 위아래가 뜻을 같이하여야 한다 • 30

(『소설 손자병법』 1 천하의 표랑객 p52)

전쟁이란 동네 아이들의 싸움도 아니며 놀이도 아니므로 이기지 않으면 안 된다 • 132

전투는 마지막 수단에 불과하다 • 97

(『소설 손자병법』 1 고전장에 배우다 p137)

전화위복(轉禍爲福)의 지혜를 써야 한다 • 49

(『소설 손자병법』 1 안평중의 호기 p151)

절대 패하지 않으려면 유비무환(有備無患)밖에 없다 • 119

정도(正道)만이 최선은 아니다. 기도(奇道)라고 나쁜 것만 있는 것도 아니다 • 142

(『소설 손자병법』 2 지기상합 p54)

정신 없게 바쁘도록 만든 다음 허를 살핀다 • 64

(『소설 손자병법』 2 벌모적 계략 p133~134)

정치를 잘하는 사람이 전쟁도 잘 치를 수 있다 • 133

주는 떡이라고 먹기만 하여서는 안 된다 • 257

주어진 상황(조건)에서 생각하고 판단하여야 한다 • 34

(『소설 손자병법』 1 고전장에 배우다 p120)

준비를 마친 다음 때를 기다린다 • 337

(『소설 손자병법』 3 오나라의 말로 p228)

지나침은 부족함만 못하다 • 288

(『소설 손자병법』 3 물무재의 병담 p194)

지도자의 기개가 부하의 사기를 높인다 • 283

(『소설 손자병법』 1 고전장에 배우다 p128)

지키기보다 내리기 힘든 것이 명령이다 • 266

(『소설 손자병법』 2 흥망의 철리 p229)

지휘관은 아무나 하는 것이 아니다 • 36

(『소설 손자병법』 2 병법담의 p91)

지휘 통솔은 나타나 보이는 것이 아니라 일사불란하게 움직이는 것이다 • 320

진인사(盡人事)하고 대천명(待天命)한다 • 159

질서의 확립이 안정의 지름길이다 • 154

(『소설 손자병법』 3 국파산하재 p246)

【ㅊ】

참다운 진리는 평범한 곳에 있다 • 128

(『소설 손자병법』 3 오월동주 p65)

첩자는 지휘관이 직접 채용하여야 한다. 기밀은 당사자의 측근에서 새어나간다 • 360

(『소설 손자병법』 3 물무재의 병담 p187)

체제를 갖추어야 제 힘을 쓸 수 있다 • 38

(『소설 손자병법』 2 지기상합 pp69~70)

최고 경영자의 결단이 기업의 백년대계를 좌우한다 • 103

(『소설 손자병법』 2 병법담의 p82)

축적하였던 힘은 가장 적당한 한순간에 쏟아야 효과가 있다 • 152

(『소설 손자병법』 1 고전장에 배우다 p144)

충분한 자료 수집으로 우열을 판단한다. 생각도 과학적이어야 한다 • 41

(『소설 손자병법』 2 병법담의 p80)

친하면 의심하게 만들어 이간시켜야 한다 • 66

(『소설 손자병법』 3 오자서의 최후 p174, 국파산하재 pp268~269)

친하면 친할수록 엄할 때는 엄하여야 한다 • 264

침묵을 지킬 줄 아는 사람이 무서운 사람이다 • 333

【ㅋ】

큰 일은 크게, 작은 일은 작게 보아야 한다 • 137
(『소설 손자병법』 1 안평중의 호기 p155)

【ㅌ】

태세 속에 처경불변(處警不變)의 실패는 없다 • 213

통찰력의 깊고 얕음이 승패를 가린다 • 70
(『소설 손자병법』 2 시세의 영웅들 p39)

【ㅍ】

피하는 것도 이기는 수단이 된다 • 60
(『소설 손자병법』 3 오월동주 p69)

필부의 만용, 자기 과신은 스스로 무덤을 판다 • 235
(『소설 손자병법』 3 오월동주 p60, pp207~208)

【ㅎ】

하나의 원칙은 백 가지 만 가지의 응용이 가능하다 • 151

하나의 재주는 누구나 갖고 있으며 그것을 잘 활용하면 성공한다 • 159

하늘은 스스로 노력하는 사람을 돕는다 • 32
(『소설 손자병법』 1 흥망의 기본 p26)

하여서는 안 될 일도 있다는 것을 알아야 한다 • 226

한 발자국 물러서서 두 발자국 전진하여야 한다 • 57

(『소설 손자병법』 1 간신의 농간 p199, 3 회계산의 굴욕 p 80)

한 사람의 실수가 전체를 망친다 • 236

(『소설 손자병법』 3 오나라의 말로 pp243~244)

해결의 방법은 여러 가지가 있다 • 189

(『소설 손자병법』 1 고전장에 배우다 p143)

해로움을 아는 자가 이로움도 안다 • 80

현지 조달의 가능 여부가 전쟁의 승패를 좌우한다 • 87

화가 나도록 부채질하면 경솔해진다 • 61

화근(禍根)은 뿌리째 뽑아내는 것이 빠르면 빠를수록 좋다 • 79

(『소설 손자병법』 3 회계산의 굴욕 p86)

확고한 조직 편제와 명령 계통의 확립이 중요하다 • 141

(『소설 손자병법』 2 지기상합 p54)

훌륭한 참모가 훌륭한 장군을 만든다 • 368

(『소설 손자병법』 1 흥망의 기본 pp22~31)

희망은 희망으로 끝이며 허망이 뒤따른다 • 233

힘이 같은 사람끼리는 싸우지 않는다 • 275

힘이란 무한한 것이 아니다 • 214

소설 손자병법 · 4

1판　1쇄 발행　1985년　 8월 10일
1판 55쇄 발행　1993년　 9월 30일
2판　1쇄 발행　1993년　12월 10일
3판　1쇄 발행　1995년　 7월 11일
4판　1쇄 발행　2002년　10월 30일
4판 43쇄 발행　2025년　 8월 22일

지은이 · 정비석
펴낸이 · 주연선

(주)은행나무
04035 서울특별시 마포구 양화로11길 54
전화 · 02)3143-0651~3 ｜ 팩스 · 02)3143-0654
신고번호 · 제 1997-000168호(1997. 12. 12)
www.ehbook.co.kr
ehbook@ehbook.co.kr

ⓒ 정비석

ISBN 978-89-5660-012-3　04810
ISBN 978-89-5660-008-6　(세트)

• 이 책의 판권은 지은이와 은행나무에 있습니다. 이 책 내용의 일부 또는
　전부를 재사용하려면 반드시 양측의 서면 동의를 받아야 합니다.

• 잘못된 책은 구입처에서 바꿔드립니다.